新潮日本古典集成

好色一代男

松田修 校注

新潮社版

目次

巻　二

巻　三

巻　四……一〇七

巻五……一三九

巻六……一七一

凡　例

〔本　文〕

一、本文は国文学研究資料館本によった。原本については解説参照。

一、読者にとっての読みやすさを目的とし、なおかつ、原文の趣を残すべくつとめた。

一、付訓を含めて歴史的仮名遣いに統一した。

例　かえ名→かへ名　なを→なほ

一、異体字は原則として通行字に改めた。

例　龝→秋　菴→庵　鱣→鰻　皃→顔　庄→座　凥→尻　𤉢→煎　逹→違　迯→逃　𨤵→野

梺→麓　嫏→娘　衣褺→衣裳　胏布→脚布

温存した例　鴈　綷　鯿　墋　娌　聊尓

一、行草体・合成字の類は通行字に改めた。

例　→さま　→候　→より

一、当て字、誤刻の類は原則として改めた。

例　浅間敷→浅ましく　暑間→熱燗　有増→あらまし　大形→大方　拘→抱　嘉様→かやう

間鍋→燗鍋　心知→心地　倩念→つらつら　段子→緞子　計・半→ばかり

温存した例　偸間　浮雲く　荒猿　位勝げに　日外　口鼻　念記　吸啜　隔子　石流　前載　難面くて　海藻凝　牧方　密柑　歯枝

一、送り仮名は、読みやすさを目的に送ることを原則とした。

例　独→独り　入海→入り海　心立→心立て　入て→入りて　出す→出だす　見捨難くて→見捨て難くて　打笑ふ→打ち笑ふ　静に→静かに　忝し→忝なし

一、清濁、半濁については適宜改めた。

例　たて髪かつら→たて髪かづら　ぼんと町→ぽんと町　さつはり→さつぱり

一、反覆記号は、漢字が二字重なる場合の「々」以外「〱」「ゝ」の類は使わなかった。

一、漢字を仮名に、またその反対の改訂も行った。

例（漢字→仮名）或→ある　爰→ここ　是→これ　比→ころ　其→その　抔→など　也→なり　與風→ふと　重而→重ねて　責而→せめて　頓而→やがて　稠しく→きびしく

例（仮名→漢字）は音→刃音　いせ参→伊勢参り　みや嶋→宮嶋　八わうじ→八王子　住吉や→住吉屋　きる物・きるもの・着るもの→着物《きるもの》

一、本文に、同一の事物に対してさまざまな表記がなされているばあい、あえて統一しなかった類に次の例がある。

例　若狭・わかさ　若松・わか松　なが津・ながつ　大臣・大尽・大じん・大名　読む・訓む・よむ　革踏・足袋・足踏

一、目録章題の表記は原本どおりとした。ただし、異体字については本文に準じて改め、一部付訓を加除した。
例　刕→州　亰→京　女事→女事《をんなのこと》
一、本文章題の表記は、本文に準じて送り仮名・付訓を加除した。
一、段落は校注者がつけた。
一、会話、心中思惟を適宜「　」または『　』で括った。
一、句読点、中黒点は意によって校注者が付した。

〔頭　注〕

一、現代仮名遣いによることを原則とした。ただし、引用文は歴史的仮名遣い、引用書名の訓みは、現代仮名遣いという古典集成の方式に従った。
一、本文の「太夫」は「大夫」に統一した。
一、年齢は数え年とする。
一、地名の現在名表記は、原則として見開き頁の初出のみ「現」と付してある。
一、＊印を付した箇所は鑑賞の手引きとなるものである。
一、スペースの関係で、同義語を＝、縁語、連想語、関連語の類を→印で表したところがある。
一、原則として段落ごとに小見出し（色刷り）を付した。

〔傍　注〕

一、逐語訳であることを意図したが、時に意訳をした。

一、本文に省略されている語を〔　〕内に、（　）内に会話の話者を示した。

〔挿　画〕

一、国文学研究資料館本によった。

〔解　説〕

本書の校注に当っての私の試みの基本は、先入観を一切持たず、『好色一代男』を己の目に即して翻読すればどのような読み方が可能であるかというところにあった。天和二年の大坂の市井の一読者になったつもりで、つまりは初心を方法として読めばどのような『好色一代男』が浮上するか、いわゆる研究者としての目を基底に沈めて、作品とじかにむかいあう読み方をここで試みた。かいつまんでいえば『好色一代男』の一つの読み方の提示である。

〔付　録〕

一、付録として「『色道大鏡』による世之介悪所巡りの図」を付した。

好色一代男

入絵

好色一代男

一

好色一代男　巻一目録

七　歳

一けした所が恋はじめ
こしもと〔早くも〕に二心ある《抱いた恋心》事

八　歳

はづかしながら三文言葉《ふみことば》
四おもひは山崎《やまざき》の事

九　歳

人〔見たぞ見たぞ〕には見せぬところ《あたりをさ》
五ぎやうずい《行水を見たことからしかける恋》よりぬれの事

十　歳

袖《そで》の時雨《しぐれ》は六かゝるが幸《さいはひ》
はや七念者《ねんじゃ》ぐるひの事

一　折角の燈を消した（消させた）そのことが終生恋の闇《やみ》にふみこむはじめ。「けした」は、「怪《け》したる」（不思議な、奇怪な）の意に手燭《てしょく》の燈を消すをかけたもの。「ちひさい形《なり》して恋の最中」（『独吟一日千句』）。

二　腰元が少年の春の目ざめを心得て、うまく処理した（「心ある」は、才覚・働きがある）の意とも取れる。

三　「文」は手紙一般であるが、ここでは恋文の意。往来物（書簡体）の文体は、一種独特であった。

四　八歳の少年のになう恋の重荷は山のようだとの意（「思ひは山々〈あり〉」などという）から山崎（現京都府乙訓《おとくに》郡大山崎町と、大阪府三島郡島本町大字山崎に跨《また》がる地。中世、油の名産地であったが、近世に入り衰えた）の地名をひき出したもの。

五　插画参照。水と濡《ぬ》れ（恋）は縁語。

六　雨にあって袖を濡らすのはいやなことだが、雨が縁になって、恋が成り立つものなら雨にかかる（「濡れる」と「このような〈成り行き〉」の両意とをかける）のがかえってさいわいだ。

七　男色で年長の兄分をいう。また念友とも。年少の若衆の方から、兄分を恋慕する。

十一歳

八 たづねてきくほどちぎり
伏見《ふしみ》しもくまちの事（の遊郭撞木町でのあそび）

十二歳

九 ぼんのうの垢《あか》かき
一〇 兵庫《ひやうご》風呂《ふろ》屋《や》者《もの》の事

十三歳

わかれは当座はらひ（現金でその都度）
一一 八《や》坂《さか》茶屋《ちやや》者《もの》の事

八 女と交わったあと、女の悪い出自《しゅつじ》などきいても、きけばきくほど、愛情がまさるの意。また、交情のあと、家は、事情はと、立ち入ってきくそれほどの気に入り方とも解しうる。三〇頁注六参照。

九 人間の絶ちがたい煩悩（五欲）を垢にたとえ、売春をもする湯女《ゆな》をその垢をかき落す役とみた。

一〇 神戸市兵庫区。近世には「兵庫の津」。大坂の外港として栄え湯女による売春もさかんであった。『懐《かい》橘談《きつだん》』（承応《じょうおう》三年、一六五四）に兵庫入津の記事があり、「此所に大なる浴室あり」と書かれている。

一一 京都市東山区。八坂神社の一帯。色茶屋が多く、近世初期は官許の島原に比べ、格の低い悪所（遊興地）であった。

けした所が恋のはじまり

桜《〔美しい〕》もちるに歎き《散らねばならず》、月はかぎりありて《月にもやがて時がくれば》一入佐山《いるさやま》、ここに但馬《たぢま》の国かね二ほる里の辺《ほとり》に、浮世の事を外になして《世渡りなどはそっちのけに》、色道ふたつに《男色女色にうち込み》寝ても覚めても《〔夢中なので〕》「三夢介《ゆめすけ》」と四かへ名よばれて《〔有名な男〕》、五名古や《〔や〕》三左、六加賀の八《はち》などと、七七つ紋の菱にくみして《菱紋通り団結した仲間を作り》、身は酒にひたし《連日酒びたり》、一条通夜更《よふ》けて八戻《もど》り橋、ある時は《〔渡る趣向を凝らして〕》若衆出立《でたち》、姿をかへて墨染の長袖《僧侶に化けてみたり》、又は九たて髪かづら、「化物《〔戻り橋には〕》が通る」とは誠にこれぞかし《彼らのことだろう》。それも一〇彦七《ひこしち》が顔して、「願はくは、咀《か》みころされても」と通へば《〔遊里に〕》、なほ見捨て難くて《層一層すてがたくなって》、その頃名高き中にも《遊女の中でも》かづらき《葛城》・かをる《薫》・三夕《さんせき》思ひ思ひに身請して《この三人をそれぞれ》、嵯峨に《〔ある者は〕》引込《ひっこ》み、あるいは東山《ひがしやま》の片陰《かたかげ》《〔に住まわせ〕》、又は藤の森《〔都近くに〕》、ひそかにすみなして《ひそかに住みつかせ》、契《ちぎ》りかさなりて、このうちの《三人のなかの》腹よりむまれて世之介と名によぶ。あらはに書《〔母の名をここに〕》

一 但馬国入佐（現兵庫県出石《いずし》郡出石町入佐）にあるといわれる古来の歌枕《うたまくら》。月が入るにかけた。

二 但馬には、生野《いくの》をはじめ、諸所に銀山があった。

三 山梨方言で気楽な人、熊本方言では忘れっぽい人。「酔た人をかへさや春の雪おこし／昼からあたら春の夢介」（『大句数《おおくかず》』）。『好色三代男』でも主人公の名である。『江戸役者談合衢《えどやくしゃだんごうつじ》』（未見）にも夢助とあるよし、また『故事附《こじつけ》むだ物語』の作者も夢中夢助。要は、現《うつつ》をぬかして性根《しょうね》なき男の意。

父は伊達者、母は遊女

四 悪所では客も本名を憚《はばか》って変名した。ルールがあって、五兵衛なら三二《さんに》、七右衛門なら三四など。

五 名古屋三左衛門。十六世紀末から十七世紀初め実在の武士。美少年・美男の典型。姉妹《きょうだい》の縁で美作《みまさか》国主森家の家臣となった。慶長八年（一六〇三）四月、横死。

六 織豊期の武将加賀江（加賀野江）弥八郎か。一万石を領し、慶長五年関ケ原の役前夜に横死。弥八郎を「八」と替名したのであろう。

七 衣服の七カ所につけた紋所。背一、両袖前後に各一、左右の肩の前に各一の計七。遊興仲間のシンボルとしての紋が菱模様《ひし》であったか。線がしっかり組み合って菱になるように、ゆるがぬ組織を仲間で作っての意。芳賀《はが》一晶「西鶴翁画像」は、丸に花菱の三所紋を付けている。

八 「戻り橋」は、古来鬼女変化《へんげ》の出現で有名。但し、以下の本文は化物どころか、そこを通る人間の方が恐

性の目ざめは家の繁昌

きしるすまでもなし。しる人はしる《しかるべき人は知っ》ぞかし《ていることだ》。

ふたり《両親の》の寵愛《ちようあい》、てうちてうち《あやして手を打たせ》、髪《か》[11]振《ぶり》のあたまも定まり《頭の骨もしっかりとなり》、四つの年の霜月《しもつき》[12]は髪置《かみおき》[13]、はかま[14]着の春も過ぎて、疱瘡《はうさう》[15]の神いのれば跡なく〔お陰で醜い〕六の年へて、明くれば七[16]歳の夏の夜《よ》の寝覚めの枕をのけ、かけがね[17]の響き、〔誰がするやら〕あくびの音のみ。

おつぎの間《ま》に宿直《とのゐ》せし女、〔気配から〕さし心得て、手燭《てしよく》ともして遥《はる》かなる廊下を轟《とどろ》かし、〔鬼門に当る〕ひがし北の家陰《やかげ》に、南天《なんてん》[18]の下葉しげりて《茂る辺り》、〔厠の〕敷松葉《しきまつば》[19]に御[20]しと《小水が》もれ行きて、〔その〕お手水《てうづ》[21]のぬれ縁、ひしぎ竹のあらけなきに《粗雑な作りに》、かな《打ち付けた釘》釘のかしらも御こころもとなく《の頭でお怪我なさるまいかと心配で》、ひかりなほ見せまゐらすれば《足下を照らす光をさらに明るくおみせすると》、

ろしいとの意。名古屋三左、加賀の八在世中は、京都の遊郭は二条柳町時代で、その往反《おうばん》に渡ったものか。
九 月代《さかやき》をそらぬ髪型。侠客《きようかく》風に装うというのだから、逆に平常は普通の四民の姿であることになる。
一〇 平然たる顔で。『太平記』大森彦七は女に化けた楠正成の亡霊にあって動じなかった。化物から彦七。
一一 子供をあやす方法。「かぶりかぶり」といいながら頭を左右に振らせる。
一二 十一月。以下、当然、すべて陰暦である。
一三 三、四歳に髪を生やし、十一月十五日に祝う習俗。
一四 通常男子五歳の正月に袴《はかま》をきぞめ産神《うぶすな》に詣でる。
一五 疱瘡に効験ある神としては、祇園牛頭天王《ぎおんごず》とか、松尾社の摂社月読《つきよみ》の神等が民間に知られていた。
一六 二《ふたり》、四、六、七と数字を重ねる。時刻の七つは午前四時であるから、「明くれば」と受けたか。
一七 室や、要所の戸締りをする懸け金。まず聴覚的に語り始めて巧み。遠い物音や、「おつぎの間《ま》」「宿直《とのゐ》せし女」など並一通りの町家の雰囲気《ふんいき》ではない。「しる人はしるぞかし」などことさらおぼめかしたスタイルと呼応して、物語的なムードをかもしだしている。
一八 家相上、家の東北を嫌《きら》った。南天は難転《なんてん》（難を転じる）の語呂《ごろ》合せで、鬼門に植えられたもの。
一九 小用の便器や周辺に松葉を敷いた、贅沢《ぜいたく》な便所。
二〇 「御しと」「お手水」「ぬれ縁」と連想関係。
二一 割竹を並べた縁側。聊《いささ》か粗にすぎる数奇風流。

一「恋に熱中して他には何も見えず盲目同然になる」の意であるが、ここでは闇の方が恋には情趣もあり便利であるとする。「恋は闇こそゆかしけれ」(『武道伝来記』)。

二 本文では、「燈を消せ」と世之介、反問を、手燭の女がする、「恋は闇」と世之介、守り刀の女がふきけす——と展開し、燈が消えてから、左のふり袖をひき(手燭の女か守り刀の女かは不確か)「乳母は」と尋ねる。ところが、挿画では、消えていない手燭の女のふり袖をひき、守り刀の女は吹きけすには遠い。つまりは挿画と本文は、合っていない。また挿画では、乳母を含めて全員、日中の衣裳《いしよう》となっている。解説参照。

三 日本の性の創めは、伊邪諾《いざなぎ》・伊邪冊《いざなみ》二神によるが、二神はその方法も判《わか》らず、天の浮橋の辺《ほとり》で雌雄の鶺鴒《せきれい》の交合を手本に交わった(『日本書紀』神代巻)。

四 男性として性徴が判然と出たわけでもないのに。

五 性の目ざめは即家系継続の証《あか》しと考えた。

六「多くて見苦しからぬは文車のふみ」(『徒然草』)。

七 少年愛の象徴を当時は菊で表したことも関係するか。密室としての私室を個人が持つことは注目すべきである。世之介の秘匿《ひとく》と「御よろこび」の家＝親の立場と、段差がある。性は開かれていたか、閉ざされていたか、二分法では通じない。菊(聞く)→呼ぶ。

八 出入を厳重に監視し、まるで、関所を設けたようである。

折紙遊びも比翼の鳥

九 折紙などして、何といっても子供だなと思えば。

「その火けして近くへ〔来い〕」と仰せられける。

「御あしもと大事がりてかく奉るを《心配してこのようにしていますのに》、いかにして《どうして》闇《くら》がりなしては《暗やみになさるのです》」と、御言葉をかへし申せば、うちうなづかせ〔判ってるさと〕給ひ、〔世に〕「『一恋は闇《やみ》』といふ事をしらずや」と仰せられける程に、二御まもりわきざし持ちたる女、息ふき懸けて、御のぞみになしたてまつれば《ご希望通りくらがりにして》、左のふり袖《そで》を引きたまひて、「乳母〔あのうるさい〕はゐぬか」と仰せらるる〔気をつかい〕こそをかし。

これをたとへて《この行為を譬えていえば》、三あまの浮橋のもと、〔世之介様は〕「四まだ本《ほん》の事もさだまらず《肉体は未熟ながら》して、はや御こころざし《色気は早くも》は通ひ侍《はべ》る」と、つつまず《何もかも》奥さまに申して、五御よろこびのはじめなるべし。

次第に事つのり《ところが性への関心は日に日に深まり》、日を追つて、仮にも姿絵のをかしき《絵一枚もまず美人画で刺戟的なものを》をあつめ、六おほくは文車《ふぐるま》もみぐるしう、「七この菊の間《ま》へは、我よばざるものまゐるな」などと、かたく八関《せき》すゑらるるこそこころにくし《こづら憎い》。

ある時は、九をり居《すゑ》をあそばし〔子供と思いの外〕、「一〇比翼《ひよく》の鳥のかたちはこれぞ」と〔召使女に〕給はりける。花つくりて《造花を》梢《こずゑ》にとりつけ、「一一連理《れんり》はこれ、我にとらす《お前にやるよ》

る」と、よろづにつけてこの事をのみ忘れず、[一二]ふどしも人を頼まず、帯も手づから前にむすびて、うしろにまはし、身に[一三]ひやうぶきやう、袖に焼《た》きかけ、いたづらなるよせい、おとなもはづかしく、女のこころをうごかさせ、同じ友どちとまじはる事も、[一四]烏賊《いか》のぼせし空をも見ず、[一五]「『雲に懸けはし』とは、むかし天《てん》へも[一六]流星人《よばひど》ありや。一年に一夜のほし、雨ふりてあはぬ時のこころは」と、遠き所までを悲しみ、[一七]こころと恋に責められ、[一八]五十四歳までたはぶれし女、[一九]三千七百四十二人、少人《せうじん》のもてあそび七百二十五人、手日記にしる。[二〇]「井《ゐ》筒《づつ》によりてうなゐこ」より已来《このかた》、腎水《じんすい》をかへほして、[二一]「さても命はある物か」。

何ごとにつけても性のことだけは忘れない　人目を意識して自ら締め　自分の好みで　いかにもしゃれた気取りぶり　大人の方が気恥ずかしくなるほどで　結構女　の情欲をそそりもし　同年輩の友人と〔たまに〕遊んでも　いたのかしら　七月七日一晩とっきり　雨で会われぬその時の悲しみはどんなに深かろうと　他人ごとにまでも打ち込んで　相手にした女は　かわいがった美少年は　手控えにも明らかだ　井戸端で背比べした幼時から　〔徹底しても〕　まあよくも命がもったものよ

はづかしながら文言葉《ふみことば》

一〇 雌雄二体が密着し、翼・足・目等が一対《つい》しかない鳥。恋人同士の深い間柄の表現。

一一 別々の根から出た樹が、枝脈を通じているもの。また、同じ幹の左右の枝が一本に連なっているもの。男女の仲が一体化したことの譬《たと》え。

一二 当時、七、八歳で褌《ふんどし》のかきぞめをした。

一三 数種の香を調合して絹袋に入れたものの一つであるが、ここでは香を「焼《た》きかけ」とある点からいえば、懐中香ではなく香木の一種であろう。薫《た》きこめの意。

一四 いかのぼり。凧《たこ》のこと。子供ならそれのみに気をとられるところを。

一五 及ばぬ恋の譬え。『戦国策』にみえる攻城用の梯子雲梯《うんてい》（雲にとどくほど高い）を恋の世界に持ち込んだもの。口説《ど》言葉の常套句《じょうとうく》。

一六 よばい人。語源的には「呼ばひ」であるが、世俗の用字「夜這ひ」のイメージをも吸収している。凧・雲・天等の連想の縁で、「流星」を当てたものか。

一七 我と我が心から。「跡より恋の責めくれば」（能『松風』）。

一八 七歳から六十歳まで五十四年の誤り。解説参照。

一九 三千七百余という数は無根拠でなく、日本の神の総数と考えられた。解説参照。

二〇 以下『伊勢物語』、能『井筒』による。井《い》筒の縁で「腎水をかへ《いい》ほす」とする。「腎水」は精液。

二一 投節《なげぶし》の「歎きながらも月日を送る／さても命はあるものを」（『新町当世投節』）による。

[一]文月七日《たなばたには》の日、一とせ《一年中の》の墢《ほこり》に埋《うづ》もれしかなあんどん・油さし・机・硯石《すずりいし》を洗ひ流し、すみわたりたる瀬々《ふだんは澄む瀬の水も墨で汚れ名も》も芥川《あくたがは》[二]となしぬ。北は金竜寺《こんりゅうじ》[三]の入相のかね《晩鐘の音につけても》、八歳の宮[四]の御歌《〔父帝を思う〕》もおもひ出だされ、世之介《〔そういえば〕》もはや小学《せうがく》[五]に入るべき年なれば《年齢であるからと》とて、折ふし《丁度うまく》山崎の姨《をば》[六]のもとに遣はし置きけることそ幸ひ、むかし宗鑑《そうかん》[七]法師の一夜庵《いちやあん》の跡《あと》とて住みつづけたる人《人で》の、滝本流《たきもとりう》[八]をよくあそばしける程《書かれるということなので》に、師弟のけいやく《関係を結んで》させて遣はしけるに、手本紙《手本用の紙をさし出して》ささげて、「はばかりながら《恐縮ですが》、文章[九]をこのまん《注文通り書いて下さい》」と申せば、指南坊《しなんばう》おどろきて《〔書かぬではないが〕》、「さはいへ《とはいうものの》、いかが書くべし」とあれば、「今更馴《な》れ馴れしく御入り候[一〇]へども、たへかねて《心に包みかねて》申しまゐらせ候。大方目つき《〔私の熱い〕》にても御合点《ご存じのはず》あるべし。一二三日跡《以前》に姨様の昼寝をなされた時、こなた《あなた》の糸まきを、あるともしらず踏みわりました。『すこしもくるしうござらぬ《平気よ全然気にしなくともいいわ》』と、御はらの立ちさうなる事を腹御立て候はぬは《立腹なさるのが当然の失敗をご立腹にならないのは》、定めておれにしのうで《こっそりと》いひたい事がござるか《あるんじゃないの》、ござるならば《あるなら聞いてあげますよ》聞きまゐらせ候べし」と永々《ながなが》と申す程に、師匠もあきれはてて、

一　七夕の早朝、家具・衣類・文房具等を洗い清める行事。「かなあんどん」は金網作りのあんどんの意。
二　摂津国の三島郡（現高槻《たかつき》市・枚方《ひらかた》市附近）を流れ淀川《よどがわ》に合流する川。「芥」はごみ。
三　三島郡磐手《いわて》（高槻市）にある。天台宗。もと尼寺。能因の歌で有名。「山寺の春の夕暮きてみれば入相《いりあひ》の鐘に花ぞ散りける」（『新古今集』）。
四　後醍醐《ごだいご》天皇の皇子の八歳の作と伝えられる「つくづくと思ひ暮して入相の鐘を聞くにも君ぞ恋しき」の歌による。『増鏡』は恒良《つねなが》親王とし、『太平記』では「第九の宮」とする。
五　周制では、大学に対し、六芸《りくげい》の初歩を教えた。八歳で入るとされている。
六　字義そのものは母方の姉妹。
七　俳諧の祖宗鑑は、山崎に住み山崎宗鑑といった。晩年香川県観音寺市（讃岐《さぬき》国豊田郡坂本）に移り、その庵を一夜庵と名づけた。西鶴は終始、山崎の妙喜庵《みょうきあん》を一夜庵とした。『大矢数《おおやかず》』や『一目玉鉾《ひとめたまぼこ》』でも同様である。山崎のこの庵は、いったん廃絶したが、万治元年（一六五八）貞門《ていもん》の俳人梵益《ぼんえき》が再興し、居住した。
八　寛永三筆の一人、男山《おとこやま》八幡宮の別当滝本坊松花堂《しょうかどう》昭乗《しょうじょう》（一五八四〜一六三九）の創始した筆道。
九　手紙の意にも用いた。手紙を書いていただきたく、その内容にも注文がありますの意。
一〇　西鶴書簡現存の四通には「御入候」とはなく「御

座候」とある。本書四の四では江戸の武家方女性語として会話に用いている。
一一 ばかなこと、問題であると知りながらとにかく。
一二 卵黄色で滑らかな表面の料紙。鳥の子紙。
一三 手紙の本文に書き洩《も》らしたとき、宛名《あてな》の後に一字半さげて書き、書ききれぬときは行間などに書き込む。冒頭に、「なほなほ」とか「追而《おって》」とかを置くことから、「なほなほ書」「追而書」といった。
一四 単なる「里」ではなく、「山（寺）」に対する里。
一五 製油のとき、搾木《しめぎ》にくさびを打ち込んで油を絞り出す。打ち込むとき金属質の音がする。ただし山崎の製油法は轆轤《ろくろ》を用い、搾木は用いなかった。
一六 砧《きぬた》の音。秋の風物詩として美しい文章である。
一七 下女端下《げじょはした》（半物・端女）という如く、「はした」は召使女の最下級である。ただし時代差・地域差あり、その違いは明確でない。
一八 衣や布の洗い張りに使う伸子《しんし》（「しいし」とも）。
一九 恋心をあおるような、花やかな染模様の衣。
二〇 瞿麦《なでしこ》は世之介の紋様。挿画では、洗い張りの中の布にはみえず、世之介の着衣にみえる。「腰形」は腰模様。

指南坊受難奇譚

二一 濃い赤味のある黄。「山吹の花色衣主やたれ問へど答へずくちなしにして」（『古今集』）による。召使風情の言葉としてはそぐわないが、本書の一性格として物語仕立てや、美文調の凝《こ》りなどが齎《もたら》したもの。
これまでは[一一]わざと書きつづけて、「もはや[一二]鳥の子もない」と申されければ、「しからば《じゃあ》[一三]なほなほ書きを」《［書いて下さい］》とのぞみける。「又重ねてたより《よい折が》もあるべし《あるだろう》、先づこれにて《［今日のところは］》やりやれ」と、大方の事ならねば《内容が通り一遍ではない》《［早熟ぶりを］》、わらはれもせず《笑い捨てにもできず》、外にいろはを書きて、これをならはせける《練習させた》。

夕陽《せきやう》端山に《端あたりに》影くらく、むかひ《迎えの》の人来《きた》りて里[一四]にかへれば、秋の初風《はつかぜ》はげしく、[一五]しめ木に《［の音］》あらそひ、[一六]衣うつ槌《つち》の音《おと》物かしましう、[一七]はしたの女《［召使女たちが］》まじりに絹ばりしいし[一八]を放《はつ》して、「[一九]恋の染《そめ》ぎぬ、これは御れうにん様《御嬢様》の不断着《ふだんぎ》、このな[二〇]でしこの腰形、[二一]くちなし色のぬしや《持ち主は》誰」と

たづねけるに、「それは世之介のお寝巻《ねまき》」と答ふ。[一]一季《ひとき》をりの女、そこそこ《いい加減に》にたたみ懸け、「さもあらば京の水ではあらはいで」《そんならもともと京の人早く京の水で洗えばいいのに》との《大声で》のしるを聞きて《のはしたない噂話を聞いて》、「あか馴れし《着なれ汚れた衣を》を手に懸けさすも[二]〔諺にも〕『たびは人の情』といふ事あり《いうではないか》」と申されければ、下女面目なく、かへすべき言葉もなく《どう返事の仕様もなく》、ただ「御ゆるし〔下さいませ〕」と申し捨てて、逃げ入る袖をひかへて《ひきとめ》、「この文《ふみ》ひそかに〔従姉の〕おさか殿かたへ〔渡しておくれ〕」と頼まれけるほどに、[三]何心《なにごころ》もなうたてまつれば、娘更に〔手紙を貰う〕覚えもなく、[四]赤面して、「いかなる御方よりとりてつかはしける《貰って来たのか》」と、言葉あらけなきをしづめて〔母親は〕後《のち》、母親かの玉章《たまづさ》を見れば、[五]隠れもなくかの御出家の筆とはしれて《文字と判るが》、しどもなく《とはいえ取りじめもなく》、[六]「さはありながら」と、〔法師は〕罪なき事に疑はれて、その事こまかに《この手紙はこういう事情》云ひわけもなほをかしく《でと言いわけすればするほど不自然で》、よしなき事に《つまらない事だが》〔諺に〕「人の口」〔は恐ろしい〕とて、[七]あらざらむ《とんでもない》沙汰し侍る《取り沙汰をされた》。

世之介姨《をば》にむかってこころの程を申せば《従姉を思う気持を訴えたところ》、[八]「何ともなく今まではおもひしに、あすは妹《いもと》のもとへ〔この事件を〕申し遣はし《報告して》、〔このこましゃくれようはと〕京でも大笑ひせさせ

一 一年奉公の女。十年年季の奉公人などと比べて主家の事情にも通ぜず仕事もいい加減、「そこそこ」に畳むのもそのあらわれ。
二 他人の手に委《ゆだ》ねて迷惑を掛けているが。
三 これだけのこましゃくれぶりに翻弄《ほんろう》されながら、一軒の家内での手紙のやりとりという異常さにも気づかないで「何心もなく」とは、不自然である。
四 興奮して顔を赤くして。
五 歴然と。
六 こんな幼稚な手紙を御師匠様が書かれるはずはない。しかし、筆跡はまぎれなし、まさか、いややっぱり……。
七 歌語としての「あらざらむ」ではなく、あるはずのない、ありっこないの意をも含むか。
八 この小さい子が、まさかもう性に目ざめるはずはあるまいと全く問題にもしていなかったが。
九 「黠」は字義的には、わるがしこい意。こましゃくれて。
一〇 一般論として、何ごとによらず。
一一 この話全体が、『太平記』の高師直《こうのもろなお》に依頼されて艶書を代筆し迷惑を蒙《こうむ》った兼好法師の話のパロディである。なお北村季吟《きぎん》（一六二四～一七〇五）の『師走の月夜』（慶安《けいあん》二年、一六四九）にも、艶書代筆事件ともいうべき話がのせられ、この話と類似する。解説参照。

年齢相応の間ならば

ん」とおもふ《思う一面》外へはあらはせず《ひとにはいわぬことながら》、「我が娘ながら皃《かたち》も世の人並みとて、さる方に申し合せてつかはし侍る《とつがす約束をしている》。年だに大方ならば《年齢さえ余り不自然でなければ》世之介にとらすべきものを《とつがせていいものなのに》」と、心とこころに《我が心に思うだけで事なくおさめて》何事もすまして、その後は気付けてみるほど《見れば見るほど》[九]黠《こざか》しき事にぞありける。

「[一〇]惣じて物毎に外なる事は《万事道理に外れた事は》頼まれてもかく事なかれ」と、めいわくせられたる[一一]法師の申されける。

人には見せぬ所

鞁《つづみ》もすぐれて〔度をこさねば〕興なれども《仲々深い芸だが》、「[一二]跡《あと》より恋の責めくれば」と、そこば《色っぽい》かりを《所だけを》明りくれうつ程に、後《のち》には[一三]親の耳にもかし〔立って〕がましく、俄《にはか》にやめさせて、[一四]世をわたる男芸とて、[一五]両替町《りやうがへまち》に春日屋《かすがや》とて母かたの所縁《ゆかり》ありて、この《この家へ》もとへ[一六]銀《かね》見習《なら》ふためとてつかはし置きけるに、〔あきれた事に〕[一七]はやしに

一二「枕よりあとより恋の責めくればせむ方なみぞ床中に居る」（『古今集』）、能『松風』もこの歌をひいて「起き伏し分かで枕より跡より恋の責めくれば、せん方涙に伏し沈むことぞ悲しき」とする。この個所の鼓《つづみ》は、程度が高く、初心者には教えぬという。

一三 我が子のことは何につけても欲目でみる親でさえも。

一四 町人として世間並みに暮してゆくためには種々の芸が必要であったが（立花・茶の湯・連俳《れんぱい》等、謡もいる）、ここでは、読み書き算盤《そろばん》的実用の芸を男芸といった。とりわけ上方は銀本位経済であったから、その真贋瑕疵《しんがんかし》等を見定め、軽重の差を弁別することは、町人としての基本教養であった。

一五 京都市中京区両替町通。その二条下ルには金座銀座等がおかれた両替商（富裕な者が多かった）の町であった。春日屋は、『伊勢物語』の伏線。一の一では世之介の母は遊女であったが、再出時は、「奥様」であり、前章でも母方の姨は豪家である。〈遊女の腹〉という設定はどこかへ消えている。「所縁」は、前章姨甥よりも、関係が薄いことを表している。関係ある家。

早くも死に一倍の才覚

一六 銀の真贋等を勉強させるために。注一四参照。

一七 親がかりの息子が、親が死んで遺産がはいり次第、元金を二倍にして返す借金法。『本朝二十不孝』一の一参照。「死に一倍」とも「死に手形」ともいう。

垢かき流す菖蒲湯の女房

一ばい三百目の借り手形《借用証》、いかに欲の世の中《欲得ずくで動く》なればとて、かす人もおとなげなし《どうかと思われる》。

その頃九歳の一五月四日の事ぞかし。あやめ葺《ふ》きかさぬる軒《のき》のつま《軒先》、見越し《塀外から見える》の柳しげりて、〔木は〕木《こ》の下闇《したやみ》の夕間暮《ゆふまぐれ》、二みぎりに三しのべ竹の人除《よ》けに、四笹屋縞《ささやじま》の帷子《かたびら》、女の隠《かく》し道具《湯文字》をかけ捨てながら、五菖蒲湯《しやうぶゆ》をか六かるよしして《はいるということで》、七中居《なかゐ》ぐらゐ〔まずまずの〕の女房、八「我より外には《自分以外は誰もいない》松の声、九もしきかば壁に耳、〔よもや〕みる人はあらじ」と、ながれはすねのあ《蓮根様に流れて醜い脂のあ》と《と》をもはぢぬ《さらして》臍《へそ》のあたりの垢《あか》かき流し《洗い》、なほそれより《その上に怪しげな所》そこらも糠袋にみ《まで浴用の糠袋も何に使う》だれて《のやら》、かきわた《湯もかき立てら》

一 端午《たんご》の節句（五月五日）の前日、菖蒲《しようぶ》を屋根に葺《ふ》く。貸借関係の清算も多くこの時すませる。菖蒲湯は五・六両日又は六日にはいるともいう。
二 軒下で雨を受ける石畳。あるいは石畳一般。
三 篠竹。篠と偲ぶとの懸け言葉。
四 京都西洞院《にしのとういん》丸太町上ル町の著名な呉服所笹屋から売り出された縞柄か。前田金五郎『全注釈』によれば、京都一条通の北笹屋町通の木綿織屋産の縞柄を笹屋縞といったかとする。ただし、『世間胸算用《せけんむねざんよう》』の例からも高級呉服でなく、大衆用のものと思われる。
五 菖蒲には邪気を払う効能あり、湯に浮べた。
六 『伊勢物語』の初段の「春日《かすが》のさとにしるよししていて」を踏むか。前記「所縁《ゆかり》」ある「春日屋」からの流れである。本書二の四冒頭（五八頁）参照。
七 町家で乗物《のりもの》の供、使者、内輪の客の料理等を取り捌《さば》く役目の女。武家ではお茶の間という。
八 能『道成寺《どうじようじ》』の「花の外には松ばかり」による。
九 「壁に耳」という諺《ことわざ》があるから、物音こそきくものがあったとしても。
一〇 底から浮き上がる気泡《きほう》。
一一 庭園に設ける東屋《あずまや》。多くは方形。「亭《ちん》」も同意。ただし插画では、亭の屋根のイメージではない。世之介の恋が、乳母に見られる恐れから始まり、召使女の秘事を見るということで一歩前進、視覚としての性の出発といってよい。それも水平的な視線でなく、上から下への視線である。見ることの秩序への攪拌《かくはん》ともいえよう。本書全巻でのぞきの存在はかなり顕著である。

遠眼鏡の真の効用

一二 遠眼鏡は天文二十年（一五五一）ザビエルが大内義隆に贈ったことに始まる。家康遺品は久能山《くのうざん》に現存。

一三 「白地」とも書く。はっきりと、ありありと。

一四 建物から直接脇《わき》に出した低く短い垣根。

一五 午後八時九時前後。

一六 話の展開上、読者にも十二分に推量のたねを与えながら、神の目を持つ作家が、わざととぼけてみせた。

一七 その場では大変困りながら、「なに子供の事だから」という気もあって、世之介対応策に別段腐心することもなくの意であるが、「見せぬ所」の所業をして、それを見られた立場からはおかしい。

一八 「烏羽玉の」は夜の枕詞《まくらことば》。「夜には誰にもあわないから」という設定はまずい。言葉通り「見られないだろう」と安心しての意であるならば、行水をみられた直後のことという設定との重複感はいなみ難い。

一九 容貌《ようぼう》の醜い男（為重）が、ある女性の手をとって「今宵」と申し出たところ、その顔でかと嘲《あざけ》られて「さればこそ夜とは契れ葛城の神も我身と同じ心に」と詠《よ》んだという（『正徹物語《しょうてつものがたり》』）伝承を踏んだもの（葛城の神一言主《ひとことぬし》は醜貌を恥じて夜しか現れなかった）。

二〇 『伊勢物語』の「高安河内通ひ」の面影。

る湯玉、油ぎりてなん。

世之介四阿屋《あづまや》の棟《むね》にさし懸り、亭《ちん》の遠眼鏡を取り持ちて、かの女を偸間《あからさま》に見やりて、わけなき事どもを見とがめゐるこそをかし。ふと女の目にかかれば、いとはづかしく、声をもたてず、手を合せて拝めども、なほ顔しかめ指さして笑へば、たまりかねて、そこそこにして塗下駄をはきもあへずあがれば、袖垣《そでがき》のまばらなるかたより女をよび懸け、「初夜のかねなりて、人しづまつて後、これなるきり戸をあけて、我がおもふ事をきけ」とあれば、「おもひよらず」と答ふ。「それならば、今の事をおほくの女どもに沙汰せん」といはれける。何をか見付けられけるをかし。

女めいわくながら、「ともかくも」と云ひ捨てて、ただ何ごころもなく、「みだれし烏羽玉《うばたま》の夜《よる》の髪はたれか見るべく」と、はしたなくつかみさがして、つねの姿なりしに、かの足音してしのぶ。女是非《ぜひ》なく御こころにかなふやうにもてなし、その後小箱をさがし、一「芥（一般には芥子）人形」は小さい着替《きせかえ》人形。
二「京に京にはやる、おきやがりこぼしよ、殿だに見れば、つい転ぶ」による。
三 二月二日・八月二日の両日灸《きゅう》をすえる習俗があった。この日すえると万倍効果があると信じられていた。『全注釈』は「二日」に『伊勢物語』六十九段の面影を見る。
四「ちりげ」とも。脊椎骨《せきついこつ》三・四椎の間の灸点《きゅうてん》の一。
五 灸のあと、黒くなったあとに塩をつけて痛みをやわらげる。灸をすえることから愛情がわく発想は、『好色五人女』三の二にも見える。
六 その時からいとしい坊ちゃんだと思っておりましたが、それに比べて今はまた、一段まさって。
七 ふところ。
八 この世之介をうまくごまかす方法はもうない、と覚悟してのことか。乳母に「乳を下さい」ということで、世之介に間接的に「あなたはまだ子供よ」と宣告したのか。この辺りの女の心情の表現はやや不十分。
九「はじめから終りまで」の意を「はじめ」のみで表す。女は、世之介に見られた自らの行為を告白したのであろうか。
一〇 世之介をさらに改まって、口調からはいかにも武家風にいったものか。衆道《しゅどう》の内容に合わせてたくみ。
一一 諺「十歳の翁、百歳の童」。十歳ながら大人並み。
一二 男色の道。「にゃくどう」とも。少年の嗜《たしな》みとは心身の美を琢《みが》くことである。

[一]芥人形《けしにんぎやう》・おきあがり《起上がり小法師》・雲雀笛《ひばりぶえ》を取りそろへ、「これこれ《これらはみな》大事の物ながら、さまになに《あなたさまへなら惜しい物はありません》惜しかるべし。御なぐさみにたてまつる」と、これにてたらせども《ごまかそうとしたが》、うれしさうなるけしき《様子》もなく、「やがて子をもつたらば、それになきやます物にもなるぞかし《その子の泣いたときあやすために使えるだろう》。このおきあがり[二]が、そなたにほれたかして《〔お前の方へ〕転び》こけ懸る」といひざま《いいながら》、膝枕《〔ころりと〕》してなほおとなしきところあり《一層大人っぽい様子であった》。をんなも《〔さすがの〕女も》赤面して、「よもやただ事とは人々も見まじ」《他人が見たらよもや当り前の仲とは見ないだろう》、とくと心をしづめ《心をよく落ちつけて》、御脇ばらなどをはばかりながら《慮外ながら》なでさすり、「すぎし年《去年》二月《きさらぎ》[三]の二日に、天柱《ちりけ》[四]すゑさせたまふをりふし、黒ぶた[五]に塩をそそぎまゐらせけるが《つけてさし上げましたが》、[六]その御時とは《〔また格段〕》御尤愛《いとほ》しさも今なり《今こそまさります》。これへ御入り候へ《おはいりなさいよ》」と帯しながら懐《ほほ》[七]へ入れてじつと抱きしめ、それよりかけ出だして、おもての隔子《かうし》をあらく《どんどんと》たたきて、「世之介様の御乳母どの」とよび出だし、「御無心《ごむしん》[八]ながらちちをすこしもらひましよ」とはじめ[九]《一部始終を》をかたれば、「まだ今やなどかやうの事は」《まあ今からこんなことでは将来が〔思いやられます〕》と腹かかへて笑ひける。

一三 下坂小八風の髪型。下坂小六（赤坂小六）は当時全国的に流行した俗謡の人物である（洛北《らくほく》に今日も伝承されている）が、関係未詳。

一四 「鬢切」は髪を切って耳の後ろに垂らす髪型。「たて懸け」は、髻《もとどり》を大きくして髷《まげ》を後頭部に立てかけたように結う型。

一五 男色関係では、念者（年長者＝兄分）も若衆《わかしゅ》（年少者＝弟分）も、特に精神性が強調された。「こころ」は理念。

一六 色恋のわきまえ。

十歳の翁のたしなみ

一七 世人は雪中にまだ咲かぬ梅をまつように世之介が今少し成熟するのを待ちこがれていたと考えられるが、また、梅が男色における兄分の象徴であることから、世の人が雪中の梅を早く咲けよかしと望むように「一日でも早く兄分（梅花）にめぐり合いたい」と世之介が思うとも解される。

一八 洛北鞍馬山の古称とも、その一部貴船の一名ともいう。また、東福寺《とうふくじ》から東山に続く一帯（宗政五十緒説）というが定かではない。

時雨も晴れるうれしさは

一九 「関西西国にては天の網といふ。京にてはかすみ網といふ」（『物類称呼《ぶつるいしょうこ》』）。

二〇 梟《ふくろう》に赤頭巾を冠せ、鳥を寄せるおとりとする。

二一 「物冷《すさ》まじき秋風の梟松桂の枝に鳴きつれ」（能『殺生石《せっしょうせき》』）。荒涼の状景。

二二 袖で頭部を覆い笠代りにする。

袖《そで》の時雨《しぐれ》は懸《かか》るがさいはひ

一〇浮世《うきよ》の介黠《こざか》しき事「一一十歳の翁《おきな》」と申すべきか。もと《もともと》生《むま》れつきうる《容姿も》はしく《整っており》、一二若道《じゃくだう》のたしなみ《身嗜みも十分で》、その頃一三下坂小八がかりとて一四鬢切《びんぎり》して、たて懸けに結ふ事時花《はや》りけるに、その面影情らしく《いかにも色っぽくて》、〔もし世之介を〕「よき」とほむ《ほめて》る人のあらば《くれる人があれば》、ただは通らじ《そのままに通りすぎはしないぞ》と常々一五こころをみがきつれども、〔他人目からは〕まだ一六差別《しゃべつ》あるべきとも思はず《あるはずもないと遠慮して》。世の人一七雪《ゆき》の梅《むめ》をまつがごとし。

ある日一八暗部《くらぶ》山の辺《ほとり》にしるべの人《住む知人の許で》ありて、〔鳥刺しの遊びをして〕梢の小鳥をさわがし、一九天の網《霞あみを張り》、小世にもち《とりもち》などをなびかせ《塗らせ》、茅《かや》が軒端《のきば》の物淋《ものさび》しくも、二〇赤頭巾《冠》をきせたる梟《せた梟をおとりにし》、二一松桂《しょうけい》草がくれ、なぐさみも過ぎがてにして《楽しみ事はいつまでもと終らせにくいが》帰る山本《やまもと》近く、雲しきりに立ちかさなり《雨雲がむらむらと》、いたくはふらず《ひどくは降るのではないが》、〔はらはらと〕露をくだきて玉ちる風情、一木も舎り《一本の木さえやど》のたより《雨凌ぎの》ならねば、〔ええままよ〕いつそにぬれた《ぬれればぬれ次第》二二袖笠、「あ《なるよう》あままよさて《になれとは思うものの》」、[一]僕《ざつち》が作り髭《ひげ》の落ちん事を悲しまるる折ふし、その《困っておられた丁度その時》里に影隠して《隠棲している》住みける男あり。〔世之介の〕御跡をしたひて《つけて》〔後から〕からかさをさし懸けゆくに、〔その嬉しさ〕空晴れわたるここちして《雨空さえも晴れる思いで》、見帰り《振り向き》、〔何とまあ〕「これはかたじけなき御心底《しんてい》、かさねてのたより《も一度お目にかかる時のたより》にも[二]御名ゆかしき《伺わせて下さい》」と申せど、それにはかつて取りあへず《まったく取り合おうとせず》、[三]御替草履《かへざうり》をまゐらせ、〔懐中から〕〔嗜みの〕ふところより櫛道具《くしだうぐ》、え《何と》もいはれぬきよらなる《も表現できぬほど清らかな一式を》をとり出だし、つきづきのもの《お伴のもの》にわたして、「そそけたる御おくれをあらため給《雨にぬれて乱れたおくれ毛の手入れをなさい》へ」と申し侍りき。

時しもこのうれしさいかばかりあるべし《難儀していた時の親切だから嬉しさは量りようもないほどであった》。まことに[四]時《しぐ》雨《れ》もはれて《〔折よく〕》、夕虹《ゆふにじ》きえ懸るばかりの《消えるように魂も消えるほ》

一　顔面に鍋墨《なべずみ》で髭を描いた。下僕の風俗、元禄《げんろく》に入り禁止。「西瓜《すいくわ》くふ奴の髭の流れけり」（『五元集《ごげんしゅう》』）。

二　「いかさまこれは公達《きんだち》の御中《おんなか》にこそあるらめと、御名ゆかしき所に」（能『忠度《ただのり》』）。

三　さし上げ。この話では世之介に敬語を目立つまでに使うが、稚児物語の伝統をふんだもの。稚児を仏菩《ぶつぼ》薩《さつ》の化身とする発想を受ける。

四　語源を「過ぐ」といわれるように、通り雨。

五　何の反応もなくとするか、能の「ああら何ともなや候《ざうらふ》」（ああ困ったことだ）とするか、両解可能。

六　普通衆道《しゅどう》は兄分から少年へいいよるものであるが、ここでは常識をすてて、弟分からいいよって断られたのであるから、なおさらひっこみがつかぬ。

七　亭々たる松は、しばしば男根の象徴と考えられるが、とすれば、空しく朽ちてゆく男松とは、衆道に生かすこともなく終る男根を諷《ふう》した表現ともいえよう。朽木に腰を下ろすのは『卒都婆小町』の面影。

八　袖で止めかねて、涙が次から次へと流れるがこれは恋が叶《かな》わぬゆえの涙である。『方丈記』の「行く河の流は絶えずしてしかももとの水にあらず」による。ただし「袖ゆく水」に形態上より近い「水ゆく河」（『伊勢物語』九段）の例もある。ここから『方丈記』の著者鴨長明をひき出す。

九　孔子は道学者の代表としてひかれたまで。「身のとり置き」とは、出家・山中隠棲《いんせい》を指す。

御言葉数々《ど切ない言葉を尽し》にして、「今まで我《〔世之介は〕私を》おもふ人《〔弟分と〕思って下さる人》もなく、[一]いたづらにすぎつ《一人ぼっちで過したのも》るも、あいきやうなき身の程《魅力がなく生れついたせいだから》うらみ侍る。不思議のえんにひかるる、《今日の出合いは神秘的な因縁にひかれてのこと》この後うらなく思はれたき《これをご縁にわけ隔てなく》」とくどけば、[五]男何ともなく「途中の御難儀《〔雨で困られた〕》をこそたすけたてまつれ、まつたく衆道《しゆだう》のわかちおもひよらず《での恋の愛のという事は考えてはいません》」と、取りあげて沙汰すべきやうなく《話しあおうとさえしない様子でつぎほもなく》、すこしは興覚めて《〔世之介も〕白けた》後、[六]少人《せうじん》気の毒ここにきはまり《進みも退きもできず》、年はふりても恋しらずの男松《年だけとっても衆道の情をしらぬ》、[七]おのれと《自然と》朽ちてすたりゆく木陰に腰を懸けながら、「つれなき思はれ人かな《これはまた情知らずの恋人ですね》。袖ゆく水の《袖を濡らす涙は》しかも又同じ[八]泪《なみだ》にもあらず。鴨《かも》の長明が[九]孔子くさき身《賢人ぶった一身》のとり置き《の処理をしながら》も、[一〇]門前《もんぜん》の童部《わらんべ》にいつとなくたはれて《たわむれて》、[一一]方丈《はうぢやう》の油火《あぶらび》けされて、《〔恋のあまり〕》こころは闇《やみ》になれる事もありしとなむ。月また[一二]めづらしき不破《ふは》の万作《まんさく》、[一三]勢田《せた》の道橋《みちはし》の詰《つめ》にして蘭麝《らんじや》のかをり人の袖にうつせし事も、これみなかうした事であるまいか《男同士の愛ではありませんか》」と申すをも更に聞きも入れぬ《全く聞こうともしない》「[一四]秋の夜《よ》の長物語《ながものがたり》」、少人のこなたよりとやかく歎かれしは《〔男色道の習いに外れ〕いい寄った激しさは》、「[一五]寺から里」への[一六]お児《ちご》しら糸の昔いふにたらず《昔など比べものにならない》。「[一七]さあ、いやならばいや

一〇「門前の小僧習はずして経を読む」の諺をふみつつ、『方丈記』の長明が友人扱いにした少年をひき出し男色関係に仕立てている。「麓《ふもと》に一つの柴《しば》の庵あり。（略）かしこに小童《こわらは》あり。時々来りて相とぶらふ。もしつれづれなる時は、これを友として遊びありく。彼は十六歳、我は六十路《むそぢ》、その齢《よはひ》ことの外なれども心を慰むることは同じ」（『方丈記』）。

一一 ここでは長明の日野山の庵室。

一二 恋といえば闇というのが相場であるが、闇の中では、本来その輝きを賞翫《しようがん》されるのが常の月も、彼に対してだけはその美少年ぶりを賞《め》でる側に廻る程美しい不破万作の意。不破万作は豊臣秀次の寵童《ちようどう》。

一三 万作が、近江の勢田の橋のほとりで一人の武士と契ったが、その時、豊臣秀吉―秀次―万作と伝えられた蘭奢待《らんじやたい》の香をたきしめていたのでそれとわかったという（『新著聞集《しんちよもんじゆう》』『東国太平記』等の伝承）。

一四 中世の稚児物語の名作。雨にぬれた少年と僧との出合いを発端とする。くどくど少年（世之介）とくどかれる青年のいつ果てるともないやり取りは、あの物語名と同様、秋の夜の長物語であるとの意。同書は近世に入って寛永十九年（一六四二）出版された。

一五 諺。里から寺へ寄進が常道で、本末顚倒《てんとう》の意。

一六『鎌倉物語《かまくらものがたり》』に僧に恋した稚児白菊の哀話がある。また白糸の名も知られている。それらの連想か。

一七「嫌ならはっきりいってくれ」ということは、「では私は死にます」などの脅迫がこめられている。

にして《〔はっきりして〕》」とせめても、この男まだ合点せぬを、後《のち》には小づらも憎し。

しばしあつて、「かさねての日、中沢[一]といふ里の拝殿にて出合ひての上に」と、しかじかの事どもうすやくそくして《あらましの約束をとりつけて》帰れば、なほしたひて《未練は一層で追いかけ》、笹竹[二]の葉《は》分衣《わけごろも》にすがり、「東坡《とうば》[三]をじせつすいが風吹土《ふうすいど》にて、さき立ちて待ちしが、それ程にこそは我も又《それくらいの熱烈さは私だって》」と、かぎりある夕ざれ《〔時もたって〕》、見[四]やれば見おくる。

へだたりて《日時をおいて》、かの男、年頃「命はそれに」とおもふ若衆にかたれば《この数年というものはこの少年にと思い極めた相手に始終を話せば》、「又あるべき事にもあらず《〔若衆からそれ程打ち込むなど〕》。我[五]との道路《みちぢ》を忘れずとや。さりとはむごき御こころ入れ《〔それは嬉しいが〕残酷な》、いかにして捨て置くべきや《〔耳にした以上〕どうしてもそのままにできません》」と、おもひの中《〔隔てる〕》の中川の橋かけそめて《橋代りの役を勤めて》、身は外になしけるとなり《兄分との仲をひいてしまったということだ》。

若衆同士の意気と情

尋《たづ》ねてきく[六]程《ほど》ちぎり

一　不明。本書四の三に「和州中沢」として再出。
二　笹竹の繁みを分けてゆく。西鶴は美しく「露分衣《つゆわけごろも》」などともいう。
三　富陽新城にゆく蘇東坡《そとうば》を見送ろうと、美少年李節推《りせっすい》（東坡は「騎馬少年清且婉《きばのしょうねんせいかつえん》」と讃美する。『よだれかけ』などに引用）が風水洞《ふうすいどう》で先立って待って愛を契ったという故事。少年世之介の目線《めせん》での話として、ことさら稚《おさな》く「じせつすい」・「風吹土」などと誤字や訛《なまり》を用いたものか。
四　「牙《カミ》ヲ咀テ攻戦、追出セバ攻入、攻入レバ追出ス」（『応仁記《おうにんき》』）など軍記物の語調・格調がある。
五　求愛を拒みぬくのは私への義理立て故《ゆえ》ですか。
六　尋ねて女を取り巻く環境の悪い条件をきけばきくほど契り（花を摘むの意とかける）が深くなる。一五頁注八参照。
七　新枕（はじめての契り）と伏見（臥《ふ》すの意をかける）とは連想関係である。『今鏡《いまかがみ》』第七「まことにや三年も待たで山城《やましろ》の伏見の里に新枕する」。
八　長崎で輸入する中国商品などを扱う商人。おそらく太鼓持であろう。
九　京都五山の一。京から伏見に向う地点にあった。
一〇　撞木町。入相→鐘→撞木の連想。伏見撞木町は慶長元年創設、九年再興。夷町《えびす》（恵美酒町）が正称であるが、撞木型の道路による異称が通称となった。
一一　慶長伏見図によれば、鐺屋町・南鐺屋町がある。これらの町の茶屋の名か。郭通いの辻駕籠の免許は元禄以降のことという。駕籠乗り付けを遠慮したものであろう。

一二 伏見墨染寺の路傍の名水。「少将の井」とも。

一三 撞木町は南側にのみ門を設けた一方口である。伏見に限らず、他の遊郭でも治安運営上、しばしば一方口とした。伏見の北の京都からいえば、北側に門があれば、町の長さだけ近くなるわけである。京から撞木町までは四十四町、一刻も早く辿《たど》りつきたい蕩児《とうじ》の思いが実感をもって描かれている。

一四 なぜ「ひそか」なのかはよく判らないが、己の行動を陰に潜めるルポルタージュの目線ともいえよう。

一五 公家《くげ》が微行《びこう》して伏見で遊ぶ様子。冠下《かんむりした》の髪型。

一六 宇治には、公儀御用の茶師が十二軒あり、それぞれに手代を抱えていた。職業柄厚鬢《あつびん》で上品にみえた。

一七 伏見の東方、醍醐・宇治の分岐点で交通の要衝。

一八 伏見京橋又は阿波橋から大坂八軒屋への三十石舟が出た。

一九 樒《しきみ》と粽は愛宕詣《あたごまい》りの土産（『出来斎京土産《できさいきょうみやげ》』）。

二〇 さし通した一貫文《もん》（実数九六〇文）の本末《もとすえ》。

二一 撞木町から十六町未申《ひつじさる》寄りの柳町（現山崎町の西）の異称。撞木町より一段と格下の遊郭。

伏見撞木町郭の内そと

二二 張出しの格子窓。局《つぼね》女郎の印《しるし》でまた値段を示すもの。横に渡した貫《ぬき》一本が三寸（匁）の遊女である。

二三 襖絵《ふすまえ》はお決りで紅葉流れる竜田川だが、それも紅葉が散るようにちりぢりに破れた哀れさをいう。

「[七]新枕《にひまくら》」〔歌に〕とよみし伏見の里へ、菊月《九月》十日の夕暮〔重陽の〕、きのふ酌みし酔《ゑひ》のまぎれに〔約束して〕、[八]唐物屋《からものや》の瀬平《せへい》といふ者を〔案内者に〕さそひ行くに、[九]東福寺《とうふくじ》の入相《いりあひ》、程なくし[一〇]もく町、こころざす所はここなり。[一一]鑓屋《やりや》の孫右衛門の辺《ほとり》に駕籠《かご》乗り捨てて、息もきるる程の道はやく、[一二]墨染《すみぞめ》の水《名水も飲むやのまずで》のみもあへず、[一三]南の門口よりさし懸り、「東の入口はいかにして《なぜにまた》ふさぎけるぞ。〔京からは〕すこしはまはり遠き恋ぞ」と、〔郭内の〕ありさまひ[一四]そかに見わたせば、〔いかにも〕都《京》の人さうなが《都風の人で》、[一五]色しろく冠《かんぶり》着さうなるあたまつきしてしのぶ《目立たぬようにしている》もあり。[一六]宇治の茶師の手代めきて《手代風にみえるが》、かかる見る目《この推定は》は違はじ。その外[一七]六地《ろくぢ》蔵《ざう》の馬《むま》かた、[一八]下り舟まつ旅人、風呂敷包みに[一九]しきみ・粽《ちまき》をかたげながら、[二〇]貫ざしのもとするゑを見合せ《懐中と相談の上で》、「もし気に入りたるもあらば」と見つくして、又《またも一度》[二一]泥町《どろまち》に行くもをかし。

人《人通りの》のすき待ちて、西の方の中程《ほど》、ちひさき[二二]釣隔子《つりがうし》、[二三]唐紙《からかみ》の竜田川《たつたがは》も紅葉《もみぢ》ちりぢりにやぶれて、煙《客や遊女のすうたばこの煙が立ちこめて》もいぶせきすひがらの捨て所もなく、かすかなゑうちに《いかにも貧しげな見世に》、やさしき女《上品な女》、こと葉に数なく《はしたなく声をかけるのでもなく》、見られたき風情《見られようとわけて風》

にもあらず《情を作る様子もなく》、「一袖の香ぞ、けふの菊」と、筆もちながら五文字《〔始めの〕》おき《どうし》まどひてあり顔《ようといった顔つきであった》なり。ふかくしのばれて《〔世之介は〕すっかり気に入って》、「この君は何としてかか《遊女はどうしてまたこんな》るしなくだりたる《に貧しく格の低い》宿に置きけるぞ《〔と不審顔〕》」。二瀬平が物語せし《説明して》は、「この人か《この遊女の抱》かへの親方《え主は》、この里一人の貧者、かくれなくていたはし《きっての銭無しとして有名であり奉公の女たちは気の毒》。さもなき《さ程美しく》人もちなしがらなり《ない女も扱いでどうともなるもの》。嶋原の着おろし《遊女の古着》、三あやめ八丈・から織のふる着も、この里におくりてよき事に《島原風に》似せける」と申し侍る《〔島原とは違って〕》。かるが《手軽気軽》る《な》四なぐさみ所なるべし。断りなしに《遠慮なく》腰をかけて、わきざし紙入《かみいれ》そこそこ《無造作に》に置きながら、み《み》るに《る程に》よき事おほき女なり。

「五いかなるしるべ《どういう因縁で》

一 俳諧か和歌か、詠《よ》もうとする趣意（内容）は立ちながらおそらく初めの五文字に心なやんでいる模様。「袖の香ぞ」「けふの菊」は共に五音であることから、初句をこのうちから選びわずらっている態とも解しうる。

二 瀬平は、未経験の世之介の指導者、少なくとも案内者であり、この遊里の事情通である。

三 「あやめ八丈」は、菖蒲色《あやめ》（紫）に染めた八丈縞。当時の流行。「から織」は本来中国渡来の金襴《きんらん》・緞子《どんす》・繻子《しゅす》等をいうが、それに似せた国産品にもいい、ここでは、後者であろう。比較的高級な衣裳も、島原の古着ということで、かつがつ着られるのであるが、それすらも親方が貧しければ、できない。

四 うっくつの晴らし場所。ここでは遊郭。

五 「いかなるしるべ」以下すでに情交が終っての事とみる。遊女に「ましますぞ」など敬語を使うところに注意。

親元隠す遊女の心得

にて〱の所にはましますぞ《この遊郭においでですか》。六殊更うき勤め、さぞ《さぞかし》」と申し侍れば、「人さまにこころをあらはに見らるるも《〔はずかしながら〕》、七自《おの》づからもの毎《ごと》はしたなくなりて《卑しくなり》、よろづ《万事が》不自由なれば、思はぬ欲もいできて《思いもしなかった欲もでてきて》、人をむさぶりて《客にせがんで自分一身の費用は勿論 部屋の腰張までしてもらい》我が身の外の腰張をたのみ、八あらしふせぎ候。小野のたき炭《ずみ》、九よし野紙、一〇非《ひ》田院《でんゐん》の上ばきまでも一一みづからして、それのみ《それに加えて》、雨の日のさびしさ《客足わるく》、風の夜はなほまつ人も見えず《なおさら約束の人さえもこない》。一二御幸《ごかう》のまつり、又は五月の五日六日、それぞれの売日《うりび》とて《〔売らねばならず〕》、誰さまをさして《誰をみこんで》『その日は』《〔ぜひ〕》といふほどのたよりもなきに《馴染でもないのに〔親方に〕》、あらくせがまれて《売れとむりに》、やうやう日数程ふりて《どう過したのやら》、二《ふた》とせばかりは暮し候へど、一三行末の事おそろしく《〔考えると〕》、里はなれにまします親達は《遠いところに》いかに世をおくらるるぞ《どうして生活しておられることやら》、一四その後《のち》はたよりもなく《〔まったく〕》、ましてここに尋ねたまはねば」と、そぞろに《とめどなく》泪《なみだ》を流す。「その親里《おやさと》は」ときけば、「一五山科《やましな》の里にて源八」とかたる。「かくあらぬさきこそ《相知らぬ前ならとも かく〔知り合った上は〕》。ちかぢか尋ねて無事のあらまし《様子》をもきかせ申すべし《知らせて安心させて上げよう》」といへど、うれしきやうすもなく《〔この言葉にも一向〕》、「かならずかならず御尋ねは御もつ《恐縮すぎ》

六 世わたりするかぎり、楽一方というものはないにせよ、この郭勤めは、格別に、憂いつらいことでしょう。

七 こんな稼業《かぎょう》をしていますと自然と何事につけても。

八 「腰張をたのみ（それによって冬の）あらしふせぎ候」と解したが、また、「あらしをふせぐための小野のたき炭」と続けてもよい。小野の炭は諸説あるが、『庭訓往来抄』《ていきん》には「丹波ノ小野ノ細川ト云所ヨリ出ル炭也」とある。燃料用の炭を筆硯の墨に対したき炭という。

九 大和吉野産の紙。

一〇 京都悲田院村で作る草履。

一一 以上女が並べ立てた生活上のこまごまとした必需品や部屋廻りのことは当然抱え主負担であるべきであるが、それらを「みづからして」ゆかねばならぬ苦しさ。

一二 伏見区御幸神社の祭り。撞木町の売日。以下五月云々も節句で売日である。売日は紋日《もんぴ》（物日）ともいい、平日より割高で、売れねば遊女が自らを買わねばならぬ制度。これを身あがりといって、遊女の負債が、その分殖《ふ》えてゆく。

一三 「行末の事」は、中世物語の文脈でいえば、「来世」。

一四 遊郭に身をしずめたあとは。

一五 現京都市山科区山科。

たいなし。はじめの程は赤根《あかね》[一]などほりてありしが、〔一段と〕今はおとろひて《貧しくなって》、往来《ゆきき》の人に袖乞ひして、然《しか》[二]も因果は人[三]のきらひ候煩《わづら》ひありて」と申し侍る。

起き別れてこれを聞きながら、[四]なほ《それでも》たづねゆかんと里《山科の里》に行きてみれば、柴《しば》のあみ戸に朝顔いとやさしく《優美に》作りなし、鑓《やり》一すぢ、鞍《くら》のほこりをはらひ、〔常住〕朱鞘《しゅざや》の一腰《ひとこし》をはなさず、さつぱりと《さらりと一通りの》あいさつ過ぎて、かくと申せば《御息女はしかじかと話すと》、「いかに女なればとて《あさはかな女だからといって》、[五]その身になりて我を人にしらせ侍る《私の名を出して》事口惜《くちを》し」と泪を流す。〔それをなだめて〕いろいろ申しつくし、[六]かの女むかしを隠したるこころ入れをかんじて、〔身請して〕程なく娘を山科にかへして見[七]捨てず通ひける。その年は十一歳の冬のはじめの事なり。

煩悩《ぼんなう》の垢《あか》かき

一 茜染《あかねぞめ》の材料とする。染色関係の仕事は、地域差はあるが時に賤職《せんしょく》とされることがあった。
二 前世でどのような悪因をつんだ報いやら。
三 近世ではハンセン氏病の婉曲《えんきょく》表現としていう。
四 ここまで悪条件を並べられたら当時の常識としては、尻込《しりご》みするはずである。
五 遊女に身を落しながら、親元をあかしそのため武士の面目が立たぬというこの言葉はたて前であろうが、浪宅生活がさわやかに描かれていればいるほど、今日的な目からは親のエゴイズムとして映るだろう。

遊女の親は槍一筋

六 なるほど軽率に親元をあかしたが、根問いされて、隠そうとしたいかにも武士の娘らしい心がけ。
七 この女が世之介の実質的な初体験の女であり、また最初のかこい女である。
八 月は八月十三夜、待宵《まつよい》（十四夜）、名月（十五夜）それぞれに見所があり、月見の名所もまた各地にあるが。「いづくはあれど」は、能『融《とおる》』の「陸奥《みちのく》はいづくはあれど塩釜《しほがま》のうらみて渡る老《おい》が身の」による。
九 「波爰《ここ》もとに寄来る心地して」（『源氏物語』須磨）。「寄り来る」と「借りきる」の音の近似も狙《ねら》いか。
一〇 現在の神戸港西南部に当る。角の松原は、実際は西宮の東の松原であるが、西鶴は『一目玉鉾』でも同じく、和田の岬《みさき》を巡った所（和田の小松）を角の松原といっている。塩屋は須磨の西に当る。『兵庫名所記《ひょうごめいしょき》』下によれば、敦盛の石塔は高さ一丈一尺、台石四尺四方、五輪の塔である。
一一『平家物語』四、熊谷との組み打ちの条「取つて抑へて首をかかんとして」による。源平合戦を、酒席の遊興にとりなした。「おさへる」とは盃をさされたばあい、も一度相手に重ねてのませること。熊谷は大盃の一種。いやがる敦盛をむりに熊谷盃でのませた所の意。この「とつておさへて」の口拍子など「中将殿を抑へてとつておし入れて」(『大橋《おおはし》の中将《ちゆうじよう》』二段目)などにもみられる。
一二 飲みさしの盃を相手にさす。親愛の情の表現。熊谷が敦盛を「小突き差し」た戦闘にもかけたか。
一三 宴席酒戯の一、源平二氏に別れて競うのと、『源氏物語』の巻名・人名で応酬するものがあった。
一四「海は少し遠けれど」(『源氏物語』須磨)による。
一五 月をみるさえ興趣が薄れ(『源氏物語』須磨)。
一六 女漁《あさ》りに案内者をたてるルールは浮世草子一般に通じる。一たん宿を取り亭主を仲介者としたりする。
一七 能『松風』の在原行平。須磨に流謫《るたく》の間海女《あま》松風・村雨《むらさめ》姉妹を寵したとする。「三年はここに須磨の浦、都へ上り給ひしが、此程の形見とて御立烏帽子《おんたてえぼし》狩衣《かりぎぬ》を残し置き給へども」をふむ。「香包み」以下は、烏帽子・狩衣の俳諧化。
一八 兵庫の津の遊郭は磯の町で寛文四年(一六六四)の大火以後停止。
一九 囲職《かこいしよく》の女を、昼九匁夜九匁に別けて売る。半夜。

須磨の浜辺の海女の袖

[八]十三夜の月・待宵《まつよひ》・めい月、いづくはあれど《月の名所は多くともどこよりもまず》須磨《すま》は殊更と《一等優れている》、[九]浪《なみ》ここもとに借りきりの小舟《うち寄る浦辺で舟を借りきって》、[一〇]和田《わだ》の御崎《みさき》をめぐれば、角《つの》の松原・塩屋《しほや》といふ所は、[一一]敦盛《あつもり》をとつておさへて熊谷《くまがへ》が[一二]付けざしせしとなり。[一三]「源氏酒《げんじざけ》とたはぶれしも」〔もっともだ〕と笑ひて、[一四]海すこし見わたす浜庇《はまびさし》に舎《やど》りて、〔地酒を嫌って〕京よりもたせたる舞鶴《まひづる》・花橘《はなたちばな》の樽《たる》の口をきりて、宵の程はなぐさむ業も《面白かった遊びも》、次第に《更けゆくにつれ》[一五]月さへ物すごく、〔折しも鳥の声〕「一羽の声はつまなし鳥か」《一羽きりなのは》となほ淋《さび》しく《一層》、「一夜もただはくらし難し《一夜だって女なしには》。若い蜑人《あまびと》はないか」と、[一六]あるものにまねかせてみるに《人を頼んで》、髪に指櫛《さしぐし》もなく、顔に何塗《ぬ》る事もしらず、袖ちひさく裾《すそ》みじかく、わけもなう《何につけても》磯《いそ》くさく、ここちよからざりしを、延齢丹《えんれいたん》などにて胸おさへ《気分が悪いのを我慢して》、「[一七]昔行平《ゆきひら》何ものにか足さすらせ《身の廻りの世話をさせ》、しんきをとらせ給ひ《憂さつらさの慰めにされ》、あまつさへ別れに香包《かう》み・衛士籠《ゑじかご》・しやくし・摺鉢《すりばち》、三とせの世帯《せたい》道具までとらされけるよ」と。〔今更いぶかった〕

又の日は[一八]兵庫《ひやうご》まで来て、遊女の有様[一九]昼夜《ちうや》のわかちありて、半夜《はんや》とせはしくふぎり定めるは、今にもこの津は風にまかする身とて《日和次第 風次第の》、舟《船》

秀句の女の唇の反り

子のよびたつる声に《頭の出船の合図ですぐさま起ち》、小歌《こうた》を聞きさし、あるいは戴いてさし捨てに《〔盃を〕貰って返盃したまま出》して行くは《てゆく習いだが》、こころのこす人はのこるべし《心残りのする人には残念なことであろう》。何とやら《あまりに》騒々しく、これによごるるもと《〔こんなものと交わって〕》、すぐに《〔趣向を変えて〕》[一]風呂に入りて《入ったところ》、「名のたたば《浮名が立ったら》[二]水さします」などと、[三]口びるそつて中高《なかだか》なる顔にて、秀句よくいへる女あり。とらへて「[四]御名ゆかしき《名前は何というのか》」と問へば、《〔心得て〕》「忠度《ただのり》」と申す、「いか様これ《なるほどこれ程》をただは置かれじ《の女を放っておく手はない》」と、うす約束するより《口約束であうことを決めると》、はやあがり湯のくれやう《早くも上がり湯の出し方〔も一段親切で〕》、[五]ちらしをのませ、浴衣《ゆかた》の取りさばき、[六]火入《ひいれ》に気をつけ《〔整髪の〕》、鬢水《びんみづ》を運び、鏡かすやら《〔尽してくれるが〕》、そのもてなし《接待法は》何国《いづく》も替る事なし。

風儀《ふうぎ》はひとつ[七]着《きる》

一 兵庫の津には風呂屋があり、湯女が客の求めに応じた。
二 実際に湯に水を入れてうめるのと、人間関係に「水をさす」とをかけたもの。
三 どこか男好きのする女。「口びるそつて」はいかにも秀句の一つもいいかねぬ容貌。「中高」は美人の条件である。
四 能『忠度』の「いかさまこれは公達《きんだち》の御中にこそあるらめと、御名ゆかしき所に」。
五 香煎《こうせん》。もち米や陳皮《ちんぴ》などの粉末を湯に浮べたもの。
六 煙草盆《ぼん》の火種を入れる器。
七 中着・下着（肌着）ぬきで上着だけを褄高《つまだか》くとり。
八 夜鷹《よたか》が白帯をしめることは京坂《けいはん》でも江戸でも行われたが、下級売春婦の風俗として、関係あるか。
九 朝夕の訓《よ》みは「ちょうせき」。享保《きょうほう》以前は原則として二食であった。
一〇 この個所によらず「AながらBをする」という同時二重行為は卑しまれたようである。「いふかた手に草履取り出だし」「入りさまに（略）壁につけ」「立ちながらあんどんまはして」。
一一 煙草のすいようとしてはいやしい。
一二 遠慮会釈もなく。
一三 屏風をへだて部屋を仕切っただけで、遊女と交わったのである。つまり客と寝ながら傍輩か誰かに話しかける。

一四 夜半の午前二時頃今の鐘は何時の鐘かと聞くなど、他人の迷惑を考えない。

一五 体の芯《しん》の冷えるのは売春婦の生理なのか、どこか……と続く。

一六 女に不自由な時の間に合わせだからといって、いつ頃からここまで万事に賤《いや》しくなったのだろうかの意。とすると、秀句よくいう利発げな女は、どこかへ消えてしまうことになる。個としての湯女を描く視点が拡散して一般的湯女論となり、兵庫磯の町という限定もきえる。そして「そもそも」以後は、湯女史・風呂屋史の領域にはいる。作家的視点が、実に自由に変化する。

一七 丹前姿の人の髪型・所作・気風・服装をいう。派手できらびやか。江戸神田四軒町雉子町の松平（堀）丹後守上屋敷の前に風呂屋があり、大いに繁昌した。丹後守の前であるから丹前と洒落《しゃ》れたという。その客や湯女の気風が流行となったといわれる。

一八 現在の湯女のさもしさを「いつの程より」とみる目が、丹前風呂の勝山を呼び出したもの。丹後守前の紀伊国風呂市兵衛抱えの湯女。のち、吉原新町山本芳潤抱えの大夫として出世した。風呂屋者《もの》は私娼であり、私娼取り締りによって吉原へ移されるのであるが、大夫になったのは空前絶後である。「出世《しゅつせ》」は遊女として出ることを意味する。

物《もの》つまだかに、白帯《しろおび》[八]こころまま《思う存分きりきりと》引きしめ、「やれたらば《破れたって》親かたのそん、久三、挑灯《ちやうちん》ともしや」といふかた手《いいながら》に草履取り出だし、くぐり戸出づるより、調子高《だか》にはうばい《同じ勤めの仲間》を誹《そし》り、「[九]朝夕の汁がうすい」の《だの》、「はさみをくれるはずぢやがたるるかしらぬ《よくきれるかしらん》」と《だのと》、ひとつとして聞くべき事《下品なことばかり》にもあらず。座敷に入りさまに、置わた《〔頭に戴く〕綿帽子》を壁につけ、[一〇]立ちながらあんどんまはして、すこし小闇《こぐら》き中程にざして《座をしめて》、[一一]鴈首《がんくび》火になる《焼けるまで》程けなさず、をりをりあくびして、[一二]用捨もなく小便に立ち、障子引きたつるさまも物あらく《物ごしも》、からだを横に置きながら[一三]屏風《びやうぶ》へだてたるかたへ《隣の床へ》咄《はなし》を仕懸け、身もだえして蚤《のみ》をさがし、夜半《よなか》[一四]八つの鐘のせんさく、我がこころにそまぬ事《自分に興味のない事には》は返事もせず、そこそこにあしらひ《肝腎の床のこともいい加減にすませ》、鼻紙も人のつかひ《さえ他人のを》、その後鼾《いびき》のみ。[一五]どこやらひえたるすねを人にもたせ《わが体の上に置き》、「たくよ」「くむよ」《寝言さえもやれ風呂をたくの水をくむのとあさましく》と寝言まじりに、[一六]いかに事欠けなればとて、いつの程よりかくもの毎をさもしくなしぬ。

丹前ならば勝山

そもそも丹前風《たんぜんふう》[一七]と申すは、江戸にて丹後殿前《まへ》に風呂ありし時、勝《かつ》[一八]

山《やま》といへる女、すぐれて情《なさけ》もふかく、髪かたち、とりなり《立居ふるまい》、袖口広く、一つま高く、万《よろづ》に付けて世の人に替りて、二一流これよりはじめて、後《のち》はもてはやして吉原にしゆつせして《吉原に移り改めて披露して》、三不思議の御かたにまでそひぶし、ためしなき女の侍り。

別れは当座はらひ

四茶宇縞《ちやうじま》のきれにて、五お物師《ものし》がぬうてくれし六前巾着《まへきんちやく》に、こまかなる《小さい豆板銀》露を盗《ぬす》みためて、ある夕暮、七小者《こもの》あがりの若き者をまねき《呼び寄せ》、同じ心《遊び心》八の水のみなかみ、清水八坂《きよみづやさか》にさし懸り、「このあたりの事ではないか、日外《いつぞや》物がたりせし、九歌よくうたうて、酒飲んで、然《しか》も憎からぬ女は、一〇菊屋か、参河屋《みかはや》・蔦屋《つたや》か」と捜して、細道の萩垣《はぎがき》を奥に入れ《奥の家に》ば、梅に《〔月並みの〕》鶯の屏風《びやうぶ》、床《とこ》には誰《た》が引き捨てし《〔三味線それも〕》、一一かしの木のさをに《〔糸が〕》一筋《すぢ》

一 兵庫の津の湯女の風俗と、勝山の丹前風と唯一の共通点は、着物を褄高に着るところにあったことである。

二 丹前風という流行をしだしたのは勝山であるの意。

三 勝山の客としては江戸町奉行甲斐庄飛騨守とも仙台藩主伊達綱宗ともいうがたしかでない。

四 印度チャウル産の縞模様の絹。十七世紀初頭京都でも織り出した。

五 裁縫専門で一般の町家にやとわれている女。

六 腰の前部につける巾着。

七 丁稚《でっち》から手代にまでなった長期の奉公人。ここでも一人での遊興でなくこんな形で誰かを伴っている。

八坂萩垣奥を尋ねて

八 「水の水上清くして（略）清水の寺とし改めて」（『田村《たむら》の草子《そうし》』）。

九 「歌よくうたうて云々」は当時の妓女・娼女《しょうじょ》の理想であり、『一代男』（六の二）も夕霧像でそれを拡大描写している。

一〇 菊屋から参河屋・蔦屋と続けて『伊勢物語』の東《あずま》下《くだ》りを連想させる。「細道」とあるのは、『物語』にいう「蔦の細道」に当る。

一一 三味線は、花櫚《かりん》・たがやさん等が高級で、樫《かし》は下級品であった。

切れてむすぶともなく、一二うるみ朱《しゅ》の煙草盆に、炭団《たどん》の一三埋火《うづみび》絶えず、畳はなにとなくうちしめりて、心地よからずおもひながら、〔それでも〕れいの《型通り》一四とさん出で

て、一五祇園細工《ぎをんざいく》のあしつきに、杉板につけて焼きたる《魚》と、お定まりの蛸《たこ》・漬梅《つけむめ》・色付けの薑《はじかみ》に塗竹箸《ぬりたけばし》を取りそへ《取り添えてある》、をりふし春ふかく、一六藤色のりきん縞に、わけしりだてなる《色恋のことならと心得顔で》茶じゅすの幅広〔帯を〕、一七はさみ結びにして、朝鮮さやの二《ふた》の物をほのかに《腰巻をちらつかせ》、一八のべ紙に一九数歯枝《かずやうじ》をみせ懸け、髪は二〇四つ折《をり》にしどけなくつかねて《じだらくにたばねて》、二一左の御手に朱蓋《しゅぶた》のつるを引提《ひっさ》げ、たち出づるより《座敷にはいってくるなり》、「淋しさうなる事かな《大変お静かですこと》。少しささなどこれより《すこしお酒などこちら様から》給《た》

一二 朱塗りの黒ずんだ漆器。

一三 埋火を絶やさぬところはさすが客商売だが、景気がよくないと見えて、畳がしめっている。触覚的風俗描写の巧みさは、西鶴独特。

一四 渡盞《だいさかずき》（台盃）。盃の下におき瀝《したみ》を受ける台。

一五 「祇園細工」は未詳。四条通御旅町の粗製の茶道具か。足つきの盆。以下の客あしらいはこうした私娼窟でのコース一通りであろう。風俗史的にも興味がそそられる。

一六 晩春から藤がひき出されるが、「りきん縞」は未詳。

一七 結び目を作らず、ぐるぐる巻いて、端をさしはさんで止めたもの。「朝鮮さや」は、朝鮮産の紋のない紗綾《さや》。

一八 小杉原紙。ごく普通の懐中紙。

一九 粗製の楊枝。すべて粗製のものを数物という。

二〇 女性の髪型。四つに折り曲げて結う。三つ折などもあった。

二一 ここで「御手」というのは、遊女聖視の観点ではなく、「左の御手にて六弥太を取って投げ」（能『忠度』）のもじりである。左手で朱塗りの蓋《ふた》つきの燗鍋のつるをさげ。

べまして《おあがり下さい》」といふもいやらしく、〔世之介は〕しばしは実《み》[一]のなき栢《かや》をあらして《つついていたが》ありしが、〔女の盃を〕無下に《いちがいに》捨て難く《盃を受けると》いただけば、浜焼《はまやき》[二]の中程をふつつかに《ぶかっこうに》はさみて、〔盃は〕[三]「おさへまする」といふ。はじめの程はたまりかね、「さらに《どこか別の家に》又所を替へて」とおもふ内に、せはしく《気ぜわしく》銚子《てうし》かへる事あり。〔その時〕[四]ふと腰つきにえもいはれぬ所ありて《何ともいえぬ色っぽさを感じて》、「似卜《にぼく》[五]がやりくり合点か」、二つ折りの絵むしろに《のある席をしいて》木枕の音も又をかしく、最前《さいぜん》のりきん縞、〔は男寄せ用〕うそよごれ《着汚し》たる浅黄のに《た淡い水色の腰巻に早替りして》替りて、鼻歌《うたって》などにて人まつけしき《様子は》、今なり。

世之介〔去年の〕十二より声も替りて[六]、おとなはづかしく《大人の方が顔負けの早熟さ》、はづるとはなく《恥ずかしげもなく》に、「かくしばらくの事も《こんなかりそめの契りも夫婦は二世の深い縁だ》一世ならず、くわんさま《これも観音様》のお引き合せ、末々《今後も》馴染みて、もし又お中《なか》にやうすが《妊娠でもしたら》出来たらば、近所にさいはひ子安《こやす》[七]のお地蔵は御ざり《おられる》、大儀《たいぎ》[八]なれど、百[九]の餅舟《もちぶね》は阿爺《とと》がするぞ、気遣ひなしに帯とけ」と、ひとつも口をあかせず《すれからしの女もただあきれるばかり》、わるごうある程つ《悪ふざけのありったけ》くして物しける《を出して交わった》。うちとけて後《体をゆるしあったのち》、この女さしうつむいて物をもいはず、泪《なみだ》ぐみてあ

一 殻のまま焙焼《いり》きにした栢の中の実が酒の肴《さかな》であるが、肝腎《かんじん》の実がないのである。
二 女の方は早くもくいけにかかって、鯛《たい》の塩焼き。
三 盃のさし手に返しても一度、酒をのませる。酒席の作法も乱して食欲一本の女のあさましさ。三五頁注一二参照。
四 その何気ない立居《たちい》動作の一瞬に、ふと情欲をそそるところがあって。
五 「二木」とも書く。給仕女と娼婦を兼ねる。その兼ね方を「やりくり」といったものであろう。私見であるが、遊女を通言でよね（米）といった。米は、字を分解すれば八と木となることから八木《はちぼく》といった。茶屋女は、給仕その他の用務あり、売春はしても、遊女八木の四分の一くらいだという洒《しゃ》落《れ》で二木といったものか。

都随一の男たらし

六 「男の水揚、こゑ今宵よりぞかはるらん」（『今様二十四孝』）というように、初体験即声変りという発想もあるが、西鶴はそれと異って、初体験は十一歳、変声は一年遅れて十二歳からとしている。
七 清水寺《きよみず》の門前泰産寺の子安観音が地蔵に誤られた。
八 金もいることだが。
九 安産の御礼に神仏に供えた餅。必ず百箇。

りしを、こころもとなく《気がかりで》尋ねければ、二三度《〔なかなか〕》はいはざりしが、《〔いかにも〕》しめやかなる物ごしして《愁わし気な様子を作って》、「[一〇]われ今こそあれ、[一一]この跡の出替《でがは》りまではさる宮様がたにありしが《〔ご奉公して〕》、不慮におこころをかけさせられ《おもいもかけぬこと私に恋心を抱かれ》、すゑがす《末も末》ゑ《最も》のわがすむもとに《下賤な召使の私室まで》しのび《〔忝なくも〕》入らせ給ひ、むつまじう《うちとけて》語りし。[一二]その夜は忘れもやらず、雪のあさあさと《うっすらと》降りそめし十一月三日、かたじけなくも御手づから一《〔雪の〕》かたまりを、『わがはだへはこれぢや』《お前の肌はこの雪そっくりに白いね》と、ほ《ふと》ほに《ころに》投げ入れさせ給ふ時の[一三]御すがた、今かたさまにおもひ合せ《あなたをみるにつけて思い合わされて》、昔が思はるる《恋しく思われます》」と語る。「さては《おやおや》その宮様に似たとはどこ《〔一体〕》が似た」と戯《たはぶ》るる。「いづれを申すべきや《どの点を申し上げればよいか》、ひとつとしていきうつし《生写しでない所など一点もありません》。殊更《ことに》風のはげしき朝、いかが暮するとて《寒かろうどう暮しているかと》、[一四]白ぬめの着物《きるもの》給はり、又[一五]西陣《にしぢん》に母を一人持ち候を、[一六]『不便《ふびん》』とて米・味噌《みそ》・薪《たきぎ》・家賃までを、[一七]十一歳にしてかしこくもあそばしける《よく気をつけて》。貴様《〔宮様のように〕》もよろづに気のつきさうなるおかたさまと見えて、一しほお尤愛《いと》しうおもふ」などと《〔相手に合わせて〕》、[一八]はやその年に思ふままの事ども《考えつくままの事を並べたて》、その相手を見て、これぞ[一九]都の人たらしぞかし。

一〇「今こそあれわれも昔は男山さかゆく時もありこしものを」（『古今集』）。今こそこんなしがない半売春婦ですが。
一一 近世は春秋二回、二月五日（のち三月五日）八月二日（のち九月五日）、奉公人の契約更新あるいは解除を行った。この場合は春の出替りであろう。
一二「語る」には、性交するの意もある。
一三 この世之介が宮様に似たとする条は、狂言『二千《じせん》石《ごく》』のパロディである。「御手もとが、よう御親父に似させられてござるによつて、古へが思ひ出だされて（略）なほ似させられてござる。なほ似た、何がな取らせうな。（略）その御手もとが、むごいほど似まらした」。
一四 白絖《しろぬめ》。光沢のある絹布。
一五 織機の賃仕事が多かった。
一六 女の会話に「候」を用いるのは、本書一の三にもみえるが改まった感じである。
一七 宮様の初体験は十一歳、世之介のそれと一致する。西鶴にとって早熟の男児の初体験を十一歳とすることは、一種固定観念であったと思われる。ただしここでの「十一歳にして」は、世之介の十三歳をみこんで、「十一歳でさえこれほど……まして十三歳のあなたは」と競争心をかき立てたものであろう。
一八 世之介の年に合わせて。
一九 こすからい都人の中でも一番の。

入絵

好色一代男

二

好色一代男　巻二目録

一 「埴生《はにふ》の小屋」「埴生の宿」の粗末な夜具。旅ともなれば粗末な夜具もまた一興であるの意。

二 現奈良県桜井市仁王堂、大和《やまと》国磯城郡仁王堂村の飛子宿。多武峰《とうのみね》関係の僧俗の需要に応じたものか。京・大坂の興行者の系列に属した。なお近辺に、安倍（桜井市阿倍）の文殊堂がある。文殊は男色の仏とされていた。この飛子宿のことは、『日本永代蔵《にっぽんえいたいぐら》』五の三にもみえる。「飛子」とは三都以外の旅（田舎廻り）の役者や、陰間《かげま》の意。大略売春した。

三 賀茂川の左岸（西）に沿って南北の通り。北は荒神口から南は松原通までをいう。二条と四条の間には、芝居や見世物小屋、茶屋など多かった。繁華浮薄の土地柄から女の貞潔ぶりが一層目立つ、というのが一話の主題である。

四 奈良名産の奈良晒《さらし》は出荷前、吟味所で、漆《うるし》で「極《きわめ》」の字の検印をした。漆は、もっとも消えがたいことから、遊女が客と取り交わす愛の誓紙には普通血判などを捺《お》すが、奈良の遊里では奈良晒同様漆の判を捺すとふざけ気味にいった。

五 奈良南端に当る遊郭。鳴川《なるかわ》と共に有名。付録参照。

十八歳

六旅のできこゝろ

道中人七どめ女の事

十九歳

出家にならねばならず

江戸八香具《かうぐ》売《うり》の事

二十歳

九うら屋《や》もすみ所《どころ》

一〇大坂上町者《うへまちもの》の事

六 旅に出ると、平生の枠を越え、破目をはずしがちである。旅のこととて、つい悪事に手を出したの意。

七 旅人をひきとめ宿泊させる女。出女《でおんな》。おじゃれ。多く売春もした。

八 香具を売り歩くかたわら、男色をもひさいだ少年。江戸に限ったことではないが、男子人口の圧倒的に過剰な、その意味では三都きっての男色都市江戸の実際に即して巧み。

九 逢坂《おうさか》山の盲目芸能者蟬丸《せみまる》の詠と伝えられる「世の中はとてもかくても同じこと宮も藁屋《わらや》もはてしなければ」(『和漢朗詠集』)のもじり。伝説上の蟬丸は延喜《えんぎ》帝の子で、落魄《らくはく》の盲人として藁屋住いを達観したが、同様大富豪の子世之介も流浪の果て藁屋ならぬ裏屋住いを達観したというのである。

一〇 大阪市東区上町の高台は、月極めの妾《めかけ》などの住む地域であった。「上町者」だけで妾または半職業女（半くろうと）の意を示す。

はにふの寝道具《ねだらぐ》

その年十四の春も過ぎ、[一]ころもあらためて着更《きか》へる朔日《ついたち》《〔四月〕》より、袖《〔今年は特に〕》などをふさぎて、[二]《〔振袖姿がよかったのにと〕》世の人に惜しまるるも[三]後《うし》ろつきぞかし《後姿がいいからだ》。聊《いささ》かおもふ事《願いごとが》ありて[四]初瀬《はつせ》にこころざしける《向って出で立った》。[五]一人ふたり召仕《めしつかひ》を伴ひ、[六]雲井《〔有名な〕》の舎《やど》りといふ坂を上りて、[七]「人はいさ心もしらず」と貫之が読みし梅《〔今は散り〕》も、青葉なる山ふかく、[八]「起誓《きせい》《〔参詣のご利益で〕》かけまくもかたじけなき返事をとる《〔焦れる君から〕》事、《〔一体〕いつまでかかるだろうか》いつまでか」とつぶやきけるを聞きて《〔召使たちは〕》、「又この度もかなふまでの《例の浮気な一度叶えばそれまでの》恋をいのらるる」とおもふ事ぞかし。帰《帰途》るさは、過ぎにし花の《〔その名も〕終った花盛りの頃が偲ばれる》思はるる桜井の里をすぎ、[九]十市《とをち》・布留《ふる》の神やしろ《石上大社》を北にながめこして《見たままで参らず》、暮れ《夕暮の頃に》におよべば、[一〇]椋橋山《くらはしやま》の麓《ふもと》にかすかなる草の屋に《小さな田舎家が建つあたりに》、折しも《ちょうど》[一一]麦も秋のなかば、[一二]から竿《ざを》の音のみ。里の《村里の》童部《わらんべ》、[一三]ねぢ籠《かご》・あまがへるの

一 陰暦四月朔日（一日）は、綿入れを袷《あわせ》にかえる。十月朔日と共に衣更《ころもが》えの日と定められていた。
二 男女によらず元服の前、十三、四歳の頃、振袖の脇《わき》あけ（八《や》つ口《くち》）を詰めて、詰袖《つめそで》とした。
三 「惜《を》し」「愛《を》し」の両意に解する。まだまだ若衆の振袖姿でおればよいものをと世上に惜しまれいとしく思われるのも後姿の美しさゆえである。半元服には半元服の美がある。ことに「後姿」の強調はこと男色にかかわるゆえか。
四 現奈良県桜井市にある。本尊十一面観音は、古来貴賤の信仰を受けさまざまの説話を生んだ。長谷寺。
五 「供とする人ひとりふたり（で都から東国へ行った）」（『伊勢物語』八段）による。
六 長谷寺にはいって、本堂へ上る坂。塔頭《たつちゆう》雲井坊の前であることからの名。
七 「人はいさ心もしらず故郷《ふるさと》は花ぞ昔の香に匂ひける」（『古今集』紀貫之）。梅花は同性愛の象徴。
八 「起誓《きしやう》」は別意で正しくは「祈誓」。神仏へ立願の常套句「かけまくもかたじけなき」を、「かたじけなき返事」（色よい返事）にかけた。衆生済度の仏のお誓いはかたじけないが、そのお誓いにあやかって、かたじけない、色よい誓いの返事を……。
九 橿原《かしはら》市十市と天理市布留。
一〇 多武峰連山の東部。桜井市倉橋。暮→暗（椋）。
一一 四月の末から、五月初めにかけて麦の収穫時。夏

一二 稲や麦の穂を打って、実（籾《もみ》）を落す農具。以下夏の農村の風物のおのずからなるポエジーに注意。

の季語。もっとも四八頁になると秋の話になっている。西鶴の錯誤か。

一三 麦わら細工のかご。それを「あまがへるの家」と名づけて葬式の真似ごとをする、小児の古来の遊び。

一四 ごもく溜めが栄養になって、なた豆が生《な》る。眼前の景を写して、かならずしも古典（『源氏物語』夕顔）のパロディとする必要はない。

一五 まだ振袖で、八つ口を詰めていない若衆姿。

一六 男の召使。舞台子・陰間・飛子の別なく若衆の世話雑用は金剛《こんごう》（後出）といわれる草履取の男がした。

一七 こよりの紐《ひも》つきの編笠。華奢《きゃしゃ》で伊達《だて》ごのみ。

一八 世之介に対する敬語は、物語のヒーローが貴種であった伝統の名残り。

一九 公然の売春、秘密の売春という区分もおかしいが、その差異はあった。四四頁注二参照。

二〇 出居《でい》。座敷。

二一 「告げける」「いひける」「申しける」等でなく、「ふれける」であるところに注意。売春・芸能の特殊性がうかがわれる。

二二 以下未詳であるが、「思ひ川」は太宰府西方の歌枕、思ひ→染。「花沢」は、駿河《するが》国志太郡（藤枝市）、羽前《うぜん》国置賜《おきたま》郡（山形県）等にあり、沢→浪。それぞれ優雅な名を選んでいる。

家などして、塵塚《ちりづか》より一四なた豆といふ物、いと笑《をか》しく生りさがりたる垣根を見れば、今こそ今とおもはる一五脇《わき》あけの、一六下人《げにん》に風情をつくらるるもあり。髪結ふけしき常ならず、一七紙ひぼの編笠の様子、「かかる所には」と一八尋ねられけるに、「この里は仁王堂《にわうだう》と申して、京大坂の一九飛子《とびこ》しのび宿なる」と、よろづに付けて我《われ》しり顔に語りけるに、今宵一夜とおもひながら、「色なきかたに舍《やど》りは」と、いと口惜《くちを》しかりけるに、ここそ仮寝の夢ばかりよと、密《ひそ》かに才覚して、かすかなる二〇亭《てい》に入れば、あるじそれぞれの名を二一ふれける。二二思日川《おもひがは》染之介様、花

沢浪之丞《なみのじよう》様、袖嶋三太郎様、いづれもおもしろをかしきさま《どの少年もそれぞれいいところがあり》、兎角《とかく》酒にして《まずは酒と》、こんがう《金剛》の角内《かくない》、九兵衛を呼び出だし、よろこぶ物をと《祝儀として金を与え》らして、後は乱れて《〔酒の作法も〕滅多滅多で》、盃にすこしは《酒盃のやり取りに》無理など云ひ懸り、更《ふ》け行くまで、月がゆがうだの《〔やれ〕ゆがんだの》、花がねぢれたのと、我がままつもれば《〔酔眼朦朧〕すき勝手をいい募ると》、見合《よい加》せて《減で〔お開きと〕》寝道具取りさばきぬ。

よこ縞のもめん蒲団《ぶとん》にせんだん《梅檀》の丸木引切枕《ひききりまくら》、一夏をのがれたる《生き残った》蚊《か》もあればとて《まだいるから》、二摺鉢《すりばち》にすり糠《ぬか》を煙《けぶり》らせける《〔心の持ち様で〕》。烟と思へば、これも伽《きや》羅《ら》のここちして《〔鄙も都も同じ若衆よと〕自然と》、おのづから近よる程に、ひぜんなほりて《皮膚病の疥癬が》いまだ間《ま》もなき手をうち《〔やさしく〕》懸け三らるるも、四嬉《うれ》し悲《がな》しくありける。「五さて勤《つと》めなれば尤愛《いとほ》しく思はるる。六すぎにし程は《いままでは》、いかなる里、いかなる国々を廻《まは》りけるぞ」「かかるうへにつつむべき事も何ならん《契りを結んだ以上なにを隠し立てしましょう》。我そもそも《一番はじめは》は七糸より権三郎殿にありしが《〔抱えられて〕》、笛《ふえ》ふきの喜八八かたにわたり、九宮嶋《みやじま》の芝居ずきにさまよひ《苦労をし》、一〇備中の宮内《びつちゆうみやうち》、一一讃岐《さぬき》の金毘羅《こんぴら》にゆく事もあり。いづく定めず、すみよし《塒定めず何処も住みよいその住吉の》一二安立町《あんりふまち》に隠《かく》れ家《が》、又は河内《かはち》の柏原、一三この里《〔流れ流れて〕》

一 初め麦秋（夏）と設定し、今、秋とする。
二 蚊やり火に籾殻《もみがら》を用いた。「伽羅」は銘木で天地の差がある。
三 この「らるる」は必ずしも敬譲と取らなくてよいが、稚児に敬語を使った稚児物語以来の伝統を受けたものと解しておく。
四 西鶴の、また当代の独自の表現。嬉しさ半分、悲しさ半分。久米正雄の「微苦笑」が連想される。
五 「勤め（売春）の身だから、ひとしおいとおしい」の意の会話として解しておくが、「性の行為が終って、なじみ心になって」と地の文として解することも可。

旅廻り若衆地獄

六 天狗にさらわれた少年を主人公とした能『花月《かげつ》』による。「さて何故《なにゆゑ》斯様《かやう》に諸国を御廻《おんめぐ》り候ぞ（中略）七つの年天狗にとられて行きし山々を思ひやるこそ悲しけれ」。
七 家光治下の京都の女方の名。田舎女の糸をよる所作で有名。以下「少年」が転々と売り替えられてゆく悲惨さ。
八 未詳。
九 安芸国《あき》（広島県）厳島《いつくしま》神社では、旧暦六月七月の交《こう》大市が立ち、芝居が興行された。その時をめがけての男色好きの客にもてあそばれたの意。
一〇 備中国（岡山県）の一の宮吉備津《きびつ》神社の門前町宮内（現岡山市高松町宮内）には遊郭が置かれ、芝居も興行された。

一一 現香川県仲多度《なかたど》郡琴平町の金刀比羅宮。三、六、十月の祭礼前後五日間市が立ち、芝居興行があった。
一二 大坂から堺への道筋阿倍野一帯は独特の雰囲気《ふんいき》の地域であった。紀州街道沿いの安立町は当時細民街。
一三 大阪府柏原《かしわら》市。大和《やまと》・紀伊・河内を押えた交通の要衝で、河内木綿《もめん》の集散地。安立町とは大和川で結ぶ。
一四 多武峰北部の今井谷には、別当妙楽寺・音石《おとわ》寺等、談山《たんざん》権現の僧坊があり寺領三千石であった。大和国高市郡今井町（橿原市今井町）は富裕で知られているが一向宗の町であり、ここでは当るまい。
一五 豆山は『部落に関する綜合史料第四』所収、十三世紀清水坂非人と奈良坂非人の紛争に関する陳情案に、豆山の宿が奈良坂に背いたこと、豆山は興福寺一乗院の御領であること等が記載されている。
一六 何もかも作り話であるにしても、その中には事実を越えた真実がある。「偽り」と「寓言」に差を認めた西鶴の俳論に通じる思想。『男色大鑑《なんしよくおおかがみ》』七参照。
一七 五行思想による生れ年の俗信。金性の者は卯年《うどし》卯月卯日卯刻から有卦《うけ》に入り、七年間続く。有卦の間は運勢よく、無卦の五年間は凶事が多い。この数奇な売春の少年（実は「男」）が、あてにもならない俗信にほとんど無邪気にすがって一喜一憂の姿をみせるその哀れが、「年齢」という現実で笑いに転換するみごとさをみるべきか。

金性ならば十の年嵩

にきて、[一四]今井多武峰《たふのみね》の出家衆をたらし侍る（迷わしています）。中にも更になさけなき（辛い想い出の中で一番辛かったの）は、八幡《やはた》の学仁坊《がくにんばう》・[一五]まめ山の四良右衛門《しらうゑもん》とて無類のこの道好き（男色）、これ（二人に）は飛子のうき灘を越ゆるがごとし（出合うのは稚魚が難所の灘をこえて成魚になるようなもの）。この両人に揉《も》まれて後（仕込まれた後ならば）、この勤めならざるといふ事なし（どんな勤めでもできぬことはない）。〔一人前になって〕ある時は片山陰《かたやまかげ》の柴かりて（辛い山仕事で）適々《たまたま》手にふれし（珍しく稼いだ）銀子《ぎんす》をしてやり（たらし取り）、浦人《うらびと》の塩馴衣《しほなれごろも》をはだかにして、仮にも（いずれにせよ）〔金を〕取る分《ふん》別《べつ》ばかり、〔我ながら〕情なきは衆道《しゆだう》ごころは外になりまして（意気と節操の男色の道はどこへやら）」と語る。[一六]皆うそにしても偽《いつは》りとも思はれず。

「さて心にそまぬ人にあふ夜は（いやな客に買われて共に寝る夜の気持は）」と尋ね侍れば、「〔体を売る以上〕譬《たと》へば胝足《あかぎれあし》、一代に（一生）歯枝《やうじ》つかはざる人にも（一度も）、〔客となれば〕いやとはいはじ。〔その覚悟でも〕その上それのみ宵より秋の夜の明くるまで、〔よっぴて客の〕とやかくおもふままになるこそ無念、いくたびか（口惜しいことで何度泣いたことやら）。人しらぬ泪にして（他人に隠して涙を流しました）、かく年月やうやう程ふりて、〔やっと〕くる年（来年）の四月には身自由なる（年期があける）と思ふをたのしみ（楽しみに）、心いはひに（それが心の支えでした）、然も（その上）明後日より[一七]金性《かねしやう》の者は有卦《うけ》に入りまする。年の七年《ななとせ》（これからの）は仕合せ（よい運勢です）」と申し侍る。「金性ならば二十四の金《かね》か、〔何とまあ〕我とは十違ひぞかし〔年上〕」。仮初《かりそめ》にもかかる一座に（色恋に関わる遊びの）

て《座で》、年《とし》せんさくは用捨《ようしや》あるべし《やめたがよい》。

埒のあかぬは後家のそろばん

髪きりても捨てられぬ世

「いたづらはやめられぬ世の中に《誰だって情事の自制はできぬものだがその中で》、[一]後家《ごけ》程心にしたがふ《〔いい寄れば〕自由になる》ものはなき」と、[二]ある人の語りぬ。[三]馴染《なじみ》に別れての当座《死別してしばらくは》は、自害・出家《〔真実〕》にもたやすく《たやすく》なるべき事やすかり《できる程のつきつめた気持が》。[四]程経《ふ》りて[五]後夫《ごふ》を求むるもなきならひにはあらず《求める例も世間にはあることだ》。[六]忘れ念記《がたみ》・たくはへに欲といふ物ありて《財産があれば欲もおこるもの》、うきながら《男淋しさを我慢し》[七]跡立《あとた》つるも、身をおもふ故ぞかし《結局は我が身かわいさからのこと》。[八]蔵《くら》の鑰《かぎ》に性根《しやうね》をうつし、めしあはせの戸《二枚立ての》にくろろ《桟》をおとし、[九]用心時《どき》の自身番にも人頼みする《男性の代人を頼んだりして》こそあれ《〔精一ぱい頑張っても〕》、いつとなく[一〇]前載《せんざい》は落葉に埋《うづ》み、[一一]軒も葺き時を忘れ《葺替え時をつい忘れ》、雨の洩《も》る夜、神鳴《かみなり》のなる時は、ちかよりてあたままで隠せし事《夫にすがりついて尻も頭もその懐に抱かれたこと》、こはき夢見ては《〔熟睡中の夫を〕》「申し」と起こせしなど、《〔今更に想い出され〕》「今おもへば独り身は《何と心細いものか》」と悲しく、仏の道

一　未詳。何かの色道書による言葉かとも思われる。
二　前注の著者であろうか。
三　長年連れ添った夫の意。
四　時間がたって。
五　後家に対応する。先夫との対応では「こうふ」であろう。
六　原本では「忘れ念記」とある。誤刻か。遺児のこと。「記念」が正しいが「念記」も慣用の用字であった。
七　夫の死後を取り仕切る。必ずしも跡目相続の意ではない。
八　蔵の鍵《かぎ》の管理に心を入れの意であるが、めしあわせ（左右両方からの引き戸）に桟をさし込むという文脈は、性的なシンボルを表す動作のイメージとも解される。とすれば、「鍵をみてさえ圧《おさ》えぬいている女心が熱くなる」の如き意も意識的に踏むか。
九　十月から翌年二月一ぱい、町内で家持によって自身番を組織し、特に火災予防に意を用いた、この期間をいう。
一〇　前の庭、または庭。前栽が正しいが、裁・載等通じて用いた。
一一　屋根の故障→雨もり→神鳴・こわさ→夫。
一二　模様のある派手な着物。後家の用からはずれる。
一三　金・銀・銭の真贋《しんがん》良否を鑑定《めきき》するほどの賢さでも

女では。
一四 我がまま勝手になって。
一五 女主人に「様」さえ明瞭にはつけなくなり、「さま」といっているのかいないのか、それさえもわからぬほどの「さ…」。主人を主人と思わぬぞんざいさ。
一六 下女や下男の雑談を耳にしたことがきっかけで。
一七 後家と奉公人の密通は禁じられたが、相談ずくで手代番頭を後夫とすることは「女殺油地獄」などにもみられ、また、浮名が立ってから入夫させることも、珍しくなかった（『日本永代蔵』一の五）。
一八 「をかし」の一語で、人間という生きもののどうしようもなさ、哀れさ、滑《こっ》稽《けい》さ等々を表現している。
一九 町人の正装。「肩衣袴《かたぎぬはかま》」ともいう。上は肩衣、下は半袴。
二〇 若衆の前髪の丸額の左右の生え際を角にそり込むこと。前髪を落す前段階で、半元服。この場合、女にもてる色事にもってこいの年頃であることを表す。
二一 江南、瀬田石山一帯は、螢の名所であった。四月二十日を、その盛りとしたという。
二二 現大津市石光山石山寺。
二三 「然もその日は」は説話調の文体。聴者の興味をかき立てる。四月十七日は、東坂本の日吉大社の末社である東照権現の忌日であるが、その前後十六日は三井寺千団子、十八日の観音詣では平生百か日分の参詣の功徳がある日といって、参詣人多く特に賑《にぎ》わった。

石山寺詣で帷子《かたびら》の仕掛け

にこころざし、一二紋所《もんどころ》の着物《きるもの》もうとみはてて、世をわたる種とて《しかし渡世のことは一所懸命に》、元《もと》来《より》商ひのとくい殊更にあしらひ《大切に待遇して》、手づから《人手に任さず》十露盤《そろばん》をかんがへ《置いて思案し》一三銀《かね》みる利発も、女は埒《らち》のあき難き事《始末のつかぬ》もありて、万《よろづ》手代にまかすれば、いつとなく我《が》一四になつて、様《さま》一五といふ尻声《しりごゑ》もなく《〔腹が立つが〕》、大方は《大ていは》機嫌とりて、むやくしき事も程すぎて《〔その〕くやしい努力もやがては時のたつにつれ》、ここちよき《楽しげな》下主《げす》一六共《ども》の咄《はなし》より、ふとこころ取り《つい魔がさして》乱して、若きもの《〔あげく〕手代風情》などと名の一七立つこそをかし一八。

「我《〔ある友人いわく〕》、後家を引き靡《なび》ける事《ものにする》度々なり。葬礼のつきづきに《行列につき従う者に》様子尋ねて、『男のはてられて《ご主人がなくなられて》、跡はかやう《跡の始末の次第は》』と申せば、しるべなくても《縁故がなくても葬式の礼装の》はかま一九肩衣《かたぎぬ》着て、『我とは兄弟一ぶんに申しかはせしに《故人と私とは兄弟同様にと約束していましたのに》』としみじみと弔《ともら》ひ、その後《のち》子供のなりさま《成長ぶり》を尋ね、火事などといふ時も《〔近所に〕》、かけ合ひ《早速かけつけ》、物毎《万事》たのもしくおもはせ、したしみてから《〔十分〕》、杉原にたより書きつづけ《杉原紙に思いのたけを》、いくたりが心のままに《〔この手で〕何人が思い通りになったことか》」と申す程に、小耳にもおもしろき時は《〔こんな話を〕耳にしただけで心の動く年頃の》十五歳にして《〔世之介は〕》、その三月六日より角《かど》二〇をも入れて、ぬれのきく折にふれて《濡事にはぴったりの年頃で》《あるので》、螢《ほたる》二一みるなど催して石山二二に詣《まう》でけるに、然もその日は二三四月十七日、湖水も一際《ひときは》涼しく、水色のきぬ帷子《かたびら》[一]にとも糸にさいはひ菱《びし》[二]をかすかに縫《ぬ》はせ、あつち織《外国製風の》の中幅前《ちゆうはば》《〔帯〕》にむすび、今はやる《流行の》ふき懸手拭《かけてぬぐひ》[三]、塗笠《ぬりがさ》のうち只人ともみえず《その辺の女とは思えない》。するずゐの女までも《最下級の召使女でさえも》、水くみ《〔まんざら〕》、石臼《いしうす》を引きたる[四]つまはづれ《身のさばき》にはあらず。きざはし《拝殿の階段を悠然と》ゆたかにあがり、腰もとなど[五]ここにて《〔紫式部が〕》つくりし物語をあらましきかせ《源氏物語のあらすじを話して》、組戸《くみど》[六]に立ち添ひ、何おもふもしらず《何を願ってのことやら》、鬮《くじ》をとつて、[七]「三度まで三は《三度が三度とも》うらみに存じまする」といふを、脇顔《わきがほ》《横顔》より見れば、惜しむべき黒髪《まだ若く豊かな》をきりてありける。「さてこそうるはしき後家、かりに[八]この世にあらはるるか」と、お《〔はや好き心〕》もへば《じっとみつめると》、思はるる目つきして《向うも同じ目つきを返して》、《〔ことさら〕》袖すり合ひて通り侍《はべ》る。

裂けたうすぎぬ

かの女、人までもなく自らよびかへして《人を立てる迄もなく直接世之介を》、「今の事《たったいま》とよ、お腰の《脇差》物の柄《つか》に懸けられ、我がうすぎぬ《綿帽子》のあらく裂きたまふこそ、さりとはにくき御《おん》しかた、まなくもとのごとくに《すぐさま元通りに》」と申す程に、いろいろわびても聞きいれず、「是非是非《ぜひぜひ》むかしの《元通りの》絹を」とさいそく、めいわくして、「都へととのへに遣はし申すべし《使いをやって調達させます》。《〔その間〕》こなたへ」と申しふ

一 絹を縮《ちぢみ》風に織った夏衣。湖水→水色。

二 帷子が水色（淡い緑青色。また織物の水色は経《たていと》青、緯《よこいと》白）であるが、そこに同じ水色の糸で、花菱を四つに組み合せた模様を、目立たぬように縫ったもの。心にくい洒落《しゃれ》よう。

三 笠の下に手拭をかぶり、風に吹きなびかせる。

四 「つまはづれ」は手足の端の意として用いられることが多い。ここでも肉体労働をした逞《たくま》しい手足とも解されるが、すこし距離を置いての描写であるから、裾《すそ》さばき、身のこなしの意とする。

五 紫式部は、石山寺に参籠《さんろう》、中秋名月、『源氏物語』の構想を感得して執筆したという俗説が、信じられていた（『一目玉鉾』等）。なお、話して聞かせた召使が「するずゐの女」を含まぬ「腰もとなど」である点に注意。それ相応の者を選んで話しているのである。

六 仏前の格子戸。外陣・内陣をわかつ結界《けっかい》。

七 観音のみくじは百籤又は百三十籤で、三番は凶。ひき直しはせぬものとされていた。

八 「紫式部と申すはかの石山の観《くわん》世音《ぜおん》、仮にこの世にあらはれてかかる源氏の物語」（能『源氏供養』）のパロディ。紫式部が『源氏物語』を寡婦の時創作したという伝承を踏んで、「うるはしき後家」として現れたとする。

九 松本村。大津の東南の外れ（現大津市松本一丁目・二丁目）に当る。

一〇 いかにも由ありげな家であるが、この時点で、

くめ、松本[九]といふ里にきて、[一〇]ひそかなるかり家《いへ》に入れば、かの女、「はづかしながら、た《お》よるべきたよりに《ちかづきになるそのために》、我と《自身で》袖を裂きまゐ[一一]らせ候」とふかく《「初めから」》たはれて《戯れて》、なほ「恋しくば」[一二]とわが宿を語り《家をうちあけ》、つのれば《関係が深まれば》お中《なか》をかし《子種が宿って》くなり、程なく生れけるを、せんかたなく《どう育てようもなく》、「夜半《よは》[一三]に捨子《すてご》の声するは母に添寝《そひね》の夢」の浮世と、小町が読みし言《こと》の葉《は》もおもひ出だされて、いとどあはれは、ここ[一四]六角堂のそのそこ《「あたり」》に[一五]置きてぞかへりける。

男も、女が先刻承知であることをみてとって、茶店などを借りて中宿《なかやど》としたものであろう。

一一 あらたまった場合、また上流階級語として、西鶴は、女に時に候言葉を使わせている。

一二 「恋しくば尋ね来てみよ和泉《いづみ》なる信田《しのだ》の森のうらみ葛の葉」（『しのだ妻釣狐付安倍の清明出生』）。いわゆる信太妻伝説については正保四年（一六四七）刊の『簠簋抄《ほきしよう》』や『浮世物語』に出ているが、人形浄瑠璃の世界でわけて流布した。『一代男』でも五の六にみえる。「恋しくばとぶらひ来ませ我が宿は三輪の山本杉立てる門」（『袋草紙』）などを踏む。

一三 「あはれなり夜半に捨子の泣きやむは親に添寝の夢やみるらん」（飛鳥井雅親《あすかいまさちか》『続撰吟抄』）。この歌を、誤って、小野小町あるいは和泉式部の作とするなど諸説あり。西鶴もそれによった。「捨子」は母に添寝の夢をはかなくも見ているのだろうが、親にとってもこの子を捨てねばならぬ浮世こそ夢である。

一四 天台宗頂法寺の俗称。京都市中京区六角通烏丸東入にある。春秋二季、奉公人の出替りに、この堂に集まる習俗があり、平常も乳母・子守の遊び所であった。

一五 捨てられた子が、後に『二代男』の主人公世伝《よでん》となる。子のない一代男が建て前であるはずが、二代目を捨て子という形で作っていうか。『二代男』では出生を「慶安四年のうき秋」とするが、とすれば石山の出合いはその前年（慶安三年）でなければならぬ。

女はおもはくの外《ほか》

[一]小塩《をしほ》山の名木《めいぼく》も落花狼藉《らくくわらうぜき》、今一しほと惜しまるる《もう一盛り咲いていてほしかった》。[二]けんぼふといふ男達《をとこだて》［がいた］、その頃は[三]捕手《とりで》、[四]居合《ゐあひ》はやりて、世の風俗も[五]糸鬢《いとびん》にしてくりさげ《剃り下ろし》、二すぢ懸《がけ》の髻《もとゆひ》、[六]上髭《うはひげ》のこして、[七]袖下《そでした》九寸にたらず、[八]染分《そめわけ》の組帯、[九]せかいらげの長脇指《ながわきざし》、ここぞとおもふ人大方はこれ《これこそ男の中の男と思われる人は憲法風》、王城に住む人の有様［雅やかな］［さえこれである］、いまにみくらべてむかしを捨つるぞかし《今と見比べれば文句なく昔の風俗はいただけない》。[一〇]北野に詣《まう》でて梅をちらし、[一一]大谷《おほたに》に行きて藤をへし折り、[一二]鳥部《とりべ》山の煙とは、五ふくつぎの吸啜筒《きせるづつ》、小者《こもの》［腰には］にへうたん、[一三]毛巾着《けきんちやく》、［今思えば］ひなびたる事にぞありける《野暮な》。

山つづき《東山の山続き》[一四]岡崎といふ所に、妙寿《めうじゆ》といへる比丘尼《びくに》、草庵《さうあん》を結び、東南の明りをうけず《西と北のみあけた作りで》、襖障子《ふすましやうじ》も仮名文《かなぶみ》の反故張《ほうぐばり》、上書《うはがき》悉《ことごと》くやぶりし《宛名をみな破っ》

一 現京都市右京区大原野の小塩町勝持寺にある桜。西行手植えという。小塩→一入《ひとしお》。小塩山の西行桜も、折角の盛りを心ない花見客のために花を無残に散らされた。世之介が若衆の花を散らすように月代《さかやき》して、「男」になったことを暗示している。

二 吉岡憲法直賢は、剣法吉岡流の祖。三子とも剣客。長子憲法直綱は次子直重と共に吉岡染・憲法染を創始。

三 柔術の一称。人の自由を奪うことからいう。

四 坐して刀を抜く早業。当時関口流が有名。

五 奴《やっこ》（下僕）風の髪型。髪を剃《そ》って、糸の如く細くし、本来一筋の元結を二筋用いる。伊達風俗。

六 近世の初期には、男のひげを尊んだ。口ひげ。

七 袖丈が短く一尺九寸に足らない。

八 糸を組んだ房つきの帯。「染分」とあるが、種々の色糸を用いたものであろう。

九 背筋に粒が通っている鮫《さめ》の皮で鞘《さや》を仕立てた刀。

一〇 上京区北野神社。梅の名所では梅を荒し。

一一 東山区西本願寺本廟。藤の名所であった。

一二 鳥部山は、東山区今熊野の葬送所。立ち上る無常の煙も何のその、五服分の大火皿つき長煙管の煙は濛《もう》濛《もう》として。

一三 毛皮の煙草入れ。

一四 左京区岡崎。庵や隠宅のある閑静な区域。

一五 一般に売春宿とするが、男女の出合いの場所提供

小づくりな女が手にした海棠のはな

も行い、紹介・連絡・密会所であった。好色の穴場。
一六 中京区小川《こがわ》通一条上ルは、組糸屋が多く、組女は店先で作業し、客の求めに応じて売春もした。
一七 室町通は、鞍馬口御霊通から東本願寺六条に到る南北の通りでその二条界隈《かいわい》は呉服屋呉服問屋の町であった。その商品の取次ぎ販売をする女。品物と抱き合せて、色もひさいだ。
一八 仕手《して》殿。鹿の子結《ゆい》の女工。当時の女子の労働の場は少なく、しかも労働の場が、即売春の場でもあった。
一九 否定的な意味ではない。若く見え、喜ばれた。
二〇 蒟蒻を氷らせたもの。名目だけでも尼の主人に贈るにふさわしい。海棠は仏前にとの意であろう。
二一 東山区。熊野神社を勧請《かんじょう》した社。
二二 女の職業素姓を尋ねるだけでなく、ものになるかならぬかを問うているのである。主語は不明。
二三 隠居家の方に女は奉公し、男は当主のおもやの方で、家内経済を取り捌《さば》く内証手代（表手代に対する。この職名だけで、富裕度がわかる）を勤めている。格式高い家で、自由に逢えず、中宿が必要なのである。
二四 男たちの欲情が薬罐のたぎりに、受け止める女の冷静さが茶碗を磨く動作に暗喩されている。
二五 「御馳走」はめし上がっていただくいいものの意。「がな」は願望。烏丸の女はだめだけど頃合の女がいればいいのだが……の意を下に含む。
二六 「半時」は一刻の半分であるから午後一時すぎの意か。

頭巾の下は四寸の傷

はわけらしく見えて《たのはいかにも色文らしく》、一間《〔わざと〕》小闇《こぐら》くこしらへけるこそくせものなれ《仕立てているだけでも只者ではない》。
「ここは《〔どういう家か〕》」と友どちにきけば、「洛中《京都きっての》の一五くら宿なり。一六小川の糸屋《いとや》者《もの》・
一七室町《むろまち》のすはひ・その外《ほか》一八して殿、ここにたよらぬといふ事なし《みなここを根城にして遊ぶのさ》」とい
ひもはてぬに、一九小づくりなる女、年の頃は片手を四度《よたび》ばかりかぞふ
るころほひ《二十歳ばかり》、目のうちすずしく《目元がすっきりして》、おもくさしげく見えて《そばかすが目に立つが〔それがかえって〕》、どことも《そぞろに》
なうこのもし《男の色情を挑発する》。二〇氷蒟蒻《こごりこんにやく》に海棠《かいだう》の花を折り添へ、妙寿におくりて、人《い》
をはぢらひ《かにも恥ずかしげに》、「けふは今熊野《いまくまの》二一のあたりに、目薬ある《〔売っている〕》をととのへと《調達せよといわ》
のお使ひ《れまして》にまゐる」のよし、事忙しく《いかにも忙しげに》立ち出づるを、二二「あれは」と
妙寿に尋ねければ、「あれは烏丸通《からすまるどほり》、申せば《名を出せば皆さんよく》おのおの御存じ、さる《有名な金持ちの》
御隠居《ごいんきょ》のめしつかひ《召使ですが》なりしが、二三同じおも屋の内さばく人と申しかは《深く契りあっ》
して《た仲で》、外の方へは思ひもよらず《〔いい寄られても〕》」と申す程に、「これはならずの森《〔男たちは〕実らぬ柿が食えぬ様に所詮叶》
の柿の木《わぬ女》、口へはひる物こそ《ものになる女を世話して下さい〔ねだると〕》」と、二四薬鑵《やくわん》たぎれば、茶碗みがきて《〔妙寿は〕》、
「二五何がな、御馳走《ごちそう》もがな」と申し侍《はべ》る。
昼も半時《はんじ》二六にかたぶき、羽織も苦になり、重着《かさねぎ》もうたてかりしに《うっとうしかったのに》、

世之介《〔なぜか〕》頭巾《づきん》はなさず《かむったまま》、身をかためありけるこそ気詰りに見えて《およそくつろぐ様子がないのがこんな場では窮屈にみえ》、「ぬげ」といへどもぬがず。「その《〔二人が〕》方《はう》は《〔今年〕》十六なれば、初冠《うひかぶり》[一]して出来《でき》業平《なりひら》[二]と申し侍る《といったところだ》。ちと似合ひたるお顔を見む《少し業平らしい元服の板についたお顔を拝もう》」と、わるき《いたずらな》者ありて頭《〔むりに〕》巾とれば、左の鬢先《びんさき》[三]かけて四寸あまり血ばしりて、正《まさ》しくうたれたる疵《きず》あり。一座おどろき、「いかなる者にかかくはいたされけるぞ《こんなひどい目に合わされたのか》。[四]男仲間にひけとらしては《負けさせては》、何れも《〔全員〕》堪忍なり難し。《〔相手が〕》天狗《てんぐ》[五]の金兵衛・中《ちゅう》六天《ろくてん》の清八・花火屋の万吉にてもあれ、我々ありながら《我々がいながら》その仕返《しかへ》しなくては《〔面目が立たぬ〕》」と申せば、「各別の儀なり《全く違う話です》。すぐならぬ恋よりこの仕合せ《人の道に外れた恋でこんな目に合ったのです》」。「かたれ」と申す。いはねばならぬ義理になつて《破目になって》、「さりとは各《おのおの》おもはるるとは抜群の違ひ[六]。我等が下屋敷《私の別宅がある》川原《かはら》町に小間物やの源介と申して、丹後《たんご》[七]宮津《みやづ》へ通ひ商ひするものあり。《〔源介から〕》『留守など頼む』と申しかはしける程に《といわれ引き受けていたので》、折ふしは《時々は》見舞ひて、火の用心申し付けしに《火の始末の手当てなどもしていたが》、この女、さはらぎ町[八]のさる《〔身分の高い〕》御方にありしよしにて《奉公していたとかで》、いとやさしき《艶っぽく上品な》有様を堪へかねて《我慢できず》、いろいろ道ならぬ事を書きくどきて、千束《ちづか》《千通ほど》おくり

一 「昔男初冠して奈良の京春日の里にしるよしして狩にいにけり」（『伊勢物語』初段）をふみ、この条に対する古注、業平が承和十四年（八四七、実際は承和七年）十六歳で元服加冠したとの説を用いる。

二 ここでは「今なり立ての業平」の意であるが、「今業平」は、現代の業平今日の業平の意でいわれる方が多い。

三 男の美のポイントとして鬢先は大事な所である。

四 男を立て男を売るグループ。男伊達（侠客）の一味。父の菱のグループ（一六頁）を考え合せたい。

五 未詳。以下、当時の男伊達の名であろう。「中(宙)六天」は空中・そら。大まかに算用すること、中括《ちゅうぐく》り、あてずっぽう。また上のそら。第六天（他化《たけ》自在天《じざいてん》＝欲界最高の世界）をもじったものか。それぞれ、派手な強そうな異名（「しこ名」といった）を名乗っている。「花火屋」のみ稼業《かぎょう》風であるが、その業態の威勢のよさと危険さから、異名風に用いたものであろう。

六 「ばつくん」と清む。まるっきりの意。

七 現京都府宮津市。北前船などによる物資の集散地で日本海の要港。

八 椹木町。堀川丸太町と、下立売《しもたちうり》との間の東西の町。北方は禁裡の附与力・同心たちの屋敷も含むが、基本は仙洞御所をはじめとして公家の屋敷町であった。

九 「さなきだに重きが上の小夜衣わがつまならぬつまな重ねそ」（『太平記』二十一）。本歌は初句「さらぬだに」（『新古今集』二十）。「さらでだに」の形もある。着物の褄を重ねないように、夫《つま》を重ねてはならぬの意。

一〇 辱しめる。相手の羞恥心にうったえる。強くいましめる。

一一 陰暦であるから晦日《みそか》近く、月も殆《ほとん》ど出ない。

一二 言葉を残し（気を持たせて）世之介を帰し急場の難をしのいだ。

一三 前述、額から左の鬢先かけての傷である。

一四 この言葉はきまり文句だけにいかにも妻の固い志操をあらわしており、その前身が椹木町の「さる御方」に勤めていたという設定が、微妙に生きている。本書は女という女の「おとし（こまし）様百科」＝ものにする方法＝であるが、このような失敗談を挿入することによって、世之介の生の軌跡に実体感をもたせている。

けるに《も送ったが》、返しもなくて、ある時さしわたして《面と向って》、『九さなきだに思ひもよらざるに、二人の子もある事を《私を摑まえてなんと賤しいお気持でしょうか》、さもしき御こころざし』と一〇恥ぢしむる《〔それでも〕》をも顧《かへり》みず、『申しかかるこそ因果なれ《あえて口に出した以上は致し方もなし》。したがひ給はずば《お聞き入れないとなれば》剣の山《〔地獄の〕》を目の前《〔に見せますぞ〕》』とくどけば、何とおもひけん、『さ程に《それほど深い》おぼし召しとは聊《いささ》か存ぜず。さもあらば《そこまで仰言るならば》、今宵二十七日、一一月もなき夜こそ人もしら《気づく》ヰ《まい》じ。しのばせられよ《人目を忍んで来て下さい》』と一二申しのこして、世上もしづまりて《夜更けて人の寝入った頃》門に立ちよれば、内よりくぐりをあけ懸け、『これへ御入《おんい》り候へ』と申し《いうが》もあへず《早いか》、手ごろの割木にて《〔入ろうとする頭を〕薪で》、このごとく一三眉間《みけん》を打ちて、『一四私《わたくし》両夫

にま見え候べきか』と、戸をさしかためて入りける」。世に又かかる女もあるぞかし。

誓紙《せいし》のうるし判《ばん》

春日の里に恋のはかり目

[一]奈良坂や《奈良坂には》、このたびはさらし《〔児手柏が付き物だが〕》布調《ぬのととの》へて、「[二]越中越前《ゑっちゅうゑちぜん》の雪国に夏を《夏の雪を売るがいい》しらすべし、商売《〔世之介も〕》の道をしらでは」と、[三]春日《かすが》の里に秤目《はかりめ》しるよしし《勉強するために》て、[四]三条通の問丸《とひまる》に着きて、[五]けふは若草山のしげりを詠《なが》め、暮れてはひかりあるむし《螢が飛び交う》の[六]飛火野《とぶひの》、[七]いま幾日《いくか》過ぎて京にかへるも惜しまれ、その頃《〔る程遊び暮し〕》は[八]卯月《うづき》十二日、[九]十三鐘《がね》のむかしを《昔話を》きくに哀れ、今も鹿《しし》ころせし人はその科《とが》を赦《ゆる》さず、[一〇]大がきをまはすとかや、人のおそるる《〔殺したら大変と〕》をわきまへて《知っていて》、山は山、野は又さらに町にかけりて、おのがさまざま妻なるる《それぞれに相手を決めて愛しあうのも》も笑《をか》しくて《興深く》、なほ秋の半ば、おもひやられ《〔激しさはなおさら〕》侍《はべ》る。さぞこ《今は》

一 古代と変り、近世の奈良坂は東大寺の北方、般若《はんにゃ》寺との間の坂。京都との関門。「奈良坂やこのて柏《がしは》の二面《ふたおもて》」（能『雲雀山《ひばりやま》』等）。本歌は『万葉集』の「奈良山の児手柏《このてがしは》の二面」。「このたびは」は「今度《このたび》は」と「今回の旅は」とをかけ、「このたびは幣《ぬさ》も取りあへず手向山（略）」（『百人一首』）を踏む。幣→さらし布。

二 富山県・福井県など北国は冬こそ雪に埋もれているだろうが、白い奈良晒を売って夏の雪景色もあるものと知らせてやろう。布を雪に見立てるのは、持統天皇以来の発想である。奈良晒の販売時期は四月から盆まで。夏の風物詩。このところ世之介の親の言葉。

三 「昔男初冠して奈良の京春日の里にしるよしして狩にいにけり」（『伊勢物語』）のパロディ。「秤目しるよし」は、仕込んでくれるゆかりがあっての意。当時の商人教育の一つに、金・銀・銭の真贋・良否をみわけ、また特に秤量貨幣《しようりようかへい》としての銀の秤目《はかりめ》秤り方を修得することがあった。

四 現奈良市三条通。古来奈良の中心地。問屋が軒を並べていた。晒問屋木津屋庄兵衛は有名。

五 「春日野はけふはな焼きそ若草のつまもこもれり我もこもれり」（『古今集』）。

六 春日山の麓《ふもと》、春日野。

七 あと何日位で。「春日野の飛火の野守出でてみよ今いくかありて若菜つみてむ」（『古今集』）。

八 卯月は、晒の季節に合わせた。十二日は十三鐘をれな《かすかな》る萩《はぎ》も薄も《〔秋には》、その時は《盛りだろうが〕》、[一一]花園《はなぞの》といふ町すぢを西にいれば《〔遊郭で〕》、一つわき《脇差一本》ざし《で》指して[一二]鬢《びん》つき厚く、[一三]いづれ《誰もが》笛太鼓の一曲なりさう《音楽の一つはで》にみえし人《きそうな人》、罷《まか》り

出でたるはこのあたりに八百八《幾らもいる》禰宜《ねぎ》の子供、諸方の[一四]浪人、友噪《ともさわ》ぎにして、かざえ扇《扇で顔を隠しているのは何を気遣ってか》は何しのぶぞかし。あない《この土地の事情》知る人所自慢《ところじまん》して、「ここそ名《古来有名な》にふれし木辻《きつじ》町、北は鳴川《なるかは》と申して、おそらくよね《遊女》の風俗、都にはぢぬ《島原にも劣らぬ》撥《ばち》おと《さばき》、[一五]竹隔子《たけがうし》の内に面影見ずにはかへらまじ《美しい容姿を見ずにかえる手はありませんよ》」と、[一六]七左衛門といふ揚屋《あげや》に入りて、[一七]借《か》るもこころやすく、折節、[一八]志賀《しが》・千とせ・きさなど、盃ばかりのさし捨て《女たちとは盃事だけで気がのらず》、その後《のち》[一九]近江《あふみ》といへる女、こ[二〇]

ひきだすためか。この語り口は古い説話調である。
九 奈良市法相宗菩提院にある鐘。明け七つと六つの間に、あわせて十三回鐘をつくので、十三鐘という。俗に十三歳の子が春日大社の神鹿殺しのため、石子詰の刑に処せられたを哀れんでの習俗という。
一〇 大垣とは興福寺の方四町の築地塀をいい、その大垣を引廻して、死刑に処することを大垣廻し（大垣成敗）という。寛永十七年を以て廃絶（永島福太郎説）。
一一 盛り→花盛り→花園町。
一二 厚鬢。上品だが野暮とされた。神職などの髪型。
一三 春日大社の下級神職は音楽を副業とした。「罷り出でたるはこのあたりに」は能狂言のイメージ。
一四 かならずしも、武士の浪人とは限らない。
一五 島原や吉原は木の格子。竹は一段落ちた格式。
一六 木辻の揚屋。小八郎家系統の揚屋七左衛門。付録参照。
一七 好みの遊女を見立てるために呼び寄せるのも。木辻では客の有無に拘らず、揚屋に行き放しであったから、借りやすかった。
一八 以下未詳。木辻の遊女「きさ」の名は諸書に散見する。
一九 近江→玉の井→水の流れ→澄む（住む）。「石川やせみの小川の清ければ月も流れを尋ねてぞすむ」（『新古今集』鴨長明）。
二〇 以下、十七歳としては些か早熟老成にすぎる。

れからみれば《記憶をよびおこすと》たしか《〔以前は〕》大坂にて玉の井と申せしが、水の流れもここに《流れの身の譬え通り流れてここに》すむ《住みつく》事笑《をか》しく、その夜は客なき事《まだ客がない》をさいはひ、口鼻《かか》《〔揚屋の〕》に約束させて、更《ふ》け行くまでさしわたし《一対一の向いあい》、かしらから物毎しらけて《始めから包みも気取りもなしに》かたりぬ。一所ならひとて《ここの習俗で遊女に》禿《かぶろ》もなく《禿もつかず》、女郎の手づから《自分自身で》燗鍋《かんなべ》の取りまはし《取り扱いまでする》、見付けぬうちは《見慣れない間はいかにも奇妙である》笑しく、「床にいれ《お床ができました》」などと申して、二あしらひ男《客扱いの揚屋の下男》先立ちて、三小座敷にゆけば、六畳敷に幾間もしきり《六畳を幾つかに〔屏風等で〕仕切り》、四みなと紙の腰張《こしばり》に、五あしからぬ手《そこそこの筆蹟で》にて、「君命《きみいのち》、われは思へど」などとらく書《がき》のこし侍《はべ》る。「いかなる人かここに寝て」と、つい居て《そのまま物思いに耽って》、まだ夢もむすばず《まだ契りも交わさ》ありしに《ぬうちに》、最前の《先程の》男きり戸をならして《潜り戸を手あらくあけ立てて》、「もし御茶をまゐらば《飲まれるのなら》」と、六ゆとに七天目《てんもく》置きて帰る。このかるさ《なんと手軽なこと》、八下《くだ》り舟にのる心地して、「九一夜の事なれば、足のさはるも互《たが》ひに御免」と、枕も定めずあひ床をきけば《共寝もしないうちに隣の床の様子を窺うと》、伊賀の一〇上野の米屋、大崎といへるを四五度《ど》馴れたる《女を買ってなじみになった》あいさつにて《話しぶりで》、あすは国本に帰るよしの名残とて《帰国するということで別れの贈物に》、一一二月堂《にぐわつだう》の牛王《ごわう》・西大寺《さいだいじ》、こころを付けて《「こまごまと」》遣《つか》はし侍る。てきも笑しき奴にて《大崎の客も一節ある面白い男で》、「古里《ふるさと》の一二山の神

しきり座敷の隣り客

一　ふつう「かたりぬ」を「(万事打ちあけて)話した」とする。なるほど床にはまだはいっていない。しかし、この「かたりぬ」は以後の時間も包み込んで、「共寝した」と解してよいのではないか。

二　江戸の郭・茶屋でいう「中《なか》どん」であろう。

三　茶道の方では、四畳半以下の小間をいう。が、西鶴は八畳をいった例がある(『一代男』七の四)。六畳の部屋を指したとみてよい。

四　和泉国大鳥郡湊村(現堺市)産の粗紙。

五　わびしさをこれでもかこれでもかと書き並べたあと、「あしからぬ」とする。古都のゆかりもこの一語で生きる。巧みである。

六　湯桶《ゆとう》(湯次《ゆつぎ》とも)。円筒形で注口《つぎぐち》と把手があり蓋《ふた》がついている。

七　天目茶碗。口が開き高台《こうだい》の締った形の茶碗。

八　伏見から大坂へ下る俗に三十石船。入れ込みで客は雑居した。

九　下り船の挨拶めかした言葉に聞える。この条、わずかな時間帯を描きながら、前後し、混乱して感じられる。「御免」と挨拶するのは主人公(近江を買って、まだ交わっていない)か、新来の客か。いくつかの視点から描くことからの結果だろう。「枕も定めず」はまた視点が主人公に返ったものか。それとも行為主体を誰と特定せぬ文脈か。

一〇　三重県上野市。

見て瘧《おこり》ふるうたらば、これにて落すべし（土産の威力で治してみせよう）」と笑うて、立ちざまに（いよいよ出発のさいに）亭主をよび出だし、「惣じて（だいたい今度の南部滞在中の遊びは）この中のしなし、物をもつかはず（金〔あまり〕）。おそらく今といふ今、粋《すい》[一三]になつたと存ずる（〔自分も〕）」と申せば、宿屋笑しき者にて（〔は客以上に〕）、「まだたらぬ所があり（〔いやいや粋には〕）。[一四]まことの粋はここへまゐらず（こんな悪所へはこず）、内にて（自分の家で）小判をようで居まする（〔溜まった〕小判を数えております）」と申せば、[一五]一座「これはもつとも（なるほど）」といふを、余所《よそ》ながら聞くに、「かかる所にも（こんな鄙びた）すれものありや（百戦練磨のつわものがいるよ）」と、夜も明くれば互ひに別れ（世之介と近江も別れたが）、恋にのこる所ありて（どこか未練の尾をひく）、重ねて宿によびよせ（世之介の旅宿に）、近江にさらしの縫《ぬ》[一六]ひしるしなどさせてかはいがられ（〔女からぞっこん〕）、にくからずかための誓紙（〔世之介も勿論〕愛の固めの誓紙）、うるし判のくちぬまでとぞいのりける（消え落ちぬようにいつまでも愛し合おうと祈った）。

旅のでき心

江戸大伝馬町《おほてんまちやう》[一七]三丁目に、絹綿《きぬわた》の店《たな》ありける（〔親の意見で〕）。「万《よろづ》勘定聞くべし（実習せよ）」

一二 いかにも奈良らしい、また抹香くさい贈物で、およそ色里に似つかわしくないもの。「二月堂の牛王」は、東大寺二月堂で授ける牛王宝印。若狭井の霊水で印を捺《お》したもの。「西大寺」は、寺内で製した豊心丹《ほうしんたん》、万能薬。

一三 山の神のように恐ろしい妻。その顔を見ておこり＝マラリアが出てふるい出したならば。瘧《おこり》は罹患《りかん》を憑くといい、治癒をおとす、おちるという。

一三 色道に精進し、堪能になった男。すい。

一四 この手の小ばなしは少なくなく、たとえば『西鶴織留』五の一では、丹後の文殊に智恵を授かる「智恵の箱」の開帳料が百文、「さし当つて百文入るなり。是《これ》を出さぬ所が第一の智恵」とある。

一五 出立《しゅったつ》の場に居あわせた「一座」か。隣の床の枠をこえているごとくで、また「余所ながら聞く」とある以上、亭主は、大崎と客の床の仕切りにはいったのか。

一六 しるしの縫い取り。遊女にこのような手業までさせるのは容易でない。よくよくの仲になったの意。

一七「大伝馬町」は東京都中央区日本橋通にあった。当代江戸の商業的中心。呉服屋、真綿問屋等あり。上方資本の支店も多かった。「絹綿」は、屑まゆの毳《けば》で作った真綿の一種。また絹・綿両種を扱うとも解される。

とて、十八歳の十二[一]月九日に京都を出でて、雲のあは立つ（泡立つ群雲の）[二]山を越え、[三]椙《すぎ》の葉しろき関路《せきぢ》の雫《しづく》〔に浸り〕、はき初むるよりぬれ（履くや否や濡れそぼつ）草鞋《わらんづ》に、物すごき（無気味な）岩角[四]を[五]智恵《ちゑ》つけなればとて踏みならはして、けふ二日目の泊りは鈴鹿《すずか》[六]の坂の下、大竹屋とて所にならびなき大座敷（宿駅では類例のないほどの立派な宿に）につきしが、草臥《くたびれ》をたす（いやす）くる[七]水風呂《すいふろ》に入りもあへず（入るや否や）、「さてこの宿《しゆく》に口きくやさ者は」（羽振りのよいいい女は誰か）と品（早速）定めける（女の品評をした）。[八]鹿《しか》・山吹《やまぶき》・みつとてこの三人、その頃柴人《しばびと》のすさみ（山働きのあらくれの唄にも名が出る程の女）にもうたふ程の女とて、かれらを集め、夜のあくるまで（夜ぴいて遊び）[九]山水《やまみづ》の絶えず飲（飲みつづけに）みかはして（飲み交わして）、さらばの鳥に別れて（鶏鳴に起されて別れを告げ）日数程ふり、[一〇]御油《ごゆ》・赤坂《あかさか》の戯女《たはれめ》になほかり枕（仮の契りを交わし）、泊り泊りに、ある程の色よき袖を重ねて（その宿での一番の売れっこを抱いて）、やうやう駿《する》[一一]河《が》の国江尻《えじり》といふ所につきて先づけふまでの浮世〔命一杯楽しく暮してきたが〕、あすは親しらず[一二]の荒磯《あらいそ》を行けば、自然（万一）水屑《みくづ》となりなむも（なることだって）、定め難し（ありうる）。〔江尻は〕南は[一三]三穂《みほ》の入り海、我が物になりて、松も手に取るやうに詠《なが》め侍《はんべ》る。然もあるじ（その上宿の主人は）は舟木屋《ふなきや》の甚介とて、気さくなる（気軽で気のきく）翫《もてな》し、これなる岸にあるてふ（浜辺の岸に採れるという）海鹿《ひじき》藻《も》・みるくひ〔等の海藻〕を取り揃《そろ》へ、酒も大方に（いい加減に）過ぎて、所の[一四]仕置咄《しおきばなし》（世之介）、「銭は

一 迎春事始めの翌日。下向を事始めと理解したか。
二 「うき目をばよそめとのみぞ遁《のが》れゆく雲の泡《あわ》立つ山のふもとに」（『古今集』）。地名の粟田山による。
三 「鶯のなけどもいまだ降る雪に杉の葉白し逢坂の関」（『新古今集』）。「椙」は「杉」。
四 「逢坂の関の岩角踏みならし山たちいづるきりはらの駒」（『拾遺集』）。
五 近世初期上方（京・大坂）から江戸にやるのは、懲罰半分の教育であった。（『心中江戸三界』）。
六 鈴鹿山麓、関町坂下の宿駅。「大竹屋」は本陣。
七 水を桶に入れて下部の焚《た》き口から焚く風呂。
八 「山吹」「みつ」は関の地蔵の女。「光《みつ》はでてゆく／山吹やしよげる／夜の寝覚にや鹿の声」（『舞曲扇林』所収）の歌によって鹿を人名化したか。
九 「これなる山水の落ちて巌に響くこそ（中略）日は照るとも絶えずとうたり」（能『安宅《あたか》』）による。
一〇 愛知県の東海道宿駅。現豊川市御油町と、音羽町赤坂。共に出女で有名。
一一 静岡県の東海道宿駅。清水市江尻。
一二 興津（清水市興津）～由比（由比町西倉沢）間の難所。親も子も肉親の愛を忘れるほどの危険で有名であったが、明暦元年（一六五五）朝鮮使節通行の時、切り開いて安全な道とした。この「親しらず子しらず」は次章の勘当と出家を暗示する。
一三 三穂（三保）の景観が、舟木屋の借景となる。
一四 その土地で最近あった仕置の噂話。「地元の為政

一歩《ぶ》に[一五]何程売るぞ」、〔やがて翌日の準備など〕あらまし《大体》申し付けて、雨戸に尻さし《栓をおとし》をして、〔もう〕寝るばかりに身ごしらへせし[一六]処《ところ》へ、誰とはしらずに顔隠して、連《つれ》[一七]ぶしに歌説経《うたぜつきやう》[一八]あはれに聞えて、今までは手枕さだかならず《夢うつつに聞いていたのだが》、目覚めて、出立《でたち》[一九]焼く女に、「あれはいかなる人のうたひけるぞや」「されば、この宿《しゆく》[二〇]にわかさ・若松とて兄弟の女ありける。その貌《かたち》、〔なろうなら〕昼みせましたい《昼お見せしたい》。その女郎の口まねをして《口まねで流しているのだが》、あれは〔にせもの〕」と語る。

「さてその人にあふ事もがな《一夜契れぬものか》」と尋ねければ、「今いふて今おもひもよらず。〔姉妹にかけては〕いかなる旅人も、日高《ひだか》[二一]に泊り曙《あけぼの》を急がず、あるいは五日七日の逗留、又は《あるいは》作病《さくびやう》してこの君まみえ給ふ事ぞ《この姉妹にやっと契れるのです》」と、聞くより《聞くや否やもう》吾妻《あづま》の空物すごく《いやでたえられず》、はやいかぬ気になり、「霞が関[二二]のないこそさいはひ、ここぞ〔我が〕住むべき所よ」と、〔腰を据えて〕かのはらからの女に馴れて《姉にも妹にもなじみになり》、その夜の《二人で寝た夜の》枕物語[二三]、左のかた[二四]にわかさ、右のかたにわか松と召されさむらふぞや。今中納言平《いまちゆうなごんひら》[二五]さまと名に立ちて、「都へのぼらばつれてゆかいでは《私が都へ上るときには必ず連れていって上げよう》」と、抱《親方から》への人に隙《ひま》とりて、今切《いまぎれ》[二六]の女手形も《通り難い所も》人の情にて立ちこ《うまく通》

者の治政を嘲する」説はとらぬ。旅人の酒席の話題には危険。珍しい犯罪と処刑が行われたか。明暦四年清水・江尻間に伝馬《てんま》出役につき訟論あり、江尻が敗訴した事件は明暦元年の親不知子不知開通と矛盾する。

一五 銀遣い経済圏から金遣い経済圏への移行を暗示。

一六 独り寝のつもりとしか思われない。一夜も女なしでは過しがたい世之介像からは、いささか矛盾する。

一七 二人以上、つれだって語り歌うこと。

一八 近世前期の芸能。俗化した説経節。初めは胡弓・ささら、のち三味線を伴奏とする。

一九 早朝出発する客用に朝食のこしらえをする下女。

二〇『東海道名所記』に「若狭」の名が出、熊野《ゆや》・虎御前並みにルポされている。宿泊料とも金一分でかなり高級。「若松」はそれにひかれて妹として仮構されたものか。

今中納言平さま

二一 正午すぎて、まなしの時間帯。

二二 霞が関（東京都千代田区）は関の名はあっても、その名通り、関そのものはないことからの文飾。

二三 枕を並べての寝物語。猥雑な意味が託されたか。

二四「あれに行平の御立ちあるが、松風と召されさむらふぞや」（能『松風』）。

二五「今」は当世の意。当世行平。「平さま」は遊郭の客の替名風だが、姓名の一部を約省する作名原則からいえば、平山藤五の「平」の替名ともいえよう。

二六 遠江国新居の宿の浜名湖の海への切れ口にある関所。箱根同様入り鉄砲・出女を厳しく取り締った。

手なれの業はひら饂飩

ってし、その暮れはふた川一といふ所に旅寝して、〔その夜の寝物語に〕過ぎにし頃往来《わうらい》二を留《と》めてありつる〔二人の〕物語もをかし。

「水無月《みなづき》三の程は、蚊《か》の声もの悲しき夜は、萌黄（黄緑色の）の二畳づり〔の蚊帳を〕次の間に釣り懸け、『はだへみる人もなき物（私風情の肌など誰もみやしない）、いつそはだかよ（裸でいようかしら）』と独言《ひとりごと》に申せば、その声につきて（手を出すきっかけをえて）、（客）『御伽《おとぎ》にまゐらうか（お相手に行きましょうか）』と、それより事調ひぬ（万事うまくいった）。又冬の夜は、寝道具四をかすやうにして（貸すようにみせかけて）かさず、庭鳥《にはとり》五のとまり竹に湯を仕懸けて、夜深《よふか》に〔まだ明けないのに〕なかせて夢覚まさせて追ひ出だし、色々つらくあたりぬる、その（次の世の報いは）報いいかばかり、〔お陰で〕今のがれての有難（罪深い職をやめられて）さよ（後生のしあわせさ）」と、いやま

一 現愛知県豊橋市二川町、東海道の宿駅。

二 往来する旅人を誘って己の宿に伴う女。留め女。おじゃれ。口から出まかせに泊めさえすればあとはもう知らないという悪性が一般的であった。客の求めに応じて売春もした。前述、若狭・若松の売れっ子ぶりと矛盾する。

三 陰暦六月、夏。次の冬の話に照応。

四 当時の旅宿の寝具は不十分であったので、留め女が自分を買うなら十分貸すといって泊めながら、金にならぬ客とみれば、貸さず寒い目をさせて早立ちするように仕向けた。

五 鶏のとまり竹に湯を通すと、温度の変化で、朝と勘ちがいして、夜半にときの声をあげる（『菅原伝授手習鑑』道明寺）。それを利用して客を早く追い出して楽をする。留め女の内幕は、『男色大鑑』七の五や『世間胸算用』一の二にも描かれて、酷薄な近世風俗の一つであった。

六 当時は男女とも下着・中着・上着と三枚重ねであった。おそらくまず人目につかぬ中着から売り始めて、ついに上着に及んだものか。
七 池鯉鮒《ちりふ》（知立市）の宿と今岡村（刈谷市）の中間にあった一里山の茶屋町の名。近在の一つ木村芋川（刈谷市一つ木町芋川）の枝村であったので名を同じくする（市川光彦説）。そこの平うどんは道中筋の随一の美味として有名であった。芋川をひも川とも訛《なま》っていう。
八 小さな細い板で屋根を葺いた家。ささ屋根・ささ板葺き。
九 「駒とめて袖うち払ふかげもなし佐野のわたりの雪の夕暮」（『新古今集』）。
一〇 「吉野の山を雪かと見れば雪ではあらで花の吹雪よの」（『糸竹初心集』）。
一一 西鶴はその正確な所在を知らなかった。後、三河国額田郡奥山田村（岡崎市奥山田町）村積（住）山と考えられるようになった（市川光彦説）。
一二 麓《ふもと》の里の意。地名としての下里は、紀伊国東牟婁《ひがしむろ》郡太田村下里（那智勝浦町）、播磨《はりま》国賀茂（加西）郡下里村（加西市）等にみえる。後者は法華山の山麓《さんろく》として意にかなうが、地名ではかならず山麓をいうとも思いがたい。

江戸の悪所の西ひがし

一三 すっかり昼の日ざしになってはじめて。「あかねさす」は日の枕詞。

しによろこび侍《はべ》るに、〔困ったことには〕ひとつの難儀あり。いつ音羽の山を見るまで《いつ京の音羽山まで辿りつけるやら》、道すがらの遣ひがねとてもなくて《そこまでの旅費をつかい果して》、ふたりの女の上着[六]などをしろなし、芋川《いもかは》[七]といふ里に若松むかしの馴染《なじみ客》ありて、〔その人を頼り〕人の住みあらしたる笹葺《ささぶ》[八]きを《あばら屋を修理して》つづりて、所の名物とてひら饂飩《うどん》を手馴れて《なりわいとして》、往来《ゆきき》の駒《こま》[九]とめて、袖うちはらふ「雪かと見れば」[一〇]などとうたひ懸けて、火を焼《た》く片手にも音《ね》じめの糸をはなさず《三味線の調子を整える手を離さず》、うかうかとおとろひ《ぼんやりすごすうちに窮迫し》、後《のち》はふたりの女も花園山《はなぞのやま》[一一]のしも里[一二]に、まことの髪そりて《手れん手くだの剃髪ではなく》、世にすてられ、たのしみし人に捨てられ《頼りの旧知にも世之介にも》、道心《だうしん》となれる。

出家《しゆつけ》にならねばならず

あかねさす[一三]日のうつりを見て《日の光の差しよう》、〔ああもう〕「夜があけた」と思ひ、〔遊興に魂ぬかして漸く〕燭台の光に「けふも暮れた」としりぬ。昼夜のわかちも恋にその身をやつし《区別もつかず恋一筋にやつれるまで溺れ》、

一 「しのぶ」を旅中の難儀、または母堂の心をおもいやってなどとするが、取らない。失踪者がとにもかくにも着いた、あまり大騒ぎしないでの意。
二 現東京都江東区深川富岡八幡、その門前町に茶屋があり、売春していた。以下、江戸の下級の売春窟めぐりであるが、ここでは珍しく、案内人なしである。それほど下級という意味がこめられているか。ともかくはじめての江戸下向に、吉原が出てこないという設定は興味深い。
三 中央区。明暦の江戸大火後、万治元年（一六五八）埋立地にできた新開地。私娼をおく茶屋があった。
四 「本所よこほりにれんとび（注六）の宮」（『吉原あくた川名寄』）。
五 目黒不動の門前町にも茶屋があった。「捜し」に注意。注二参照。案内人なしの独行である。

草庵にめでる香具売り

六 品川宿の私娼。「連飛」とは本来輪を飛びくぐるなどの曲芸（輪脱・練飛・蓮飛等と書く）であるが、その芸の如く瞬時寸刻の交わりであったことから私娼一般をさす異称。品川宿に限らない。
七 文京区白山前町、当時、小石川の白山権現の裏にあった私娼街。「それよりはくさんにいたつてはばいた（売女）はおかたの女郎」（『吉原あくた川名寄』）。
八 元台東区谷中三崎町。日蓮宗の感応寺（のち天王寺）門前の私娼窟。
九 日本橋横山町にあった橋（神田川と隅田川の合流

浅ましき姿となりて《〔やっと〕》江戸に行けば《行き着いた》、おのおの《〔江戸店では〕》よろこび、「御行きが《旅中雲がくれ》たのしれざりしを《されたので》、御ふくろ様よりの御歎きいかばかり《御母堂様からの便りではどれだけご心配だったことか》」と、しの[一]《目》びていたはりしに《立たぬように介抱したが》、なほやむ事なく《一層好色の惑溺が止らず》、深川《ふかがは》[二]の八幡《はちまん》・築地《つきぢ》[三]、本庄《ほんじやう》[四]の三《み》つ目の橋筋《はしすぢ》・目黒[五]の茶屋を捜し、品川[六]の連飛《れんとび》、白山《はくさん》[七]・三崎《さんざき》[八]の得《え》しれ《得体の》ぬもの《しれぬ娼婦》、浅草橋[九]の内にてうなづく事までを合点して《江戸の売春の事情通になり》、後は物縫《ものぬひ》[一〇]の小《こ》宿《やど》・板橋[一一]のたはれ女も《宿場の飯盛り女郎も》見のこさず、次第にはしば[一二]の道すぢをとはる《橋場で女を買おうと情報を集め》るこそおそろし《この後どこまで堕ちるか見当もつかぬ》。

この事京に隠れもなく《乱行の一々が京にみな伝わって》、勘当《〔今は〕》のよしあらけなう《荒々しく》申し来《きた》れり。「う《おっ》きながら《らいでしょうが》このまま置きまゐらせては御命の程も《放置しておけば御命さえもつかどうか危険だ》」と、店《たな》さばきせし《江戸店差配の少》小《しは》分別ある者の才覚にて《すべて手配して》、ある長老《寺の住職》をたのみ、十九歳《〔釈尊と同じ〕》の四月七日に出家になして《出家させて》、谷中《やなか》の東七面《ななおもて》[一三]の明神《みやうじん》の辺《ほとり》、[一四]心もすむべき武蔵野《むさしの》の、[一五]月より外《ほか》に友もなき呉竹《くれたけ》の奥《〔林の〕》ふかく、[一六]すひかづら・昼顔の花踏みそめて道を付け、草葺きの仮屋《かりや》、やうやう《〔露の憂き〕》身の置き所もここに《〔定め〕》、水さ《水の不》へ稀に《便な所柄だけに》、はるかなる岡野辺《をかのべ》より《〔引く〕》筧《かけひ》の雫、手して結び《すくい取り》、おのづから世《自然と真実浮世》

点）を中心とする区域。歌比丘尼がいた。またこの一帯は問屋が多く、はすは女が、副業的に一般の客に応じたものか。合図すればそれに応える。
一〇 奉公人の周旋をしまた密会の場となった宿。
一一 板橋区板橋ほか。中仙道最初の宿場。宿場女は、一軒あたり本宿二人、新宿一人の割。
一二 かつて荒川区南千住周辺に火葬場や刑場があり、最下級の売春窟があった。
一三 台東区谷中の東に当る荒川区西日暮里の日蓮宗延命院の境内にある。万治三年開基であるから『一代男』の年代設定と極めて近い。
一四 住む↓澄む。「心すまれぬ柴の庵哉」（『撰集抄』）。
一五 「月より外は友もなし」（能『松風』）。
一六 忍冬。初夏花を開く。昼顔も夏の花。四月七日と季節上合っている。「花踏みそめて」など抒情的。
一七 念仏を唱える時回数かぞえに数珠の玉を用いた。
一八 砥茶小紋。赤黒味を帯びた茶色で染めた小模様の着物。袖口や裾回《すそ》しが表地と同じ布の仕立て。
一九 帯を前で結ばず、後ろで結ぶ。本来、少女の風俗。
二〇 群馬県高崎市製の足袋。甲がひくい。
二一 「かず」は数物。数の多さで売る大量生産の安物。
二二 芝神明の門前に、美顔水花の露屋林喜左衛門の店があった。十左衛門とは、実名を憚《はばか》ってのことか。
二三 世之介も、江戸でのこの道にはうといので手間ひまかけての見当違いがおもしろい。
二四 蛤《はまぐり》の殻に入れたねり香。

を見かぎりて《を厭う気にもなり》、ひとひ《一日》二日は〔宗旨違いの〕阿弥陀経などいと殊勝《しゆしよう》に見えしが《読誦していたが》、おもへば《つくづく考えれば》つらつら道心も《出家暮しも》おもしろからず、後の世は〔この眼には〕見ぬ事、〔地獄の〕鬼もちかづきにならず《一度だって知合いにならず》、仏にもあはぬ昔がまし《死んで仏に会うより生きている方がよい》、とおもひ切り、[一七]珠数《じゆず》にかず読みし珊瑚珠《さんごじゆ》を売りて、「何がな《何かよい楽しみがないか》」とおもふ折ふし、〔ちょうど〕十五六なる少人《若衆が》の、[一八]との茶小紋の引つかへし、かのこ《鹿の子絞りの》繻子《しゆす》の[一九]うしろ帯、中《ちゆう》わきざし、〔腰の〕印籠《いんろう》・巾着《きんちやく》もしをらしく《上品に美しく》、[二〇]高崎足袋つつ短かに《甲のひくい仕立て》、[二一]かず雪踏《せつた》をはき、髪はつとずくなに《若衆らしく髱を少なくした髪型で》、まげを大きに高くゆはせて、〔その後に〕つづきて桐の挾箱《はさみばし》の上に小帳《こちやう》・十露盤《そろばん》をかさね、利口さうなる男の行くは《しもべを従えて行くのは》、人の目に立たぬやうにこしらへて《目立たぬように地味作りだが》、〔一体何者か〕みるほどどうつくしき《みればみるほど》風情なり。〔都鳥ではないが〕「これなん《これがかり》香具《かうぐ》売り」と申す。〔浮気の世之介のこと〕こころうつりてよび返し、〔香木の〕沈香《ぢんかう》など入《い》るのよし申して、調《ととの》へて、とやかく《何やかと》隙《ひま》の入ること笑し《不思議だ》。「御用もあらば〔また〕重ねて」と〔少年が〕立ちかへる程に《時》、宿もとをきけば、[二二]「芝神明の前、花の露屋《つゆや》の五郎吉、親かた《抱え主》十左衛門」とぞ申す。[二三]何事も勝手しらぬこそ笑し《面白い》。その後さる人に《江戸の事情通に》尋ねければ、「譬《たと》へばくだり盃《上方産の安盃》一つ、[二四]焼物《たきもの》一貝《かひ》とりて、[一]一角《いっかく》ばかりとらせて、酒などすすめければ、供の者《〔気をきかせて〕》空《そら》寝《ね》入《い》りするぞかし。執心と思はば《少年に春情をそそられたなら》、万《よろづ》にはじめより賤しく値段《しつこく値段の交渉など》する事なし。かれらも品こそかはれ《上べの体裁は違うが》、[二]かげらうと同じ《〔実体は〕》。あるいは、[三]小草《こざう》履取《りとり》の鼻すぢけだかきを《中でわけてみめのよいものを》かやうに仕立て《拵え上げて》、東国・西国《〔遠隔の〕》の屋敷方《がた》《〔武家の〕》、[四]一年かはり長屋住居の人をだます物ぞかし《〔邸内の〕長屋に住む田舎武士をたらす》。御門の不自由なるにては《取り締りの厳しい邸では》、門番にとり入り、[五]横目にしなだれ、[六]さし合ひある時は《工合が悪そうだと見とれば早速礼儀正しく》いんぎんに仕懸け《振舞い》、たしかなる《物堅い》咄《はなし》ばかりしてその座をくづさず《みだらにしない》」といふ。

「さてその草履取は《いまの話の小草履取とは》」と尋ねければ《〔更に〕》、「これにはそれぞれに《少年たちには》念者《兄分が》ありて、

一 金一分。慶長六年（一六〇一）鋳造の一分小判は長方形であるので「角」と洒落《しゃ》れていった。買物からいえば非常識に高いが、売春料もこめての値なのである。

二 官許の本舞台に立たぬ売春歌舞伎若衆。小芝居・旅芝居には出た。陰郎《かげろう》・陰間・陰子《かげこ》とも。

三 近世初頭、草履取として抱えた少年。男色を目的とした。

四 参勤交替をさす。原則として外様《とざま》は四月、譜代《ふだい》は六月に交替。

五 横目役。家臣の風儀行動に非議のないように監察する役。めつけ役に、横目（流し目）を使って。

六 以下、この種の少年の利発さをルポルタージュする。

七 みついで。

八 禁止する。「旦那」を、不特定の客と解する（板坂元ほか）は不可。

九 諸注の多くが、香具売禁令（寛文十年十二月）をここに考えるのはおかしい。近年すたったのは、武家抱えの小草履取であって、彼らは寺方に移ったのである。ここに寺小姓を考える説（三田村鳶魚）も誤り。

道心の、頭はざんぎり衣は雑巾

一〇 それ以来というものは。それは「近年おほくはすたりて」を受けるか。流行《はや》らなくなってからというものは。
一一 召抱える小草履取の情報も魅力的で。
一二 武蔵《むさし》国南葛飾郡の葛西村。当時としては田舎者で、少年の名乗りとしては色っぽくない。本来は、その名乗りの色っぽさが大切で、それが建て前だけでも衆道に生きる少年の意地でもあり、その周辺の感覚でもあった。本書二の一の飛子の名乗りと比較。
一三 下谷池の端。不忍池《しのばずのいけ》のほとり。台東区池の端一丁目から四丁目。
一四 上野寛永寺黒門の門前町。台東区上野一～六丁目。
一五 月は満ち足りた身でみるよりも罪を犯さないのに配所に流されてみる方が、より風雅において優っているという中納言顕基《あきもと》の言葉（『徒然草』）のパロディ。
一六 一般には勘当と同義的に用いられた。「親から勘当されて、わびしく二人でみるのがよい、みたいものだ」との意。
一七 「かは」は誤用。「二人でみる」ことが理想として、書かれているのである。
一八 著者も書物も未詳。女としたのは清少納言の面影など踏みつつ、中納言顕基をパロディ化したもの。かつてこの文章を読んだ時は他人言と思って身に染《し》んで読まなかったが、実像は勘当・出家・還俗の身となって。

とりなり《日常の身の廻り》・着物《きるもの》をも合力《かふりよく》[七]して、たのもしき事あり《いかにも頼りになる》。つとめも旦那ば《男色奉公だから主人に》かりにはその事もゆるして《だけは抱かれる事も目をつぶるが》、外はかたく政道《せいたう》[八]して《主人以外は厳しく》、その屋形《勤め先の邸》にも出入りして、月に四五度《たび》は我がものにつれて《己の愛人だといわんばかりに》帰る事ぞかし。近年[九]おほくはずたりて已来《このかた》[一〇]は、《〔もっぱら〕》寺方に抱へ侍《はべ》る」。この[一一]沙汰《さた》も捨て難く、庵《いほり》には葛西《がさい》[一二]の長八といへる小者《こもの》を不便《ふびん》がり、香具《香具売りでは》[一三]には池の端《はた》の万吉・黒門[一四]の清蔵《せいざう》、この三人に日夜乱れて、いつとなく《〔剃髪も怠り〕》ざん切《ぎり》になでつけ、《〔墨染の〕》衣は雑巾となり、《〔殺生戒どころか〕》台所には白鴈《はくがん》の胴がら、鰏汁《ふぐじる》の跡、《〔諺にいう〕》「燃え杭《くひ》に火」とけこの人《世之介のことで》の昔に《〔忽ち〕還俗した》かへる。

うら屋《や》も住み所

「配所[一五]の月久離《きうり》[一六]きられずして、二人みる物かは[一七]」とうつくしき[一八]女の書きつるも、この身になりて《〔出家さえも続かぬ〕》、「それはさうよ《なるほど言葉どおりよ》」と思はるる。夕べ《夕方と》

の嵐《もなると》、軒やかましき荻《をぎ》[一]のともずれ、あした《早朝の》の豆腐売りさへ稀《まれ》に、な《〔それで》ほ《も〕野菜ばかりではどこか空腹感が残って》精進腹のどこやら物淋しく、人には恋しらず《〔俗心に帰っても坊主姿ゆえ〕》のやうに思はれ、無《むや》分別《みと常香盤に香をたくが香同様　いつかは消える人の命》の常香をもり、終にはきゆる命、ここは《〔分別所〕》と庵を捨てて、まだ足《手遅れに》もと《ならぬうちにひき上げようと》のあかい内に、入日《いりひ》も[二]向ひの岡《向う向が岡を》を出でて行くに、[三]最上《もがみ》の山伏大《やまぶしだい》楽院《らくゐん》といふ人[四]先達《せんだつ》して、[五]峰入りとて由々しく《いかめしげに》通られけるに、衣にす《法の衣に》がり《たよって》て吉野までの供《とも》頼み侍るに、これを見て、〔お前は〕[六]「あはれと思へ山桜《せめて春なら花を》、花より外に《友とするのだが》[七]秋は友とする人もあらずや《花も人もないのか》」と師弟の約束、こころの馬《意馬心猿を抑制》を急がせ《できぬまま》、岡崎の[八]長橋わたりて、すぎし年《二年前》、若狭・わか松《〔姉妹〕》と住みける昔をおもひ出で、[九]檜笠《ひのきがさ》をかたぶけ、旅の日数《ひかず》の今《〔積り〕》は[一〇]後鬼《ごき》前鬼の峰おそろしく、今までの[一一]懺悔物語《ざんげものがたり》、こころと心はづかしく《我ながらはずかしいことばかり》、後世こそまことなれ《真実の世界》、[一二]菩提《ぼだい》の道、岩のあらけなく踏み分けて《あらあらしい岩道をたどって》、下向《下向するとき》にここ[一三]姪《よめ》が茶屋とかや、又もとの《〔澄んだ心も〕》水にかへりて《たちまち洞川の泥に濁り》、とても泥川すむべき心にあ《どうせ生来汚れた男仏道修行が通せるは》らねば《ずもないと》、道かへて、難波の東南《ひがしみなみ》、[一四]藤の棚《たな》かりて、[一五]鯨細工耳搔《くぢらざいくみみかき》などし《作》て《り》、一日暮しもはかなし《その日を暮すていたらくであった》。

一 風に誘われて、荻と荻がやさしく擦過音を出す。
二 現東京都文京区本郷から弥生へかけての高台。
三 山形県の最上。大楽院のモデルは、秋田野代の大光院桂葉（浅野晃説）。
四 大峰修験の指導者となること。
五 大峰へ登るのに吉野経由（逆の峰入り）、熊野経由（順の峰入り）の二方があった。このばあいは前者。
六 「もろともにあはれと思へ山桜花よりほかに知る人もなし」（『金葉集』行尊《ぎようそん》）。
七 「秋は昔を友鳥の」（能『鞍馬天狗』）。
八 愛知県岡崎市の旧宿駅の外れにある矢矧《やはぎ》の橋。
九 檜のへぎ板で作った笠。笠で顔をかくしたのは、（過去の所業によって）昔の知合いにあいたくなかった。
一〇 後鬼・前鬼は役行者《えんのぎようじや》の侍者の子孫といい、前鬼山にはその集落が現存する。後鬼山は不明。
一一 峰入りの行《ぎよう》として崖から上半身を吊り出し、懺悔を強いるなどが知られている。懺悔せねば罰を受けるといわれている。
一二 本当に帰依《きえ》しようと思いはしたが。
一三 奈良県吉野郡天川村にある「嫁が茶屋」や「洞川《どろかわ》」（後鬼の子孫が住んだともいう＝口承）は、下向の信徒のための色茶屋があった。修行中守ってきた戒を破るので俗に精進落しと称した。
一四 大坂随一の藤の名所。谷町筋の小谷観音にある。棚と店《たな》とをかけている。

一五 鯨の鬚を加工した耳掻き。手に何の職もなく、筋肉労働もできぬ男の小細工。
一六 藤の谷に近い南谷町の東西の横筋。
一七 上本町五丁目の四つ辻。政令等を下達する高札が立てられ、札の辻といった。「くら者」はこの界隈《かいわい》の私娼。
一八 表面堅気の奉公人であるが、中宿で売春同様の密会をする女。
一九 耽溺《たんでき》して浮名はままよ、世帯主の名義代（貸）しをするまでになった。「名代」は有名の意と、名義貸しの両義にかける。（「蔵屋敷代官衆の屋敷は、名代の町人手形判形仕る可し」寛文大坂町触《まちぶれ》）。
二〇 寛文以降の触書《ふれがき》や町触で、宗旨改めを始めとし、博奕《ばくち》・売春等の非行につき町役人が町中を調べ、家持・借家人とも、奉公人に至るまで、常々たがいに十分吟味しあうことが、命じられている。
二一 家の世帯主は男がたて前であるが、複数の女が相住みするとき、うち一人が名目上の男（世帯主）となるの意であろう。
二二 大坂東部の寺町（大阪市東区寺町の一帯）。
二三 欲望はあるのだが年齢や家族・世間の手前を憚って、色町（悪所）には行きかねるの意。

それとても色に《だからといって色事に》はこりず《懲りはせず》、小谷《こだに》[一六]・札《ふだ》[一七]の辻《つじ》のくら者、月懸《がか》りの手かけ者《月毎に契約する妾》、出合女《であひをんな》[一八]のこらずさがしてしらぬとい《いっぱしの事情通》ふ事もなく《になって》、これ《こんな》に身をそめて名の《げて好みに溺れ浮名が立っ》立つは合点《のは覚悟の上》、名代男[一九]になりぬと申すはいかなる事ぞ《これはどういう事かといえば》、小家《こいへ》[二〇]ぎんみをおそれ、ひとり[二一]は男分《をとこぶん》に世間をたて、その身はいたづらを立て《売色することで世すぎし》、中[二二]寺町・小橋《をばし》の坊主ころし《坊主相手に春を売り》、色町[二三]を覗《のぞ》きかねつる隠居の親仁《おやぢ》の、とつて置き銀《がね》をみなになす事《雲散霧消させる》これぞかし。煩悩の垢落し難し《色欲からの脱却は難しい》。簾ほのか《〔細民街に〕簾をたらし》に「洗濯屋《せんだくや》」と書きしるして、あかり障子たてこめ《〔何を憚ってか〕紙障子をしめきり》、あたらしき畳しくこそ様子ありぬべし。手懸者《てかけもの》といふも、うへつかたの世つぎの《〔千差万別で〕上流の家で跡取りのな》

なき《いこと》をなげき、あるいは内儀長煩《ながわづら》ひのうち、なぐさむ業《空閨の用を勧める》にはあらず。そのさもしさ《これは妾の最底辺で》、このわけしる程うるさし《事情に通じるほどにいやになるしろもの》。女一人して《女一人がやりくりして》、けふは[一]北浜《きたはま》のわかき人、あすはかせ買ひの誰《桛糸を買い集める商人某》、夜はさる侍方《さぶらひがた》と様々替男《かへをとこ》、しら《知らぬ》ぬがこころにくし《が仏というがこんな女を愛するなど気が知れない》。

裏店は煩悩の垢

[二]この道にもたづさはりて尋ね《〔好みの女を〕求めて》行くに、[三]椙《すぎ》立てて請酒屋《うけざかや》あつて、細《ほそ》路次《ろぢ》長屋作りの入口をならべ、何《いづ》れも[四]北あかりのきり窓よりのぞけば、[五]とほしの底入《そこいれ》、引臼《ひきうす》の目きり《目立てをする者》、その隣は[六]はちひらき、その次は[七]放下師《はうかし》、世わたる品々《生計の種も多いが》、煙たえがちなる風情《どれも辛うじてのこと》、おもしろさもすこし《〔実情を見て〕放図のない浮気も》はやみぬべし。大溝《おほみぞ》あつて日影うつろふ《陽が当っている〔小ましな家〕》に、棹竹《さをだけ》のわたし、[八]とびざ《〔干された〕》やの脚布《きやふ》・糠ぶくろ《〔化粧用の〕》懸けてありしはくせものなり《ただものでなくゆかしい》。兼好《けんかう》が見たらば、[九]命盗人《いのちぬすびと》と申すべき婆《ばば》あり。それが娘にはおとなしく《その婆の娘にしてはしっとりと育って》、物もかくとみ《字をかく程の教養は》えて《あるらしく》硯箱、[一〇]釣おまへ《〔曰くあり気な〕》の下に[一一]くくり枕、第一目にかかる物ぞかし《まず目にとまる》。宿《家》に似合はぬ《に釣り合わぬ》大俎板《おほまないた》、つぶれ懸りても[一二]かな色あり。昔はかくはあらざ《もっといい暮しをし》らぬ者のはてなるべしと《ていた者の落ちぶれた姿であろうと》、[一三]いな所に《変った所に》気を付けて、世之介是非に入聟《いりむこ》《押しかけの》、

一 大坂北浜。商業の中心地で働く大店の手代たち。
二 色道の裏街道の通になって。
三 「わが庵は三輪の山本こひしくは訪《とぶ》らひ来ませ杉立てる門」（『古今集』）から、杉（椙）は、酒屋の門標であった。請酒屋は造り酒屋から酒を買い、請売りする小売屋。その酒屋の路地。以下わびしいスラムの雰囲気である。
四 昼も薄暗い様子。「きり窓」は、はめ板などを切ってあけた建具なしの簡易な窓。
五 ふるい・みそこしの底に当る部分に細網などを張る職。
六 男をはっち坊主、女をはっち尼という。ともに半ば乞食であった。
七 曲芸・軽業を業とする芸能者。
八 厚地に花模様（花文綾）の湯文字。
九 「長くとも四十《よそぢ》に足らぬ程にて死なんこそめやすかるべけれ」（『徒然草』）。
一〇 釣り御前。持仏《じぶつ》の絵像で壁などに懸ける。
一一 両端を括《くく》った布枕。パンヤ入り。
一二 錫《すず》やあかがねで作った銚子《ちょうし》。
一三 経済面をおさえることで、身のふり方を決めた。問題はおさえる素材《たね》である。「くくり枕」や「つぶれ懸りてもかな色」の俳諧性に注意。

一四小栗《をぐり》もいにしへにあらず。

一四 説経節等で有名な『小栗判官』。常陸《ひたち》国小栗の城主小栗判官は、横山党の照手の前に恋し、横山の同意なくむりに入聟し殺される（『鎌倉大草紙』）。

入絵

好色一代男

三

好色一代男　巻三目録

二十一歳
恋の[一]すてがね
[二]京手かけ者《もの》の事

二十二歳
[三]袖《そで》の海の肴売《さかなうり》
下《しも》のせき遊女の事

二十三歳
[四]是非《ぜひ》もらひぎる物
[五]うき世小路《せうぢ》[六]はすは女事《をんなのこと》

二十四歳
〔わずか〕一夜の[七]枕物《まくらもの》ぐるひ
[八]大はらざこ寝《ね》の事

一　奉公人を雇うさいの前渡し金をいう。すて銀《ぎん》とも。色事ともなれば文字通り捨てて惜しくない。

二　近世、特に初期は、美女は京都生れの京都育ちに限ると一般に信じられていた。諸侯の妾なども京都で抱える例が多い。

三　未詳。袖の湊《みなと》は、筑前博多であり、袖師浦は出雲、その外袖浦、袖崎など各地にみえるが、洞海《くきのうみ》（現北九州市洞海湾）の異称とも、門司から小倉への海ともいう。西鶴作の長歌「あだ枕」（『松の葉』）では「鞆の浦よねそこそこに我から濡らす袖の海」とあり、好色の意の濡れにかけて、港町ならどこでも用いた文飾か。

四　何が何でも、どうあっても貰わねばおかぬ着物。

五　大阪市東区高麗橋筋と今橋筋（共に南北）の中間を東西に横ぎる細い小路。

六　問屋は、中央地方共に長期滞在者を泊める宿の機能もあり、客の身の廻りの世話をし、夜の伽《とぎ》に応じる女を契約で置いた。

七　能『恋重荷《こいのおもに》』のパロディである『枕物狂』（狂言）による。狂言では、百歳に及ぶ老人が若い女を恋して孫が叶《かな》えさせようとする。ここでは逆に若い男が老女を慕う形である。

八　節分の夜、山城国《やましろ》愛宕《あたご》郡大原村（八瀬の北部、京都市左京区大原）の江文《えぶみ》神社（明神とも。大原井出の里の産土神《うぶすな》）の拝殿で、男女別なくざこねする習俗があった。大晦日の夜とする説（『鵲尾冠《しゃくびかん》』）、正月十四日の夜とする説（『好色貝合』）もある。

九 習礼《しゆらい》（仏教の儀式の下稽古）、修礼《しゆらい》（儀式などの下稽古）など同音同系の言葉から、芸能・儀式一般の下稽古の意となり、転じてそれらに携わるものへの纏頭・謝金の意となった。近世では、遊里語として揚代以外の諸経費心づけ等の一さいをいう。もっとも揚代そのものを集礼といった例もあり、揚代諸雑費を併せての勘定と考えられるが、ここではやはり、揚代五匁その他の諸雑費心づけは、別勘定の意としておく。

一〇 新潟県三島郡寺泊町寺泊。

一一 仮の世（はかない世）と万事を借りて暮す世渡りをかける。

一二 山形県酒田市。当時裏日本の港として栄えた。

一三 浜（大坂で河岸・川端）で売色する女。坂田の私娼は、大坂でいう浜女・惣嫁の類であるとの意。

一四 街頭で売春する私娼。また夜発《やほつ》・惣右衛門とも。

一五 男女間で情事についての言い争いが起る種となるような。

一六 鹿島明神の通年の神託を触れ歩いて生活を立てるもの。もともとは下級の神職であったが、後には大道芸人の類として非人並みとされた。

一七 回国してかま祭（かま祓《ばらい》）や口寄せ、祈禱《きとう》などを業としたが、裏では売色した巫女《みこ》。

二十五歳

[九]集礼《しゆらい》は五匁の外

[一〇]越後《ゑちご》寺泊《てらどま》り遊女の事

二十六歳

木綿布子《もめんぬのこ》もかりの世[一一]

[一二]坂田《さかた》の[一三]浜女《はまをんな》[一四]惣嫁《そうか》の身ぶり《振舞い》の事

二十七歳

[一五]口舌《くぜつ》の事[一六]ふれ

[一七]県神子《あかたみこ》かまばらひの事

恋のすて銀《がね》

世にすめば（世に交わる以上）袴肩衣も（〔着ねばならず〕）むつかし（厄介だ）。人の風情とて（人並みの嗜みとして）、[一]朝毎《あしたごと》に髪ゆはするも（髪を結わせるのも）こころに懸れば（気になり面倒だから）、（〔いっそ〕）[二]十徳《じつとく》にさま（姿を）替《か》へて（〔剃髪し〕）、[三]昔は男山、今こそ楽阿弥《らくあみ》と、[四]八幡《やはた》の柴《しば》の座といふ所に（〔隠棲して〕）たのしみを極め（自由歓楽の限りを尽し）、[五]東に三十万両の小判の内《うち》蔵《ぐら》を造《つく》らせ、西に銀の間（銀ずくめの部屋）、枕絵の（春画の）襖障子《ふすましやうじ》、（〔建物ばかりか〕）都よりうつくしきをあま（〔女たち〕）た[六]取りよせ、誰おそるるもなく（憚るものもなく）、ある時ははだか相撲《ずまふ》、すずしの腰（夏用の生絹の腰）絹をさせて（巻一枚纏いはしても）、しろきはだへ黒き所までも見すかして（腹の白さも黒い秘所もみなすき通って）、[七]不礼講のありさまこれなるべし（話にきいた無礼講とはこんなものであろうか）。この人（この栄華の主）もとは[八]若狭《わかさ》の小浜《をばま》の人なり。北国すぢの舟つきのたはれ女《め》（日本海沿いの港町の潮風くさい遊女たち）、（〔中でも〕）敦賀の遊女のこらず見捨てて（誰一人満足できず〔やはり女は上方に限ると〕）、今、上がたにすみぬ（上方に住んだ）。

〔今や〕世之介勘当の身となりて、[九]よるべもなき浪の声（身を寄せる便りもなく）、謳《うたひ》うたひ（謡の門付け）となつ

若狭大尽の無礼講

一 毎朝戸毎に廻ってくる町抱えの髪結にさせる。髪結は幾分の賤視《せんし》を受けるところがあった。「吉野山花待つほどの朝な朝な心にかかる峰の白雲」（佐川田喜六『集外哥仙』待花）を踏むか。

二 僧衣の一、直綴《じきてつ》から転じた衣服。もと、旅行服であったが、江戸時代には、法体《ほつたい》（儒者・経師・医師など、俗人にして剃髪したもの）の礼服とした。

三 「今こそあれ我も昔は男山さかゆく時もありこしものを」（『古今集』）を踏む。昔は男としての見栄も張ったが、法体の今は、まさに法号通りに楽阿弥だ。楽阿弥は楽隠居楽坊主の意。ここは固有名詞として用いた。

四 山城国綴喜郡八幡町字天野の傍という。

五 住居を「東に」「西に」と、形象化するのは能・幸若《こうわか》や、お伽草子など、中世風の栄華の発想。

六 遊郭一般の語調であるが、「取りよせ」の一語に人間物化の思想が端的にでている。

七 後醍醐天皇が倒幕の謀議の席で催したという。『太平記』一の無礼講の面影。『太平記』の酌取りの女から女相撲への変化に注意。

八 小浜の打它《うつた》一門などの豪商のイメージか。

九 「須磨のあまの浦こぐ船の梶を絶えよるべなき身ぞ悲しかりける」（『夫木抄《ふぼくしよう》』）。浪に無《な》みをかける。

一〇 三所とも河内国北河内郡、淀川左岸の地。交野〜牧方〜葛葉と淀川東岸を北上している。

て、[一〇]交野《かたの》・牧方《ひらかた》・葛葉《くずは》にさし懸り、[一一]橋本に泊《とま》れば、大和《やまと》の[一二]猿引《さるひき》・西の宮の戎《えびす》まはし・日ぐらしの歌念仏《うたねんぶつ》、かやうの類《たぐ》ひの宿とて同じ[一三]穴の狐川《きつねかは》、身は様々に化《ばか》するぞかし。この所も、売子・[一四]浮世比丘尼《びくに》のあつまり、[一五]朝《あした》にもらひためて夕にみなになし、[一六]のこる物とて古扇《ふるあふぎ》、あみ笠引きかぶり、[一七]放生川《はうじやう》をわたりて常盤《ときは》といふ町に入りて、竹一《ひと》村《むら》の奥に、ちらりとお寺扈従《こしやう》のみえける。「ここは」と里人にたづねければ、[一八]「歴々のあそび所」とかたる。さてはうたひはかたし、[一九]「我ふり捨てて」と、ろうさい一拍子あげて、[二〇]忠兵衛がかりに、し[二一]をり戸より声もをしまずうたへば、耳かしこき人、「ただならぬうたなり。それを」と、やうすを見るに、公家のおとし子かとおもはれて、賤しきかたちにあらず。「つかひ崩して親にうとまれ、こらしめのためにかかるなりさまぞ」と、京近くにすめる人の目もはづかし。をりふし[二二]楊弓《やうきゆう》はじまりて、おのおのやうやう[二三]朱書《しゆがき》位にあらそはれしに、ある御方の道具を借りて、[二四]取弓取矢《とりゆみとりや》にして四本はづれず、

一一 八幡の西、葛葉の北に当る。男山の麓で淀川沿い。

一二 「猿引」は猿廻し。「戎まはし」は西宮の戎神社に繋がるくぐつで、首にかけた箱の人形をまわした。「日ぐらし」は歌念仏を歌う門付け芸人。

一三 諺「同じ穴の狐」。今は賤芸の人々と同じ（変らない）世之介は、狐が同穴するように泊り合せて。

一四 表向きは勧進の尼であるが、売春をこととする。

一五 「朝に道を聞かば夕に死すとも可なり」（『論語』）のパロディ。折角の貰いを売子や比丘尼に使い果し。

一六 「今朝みれば松風ばかりや残るらん」（能『松風』）。扇と編笠は謡の門付けの必須道具。

一七 男山から淀川に注ぐ川。

一八 気を許しての鬱散所、隠れ家、遊興のための別荘地帯。この場合、金力を背景にした「隠れ里」で、陰湿さがない。

一九 「我ふり捨てて一声ばかりいづくへ行くぞ山郭公《やまほととぎす》」（『松の葉』）。弄斎が始めたという近世初めの遊里歌。

二〇 万治から寛文へかけての江戸筑後座の小歌の名人。

二一 忠兵衛風のしおり（哀れ深い情感）と枝折戸をかけた。

二二 七間半先の的を坐ったまま射る小弓の遊び。

二三 二百本中五十本以上の命中者を塗板に朱書した。百本以上泥書《でい》、百五十以上金貝《かながい》、百八十以上大金貝。

二四 弓・矢を左右の手にとるやいなや。楊弓では矢四本を一度に握って連射する。

一筋〔的も中央の〕は切穴に通れば、座中目を覚まして《びっくりして》、なほ所望するに数あり《今一度手並みをと何度も所望した》。〔楊弓の後〕さる御方は琴をなほして《置き弾こうとして》、爪のなきをほいなく《残念に》おぼしめしけるに、かすかなる《みすぼらしい》ふところより、〔曰くあり気な〕うすむらさきの服紗《ふくさ》物《もの》より、一瞿麦《なでしこ》の紋所《もんどころ》ありし《のついた》爪出して、「若《も》し御指にあひ申すべきや《うまくあいましたらお使い下さい》」とたてまつりける。これぞ二泥中《でいちゅう》より玉の光かとおもはれて、その後言葉も替へて《言葉も丁重に》、「しばらくこの里に」〔休息を〕ととどめ、〔ちょうど〕「明日は京都へ女をかかへにのぼり侍る。いざ同じ道に《一緒に参りましょう》」と誘へば、「あらまし様子も覚え侍る《京での遊びの大体の見当はついています》。三そもそも京は〔水〕きよく、少女の時よりうるはしきを《生れついての美形を》、〔さらに〕顔はゆげにむしたて、四手に

一 世之介の紋様。本書中の插画の世之介の衣裳にはかならず瞿麦を描いている。本章でも屏風の前に楽阿弥と並んで片膝立てた男が世之介で瞿麦の紋様である。

二 「掌中の玉」を逆に借りたか。「泥中の蓮」のイメージもあろう。世之介を曰《いわ》くありげな男と見立てながらここまでの嗜《たしな》みは考えていなかったのである。

三 水の良否に、京の水は清く第一等とされた。水の水上《みなかみ》の清い京の水を産湯《うぶゆ》の時から使っているので、肌は自然と美しいはず。その天然に加えて人工にも意をつくしての意。

四 あれぬよう、また硬く大きくならぬよう指はめを着けさせ。次の足袋をはいたままねかせるのも同様である。

五 整髪料。髪のくせ直しに用いる。

六 洗顔・入浴に用いる。米糠等と共に、小豆・緑豆の粉も用いられた。

七 当時、一日の食事は朝夕二度であるが、労働に応じて間食夜食をとる者も多い。しかし女は美容第一。

八 どこへ出しても恥ずかしくないように諸芸教養一

通りをしこむこと。
九 肌があれぬよう、たとえぼろでも絹物を肌着にする。
一〇 以下「当世」流行の美女の条件を並べる。この「当世」はかならずしも『一代男』の作品上での年代である慶安～承応期ではなく、執筆時の延宝～天和《てんな》の「当世」であろう。「丸顔・桜色」とあるが、『一代男』挿画中、「丸顔」の女はほとんどいない。下ぶくれの面長である。『西鶴俗つれづれ』四の四参照。

当世女は丸顔に桜色

一一 京の南北の通り。麩屋町と寺町の間。甚七は、妾奉公等の目見得《めみえ》の周旋業者か。
一二 一般には甚七の妻とするが、甚七は名題(名義)であって、周旋業者の本体は、「ばば」であるかも知れぬ。插画の、座敷中央にいるのが「ばば」である。
一三 僧侶・医者等法体の者の外は、武士も許可をえねば乗れないが、女性は女乗物として乗った。
一四 唐の玄宗の故事として伝えられる。宮女を二軍に分ち、桜と桜、あるいは梅と桜の枝で戦わせる。『国《こく》性爺合戦《せんやかっせん》』にも後者の形がとられている。
一五 二条南北、今日の万里小路《までのこうじ》の古名。柳町と称する。一般には「柳の馬場」。天正から慶長初年遊郭がおかれたが、七年、六条室町へ移る。花から柳の連想。
一六 刺繍《ししゅう》や様々の箔置きをする衣料加工の職。
一七 「都なれや東山」(能『小塩《おしお》』)。

指かねをさせ《〔大きくならぬよう〕》、足には革踏《たび》はかせながら寝させて、髪は[五]さねかづらの下《しつく》にすきなし、身は[六]あらひ粉絶えさず、[七]二度の食物、女の[八]しつけ方を教へ、[九]はだに木綿物《きわたもの》を着せず、これにしたつる事《美女に作りあげる》ぞかし。おのづからの女にはあらず《生れついたそのままでの美女ではない》。これにそなはりし女は稀《まれ》なり《何から何まで条件が揃った美女は》」。
「[一〇]当世女は丸顔・桜色、万事目ずきに《見て気に入り次第に》」と、[一一]御幸町《ごかう》の甚七がかたに行きて《〔素姓を隠して〕》、西国の御用と申しなし《九州の大名のご注文といいこしらえて》、「年の頃ははたちより二十四五まで、勝れて姿絵にあはす《優れた女を〔当方の〕》」と申しわたせば、[一二]このばば触れなして《連絡を流して》、その日七十三人《〔姿の希望者が〕》、あるいは《〔豪勢に〕》[一三]乗物にてはした《下女》・腰もと召し連れ、おもひおもひの着ながし《衣裳つき》、[一四]もろこしの花いくさもこれなるべし。中にも[一五]柳の馬場《ばば》の[一六]縫箔屋《ぬひはくや》のおさつといへるを、捨金《すてがね》百五十両、世之介にも七条の笠屋《かさや》のお吉おとらず《おさつに劣らぬ美女お吉を》抱へさせて、宿にも十分一の外満足させて《甚七の家にも周旋料の外心づけを十分にやり》、けふ吉日の都がへり、万の自由[一七]みやこなれや都《すべて思い通りになるのは都》。

西国路の名に負う女殺し

一　男山八幡宮の神事。四月三日、離宮八幡から神輿《みこし》還幸の際、山崎の神人が頭《とう》の役を勤仕する。その見物にの意。前章の舞台、八幡の隠れ里からの連想か。

二　豊前国小倉（現北九州市小倉）。小笠原十五万石の城下町。注一七参照。

三　「侘びぬれば身を浮草の根を絶えて誘ふ水あらばいなむとぞ思ふ」（『古今集』）。

四　摂津国三島郡五領村鵜殿堤（高槻《たかつき》市内）の蘆は篳《ひち》篥《りき》の簧《した》に用いた。「うどのあし」とも「うどのよし」ともいった。鵜殿も鵜殿野も同じで「うどの」。

五　蘆の茎を筆のさやにすることからの縁語仕立て。ただし蘆手《あしで》（文字を絵画化して、蘆などを描きそえる）、蘆手がき（散らしがき）なども連想されている。

六　生駒山中から私市《きさいち》を経、枚方辺で淀川に合する。

七　枚方市磯島。狂言鷺流の本貫《ほんがん》であった。

八　舟子の一夜の契りを瀬枕（浪枕）といった。

九　「世の中を厭《いと》ふまでこそ難《かた》からめ仮の宿りを惜しむ君かな」（『新古今集』・能『江口』）。西行は江口の遊君に雨やどりを拒否されて詠んだと伝える。

一〇　西成郡江口村（大阪市東淀川区江口）普賢院に江口の君の堂がある。これを庵といったものか。

一一　三島郡三箇《さんか》牧《まき》村（高槻市）。淀川の舟運による旅客を相手に古来遊女の集落があった。

一二　川辺郡小田村。神崎中町の長者は『新可笑記』所載。しろどは未詳。白目は白女《しろめ》。大江玉淵の女。

袖《そで》の海の肴売《さかなうり》

[一]火の当《たう》見に[二]小倉《こくら》の人のぼられしに、〔丁度〕この里の花《八幡柴の座での女遊びにも飽きがきて》もおもしろからず、[三]誘ふ水にまかせて、〔旅立ち〕[四]鵜殿《うどの》野の蘆も《見るにつけ》まだ[五]筆に見なして《筆に見え》、〔憂さ楽しさ様々に〕旅のこころを《旅の想いをしるし》書きつづけて行くに、左に[六]天野川《あまの》、[七]磯嶋《いそしま》といへるにも《川筋の船頭が》[八]舟子の瀬枕《せまくら》、《もぐり売春婦のいる》しのび女ある所ぞかし。右の方は、〔江口で〕[九]西行《さいぎやう》「仮《かり》の舎《やど》り」と読まれし君《江口の遊女の遺跡》の跡とて、榎《え》の木柳がくれに、わびしき[一〇]一つ庵《いほ》のこせり。同じ汀《みぎは》つづきに[一一]三嶋江《みしまえ》といふ里も、昔はうかれ女《め》のすみしとなり。なほ行末《さらに下流には》に、[一二]神崎《かんざき》中町に、〔などの地〕しろど・白目などいへる〔古来有名な〕遊女の出でし所なりと、みぬ昔日《そのかみ》もなつかしく、〔下れば〕浪は次第にあらく、《海流と出合う境目で》しほざかひより[一三]小早《こばや》に乗りうつりて《送り風が折よく吹き》風うれしく、備後《びんご》の[一四]国鞆《くにとも》といふ所にあがり、《有名な》名にききし花鳥《くわてう》・八嶋《やしま》・花川といへる[一五]髪長《かみなが》を、《相手は誰と決めたか決めぬかのうちに寝て》定めもあへずそこそこ寝て、

何かたるべき恋のもと末もなく（馴染もうにも恋には欠かせぬ手順さえ通じあえず）、夢もむすばずありしに（契りも交わさぬままでいたところ）、日和見《ひよりみ》に起こされ、〔すぐ出船と〕帆をまく音、酒うる声、さも忙はしきちぎり（ほんとうにあわただしい情交）、その夜あうてその暁の名残（出合ってはやその早朝の別れ）、しかと〔相手の〕顔さへ見しらず、「御えんがあらば」と、〔岸と船とを繋ぐ〕あゆみの板をあげて、一六取りかぢになほして（かじ一ぱいに船出して）、はや〔海上〕二三里も出でて、世之介鼻紙入〔女のもとに〕取りのこして（置き忘れて）、ふかく（たいそう）惜しむをきけば、「花川といへる女に起請《きしやう》を書かせ、指しぼらせて（指の血を）名《な》書《がき》の下を染めさせけるに（署名の下に血判させたのに）」と申せば、「油断もなき所にめいよの女郎たらし（寸刻の余裕もないのにさすが神わざ並みの）」と、〔扇の的ではないが〕舟ばりたたきて（舟べりを叩いて）大笑ひ。行くに程なく一七小倉に着きて、朝げしきをみるに、木《も》綿鹿《めんか》の子《こ》のちらしがた（散らし模様）に一八茜裏《あかねうら》をふきかへさせ、一九どしの帯前結びに、二〇平《ひら》髻《もとゆひ》とくすべらかしに結びさげ、〔いかにも挑発的な装いで〕二一盤切《はんぎり》のあさきを二二いただきつれて（頭上の女達が連立ち）、二三我からぬらす袂《たもと》まくり手にして（肩先へまくり上げ）、二四浮藻《うきも》まじりの桜貝・鰆《さはら》・いとより・馬刀《まて》・石王余魚《いしかれひ》取り重ねて、二五大橋をわたりて、おもひおもひに道いそぐをきけば、「これなんこの所の肴売《さかなう》り、二六内裏《だいり》・小嶋《こじま》より出る二七たじやう」と申す。伊勢言葉にやや（方言では母）といへり。二八所によりて〔言葉が〕替り

一三 四十挺以下で、欄干作りか、半垣作りの船。
一四 広島県福山市鞆。古来、遊女で有名。
一五 伊勢の忌《いみ》言葉で僧侶。女の異称としても用いた。
一六 取り舵は船首を左にむける舵の取り方であるから、西国への下り船ならば面舵《おもかじ》でなければならない。
一七 插画遠景に城、世之介は羽織姿、町中見物の体。
一八 茜染《あかねぞ》めの裏地を裾口の表に廻すこと。
一九 京・堺生産の帯地。「利休時代のどしの帯」（『是《ぜ》楽《らく》物語』）という所から、流行遅れをいうか。ただし「どし織の帯美しく脇とめて」（『江鮭子《あめご》』）の例もある。
二〇 大長紙を平畳みにして作った元結で髪を纏《まと》め、後ろへ垂らした髪型。插画と矛盾する。
二一 半切桶。底の浅い盥《たらい》状の桶。插画参照。
二二 「あの山見さいこの山見さいいただきつれた小原木」（狂言小歌）による。
二三 「あまの苅る藻《も》に住む虫にあらねど我から濡らす袂《たもと》かな」（能『海士』）。
二四 「うきもまじりの桜魚、さごし、いとより、こちこちと（略）波の枕や下の関」（「あだ枕」）。
二五 小倉北区紫川に寛永十二年架橋、のち常盤《ときわ》橋。
二六 門司区大里《だいり》（本町・東町）。豊前国企救《きく》郡柳ケ浦。安徳天皇の内裏があった。「小嶋」は不明。「あだ枕」には「大里小島のさざれ魚」とある。
二七 魚行商の女。「じやう」は接尾語でごく軽い敬称。
二八 「物の名も所によりてかはるなり難波の蘆は伊勢の浜荻」（能『阿《あ》漕《こぎ》』等にひく）。

言葉は変れど女遊びは

たる事笑《をか》しくて、なほ尋ねければ《さらに内情を尋ねると》、いづれにても肴をかへば《どの女であれ魚を買いさえすれば》、草履《ざうり》
をぬぎて奥座敷にもあがるとかや。浦風のかよひて《浜風に吹かれて》一汐ふくみし脚布《きやふ》
も、折節は興あり《腰巻も時にとっては慰みだ》。
ある日、伴ひし人と《旅に連れ立った人と》、棚もなき舟飛ぶがごとく磯をおさせて《舟板棚のない舟を急ぎに急がせて海辺を漕がせて》、下《〔長門国〕》
の関いなり町《二遊郭稲荷町》に行きて詠《なが》めやるに《見物したところ》、女郎は上方のしなしあつて取り《女郎の態度は京・大坂の風情があり所作振舞》
乱さず《いも正しく》、髪さげながら大方はうち懸け《下げ髪に結って多くのものは裲襠を着》、物いふにすこしなまる所な《ものいいに少し土地訛が出たところが却》
ほよし《って魅力的だ》。今のはや《うれつ》
り物《こ》、三長崎屋のに
な川、茶屋の越中《ゑつちゆう》、
たばこ屋の藤浪《ふぢなみ》、
かからば《相手にするならば》この三人、
四太夫の中にも外は
なくて尋常なり。
五内証《ないしよう》きけ「三八」

一 べっとりと潮じみたの意の「しお」と、色気の「しお」をかけたものか。

二 「傾城の風儀よき事西国第一なり」といわれ、西日本では長崎丸山につぐ繁昌ぶりであった。

三 以下の三人は、寛文頃の遊女と推測される。

四 大夫といわれる者の中にもこの三人ほどの者はいない。ただし延宝以後、稲荷町には大夫は置かれていない。『色道大鏡』はこの郭の最高位を天神で二十六匁、以下小天神二十一匁、囲十六匁、半夜八匁としている。

五 「内証きけば」の「ば」がおちたものか。遊女の値を聞けば。「三八」は、大夫と天神の間の職、揚代三十八匁であった。揚代を聞いてみると、上方の「三八」なみであるの意。「値段を聞け」「はい、三八だそうです」という会話とも取れるが構文上いささか無理がある。

と申し侍《はべ》る。揚屋《あげや》町に行けば、《〔さすが下関〕》日来《ひごろ》[六]の大臣よろしくさばき置かるる《客がしかるべく巧みに》とみえて、大座敷わたし、《一杯に》亭主内儀《〔揚屋の〕》が入れ替り、《かわりあって》けいはく数を尽し、《お世辞や追従をある限り》「上方《〔遊び慣れた〕》のお客さまに何をか、《〔趣向とてないが〕何かお目にかけたい》ひなびたる事をも咄の種に」《田舎っぽい事も話の種に》などと申す。

覚めては変らぬ床

とやかくの内に、一所におてきござつて、《揃ってあいかたがやってきて》銚子もうごき出でける。《盃のやりとりも盛んになった》いまだ古風やめず、《昔風の作法を守って》一度一度に[七]おさへて、《盃をさす毎に》酒ぶりかたし。《遊びぶりがこちこちだ》膳《ぜん》をすゆる事たびたびにしてやかまし。《膳部のもてなしが〔かえって〕うるさい》[八]これを馳走《ちそう》とおもへばなり。《〔酒も過ぎ〕》無理まじりに《無理の少しもいいかかる頃は》歌の三味線の只やかましくなつて取りじめなく、《むやみと騒がしくなるだけで座もだらけてしまい》おのづから《自然と》かうした座配《ざはい》[九]忙《いそが》し。女郎寝てまはせば、《客の望みに任せようとしても》男は酔《ゑ》ひて前後をしらず。《〔隣室で〕》何かたるとおもへば、《〔つまらぬ話ばかり〕》[一〇]友どちにあふ事のせんさく、《他の遊女とは普通の話さえさせず》そのいひ分《わけ》・仕[一一]懸け、どの床も替る事なし。《右も左も同じである》人とは物をもいはせず、せはしく《こうるさく》気のつまる事にぞ。五七日[一二]噪《さわ》ぎの内に、《〔遊女という遊女と〕》のこらず密夫《まぶ》[一三]となれる。《〔見事な手際だが〕》さすがおろかなるやりくりにて、《どこかでぼろがでて》後はあらはれて《〔どの遊女からも〕》むごく見かぎられて、ここをも暇乞《いとまご》ひなしに《〔上方へ〕》上りぬ。

六 客種がよく、平生から綺麗な遊びぶりをしつけている。

七 盃をさされた時、すぐに受けず、さし手に盃を重ねさせる作法。

八 上方と下関の空間差が、そのまま時間差となる。それをレポーターとしての西鶴は醒《さ》めた目で、「古風」とか「かたし」とか、批評している。この「これを馳走と云々」は、残酷に揶揄《やゆ》的である。

九 宴席の取持ち。

一〇 同じ遊郭で、正当な理由なしに他の遊女と関係すること、また遊女が客のつれと関係すること。時に客が、遊女によって私刑《リンチ》されることもあっていみ嫌われた。

一一 遊客と遊女、双方が、巧妙に相手をあしらうこと。その手だて。

一二 この遊里の習俗としての窮屈さに、世之介はかえって反撥《はんぱつ》して、遊女の撫《な》で斬りを思い立ったものであろう。この条、はじめは褒《ほ》め、中途から急に貶《けな》す変化に注意。稲荷町論の素材として、たとえば実体験と、書物とを用い、両者の落差を埋めなかったのではないか。

一三 こっそり通じあっていた。遊里の禁忌を、公的にも私的にもおかしたのである。

是非《ぜひ》もらひ着物《きるもの》

[一]かり衣《ごろも》しらぬ道すぢを尋ねて、[二]中津《なかつ》といふ所を過ぎて、いかなる方に舎《やど》るべきたより《よすが》なく、その夜は辻堂にあかして、明日の日並み《日柄のよいあすが来》を待ちしに《るのを待っていたところ》、遥かなる里ばなれ《村外れから》に〔芝居の〕矢倉太鼓の聞え侍《はべ》る。「これは[三]藤《ふぢ》村一角《むらいつかく》が旅芝居《たびしばゐ》」と、〔客よせが〕声立ててよびぬ。看板を[四]みわたせば、都にて目を懸けて〔時には〕羽織などくれし《やった》は[五]やしかたの庄七といへる役者〔の名がある〕、これにたよりてあらまし《一部始終》を語れば、「[六]定めなき世のならひ《有為転変浮き沈みは世のきまりごと》、今歎き給ふ事なかれ」とたのもしく、「一ふしあそばしたれば《歌の芸をおもちだから》、口すぎとおもはれて《食べてゆく手段と割りきられて》[七]舞台勤めたまへ」と、着おろし《着古しの》の長袴《ながばかま》、足もとも定め兼ね《〔はき慣れぬので〕》、品之丞《しなのじよう》が[八]出端《では》のうたに、人なみに頭《づ》をふつて[九]間《ま》をあはすこそをかし。色ふかくて《あい変らずの好色で》、身のほどをしらず、若女方《わかをんながた》をそそのかし《誘惑して》、〔男色の〕外の勤め《客に買われる》

知る辺を頼りに旅芝居

一 狩衣。狩猟用の衣であるが旅行に用いた。あるいは下関の遊びで無一文になったことを受け、丸裸で衣を借りようにも知る人とていないの意をかけたか。

二 豊前国下毛郡中津（現大分県中津市）。奥平八万石の城下町。

三 俳優藤村宇左衛門の初名。若衆方・立役等を経て、元禄十三年（一七〇〇）福岡弥五四郎と改名、作者を兼ねた。延宝二年（一六七四）長崎で右近源左衛門と興行している（その前年は不許可）から、その前後九州巡業をしたものであろう。

四 「みわたせば」と「都」の連想関係。「みわたせば柳桜をこきまぜて都ぞ春の錦なりける」（『古今集』）。

五 未詳。音楽の仕事の役者（担当者）。京では世之介の太鼓持の格だったと思われる。役者は役人ともいう。

六 「定めなき世の習ひ（略）今は何と御歎き候てもかひなき事」（能『隅田川』）による。日常の会話も、芝居がかりなのである。

七 旅先とはいえ、当時なお賤視されていた芸能者の一座に加わることには、「身を落す」という感がつきまとったものであろう。

八 舞台へ出る時の音楽。品之丞は未詳。

九 歌の拍子の間と、何とかごまかすの意とをかけ

大坂、浮世小路の出合宿

た。歌の拍子に自分の声を合わせる意。
一〇 七六頁注五参照。
一一 浮世の縮図といわれる浮世小路の名に背かず様々の職業の家がひしめいている。「花屋」は立花《りつか》屋。
一二 色里で用いた。「のんれん」は当時一般の通用語。
一三 うばに乳《ち》うば（本うば）と抱きうばとがあった。いずれにせよ、うば自身ならともかくうばの妹となると縁はかなり遠い。世之介の落魄ぶりを示す。
一四 赤味がかった濃い黄色の絹物を肌につけ。
一五 濃い藍色。これが上着であるから、三つ重ねの中着を省略している。
一六 一幅《ひとはば》の半分を二つ折にした帯。左結びは赤前垂、桐の挽きぎり下駄と共に、浮世小路を出合い売春の場とする問屋の蓮葉女の風俗である。問屋の残飯を貰う代償にこの桐の引き下駄を作る者たちがいた。
一七 柚《ゆず》の花・つぼみ・皮を刻み込み酒や調理に用いる。
一八 召使の中で飯炊きなど下働きをする下女のたぐい。
一九 機屋の女工は、短期契約の者が多いが、原料の糸をごまかして、金廻りのよい者がいた。
二〇 半年契約であると、手にとる賃金も当然少ない。「長期契約の者の多い土地か（だからみなりもよい）」ときいているのである。
二一 勘当以前金に苦労のなかった昔と違っての意。

の邪魔なして《商売をもまたげて》、又そこをも《旅の一座さえも》追ひ出されて、不思議の日数へて《それでも何とか食い繋ぎ》、けふ〔辿りついた〕大坂の[一〇]うき世少路《せうぢ》に、我が事忘れぬ人《覚えてくれている人》ありと尋ね行くに、[一一]花屋・たばこきり《煙草の賃刻み》・駕籠《かご》舁《かき》の西隣《にしどなり》に、何して世をわたるともなく《何で生計を送るのやらいかがわしく》、[一二]柿《かき》ぞめの暖簾《のんれん》かけて、女の一人《ひとり》暮せり。〔世之介に〕これは乳《ち》をのませしうば[一三]が妹《いもうと》なり。この乳母《うば》も二三年跡《以前》に、はかなくさりぬ《死んでしまっていた》。されども《とはいえ》、むかしの御恩《ご恩返しを》とて《今こそと》、あしからずもてなし《できるだけの待遇は》奉《たてまつ》りける。その暮れ方に、色つくりたる《化粧してめかしこんだ》女、はだには紅[一四]うこんのきぬ物、上にかちん[一五]染《ぞめ》の布子《ぬのこ》、縞繻子《しまじゆす》の[一六]二つわり左の方に結び、赤前だれして、桐の引《ひき》下駄《駒げたを》をはきて、〔手土産に〕たばね牛房《牛蒡の束》に花柚《はなゆ》[一七]などさげて、〔乳母の妹の〕かの小家《こいへ》にはしりよりて、「日外《いつぞや》の縦縞《たつじま》の着物の質の札を手もとにござるか《模様の入質した着物の質札を手もとにおいておられますか》」と、口鼻《かか》にささやきける。ここころながら《内心それとうなずいて》笑《をか》しく、「あれはいかなる女《どういう》」と尋ねける。「人の召つかひ、[一八]竈《かまど》近きもの」と申す。「それにはよろしき身のまはり《それにしてはまずまずの》、[一九]はた織ろ女さへ給分《きふぶん》のつもりあり《給金は大がい知れている》。ここは[二〇]半季居《はんきゐ》のまれなる所か《少ない土地柄なのか》」と申せば、「[二一]昔と替り、〔そんな〕こまかなる事まで〔よくまあ〕御こころのつく事ぞ笑し。あれ

一 また問丸とも。近世の問屋は積問屋と荷受問屋に二分され、ついで蒐集商業と分配商業の分離によって中継ぎとしての集散地問屋が発生した。集散地問屋は、荷受問屋・万《よろず》問屋であったが、やがて商品別の専業問屋に分化した。江戸・大坂・京都その他諸都市の性格にあわせて、様々の発展が株仲間を形成して取引きの独占をはかった。
二 器量《きりょう》。
三 長期滞在の客の夜伽もさせた。
四 本来奉公人の周旋宿であるが出合宿（男と女が密会するための家）でもあった。もちろん、しもたや風である。「替へて」は、小宿を一定する危険をいうか。
五 心づけなどではいってくる僅かな銀も。
六 「虎渓《こけい》の三笑」の故事。晋の僧恵遠《えおん》が禁足の行《ぎょう》の半ば、陶淵明・陸修静と酒をくみ、思わず虎渓をわたり三人大笑したという。「大笑ひ」はしばしば猥語と結びついている。
七 現大阪市北区高麗橋。虎渓の方は渡ったのだが、ここでは逆に渡るのを忘れるパロディ仕立て。高麗橋の先の問屋街つまり勤め先へ帰ることを忘れ。
八 流行の綿帽子をつけ。
九 細い緒を数本合わせ、竹の子皮、棕櫚等を巻いた鼻緒の下駄。
＊ 挿画は浮世小路の景。世之介は瞿麦模様を見せず、顔のみ覗かせている。四目菱模様の男は不明。桶の花は仏前供養の立花用のもの。女二人は

は[一]問屋《とひや》方《かた》にはすは〔奉公する〕と申して、[二]眉目《みめ》大方なる《まずまずの女を》を、〔召し抱え〕東国西国の客の[三]寝所《ねどころ》さすため抱へて〔いるのだが〕、《自分の好みの男に入れあげて》おのがこころまかせの男ぐるひ、[四]小宿《こやど》を替へて〔男に〕あふ事、《その淫奔なことは夜昼の見境なしで》いたづらの昼夜にかぎらず〔勤めを投げて〕出ありく事も、《主人》親方の手前をはぢ《憚る気は》ず《ない》、妊《はら》めば《堕胎する》苦もなうおろす。衣類は《相手の男に作って貰い》人にもらひ、[五]はした銀《がね》もあるに《あればある》《だけ使って》まかせて手にもたず。《新春に作った着物は》正月着物は夏秋をしらず《までもたず売り飛ばし》売りて、蕎《そば》きり・酒に替へて、[六]三人よれば〔何やら〕大笑ひして、[七]高麗橋《からいばし》をわたる事忘れ、〔たまさか〕仏神に

詣でけるにも[八]置綿、[九]ばら緒《を》の雪踏《せった》音高く、道すがらの一口咄にも人の耳を《ちょっとした話も通行人にも聞える声高さで》こすりて、『夕べ《昨夜》は夜《よ》更《ふ》けて起こさ〔客に〕れたもしらず、〔情人への〕状《手紙》かきながら寝入つ

た』『鼈甲《べつかふ》のさし櫛《ぐし》が本蒔絵《ほんまきゑ》[一〇]にて二匁〔僅か〕五分《ふん》で出来る』などと、はしたなく申せしは、聞いて恋も覚めぬべし。下向《げかう》もすぐには帰らず、中宿にあかして《出合宿に夜を明かし》、物つかふ男をまねき《金になる男を呼びだして》〔懐具合を見立てて〕、『いや』といはぬ程の御無《ごむ》心《しん》を申し、世をうかうかと暮し《浮き心のまま》、その果ては、中衆《なかしゅ》[一一]・上荷《うはに》[一二]さしなど夫婦となりて、貌《かたち》たちまち《みるまに》賤しく〔子さえぞろぞろ〕、前に抱き、うしろにおひ、惣領《そうりやう》の手を引き、小米屋《こごめや》にゆきて計り吟味する〔多いの少ないのと〕もあさまし。自らもその《私の家業も実は蓮葉》女の《女の》出合宿《であひやど》、隠してもしるる〔やがて〕事ぞ」とのこらずはなせば、又それに[一三]《その蓮葉女に心が移って》うつりてたはけを尽し侍る。この行末何にかなるべし《こんなことでは将来どうなることやら》。二十三の年〔こうして〕もかい[一四]暮《くれ》になりぬ。

一夜の枕物ぐるひ

大晦日の夜は居留守

内証《暮し向きは》は挑灯程な火[一五]がふつて、大晦日《おほみそか》の空[一六]おそろしく、「[一七]万懸帳埒《よろづかけちやうらち》

蓮葉女か。

一〇 土佐・狩野の二流の下絵による幸阿弥家の作を本蒔絵といい、春正《しゅんしょう》・五十嵐《いがらし》等のものを町蒔絵という。

一一 仲仕。川口（大阪市西区）に着いた船の荷を茶船・上荷船《うわにぶね》につみかえて、北浜の問屋まで運ぶ人夫。

一二 河岸と回船の間をつなぎ、上荷（上積みの荷）を運ぶ人夫。「など」は「などと」の意。

一三 これだけ蓮葉女について否定的情報を耳にしながら、なお、それに好き心が移るのである。

一四 「かいくれ」は、全くの意。全くだめ（でたらめ）のうちに年も暮れはててしまった。

一五 金銭の困難を火にたとえることは多い（「火の車」など）。ここでは火が空から降るようにという。河内国国分《こくぶ》には、古代火が空から降ったという伝承と遺跡がある。

一六 火が降ってくるその「空」と、何となく恐ろしいの「空おそろし」とをかけている。

一七 万事につけて買掛りの帳合《ちょうあい》を済ますことができない。

明けず屋の世之介」としかられ《ののしられ》ながら、留守《いるすを》つかはせて二階にしのび《身をひそめ》、くぐり戸のなるたび胸をおさへ、耳をふさぎ、今の悲しさ、命ながらへたらば、[一]末の世がたりにもなりなん《老後の想い出ばなしにもなるだろう》。

一夜明ければ若えびす

[二]「扇《あふぎ》は扇は」「おえびす、若えびす、若えびす」と売る声に、[三]「すこし春のここち」して、日のはじめ《一年の初めの日は》静かにゆたかに、世にある人の門は《世間並みに暮す人の門口には》松みどりなして、「物まう物まう」〔訪れの声〕、手鞠《てまり》つけば、[四]羽子板の絵も夫婦子あるをうらやみ、[五]化想文《けさうぶみ》よむ女、男めづらかに《いかにも男欲しげに》思はるる。暦のよみ初《そ》め、[六]姫はじめをかし。人のこころもうき立ち、〔苦しかった〕きのふ《大晦日》の事を忘れ、けふも《元日も》〔早くも〕暮れぬ。

初春はざこ寝の大原の里

[七]二日は越年《立春の前夜節分に当り》にて、ある人〔から〕鞍馬山に〔参詣を〕誘はれて、[八]市原《いちはら》といふ野を行けば、[九]厄《やく》はらひの声、[一〇]夢違ひの獏《ばく》の札《ふだ》、宝舟《たからぶね》売りなど、鰯柊《いわしひひらぎ》をさして鬼《おに》打ち豆、〔鬼を恐れて〕宵より扉《とぼそ》をしめて、[一一]懸《かけ》がねといへる坂をすぎて、[一二]鰐口《わにぐち》の緒《を》にすがれば、物やはらかなる手のさはりけるも、はや[一三]恋てふ種と《恋のきっかけ》なりて、[一四]昔扇見てここに籠《こも》り、「[一五]おもひあればわが身より」と読

一「末の世がたり」は本来後世まで語りつがれるの意であるが、西鶴は己の老後の想い出話の意に用いたか。または本来の意で、当然普遍性・社会性のある大きな問題についていうことばを、遊蕩児が借金取りに苦しむ如き些事《さじ》に用いて笑いを期待しての文飾か。

二 年玉の扇や夷像等を売り歩く声が耳にはいり。

三「空さむみ花にまがへて散る雪にすこし春ある心地こそすれ」（『枕草子』）。

四 京産の羽子板の絵に、夫婦・子供・宰相等を描く。ここでは『一代男』を目ざし、家づくりを否定する世之介が、夫婦と子の図柄を羨むわけで、いかが。

五 祇園社附属のつるめそ（犬神人《いぬじんにん》）が元日から十五日まで早朝売り歩いた御符。懸想文風のほぎ言を書く。このあたりから世之介の「目線」ではなくなる。

六 暦で、陰陽が始めて交合する日。一月二日。姫飯《ひめいい》をまずたべる日ともいう。二日とすれば昨日の大晦日と合わぬ。

七 二日が年越し（節分）の年は『一代男』年立ての頃でいえば、正保四年と寛文六年とがあった。

八 山城国愛宕郡市原野（京都市左京区静市市原町）。

九 節分の夜、祝言を唱えて厄払いし金銭を乞《こ》うもの。以下節分の風物。

一〇 獏は夢を食うという想像上の動物。悪夢を見ぬようにその姿の刷物を買った。

みし女の事までもおもひ出だされて、〔あてなしの〕心も空になりし（恋心に気もそぞろ）に、一六庭鳥《にはとり》の真似さす事あり。これに目覚め（これを聞いて）、おのおの〔我が家に〕かへる折ふし、〔世之介は〕友とする人にささやきて、

「まことに今宵《こよひ》は大原の里のざこ寝とて、〔上は〕庄屋の内儀《ないぎ》・娘、〔下は〕又下女・下人にかぎらず、〔年齢も〕老若《らうにやく》のわかちもなく、〔江文社の〕神前《しんぜん》の拝殿に、所ならひ（その土地の習俗）とてみだりがはしく（淫らな風で）うちふして、一七一夜は何事をもゆるすとかや。いざこれより（さあここから行こうよ）」と、一八朧《おぼろ》なる清水《しみづ》・岩の陰道《かげみち》、小松をわけてその里（大原の里）に行きて、「牛つかむ」（暗がりに牛摑む　その諺通りの）ばかりの闇《くら》がりまぎれにきけば（闇の中で耳にするのは）、一九まだいはけなき（幼い）姿にて逃げまはるもあり、手を捕へられて断りをいふ（従えぬ理由を述べたてる）女もあり、〔かと思うと〕わ

一一 鞍馬寺奥の院へ向う雁金坂の転訛か。「扉をしめて」（鬼や悪霊が入ってこぬように）の縁語。
一二 寺社宝前の鰐口形の祭具。緒綱《おづな》で鳴らす。金鼓《ごんぐ》。
一三「世の中に恋てふ色はなけれども深く身にしむ物にぞありける」（『後拾遺集』）。作者和泉式部は、鞍馬路の貴船社へ参詣した。
一四 宮廷の扇合せにえた扇の女絵に恋をして、鞍馬の毘沙門天に参籠《さんろう》して逢瀬を祈った一条貞平の話（『貴船の本地』）が有名である。ただし参籠者をここでは、女に変えている。和泉式部の連想であろう。
一五「物思へば沢の螢も我が身よりあくがれいづる玉かとぞ見る」（『古今著聞集』）の和泉式部の歌によりつつ、「思ひあれば袖に螢を包みてもいはばや物を問ふ人もなし」（『新古今集』）と複合させたものか。女は和泉式部。和歌や俳諧を字足らずで引用するのは、西鶴の引用のスタイルか。
一六 節分の夜、社寺に参籠し、鶏鳴をまねて下向すれば、翌一年はどの方角も塞《ふさ》がらないという俗信。
一七 身分の上下の隔絶、あるいは不倫等の関係においてもいったん、恋い、恋われた以上、「一夜は（一度は）許す」という発想が中世近世の文芸に散見する。
一八 大原草生《くさお》町の名水。「山高みいづれを分きて越えゆかむあまた跡ある岩のかげ道」（『風雅集』）。
一九「きけば」と聴覚で嬌声悲鳴をとらえながら同じ闇中、「いはけなき姿」と視覚で表現する。やや粗雑である。

一 軍記ものの乱戦のパロディ。

二 挿画では、世之介（瞿麦模様から判定）は、堂外から手を延ばして、堂内の、女の手を握っている。

三 挿画の中では、綿帽子をつけたものは描かれていない。

四 なお明けきっていない暁闇の雰囲気《ふんいき》。

五 諺に「松は千年」というが、その松にあやかって、二人の仲も千年もかわるまいと松の茂みで。また能『養老』の「千代のためしを松陰の」を踏むか。

六 「昔男ありけり。人の女を盗みて武蔵野へゐて行くほどに（略）女をば叢の中に隠しおきて逃げにけり。道くる人、この野は盗人あなりとて火つけむとす。女わびて『武蔵野は今日はな焼きそ若草のつまもこもれりわれもこもれり』と詠みけるを」（『伊勢物語』十二段）による。

よそ者には渡せぬ美人

ざとたはれ懸る《更に淫らにしかける》もあり、《〔また〕》しみじみと語る風情《情愛たっぷりで交わる様子》、ひとりを二人して論ずる有様《女一人を男二人で争う》もなほ笑《をか》し。七十におよぶ婆《ばば》おどろかせ《目を覚まさせ》、一あるいは姨《をば》をのりこえ、主《しゅう》の女房をいやがらせ、後《のち》にはわけもなく入り組み《訳も道理もどこへやら入り乱れ》、なくやら笑ふやらよろこぶやら、二きき伝へしより《〔実際の方が〕》おもしろき事にぞ。

暁《あかつき》近く一度《いっせいに》に帰るけしき《様子をみると》、《〔その中で〕》さまざまなり。竹杖《たけづゑ》をつきて腰をかがめ、三かしらわたぼうしにつつみまはし、人の中をよけてわき道をゆく老女ありけり。《〔社から〕》すこし隔たりてから足ばやになり、腰のかがみもおのづから《いつの間にか》のびて、跡見かへる《後をふりかえる》面影、四石灯籠《いしどうろ》の光にうつりぬ。世之介不思議におもひ、《〔跡を〕》つけみるに案のごとく《思った通り》《〔実は〕》二十一二の女、色しろく髪うるはしく、ものごしやさしく、《〔京は目恥ずかしという〕》京にもはづかしからず《その京に出しても美女で通る女》。これはとくどき、様子を《変装した理由を》きけば、「都の人ならば、なほ《なおさらのこと》ゆるし給へ。我にこころを懸けし人かぎりなきをうるさく、姿を替へて《老婆に身をやつして》やうやうの《〔男たち》がれ《から〕》侍るに」とかたるに、なほ《なおさらのこと》やめがたく一世《いっせ》の約束して《生涯の愛の誓いを立て》、「見すてな」「捨てまい、五末は千とせ」の松陰に木隠れ、かかる所へ《契りを結ぶところへ》たくましき若き《〔在所の〕》ものの五人七人、又は三四人、ここのかしこのせんさく、「この里の美人《〔きっての〕》が見えぬ」と声々《口々にわめくのは》にののしるは、この女の事にぞありける。身ちぢめてなほだまりぬ。この時のこころは《切羽づまった気持は》[六]むさし野にかくれし人もやと、事しづまりて《〔こっそりと〕》、かの女つれて下賀茂《しもがも》[七]辺《ほとり》にゆきて、[八]ある人を頼みてすみぬ。朝の煙《〔心細い暮しの〕》かすかに、[九]いただきつれたる黒木《くろぎ》売りに見付けられてはと、しのぶ内《息を潜めて隠れ住む》[一〇]こそおもしろの花の都近くや。

集礼《しゅらい》は五匁の外《ほか》

[一一]年籠《としごも》りの夜、大原の里にて盗みし女に馴《な》れ初《そ》め、[一二]二十五《二十五歳》の六月晦《つご》日切《もりぎり》に米櫃《こめびつ》は物淋《ものさび》しく、紙帳《しちやう》もやぶれに近き《同様経済も破綻状態》進退《しんだい》、これも《この女も》置きざり[一三]にして、佐渡《さど》[一四]の国かな山に、望みを懸け行くに《〔佐渡から〕》、十八里こなた《手前の越後》出雲《いづも》崎《ざき》といふ所に、渡り日和《渡りやすい天候》を待つて、明け暮れ只も居られず《じっとしてもいられず》、舟宿の

佐渡島、鄙には鄙の女作法

七 現京都市左京区下鴨。

八 未詳。賀茂社関係者中の俳人か。

九 「あの山見さい、この山見さい、いただきつれた小原木」（狂言小歌）。大原八瀬の里人がかまど用に黒く蒸し焼きにした黒木。洛中洛外風物の一。

一〇 「面白の花の都や」（能『放下僧《ほうかぞう》』）。下賀茂を京に入れず、洛外（都近く）とこまかくいったところが、みどころ。人目を忍ぶうちがよいという移り気な発想は、『一代男』全篇を支えるものであった。

一一 大晦日の夜、社寺に参籠すること。前章大原のざこ寝をうける。

一二 元日から六月晦日まで、正味六カ月下賀茂で世帯を持ったのである。とすればこれが世之介の二度目の「結婚」で、本書二の七「うら屋も住み所」の入聟に続き五の一「後は様つけて呼ぶ」が実は紹益の話であるだけ、より世之介の個体史としては深い意味を持つ。当時の半季（半年）節季の経済機構を投影している。

一三 妻を家に残し夫が出てゆく離婚法。しばしば一方的であった。忍ぶ内こそ面白いのだから厭きも早い。

一四 佐渡（新潟県佐渡郡）相川町の金山。鉱山師としての父夢介の設定が働いている。

あるじを招き、「この所のなぐさみ女は」と尋ねければ、「いかに北《ほく》[一]国《こく》のはてなればとて、あなどりたまふな〔安く踏まないで下さい〕。寺泊《てらどまり》[二]といふ所に傾城町《けいせいまち》あり。いざ見せ申さばや」と、暮れ方より[三]そこに行きて見るに、隔《から》[四]子《し》・局《つぼね》といふ事もなく、軒まばらなる板屋に、あるいは五人三人居ながれて、そのさま笑し〔鄙びて〕。をりふし八月十一日[五]の夕風、はやこの所〔北国だけに〕は袷《あはせ》をきるぞかし。縞《しま》をよきとおもへばこそ〔ならば粋と思っているからこそ〕、いづれも〔どれも縞模様〕紬《つなぎ》[六]の品をかへ、金入《きんい》[七]りの襟《えり》をかけぬ〔だれもがいい合せたように掛ける〕といふ事なし。帯は今織《いまおり》[八]の短きを無理にうしろにむすび、二布《ふたの》[九]は越後晒赤染《ゑちごさらしあかぞめ》[一〇]にして、そのまま〔生地のままで十分〕美しき顔にも是非《かならず》おしろひを塗りくり〔こてこてとぬり〕、額[一一]は只丸く、きは[一二]は墨《ずみ》こく、髪はぐるまげに〔ぐるぐる巻きの高髷にし〕高く、前髪すくなくわけて〔少しばかり分けて〕水引《みづひき》にて結ひ添へ〔を元結にしてゆい上げ〕、赤いはな緒の雪踏《せった》をはき、懐《ふところ》[一三]のうちより手をさし入れ褄《つま》を引きあげ、ちよこちよとあ〔静かに歩むべき遊女が〕りくなりふり、いやながら外《ほか》に何もなければ、その中でも見よきが〔少しでもみばのよい女を選ぶのが〕とくなり。よしあしのへだてもなく、五匁づつに定め置くこそ〔誰も彼も揚代を〕正直なれ。ここでの人ごろし〔この土地一番の男殺し〕小金《こきん》[一四]といふ、約束して〔その女と〕、揚屋〔別段〕といふ事もな

一 北陸道すなわち若狭・越前・加賀・能登・越中・越後・佐渡七カ国の果て。
二 越後国（新潟県）三島郡寺泊。古来この地には遊君の存在が知られていて、その一人初君の歌は『玉葉集』にある（「物思ひ越路の浦の白浪も立帰る習ひありとこそ聞け」）。そのような伝統を舟宿の主人は説明できない。
三 出雲崎と寺泊との間は三里半、「暮れ方より」は不可能ではないまでも無理であろう。
四 格子女郎とか、局女郎とかいう区別もなく。
五 六月晦日に「大原の里」の女を置き去りにしてから大略四十日を経ている。この日は宮廷の司召《つかさめし》の日で、北国に遊女の司召をしたというのであろう。
六 絹物の中でも丈夫な紬織をさまざま取り揃え。
七 色糸に間々、金糸を交えて織った錦織。一見豪華。
八 渡りの金襴（唐織）に似せて、京西陣で織り出したもの。
九 ゆもじ。
一〇 越後東頸城《ひがしくびき》郡松之山《まつのやま》六十六郷で織るさらし。「赤染」は茜染。
一一 額際は、丸いがよしと心得て個性ぬきで。
一二 額際を墨でえどって形を作るが、濃く塗っては野暮。
一三 胸元から右手をさし入れ、褄を直すことか。無作法・野躰として、西鶴は非難している。

一四 未詳。「人ごろし」は悩殺の意。
一五 屏風《びようぶ》に貼りつけてある絵の田舎くささ。古くささ。
一六 寛文・延宝年間の立役。六方の所作で鳴った。
一七 承応・明暦の頃、江戸の俳優。丹前や加賀節の創始者。団右衛門と庄左衛門が二人連れの奴となっての所作。
一八 当時は朝夕《ちようせき》の二食。午後八時頃夜食を出した。寺泊では早すぎるのである。このところ、暮れ方から出雲崎～寺泊三里半（『帝国地名大辞典』によれば、寺泊は「出雲崎より三里」とある）を経て、「いま日が暮れて間もなき」とする。全くの無理。ただし舟運の時間はまた別である。
一九 食事の終りに当って出すべき香の物を出さない。
二〇 遊女の嗜みとして、客の前では食事をしないのが古格であった。
二一 祝言の小歌「三国一ぢや何々（たとえば聟）になりすまいた」とうたい納める。上方では考えられぬ古風な座敷ぶり。ただし北前船の往還などからいえば、寺泊は当然、上方文化圏で、ここに書かれたほどの時差はなかったのではないか。

思えば江戸の高尾大夫

く、親方《抱え主》七郎太夫が内に、〔せめて〕新しき薄縁《うすべり》敷きし奥の間に、〔田舎にしては〕やさしくも屏風《びやうぶ》引廻して《立て廻らしたのはよいが》ありける。一五押絵《おしゑ》を見れば、花かたげて吉野参りの人形、板木押し《木版ずり》の弘法大師《こうぼふだいし》、鼠《ねずみ》の娌入《よめり》、一六鎌倉団右衛門《かまくらだんゑもん》・一七多門《たもん》庄左衛門が連《つれ》奴《やつこ》、これみな大津の追分《おひわけ》にて書きし物ぞかし《大津絵が貼ってある》。見るに《見るにつけ》都なつかしくおもふうちに、亭主膳《ぜん》をするゐける。いま日が暮れて間もなき一八夜食《やしよく》、先づ蓋《ふた》をあけぬれば、小豆食《あづきめし》、〔一節あって〕これはおもしろい、〔さらに〕鯖《さば》きざみて穂蓼《ほたて》置き合はすこそ《の取り合せが田舎離れして奥床しい》心にくしと思へば、湯を呑むまで終《つひ》に一九香《かう》の物《もの》を出さずすます。二〇女郎は箸《はし》をもとらず。上方《かみがた》の事誰《たれ》がいうて聞かしけるぞ、しをらしきと思へば《風情があって感心だ》、〔忽ち地金が出て〕油火指にてかかげ《かきたて》、それをすぐに小鬢《こびん》につけしは〔田舎と思えばむげに〕笑はれもせず、腹おしなでて居るに《笑いを堪えていると》、又あるじの出でて、〔客に向い〕「後にひもじにならぬ程まゐれ《おなかがすかれぬよう召し上がれ》」といふ。〔あまりのことに〕返事もせず、友とせし人《つれだった人が》、仮《うた》寝《たね》を引き起こし《しているのを起して》、酒事《さけごと》にして、このをかしさを忘るる。

壁一重《かべひとへ》あちらにも酒のみ懸け、六七人声して、「二一三国一ぢや」、拍子かあふのあはぬのと、同じ事のみうたひける程に、亭主に様子きけば、「この頃上方《かみがた》より『ざざんざ』[一]と申す小歌《こうた》が時花《はや》りきたり、ここもとの若い衆、いろいろ稽古《けいこ》致せども声がそろはぬ」と申し侍《はべ》る。さても世は広い事を今おもひ合せ《世界は広大無辺こんな遅れた土地もと》、「柴垣踊《しばがきをど》り[二]はしつてか」と尋ねけるに、「夢にもしらず」と申す。「何をいうてもこれぢやもの《〔話にならぬ〕》、ただ寝ませう」と申す。耳組《みみぐみ》[三]の御座《ござ》一枚、松竹鶴亀《まつたけつるかめ》[四]をそめこみのもめん夜着《よぎ》、されども枕は二つ出して、「さあ、お寝やれ」と申す。「こころえた」と、南かしらに[五]ひつかぶり、今や今やと待つほどに、君様《きみさま》のあし音《遊女の足音》して、床《とこ》近く立ちながら《〔作法外れに〕》帯とき捨て、着物《きるもの》[六]もかしこへうち捨て、はだかで[七]ぐすぐすとはひりさまに、「これもいらぬ物」と脚布《きやふ》《腰巻》ときて、《全裸で》《〔世之介に〕》そのまましがみつきて、いな所《局所》を捜《さぐ》つて、ひた物身《ひたすら男を燃や》もだえするこそ《そうと身をもみ仕掛けるのが》、まだ宵[八]ながら笑《をか》し。「我、江戸にてはじめの[九]高雄《たかを》に三十五まで《三十五回》ふられ、その後も首尾せず《交わるに至らなかった》。今おもへば惜しい事哉《かな》。この女がその太夫にてこれ程自由にならば《〔最高か〕》、尤《いやかえって》もおもしろかるまじ」。

一 「浜松の音はざざんざ」（狂言小歌）。

二 北国辺の米つき歌より全国に流布。明暦の頃江戸で流行した。寺泊は北国であるから、「柴垣踊り」を全然知らぬとは不合理。

三 ござの耳を藺《い》で編んだもの。布縁《ぬのべり》をつける替り。

四 めでたいもの尽し。田舎風。

五 北枕はさけて南枕に。「宿所を出でて二条大宮を南頭《みなみがしら》（馬の頭を南にむけて）に歩ませけり」（能『羅生門』）を踏む。

六 脱いだ着物を処理することもせず、うち捨てるのは、野卑のためのみとは言いがたい。性への径行ともみうる。

七 オノマトペー（擬声音）。他に用例を知らない。「くすくす」か。

八 床入りして、時間がたった後ならばともかく、まだ宵なのにここまでゆくのは。「宵」として、出雲崎〜寺泊間の不合理をまた補強するようである。

九 江戸吉原の名妓高尾は、三浦屋四郎左衛門の抱えで、十一代まであり、西鶴は二代目万治二年（一六五九）没の万治高尾を、初代と誤っている。いずれにせよ、世之介はいまだ落魄時代であり、吉原の名妓をふられながら三十五度まで通ったはずはない。

落魄の世之介もここでは大尽

一〇　舟宿の亭主とすると、土地柄に合わせた裁量をするはずである。とすれば世之介を伴った男（同道の人）は、やはり世之介と五十歩百歩の他国者で、北国寺泊の風に不案内であった。

一一　「この大気ぶりからいえば日本のような狭い国で生涯を終える人でない」の意か。とすれば最終章の日本脱出と首尾照応する。一解「あなたのように大気な人は日本中をさがしてもいないだろう」は、大げさながら素朴な田舎女郎の単なる世辞、賞められた方の「心にかか」る言葉では全くないので一解とするに足らない。

昔をおもひ出だし、うそ腹たつて《理由もなく腹立たし》むく起きに《むっくり起き上がり》して、「罷《まか》り帰る」と同[一〇]道の人に「付け《心づけ》とどけ能《よ》きやうに」と頼めば、心得て、あるじに三百、口《か》鼻《か》に百、はたらく女共に二百、合《かふ》六百文蒔《ま》きちらせば、いづれもおどろき、「さても大気《たいき》な大じん」《気の大きい上客様よ》と、近付きになりし女郎、袖《そで》をかざし、舟ばたまでおくりて、〔姿が〕互ひにみゆる内は小《こ》手《て》招《まね》き、京にて《島原で遊女に》出口《大門まで》まで送らるる心地ぞかし。かの女郎《あいかたが》〔世之介の〕舟にのりさまに私語《ささや》きしは、「こなた《あなたは》は日本[一一]の地に居ぬ人ぢや」と申しける。心にかかれど《その意味が気になっているが》今に合《が》点《てん》ゆかず。

木綿布子《もめんぬのこ》もかりの世

[一]干鮭《からざけ》は霜先の薬喰《くすりぐ》ひぞかし。その冬《二十五歳の》は[二]佐渡が嶋にも[三]世を渡る舟なく、出雲崎《いづもざき》のあるじ《〔舟宿の〕》をたのみ、魚《うを》売りとなつて北国《ほくこく》の山々を過ごし《廻って生計をたて》、今男盛り二十六の春、[四]坂田といふ所にはじめてつきぬ。この浦のけしき《〔大層美しく〕》、桜は浪にうつり、誠に《〔西行が〕》「[五]花の上漕《こ》ぐ蜑《あま》の釣舟」と読みしはこの所ぞと、[六]御寺《みてら》の門前より詠むれば《〔景色を〕》、[七]勧進比丘尼《くわんじんびくに》声を揃《そろ》へてうたひ来《きた》れり。これはと立ちよれば、[八]かちん染《ぞめ》の布子《ぬのこ》に、[九]黒綸子《くろりんず》の二つわり前結びにして、あたまは何国《いづく》にても[一〇]同じ風俗なり。もとこれはかやうの事を《こんな売春などを》する身にあらねど、いつ頃よりおれう《いつの頃からか頭の御寮が》、猥《みだ》りになして《風儀を乱し》、遊女同前《どうぜん》に相手も定めず、百に二人《百文で二人一組に買える》といふこそ笑《をか》し。

「あれは《あそこにいるのは》正しく江戸[一一]滅多町《めつた》にてしのびちぎり《隠れて結んだ尼》をこめし清林《せいりん》がつれし

一 鹿・猪等を、霜の降る前に薬として食べる習俗があるが、北陸の寒村では、せいぜい干鮭を食べる位だ。
二 佐渡島では、寛文三年以後不況で、餓死に瀕《ひん》するものも出た。寛文六年・七年は人夫の他国流出を許したという。世之介の企図《きと》は画餅《がべい》となった。
三 本土から島への便船はあっても、渡世の種を期待できる舟はなく。
四 出羽国（山形県）酒田。

粋が身をくう魚売り姿

五 「象潟の桜は浪に埋もれて花の上漕ぐあまの釣舟」（伝西行作）の歌による。挿画は桜の花であろう。
六 象潟の干満寺《かんまんじ》という。
七 熊野牛王宝印を売り、地獄極楽の絵巻の絵解きをして、集団で諸国を遍歴、時に売春もした。長を御《お》寮《りよう》、弟子を小比丘尼（米かみ）という。
八 八七頁注一五参照。
九 紗綾《さや》に似た厚地の布。一幅を二つ折にして帯に用いた。
一〇 剃った頭を黒頭巾で包むのが比丘尼の風であった。
一一 神田多町一、二丁目。比丘尼宿が多かった。

むかし比丘尼と象潟の出合い

一二 小比丘尼は菅笠をかぶるのだが、体が小さすぎて菅笠に隠れるようであったのに……。可憐な少女がいま成人していることへの驚き。

一三 酒田の問屋の繁栄は『日本永代蔵』二の五に詳しい。富裕な大商港であった。

一四 蓮葉女。七六頁注六参照。

一五 この結髪は寺泊のそれに通じている。自堕落な雰囲気。

一六 各地の遊女の袖は大きいのにこの問屋女のは小さい。

米かみ《小比丘尼》、その時は[一二]菅笠がありくやうに見しが、はやく《一人前に売春の》もその身にはなりぬ」とむかし《想い出話》を語る。〔魚売り姿に〕「さてこのお姿は」〔一体どうして〕と尋ねけるに、世之介申せし〔落ちぶれても僭上で〕は、「遊び尽して胸つかへて《あまり遊びがすぎて食滞して》、虫こなし《養生のために》にすこしの商ひする」と語り捨てて〔別れ〕、それより《それから》さる問屋《とひや》に知るべありて着けば、この津《酒田の港》の[一三]はんじやう、諸国のつき合ひ、皆十露盤《そろばん》にて年おくる人《渡世の種とする》なり。亭主のもてなし、おかた《女房》のけいはく《お世辞》〔も計算の上〕、とかく金銀の光《何よりも金が一番だ》ぞ有難し。上方《かみがた》の[一四]はすは女とおぼしき《おもわれる》者十四五人も居間に見えわたりて《ごろごろしていて》、その有様笑《をか》しな《変な》げに《具合に》[一五]髪ぐるぐる巻いて、口紅《くちべに》粉むさきほど塗りて《小ぎたないほど塗りたくり》、鹿《か》の子《こ》紋《もん》の[一六]袖《そで》ち

ひさき着物《きるもの》に、[一]しゆちんの帯して、いづれなりともお目に入らばと《どの女でもより取りみどりお気に召せばと》思はれ姿《媚態たっぷりの》して、客一人に独《ひと》りづつ、あるいは十日・二十日・三十日も逗留《とうりう》のうちは、寝道具のあげおろし、朝夕の給仕、その外《ほか》腰をうたせ《療治させたり》、ある時は髭《ひげ》をぬかせ、自由に《思いのままに》つかひて、立ちざまに《いよいよ出発のときに祝儀に》一歩《ぶ》とらせば《与えれば》、金《かね》めづらしくよろこぶ事なり。これ皆問屋の召仕《〔直接雇っている〕》の女にはあらず、銘々に宿を持ちてありながら《各自それぞれに家はちゃんと持ちながら》旅人を見懸けて《ねらって》あつまるよし。これをおもふに、この徒《いたづ》ら、[二][三]津の国有馬《ありま》の湯女《ゆな》に替る所なし。異名を《あだ名を》所言葉にて《この酒田の方言で》[四]しやくといへり。「人の心をくむといふ事か《洒落か》」と、その人に問へども子細は《詳しいことは》しらず。世之介はそこそこに《いい加減に》応答《あしら》はれて、是非もなく、やうやう下男《しもをとこ》をかたらひ《案内役として》、暮れ方より浜辺に出でて、兼ねて聞き及びし様子《予め仕入れておいた知識で》みるに、人の娌《よめ》らしき者、わざと舟子に捕へ《媚態たっぷりに船頭に》られて浪の枕をならべ、ただしどけなく打ちとけて後《帯紐といたあと》、物をとらせ《金銭代償を与え》ばとる《れば取る》、やらねばその通りにして《不足もいわずもらわずに》帰る。これこの所にて《土地の言葉で》干瓢《かんぺう》と申し侍《はべ》る。「[五]夕顔《ゆふがほ》を作りて[六]びらしやら靡《なび》く」といふ事ぞかし。

一　繻珍《しちん》。繻子《しゆす》の地に黄赤等数色の色糸で、花紋を織り出した布。

二　女遊びの仕組み。

三　摂津国猪名郡（現神戸市兵庫区）有馬温泉における「宿と湯女《ゆな》」の関係と同じ。問屋―湯宿、問屋女―湯女。宿が介在せず、客と女のいわば自由契約による売春である。

四　杓《しやく》。水商売・流れの身という観想は古来遊女のものであった。その流れを汲《く》むというしゃれた隠語。世之介は早くその言葉遊びの意味を解したが「所」の人は、もうその拠《よ》ってきたるところがわからなくなっているのである。

五　夕方になると顔を作る（化粧する）。干瓢は夕顔の実から作ることからの洒落《しやれ》。

六　夕顔を帯状に剝《は》ぐようにしてむき干す、それが風になびく「びらしやら」を、男に媚態をみせての「びらしやら」にかけたもの。

「京大坂にありし惣嫁《そうか》といふ者に違はじ《似ていはしないか》。その所作《しよさ》[八]は」と尋ねける。

「あるいは縁遠き女、又は四十におよび独り過ぎ[九]の口鼻《かか》、昼はふせり暮れより身ごしらへ《準備をして》して、古着をぬぎ捨て、〔若い女の着物の〕脇あけの鼠色《ねずみいろ》、黒き帯にさまをかゆると、〔男は〕はや暗がりにて《暗がりでは騙される》つかむ事ぞかし。〔近所を憚り〕住家《すみか》四五丁は帷子《かたびら》[一〇]の上張《うはば》り置手拭《おきてぬぐひ》して、跡つけの男《監視と護衛を兼ねた男がくるのをまち》を待ち合せ、あそこの辻《四つ》こゝ《辻やら》の浜なみ《浜通りやら》に立ちつくし、夜更《よふ》けては『君が寝巻』[一一]とうたひ連れて[一二]三蔵・仁介《にすけ》が夢を覚まさせ、夜番《やばん》[一三]に戯《たはぶ》れ、明け方近く〔帰り馬の〕馬子に取りつき、在郷舟《ざいがうぶね》[一四]に声を懸け、つとめ数かさなりて髪も笑しくなり《客の数が重なると入念に仕立てた髪も変な具合になり》、腰元《腰もがくがくしてしょっちゅう》ぶらつきて間なく大あくびして、跡より竹杖を引きずるは《帰りに杖つく元気もなくひきずるのは》、とがめる《吠える》犬の為ぞかし。〔明け切って〕見世門《かど》も明けはなれ、それより足ばやになりて露路《ろぢ》に走り入れば、人の目をしのぶこころもやさし《さすが売春を恥じ人目を遠慮するのは優しく哀れだ》。[一五]小娘は親のため、又は我が男を引き連れ、我が子を母親にだかせ、姉は妹《いもと》を先に立て、伯父姪姨《をぢめひをば》のわかちもなく、〔落ちぶれ しかも〕死なれぬ命の難面《つれな》くて、さりとは悲しくあさましき事ども、聞くになほ不便なる世や《聞くほどに哀れになる世である》。〔特に〕泪《なみだ》は雨のふ《悲しいの》

昼夜なし、酒田の浜の女たち

七「惣嫁」と「干瓢」とは全く似ていない。「違はじ」というこの推量が、誰の発語かで意味も変るが、惣嫁は金銭を代償し、干瓢は金銭を必ずしもとらない。「京坂の惣嫁と同格の下級売春婦か」ならば通じる。

八 詳しい行状は。普通ここまで世之介の質問とするが、土地の人の、未知の地上方《かみがた》の「惣嫁」への質問とする解も可。

九 男に別れて女一人で世帯を立てている女。

一〇 惣嫁の風俗と知れぬよう、衣裳の上に帷子を着、手拭を頭にして顔をかくす。

一一「君が寝巻は吉岡染の」というのが、惣嫁の歌である。

一二 下ざまの職業の者らしい名。

一三 番太郎。また町内で組織する消防等の自衛組織の夜番。とがめ立てられぬよう機嫌をとるのであろう。

一四 近辺の村々からの船。遠国の回船に対する。その船頭に対しての意。

一五「小娘」以下「わかちもなく」まで、ここも混戦の軍記物風の描写。

る夜《は雨の夜で》は下駄からかさまでも損料《そんれう》出して《[借りて]》[一]、思へばかりのうら店《だな》[二]、三十日も定めなくあそこに隠れここに替へて、家請《いへうけ》[三]の機嫌を取り、小半《こなから》[四]酒《ざけ》に両隣をかたぶけ、たばね木《ぎ》[五]の当座買ひ、やがて立ちきゆる煙な《その煙同様長続きせず終る》るべし《ことだろう》。夜発《やほつ》[六]の輩《ともがら》一日ぐらし《その日暮しが精一ぱい》、月雪のふる事も盆も正月もしらず《自然の変化も暦日の運行も無我夢中》」。

口《く》舌《ぜつ》の事ふれ

「あらおもしろの竈神《かまがみ》[七]や、おかまの前に松うゑて」と、すずしめの[八]鈴をならして県御子《あがたみこ》来《きた》れり。下にはひはだ色[九]の襟《えり》をかさね、薄衣《うすぎぬ》に月日の影[一〇]をうつし、千早《ちはや》[一一]・懸帯《かけおび》むすびさげ、うす化粧して《[しかし]》黛《まゆずみ》とく、髪はおのづからなでさげて《ごく自然におすべらかしにして》、「その有様尋常なるは《いかにも立派なのは》中々お初尾《はつを》のぶん《賽銭くら》にてなるまじ《いではとてもできまい》」、不思議《事情通》」と人に尋ねければ、「よき所へこころのかよ[一二]《さすが急所にお気のつかれる》ふ事ぞ《ことよ》。あれも品こそ替れ《あの巫女も品はぐっと上だが》、のぞめば《[こちらが]》遊女のごとくなれるものな

一 無常の仮りの世に生きているのだが、こんなものまで借りる裏店暮しの浅ましさ。仮りと借り。

二 世間並みなら三十日《みそか》が収支の日だが、こんなやばい暮しだから、全くその日すぎ、最小単位の三十日も持ちこたえず、借家をつぎつぎに替えて。

三 借家の時の身もと保証人のご機嫌をとり。

四 密売色の弱味で、両隣にも二合半の酒を贈り機嫌をとる。

五 束ね木も現金買いで細い煙を立てているが。とても長続きせぬ暮し。

六 夜鷹とも惣嫁ともいうこのてあいは。

袖の下から巫女に神楽銭

七 かまどの神。奥津日子《おきつひこ》・奥津比売《おきつひめ》二神、のちに仏説を混えて三宝荒神。正・五・九月また毎月晦日に祓いをする。

八 神慮を鎮《しず》めるために、巫女《みこ》が鳴らす鈴。

九 檜皮色。蘇芳《すおう》色に黒みがかった色。

一〇 日月の形の紋様を織り出した。

一一 「千早」は巫女の着る袖のない羽織様の衣。「懸帯」はその上に結びかける帯のごときもの。

一二 この某の褒辞は、三の三、浮世小路の乳母の妹の言葉と同一発想である。

り」。〔聞くや否や〕それ呼び返して男住居《ずまゐ》の宿に入れて（家に招き入れ）、〔神々しすぎる〕その神姿《かみすがた》、[一三]取りおかして（脱がせてみれば）、[一四]あらたに女体《にょたい》あらはれたり。勝手より（台所から）御三寸《おみき》[一五]出せば、〔巫女も受けて〕次第に酔《ゑ》ひ心、かたじけなき御託宣（自由にしてよいとの託宣が）、「[一六]ありつる告げをまたんとて」（でるかどうかお告げを）〔などいいつつ〕そのまま抱いて寝て、[一七]覚むるや名残の神楽銭《かぐらせん》（別れに渡す）、袖の下よりかよはせて（決りの外に売春の費用もひそかに与えて）、みる程うつくしく、[一八]あは嶋《しま》殿のもしも妹《いもと》かと思はれて、「お年は」と問へば、うそなしに今年[一九]二十一社《しゃ》、茂りたる森はおもひ葉となり（こんもり茂った豊かな森は女体を想う種となり）、世之介二十七の十月、[二〇]「神のお留守（神々は出雲へお出かけ）、きく人もなきぞ」とさまざまくどきて、〔遂に手に入れ〕それより常陸《ひたち》の国鹿嶋《かしま》に伴ひ行きて（まで連れて行って）、その身も[二一]神職となつて国々所々に廻《まは》る。

水戸の本町（水戸の町一番の大通り）に入りて、「[二二]これやこなたへ御免なりましよ。過ぎつる二十五日の口舌（天神様の縁日の争いで）、〔遊女の〕天神にまけさせられ、大じん（遊客は）御腹立《ごふくりふ》あつて、則《すなは》ち恋風をふかせ、十七より二十までの情しらずの娘（男の情をまだ知らぬ娘や）、りんきつよき女房を取りころさんとの御事なり。こはい事哉《かな》。これおそろしおもはば（恐ろしいと）、文の返事（恋文の）もしたり、こころを懸くる男によろこばせたがよ（自分に恋をする男をよろこばせてやったほうがよい）

一三「取り置かして」とするが、熟さない。
一四「光も朱の玉垣かがやきてあらたに（霊験灼《あらた》かに）御神体あらはれたり」（能『龍田』）。
一五 お神酒《みき》。三寸は慣用字。
一六「神の御前に通夜をしてありつる告げをまたんとて袖を片しき臥しにけり」（能『龍田』）。
一七 この辺謡曲仕立て。「かく有難き夢の告、覚むるや名残なるらむ」（能『三輪』）。別れに渡す神楽銭。
一八 紀伊国（和歌山県）名草郡加太《かだ》神社の祭神淡島殿（俗信では帯下《こしけ》の病でこの地に流された）の妹分に相当するものか。
一九 二十一歳と二十一末社をかける。「麓《ふもと》に山王二十一社、茂りたる峰は八王子」（能『兼平』）。
二〇 十月は神無月。諸神出雲に集まり、留守であるという俗信。
二一 俄《にわか》仕込みながら世之介がなった「鹿嶋の事触れ」とは、鹿島の下級神職が神託の形で私年号を流布し、虚説を説いた。そのため、幕令により寛文十二年禁止され、爾後《じご》は底辺の芸能者が多く携わった。

厳しい土地にもそれぞれの恋

二二 事触れの文句の常套的パターン。内容は全くのでたらめで、事触れを信仰としてでなく、芸能のレベルで受け止めたものか。「大じん」は、遊客の大尽と大神とをかけた。

い」と、[一]わけもきこえぬ事《まるきり筋道の立たぬこと》どもをふれて、〔廻った〕「さてこの所《水戸の町での》のなぐさみ物は」と尋ねければ、〔この土地は〕御仕置《しおき》かたく《厳しく》、定めて《公認の》の遊女といふ事もなくて、物の淋しきあしたは《男の目覚めの充ちたりない時は》御蔵の[二]籾挽《もみひ》きとてやとはるる女のあるぞかし《が役に立つ》。〔何者かというと〕これは人のつかひ[三]下主《げす》、隙《ひま》の時はつかはしける。数百人《すひやくにん》つれだうて《一緒に連れだち》〔武家〕屋敷町を行く。その中に〔みめの〕よきもの見立てて《選択しておいて》、袖をひけども《ひき合図しても》合点せず。なるはいやかたぎなり《靡く女は当方がご免の厭な感じである》。しをらしき《上品で優しい》女は大方知音《ちいん》《なじみの男がいて》ありてそこにたよりぬ。〔日本も広く〕所々にそれぞれの恋はありて《土地柄に応じいろんな恋があるもの》、夕暮の帰り姿は、前だれ提げてすその摺糠《すりぬか》をはらひ、身をもみ《終日身体をつかい》、骨をりて《骨を折る程働くのも》かたちのあしき《容姿が悪いせいである》をうらむ。しぶりかはのむけたる《ちょっと垢ぬけした》女は、心のまま《したい放題》昼寝して《昼寝までして》手足もあれず、〔髪には〕鼈甲《べつかふ》のさし櫛《ぐし》、花の露といふ物もしりて《さすが整髪料なども知っていて》、すこし《ほのかに》匂ひをさす事、〔抱え主の〕親方も見ゆるすぞかし《親方の損にはならぬからだ》。〔御蔵で働いて〕一日三十六文の定め〔の日当〕、これさへとりて《に当るだけ稼いで》もどればなり。

これ《この籾摺女》にも馴染《なじ》みて、「腹むつかしくなる《子供が宿った》」と申せば、[四]聞き捨てて、なほ奥すぢ《さらに奥州方面》にさし懸《かか》り、[五]八町の目、[六]大宮《おほみや》のうかれ女《め》を見尽し、仙台

一 たしかに支離滅裂であるが、日本民情の基本の一つとして、懸想された時は、一度は許し、応えるべきだという発想の筋をかつかつながら見ることができる。本書五の一の吉野や五の四滝井山三郎にも通じるものである。

二 藩の備蓄の米の摺籾《すりもみ》に雇われた女。

三 ちゃんと主人持ちで奉公中の下働き女であるが、主家の手すきの時は、勤めさせた。

四 世之介の子は、京の後家に生ませ、捨て子した子のみ注目されている（『好色二代男』の主人公世伝《よでん》として設定、理解されている）が、ここにも出産の実否、安否は知らぬこと、腹に宿った子はあった。

五 岩代国（福島県）安達郡二本松の北二里、奥州街道の宿駅で、遊女もいた。『信達《しんたつ》風土雑記』に「酒館青楼多し、妓娼を置き（略）淫楽の郷なり」とある。天正十九年（一五九一）以来という。

六 同じ奥州街道の本宮の宿の誤りか。遊女がいた。

につきてみれば、この所の[七]傾城町《けいせいまち》は、いつの頃絶えて《か禁止されて》、その跡なつかしく、[八]松嶋《まつしま》や雄嶋《をじま》の人《あま》にもぬれて《も濡れかかってみようと》見むと、[九]身は沖の石《海中の石の様に情欲》、かわく間《で濡れ》もなき下の帯、

[一〇]末の松山腰《どれだけ年をとっても》のかがむまで、色の道はやめじ《やまずやめもすまい》と、けふ[一一]塩竈《しほがま》の明神に来て、〔神前で〕[一二]御湯《おゆ》まゐらせける人をみるからこひそめ《神に奉る巫女を見て直ちに恋心を抱き》、社人に近寄り、「我は鹿嶋より当社に参り、[一三]七日の祈念して帰れとの霊夢にまかせ候《神託を夢にみて参りました》」と中せば《〔出仕せを〕》、いづれも「有難き事かな」と様々[一四]いさめける《力づけ援助する》うちに、かの舞姫、男あるをそのかして《ちゃんと有夫の身であるのを誘惑し》、色々おどせば《脅迫したので》、女ごころのはかなく、おしこめられて声をも得たてず《悲鳴さえあげることができず》、この悲しさいかばかり、「道《女の》

七 仙台藩は、万治三年（一六六〇）城下の遊郭・遊女を禁止した。それまでは本御舟町にあった。遊郭が栄えた頃を想いやって。

八 「松島や雄島のあまに尋ねみんぬれては袖の色や変ると」（『続千載集』）。濡れるは、色事をするの意。

九 「我が袖は汐干に見えぬ沖の石の人こそ知らね乾く間もなし」（『千載集』）。
一〇 「君を措《お》きて他《あだ》し心を我が持たば末の松山浪もこえなむ」（『古今集』）。
一一 陸前国宮城郡（宮城県塩釜市）の塩竈明神。
一二 湯立てをする巫女。神前の釜に熱湯を沸かし笹の葉で、ふりかけ、神憑《がか》りの状態で託宣する。插画参照。
一三 一七日《いちしちにち》の間、祈念せよ。

一四 親切さのあまり、世之介を神官社人並みに遇したのであろうか。插画の巫女と神官のうち、ひとり瞿麦模様の水干に立烏帽子《たてえぼし》の男が神酒《みき》を奉っている。早業というべきであろう。湯立ての景としては『本朝寺社物語』の插画などと共に優れている。

道に外れた不義の道と両膝を固く合わせ　世之介の思い通りにはなるものかと
ならぬ道ぞ」と膝をかため泪をながし、こころのままにはならじと、
上に重なってくれば　命のある間は　夫も神に仕え夜勤を
かさなればはね返して、命かぎりとかみつきし所へ、男は夜の御番
していたが仮眠の夢に動悸がうち　我が家に
勤めしが夢心に胸さわぎ、「宿に盗人の入る」と見て、立ち帰り、
一女は科《とが》なき有様、世之介を捕へて、二とかくは片小鬢《かたこびん》剃られて、その
夜沙汰《さた》なしに行方《ゆきがた》しらずなりにき。

一　抵抗していた妻に問題なく。
二　公に訴えるようなことにせず、ともかく私刑でことを済ませようと、はからったもの。

入絵

好色一代男

四

好色一代男　巻四目録

廿八歳　[一]因果《いんぐは》の関守《せきもり》
　　　　[二]信州追分《しんしうおひわけ》遊女の事

廿九歳　形見《かたみ》の水ぐし[三]
　　　　女郎に[四]爪商《つめあきなひ》の事

卅歳　夢の太刀《たち》風
　　　女の起請化《きしやうばけ》出る事

卅一歳　替《かは》つた物は[五]男傾城《おとこけいせい》
　　　　江戸屋《や》敷方女中《しきがたぢよちう》の事

一　反逆的な情事旅行をしてきたが、ここで関守に咎《とが》められるのも何か前世からの因果があってのことだろうの意味。

二　「追分」は、一般的には道路の分岐点の意味であるが、信州の追分は、中山道《なかせんどう》沓掛《くつかけ》と小田井《おだい》（御代田《みよた》）の中間で北国街道との分岐点にある宿場。表向きは下女＝飯盛女で客の要求に応ずるというのではなく、「遊女」と明記している点に注意。後年の資料ながら『四季の戯』（安永四年、一七七五）によれば、追分は総戸数百三十戸中、遊女屋二十戸余、遊女百人余とある。

三　歯があらく水に浸して髪をすく櫛《くし》。

四　遊女が客の心をひくために、さまざまな形態で愛の誓い（心中立て）をする。その一つに生爪をはいで贈ることがあり、その時はあらかじめできるだけ死者の爪を買っておいて、一回剥がしただけで買った爪の数だけその余の客をたらすことができる。爪集めが商売になっていたのである。遊女の手れん、手くだの一。

五　男でありながら容色と性的能力とを売る遊女同様の男。女に売るにも同性（男）に売るにもいう。ここでは若衆とは違って成人の男についての称であるが、若衆上りの男についていうこともあり、若衆を含まぬわけではない。

卅二歳

[六]昼《ひる》のつりぎつね

京[七]手《て》だて宿《やど》おどり子の事

卅三歳

[八]目《め》に三月

花見がへり御所女の事

卅四歳

[九]火《ひ》神鳴《かみなり》の雲がくれ

泉州佐野《せんしうさの》加葉寺《かしやうじ》の事

六 狂言『釣狐』（こんかい）によった題名。老巧な狐でも結局はつることができるように、きびしい世間の目をぬいて白昼密会するさまざまの方法があるの意味。『釣狐』は、狂言の中でも「極重習《ごくおもならい》」であることから、密会の方法に伝授を匂わせたもの。

七 男女が出会って密会したり、すべて情事のために使う家。

八 「目に正月」といえば、目だけでも正月気分をたのしむことであるが、それに倣《なら》って、都の三月《やよい》の花盛りを目でたのしむということ。

九 雷鳴雷光のみで降雨を伴わぬ雷。水雷に対する。本文によれば「白雨」を伴っているのであるから、「火神鳴」は適当でない。

因果《いんぐわ》の関守《せきもり》

八卦が当った信濃路の難

「[一]年《とし》八卦《け》のあふ事、かならず疑ひたまふな」〔と世にいう通り〕。過ぎし極月（去年十二月）の末に、[二]安部《あべ》の外記《げき》といへる世界見通し（三千世界が見通せるという）の[三]算置《さんお》きが申せしは、〔世之介は〕「[四]二十八の年は出来心にて人の女を（ふとした浮気で人妻を）こひて、〔そのため〕一命浮雲《あぶな》く片輪《かたわ》にもなる程の事、ありぬべし。兼ねて（前以て）〔十分行動を〕つつしめ」といへるを、「何をか申す事ぞ。胡散《うさん》なる[五]鳩の戒《かい》め」と、なんでもなう（気にもとめずに）聞き捨てしに、〔予言に〕少しもたがはず[六]この身になることそ不思議なれと、〔半ばを〕剃り落されしあたまを隠し、[七]遠近人《をちこち》にあふも愧《はづ》かしく、信濃路《しなのぢ》に入りて碓井峠《うすゐたうげ》を過ぎ追分《おひわけ》といふ所に、〔至り〕〔名だけは〕遊女と名付けて、色のあさ黒きをみがき、[八]木賊《とくさ》かる山家者（山だし女）を胼《ひび》・胝《あかぎれ》をなほさせ、[九]さき織《おり》の肌馴れし（で育った女を）を木曾の麻衣に着替へさせ、〔どうやら〕女郎に仕立てぬるこそあれ（遊女の体裁をつけて売るのだが）、都忘れてこれもここにては面白し（都の女はともかく山だし遊女もここでは結構興がある）。

一 年齢・干支等によってその年一年の運勢・吉凶を占うこと。この「疑ひたまふな」は、「安部の外記」の言葉として考えられるが、また作家が地の姿で素顔を出しているとも解しうる。ここでは、世間一般の言葉として一応みておく。

二 未詳。陰陽師であろう。

三 占い師にも種々あるが、ここは算木をおいて占う人。

四 この四の一に述べる「過ぎし極月」とは、当然三の七の条、二十七歳の極月であろう。ところが世之介が巫女である人妻に手を出してリンチされる事は同じ二十七歳のことである。従って片鬢を剃られあさましい「この身」に落魄したのが二十七歳、とすると「過ぎし極月」は、二十六歳の極月での予言ということになる。二十六―予言、二十七―実行、そして今二十八歳。極月の予言が、二十六歳の時と、二十七歳の時、両年の可能性をもつことは、作者の不用意か。「浮雲く」は、怪しい、疑わしい。ここではうっかりすると、というほどの意。

五 また「鳩の飼《かひ》」。山伏や占い師のなりをして、浮説をとき、神社の鳩の餌代と称して金をだましとった。「鳩の戒（さぎ師）め」とののしる世之介自身、二十七歳の去年は「鳩の戒」の同類である鹿島の事触れをしていたのである。

六 このように片鬢を剃られた。

折々は媚《こ》びたる者《旅なれ遊びなれた者が》の泊り合せてならはしけるか《教えたものか》、〔ちゃんと〕盃のまはり《盃のやりとりの作法》も覚え、あひ[一〇]するといふ事もしるぞ、すこしは慰みにもなりて、まんざ《まったく》ら《不粋な男と飲むよりはまあましであろう》の木男よりはまさるべし。

旅寝の一夜をあかし、曙《あけぼの》はやく道いそぐに、宿《しゅく》[一一]はづれの山陰に新《しん》[一二]関《せき》をすゑられ、〔とりわけ〕手負ひ《負傷者を》をきびしく改め《検査して》、往来の〔者の〕笠・鉢巻《はちまき》をとらせける〔片鬢そられた〕に、世之介ありさま《異様な風体を》をとがめぬるこそ物[一三]うし。

片鬢剃られた胡散者

「この御ぎんみ《お取調べはいったい何のためか》は何ゆゑぞ」「さればこの国の西にあたつてかや原[一四]といふ里に押入り《強盗が》有りて、〔ただ〕物を取るのみならず人をあやめ《殺して》て逃げてゆく。主《あるじ》、起き合せあまた手を負はせぬ《賊の多くのものに傷を負わせた》。夜の事なればおもて《人相》を見しらず、所々つまりつまり《要所要所すみずみくまぐまに》に番をするゑ、かかる人改めなるぞ。その方が片鬢《かたかうびん》、いかにしても《どうみても》合点のゆかぬ《うなずけない》事ぞ。〔その異形について〕申しわけあらば今な《今すぐ》り〔せよ〕。さもなくばこの僉議《せんぎ》《取調べが落着するまでは》の済むまではここを通さじ」と関守きびしく申し渡す。〔やむをえず〕塩竈にての女の首尾《人妻への乱暴の一部始終を》残らずかたれば、〔それならば〕「なほ胡散《うさん》《怪し》なる者《い者》なり。重ねてせんさく《も一度取調べよう》すべし」と、ひとやに《牢獄》入れられ思ひの外な《予想だにせぬ》

七 「信濃なる浅間の岳《たけ》に立つ煙遠近人の見やはとがめぬ」（『伊勢物語』『新古今集』）。
八 みがき→木賊。
九 古い衣を引きさいたものを横糸（緯）に、山芋の渋染めを縦糸（経）にして織ったもの。木賊と共に信濃の物産。
一〇 酒席の作法。間《あい》。盃のやりとりのとき二人の間に他の者がはいって盃を受け、興を添えること。
一一 どこの宿はずれか、追分の宿とも定め難い。
一二 臨時に設けられた関。
一三 おそろしくいやなことであった。
一四 萱原・草原・栢原等表記する。一般にちがやのおい茂っている地（近世では無税の荒蕪地）をいうが、未詳。あるいは信濃の柏原《かしわばら》（現長野県上水内《かみみのち》郡信濃《しなの》町）を誤ったか。

る難儀にあふ事、天罰《てんばつ》たちまち身にあたりぬ。

一 朝夕の暮しも公儀《〔無宿者ゆえ〕》のめしとは悲しく、はじめの程は目もくらみ《目先も見えず》泪《なみだ》にしづみ、前後もしらずありしに、〔牢の〕奥より十人ばかりの声して、「今入りの小男《新入りのけちな奴》、籠屋《らうや》の作法《しきたり》にまかせ胴をうたす《しきたり通りに胴上げをするぞ》」と立ちかさなる《〔世之介一人に〕》。貌は《囚人たちの様子は》、色くろく髪ながく両眼にひかりあつて、そのまま《〔いつか〕》世界の図に見し二牛鬼島《うしおにじま》のごとし。左右に取りつき、手玉につきて《手玉に取って》、あぐる時息はきれ、おろさるる時息つぎ、「これでも《〔よくまあ〕》死なれぬ命」と起きあがるを、又、「三なれこ舞、何にても芸をせよ」といぢる《いじめさいなむ》。是非なく《しかたなく》立ちて、花の都の四ぬめりぶし、「長い刀に長脇指《ながわきざし》をぼつこんで、五をせさ、よいさ」とうたへど、六権輿《けんよ》もない顔して居る。七「これは」と様子《〔みて取って〕》替《か》へて、八「松原越えて」と踊れば、一度に手をうつてよろこぶ。

後は、〔諺通り〕九「地獄にも近づき」と枕をならべ、薄べりに肌なれて《じかに寝ることにも》かたる。「我々はこの度の盗人にはあらず《今回の事件の犯人ではない》。一〇ふせやの森に居て旅人をこ

一 平民の囚人の一日の食事は、玄米五合・汁・塩菜・みそ三十匁・雑費十五文で、自弁であるが、自弁能力なきものは役所が負担した。また自弁のものも、刑が決定すると役所のまかないになった。「朝夕」は、やはり「ちょうせき」とよむべきであろう。朝夜二回の飯。

牢屋の新入り作法

二 地獄の獄卒牛頭《ごず》からひろがったイメージ。転じて海や淵川にすむ怪物。それらがすむ想像上の島をいったものであろう。その前の「世界の図」は、近世初頭流行した世界地図。屏風や扇面に肉筆でかかれ、また、出版されて幕末まで版を重ねた。さらに、現実の世界図に、想像上の珍奇な怪物、人間を画いた『三才図会』風のものも行われたという。

三 共同体＝集団に初めて加入するときの儀礼。新入者が懇親のため芸を出す、その舞。

四 遊郭をひやかす（見る）だけで通るのを「ぬめる」といった。「爰《ここ》に買手のとんてき者、長い刀に長脇差をぼっこんで、日本堤をずんよいよいずんずとぬめり歩いてはたとあてた、奴さなんださ」（『淋敷座之慰《さびしきざのなぐさみ》』）。

五 はやし言葉。

六 また「けんにょ」ともなまった。何の感興もない、つまらなさそうな顔つき。

七 この「ぬめり節」のような新しい、また手のこんだ流行歌謡はうけないのだなとっさに推知して、今は都会では廃《すた》ったものを出す。時差というか、カルチ

ユアーショックが、うかがえる。

八 伊勢踊の唱歌に本来「これはどこ踊松坂（伊勢）越えて伊勢踊」とあったが、固有地名の「松坂」を全国どこにでもある「松原」に変えて一般化し普及した。

九 地獄でも知合いがいると何かと心強いというほどの意。あるいは、地獄でも知人知友ができるの意か。

一〇 伏屋の森。現長野県下伊那郡阿智村園原（小野川）にあったという。歌枕。伏屋は古代旅行者を宿泊させるための施設。

一一 熊坂長範は美濃国赤坂の強盗の長。義経に殺された。その熊坂の近世版。

一二 双六の用語。出てほしい目、出したい目。

一三 双六で相手を妨害するようなところへ石を進めることを「切る」といい、その言葉を何心なく用いるが、牢内では仮初《かりそめ》の勝負事であっても、斬罪《ざんざい》などにつながる言葉として忌み嫌ったのである。

一四 唐の玄宗の寵姫、楊貴妃と寵を争って敗れたという。虞子《ぐし》は五四（五四の目が両賽《りようさい》に出る）に通じるか。楊貴妃や虞子君がの意。

一五 小さな窓。格子の間をもいったものか。ただし、入牢からかなりな時日経過が感じられるのに、その時まで全く女牢が目に入らないという設定にややむりあり。

獄中のつけ文

ろし、渡世《暮しのたねとして》にして一一今長範《いまちやうはん》といはれしが、その科《とが》のがれずつひには捕へられて、この仕合《こんな始末さ》せ」とかたる。

暮れての物うさ、明けての淋しさ、〔退屈紛れに〕塵紙にて細工《手づくりで》に、双六の盤をこしらへ、二六《にろく》・五三《ぐさん》と一二乞ひ目をうつ内にも、「そこをきれ」一三といふ、「切る」の字こころに懸けるも笑し《字をいやがって気にするのも面白い》。「戸口をしめて出さぬ」といふは《いうのは》、なほ嫌ふ事なり。「唐土《もろこし》にもこの慰み〔双六の〕を楊貴妃・一四虞子《ぐし》君《きみ》の手にふれて」といひながら、明り取りの一五狭間《さま》より隣をみれば、やさしき《上品な》女ありける。「あれは《あの女は》」と尋ねければ〔なぜ牢などに〕、「連れそふ男憎みして《亭主を女房の方から拒否して》、家出をせし、そ

の首尾《事情に》あしき事あり」とてありのままを語る。「一これはおもしろき《何と面白い女だ》事かな」と、〔好き心を起し〕天井の煤《すす》を歯枝《やらじ》にそめて《つけて》、返す返すも書きくどき、〔もし〕「命ながらへたらば」と互ひに文取りかはして、人の目をしのび、夜更けて二隔子《かうし》に取りつき、蚤《のみ》しらみにくはれながら、三とてもならぬ《遂げられぬ》事を歎きける。

形見の水櫛《みづぐし》

四御法事に付き諸国の籠《らう》ばらひ。有難や、あぶなきこの身をのがれ《危なかったところを逃れて》て、かの女を負ひて五筑磨川《ちくま》わたりぬ。その夜は〔あいにく〕大雹《あられ》のふりける。くず屋《茅や藁ぶきの田舎家の軒に下げてあるのは》の軒につらぬきしは、六「味噌玉か何ぞ」と人の《女が》ひもじがる時、麓〔に〕引き捨てし柴積車《しばつみぐるま》の上におろし置きて〔女を〕、その里にゆきて《村里まで行き》、椎〔器代りの〕の葉に粟《あは》のめしを手もりに、茄子《なすび》香の物をもらひて《までも貰って》、〔早く女のもとへと〕こころの急ぐ

一 二十八歳まで二十余年の遍歴において、世之介は初めて正面きって社会的通念と対決する女と出合った。封建制下、夫を拒否する妻、だから世之介にとって「おもしろい」のである。本書一の五「尋ねてきく程ちぎり」の構造を受けてさらに明確である。

二 「隔子のそげは唯もをかれず」「籠守が情に夢の物がたり／もりきりにする秋の栗飯」(『大句数』六)。

三 世之介に限らず、愛の基本の一つであるが、「ならぬ事」をだから恋するという発想がある。かなわぬ恋だから恋をする。「又この度もかなふまでの恋をいのらるる」(一の二)と考え合せれば、ならぬ恋をならせ、かなわぬ恋をかなわせ、そしてその一つ一つに執着しないのである。したがって、これらを拡大解釈して、世之介の恋を通じての反逆性をひき出すことは誤りである。

四 将軍家の法事に際し、諸国の罪囚の赦免が行われた。牢払い。解説参照。

筑摩川渡る背には女

五 筑摩川。信濃川の分流で、小諸の西を流れている。この条は『伊勢物語』六、昔男がつれだした女(二条の后)を負って、芥川を渡った有名な話のもじり。

六 「白玉か何ぞと人の問ひし時、露と答へて消《け》なましものを」(『伊勢物語』)。味噌玉は、大豆を潰《つぶ》し、こうじと塩を加えて丸め、藁苞《わらづと》にして縄に貫いて軒に吊《つる》したもの、玉味噌。味噌から空腹をひき出す。「何

ぞ」は「何かしら」という疑問と「何でもいいから何か」とが重なった修辞。
七 竹をそいで作った槍、田畑を荒す鹿をおどすための弓、山仕事用の天秤棒。
八 宿とは夫の家（婚家）と一応解したが、「親の方への道を替へ」とあるところから、宿も親の方（さと）であるとすることも可能である。宿＝婚家へ直行すべきだが、それまではせずとも、せめて実家へ帰るべきだ、それさえせずの意ともしうる。
九 女の夫憎みなるものの実体も状況も描かれていないのでよくわからない。男憎みする女のなぜに触れるところもなく、血族としての自分たちにふりかかる責任＝迷惑だけが表面におしだされている。その時、血族の愛などはない。すべてが憎しみに転換している。
一〇 叢《くさむら》が小高く茂っているところ。
一一 柴積車はそこに寝ていた人の寝姿を思い出させる。

はかなき新枕設計

一二 どうしようこうしようと空想に耽っていたのに出来なくなって口惜しがることは『好色五人女』の一、清十郎のケースでより典型的である。ここはその原型か。
一三 「長恨歌《ちょうごんか》」の「天に在《あ》らば願くは比翼の鳥とならん、地に在らば願くは連理の枝たらん」のもじりであるが、一種童話的なイメージである。本書一の一にもみえる。

道の程、今二丁ばかりになつて、女の声して「世之介様」となくに《泣き声がするのに》おどろき、近く走り着きてみるに、あらけなき《荒々しくたくましい男》男四五人、七 竹のとがり鑓《やり》、鹿おどしの弓、山拐《やまあふこ》ふり上げて、「大胆《いけ図々しい》なる女め。命たすかりなば《〔おとなしく〕》宿に《家に》かへるべきを、八 親の方への道を替へて《実家へは帰ろうともせず》、何国《いづく》へいかなるやつが連れゆくぞ。兄弟《〔生かしておけばすぐさま〕》にもかかる難儀。九 おもへば憎し。ただ打ち殺せ」といふ。世之介取り付き、わびてもきかず。「さてはこの男《〔連れだしたのは〕》め」と立ちかさなりて《よってたかって》打つほどに、荊《うばら》・梔《くちなし》のぐろ 一〇 のもとにふして《倒れ伏して》、びりびりと身ぶるひして、出る息とまつて入る息次第にたふとい所《あの世へ》へまゐるばかりになりぬ。

梢の《〔滴る〕》雫《しづく》、自然《自然に》の口に入りて、誠《〔ようやく〕》の気を取り直し《正気づいて》、「その女はやらぬ」と起きあがれば《〔もはや女の親族の〕》、影も貌《かたち》もなく、一一 車はありし人の寝すがた。

一二 「是非、今宵は枕をはじめ《新枕をともにし》、一三 天にあらばお月さま、地にあらば丸雪《あられ》を玉の床と定め《一人の寝床として》、おれが着物をうへにきせて《〔夜着代りに〕》、さうしてからと思ひしに、悲しや、互ひに心ばかりは通はし《愛情だけは通じあったが》、肌がよいやら悪いやら《きめが細かいかざらざらなのか》、それをも知らず、惜しい事をした」と辺《あたり》を見れば、黄楊《つげ》の水櫛落ち[一]てげり。「あぶら臭きは女の手馴れし念記《かたみ》ぞ。これにて[二]辻占をきく事もがな」と、岨《そば》づたひ、岩の陰道《かげみち》をゆくに、鉄炮《てつぱう》に雉《きじ》のめん鳥懸けてひとりごとに「さてももろき命かな。雄《をんどり》が歎かう」といふ。身に引きあてて悲しく、その六七日も野を家となして尋ねけるに、[三]霜月二十九の夜《よ》、おのづとこころの闇路をたどり、人家まれなる薄原《すすきはら》に、かがり火の影ほのかに、卒都婆の数を見しは、いかなる人か、世を去り、惜しまるる身もありぬべし。[四]竹立ててちひさき石塔、なほあはれなり。「さぞこのしたには疱瘡の歎き、あるいは疳《かん》[五]にてさきだち、母に思ひをさせしも」と、せんだんの木陰よりみるに、この所の百姓らしき者の、ふたりして埋みし棺桶を掘り返す、こころの程のすごくなりぬ。

人の足音を聞きて隠るる事のあやしく、「それは」と咎めて近よ

一　完了の助動詞「つ」の連用形に助動詞「けり」がついた「てけり」は、院政期以降「てんげり」というように変化した。その撥音表記が欠けたままの「てげり」も多くみられるが、「てんげり」の読みは変らなかったと思われる。

二　辻に立って最初に通りかかった人の言葉によって、吉凶を占う。

三　陰暦であるから二十九日の夜の月はきわめて暗い。

四　小児を葬るとき、十数本の竹を上方で束ね、下部は末広がりにして円を作る。狼弾《はじ》き、犬弾き等という。挿画にも上部に左右二つ立っている。が、本文でいう、「ちひさき石塔」と組み合ってはいない。

五　小児の病気の一。俗に疳の虫という。むやみに食物を欲し、四肢はやせ、腹部のみ肥大する。異物嗜好などがみられる。消化不良。

る。当惑して返事もせず。「ありの《〔おのれ〕あり》ままに《ていに説明しないと》この事語らずは、後とはいはじ《たった今切り捨てるぞ》」と、反《〔刀の〕そり》を返し《上むけにして抜かんばかりに》ていかれば、「御ゆるし候へ。月日《生活の苦しさに》を送りかね、さま《いろん》ざまのこころ《な悪心をも抱くようになり》に成りて、今ここに美しき女の土葬を掘り返し、黒髪《〔を切り〕》・爪をはなつ《剥がす》」といふ。「何[六]のために」ときけば、「上方の傾城町《京大坂の遊女町》へ、毎年しのびて売りにまかる《ひそかに売りに行きます》」と語りぬ。「求めてこれを何にする《遊女はそれを買って何に使うのか》」ときけば、「女郎の心中[七]に、髪を切り爪をはなちさきへやらせらるるに《剥いで男へ贈るのだが》、本のは《〔予め買い込み〕自分のは》手くだ[八]の男につかはし、外《〔にせを〕》の大臣へ五人も七人も、『きさまゆゑにきる《あなたのために》』と文《手紙などに》などに包みこみて送れば、もとより人に《〔そのようなやり取りは〕》

六 本書一〇八頁注四参照。しかし、好色三昧《ざんまい》で流浪した二十九歳、当時としてはやや壮年の世之介が、このような髪爪の売買について無知であったということの方が奇怪である。粋と情事についての知識量からいえば、この二十九歳の世之介は、全く初心であり、七歳からつみ重ねられた情事年齢を裏切っている。今すこし若い日の話とした方が、「野暮から粋への成長小説」の形骸の上だけでもつじつまがあう。ただし遊里の手くだ話を、人里離れた墓原で、墓荒しから聞くという設定は、効果的である。

七 心中立て。心中は本来誠とか実意の意であるが、遊女と客の間でその証拠として、様々な自虐行為が行われた。他に血による誓紙、入墨子《いれぼくろ》、貫肉《かんにく》（太股《ふともも》や腕を刃物で貫いてみせる）、心中死等があった。

八 人を操縦する技巧を「手くだ」というが、「手くだの男」は、遊女の情夫の意。その男にあうためには、誰か客を操《あやつ》りだまさねばならぬ。手くだを使ってAをだましてBにあう、この時Bが「手くだの男」なのである。

隠す事なれば《包み隠してする事だから》、守袋などに入れて、深くかたじけながる事の笑《をか》しや。一
とかく《〔本物がほしければ〕》目の前にて切らし給へ」と申す。
「二今まで知らぬ事なり。さもあるべし《なるほどありそうなことだ》」と死人《しびと》を見れば、我が《〔なんと〕》尋ぬる女。「これは」としがみ付き《〔死骸に〕》、「かかる《このような》憂き目にあふ事、いかなる《前世でどんな悪業を》因果のまはりけるぞ《犯し今報いが廻ってきたことか》。その時《牢払いの時》、連れてのかずば《連れて逃げさえしなければ》、さもなきを《こうもなかったものを》。これ皆、我がなす業《私の責任だ》《わざ》」と泪にくれて身もだえする。
不思議や、この女、両の眼《まなこ》を見ひらき、笑ひ顔して、間もなく又本《もと》のごとくなりぬ《両眼を閉じた》。「〔世之介は〕二十九までの一期《二十九で死ぬべき我が一生》、何おもひ残さじ《思い残すことは何もない》」と自害をする《〔しようと〕》を、二人の者、色々押しとどめて、帰る。三 分別所《ふんべつどころ》なり。四

夢の太刀《たち》風《かぜ》

「五世は五つの借物、とりにきた時、閻魔《えんま》大王《だいわう》へ返さうまで《返せばそれで終りさ》。六合せて

一 遊里の裏面に通じた者を粋人というならば、都人よりも信州の墓荒しこそ粋人であった。都会絶対の十七世紀において、百姓の方が世之介より進んでいたということは、ちょっとしたパラドックスである。

二 世之介はしごく無邪気に墓荒しに教わっている。『一代男』全体をみれば、世之介ともあろうものがということになるが、四の一、二を独立の短篇とみるときこの無邪気さは、気にならない。

三 「帰る」の主体が明瞭でない。二人の百姓が帰るのか、世之介とすればどこへ「帰る」のか。後者とすれば、措辞として不十分である。

四 ここが思案のしどころだの意。最後に作者（西鶴）が無用の顔を出す。同じ贅疣《ぜいゆう》ならば、世之介が自決をいったん覚悟しながら思い止まるまで、やはり、今一歩ふみ込んだ描写がほしい。

五 宇宙生成論の一。天地万物は、地・水・火・風・空の五原素からなる。その原素を借りて人となったのだからの意。借物、とりにきた時は連想語。

たよる先は昔の念者

六 自分の年も算え合せれば三十年にもなるが、おもえば一睡

三十年の夢、これからは何になりともなれ」。身の置き所も定まらず、[七]最上《もがみ》の寒河江《さがえ》といふ所に、[八]我《われ》若年の時衆道の懇《ねんごろ》せし人、住家《すみか》もとめてありしを、今悲しさに尋ねくだりてあひぬ。

[九]十九年跡に別れし面影、さすが見忘れず、互ひに泪の隙《ひま》なく昔を語るこそ、外《ほか》の因《ちなみ》とはかはりて、替らぬしるしには、和州中沢の拝殿にて物せし時、[一〇]慈覚大師の作の一寸八分の[一一]十一面守本尊を贈りけるが、身をはなさず信心したまふこそうれし。

一腰《ひとこし》の鍔を酒に替える志

この人も望みの奉公はかどらず、小者の一人も見えず。[一二]ちんからりに羽釜《はがま》ひとつの楽しみ、明日の薪には風を待つて落葉かき集めて、里芋より外には味噌こしもあらず。壁に懸けたる物とては、要《かなめ》こよりにてくくりし扇、[一三]粘篦《そくひべら》・唐がらし・鼻ねぢ・取縄。「さりとてはあさましき世の暮し。何をか遊ばしてかく年月か」ときけば、「今江戸にはやるとて[一四]蠅取蜘《はひとりぐも》を仕入れ、ある時は一文売りの長刀《なぎなた》を削り、なく子をたらし、『天道人を殺したまはず』、今日までは日をおくり

の夢同然。

七 現山形県西村山郡を流れる最上川のデルタにある町。鎌倉・室町に発展。近世では寛永二十年以後天領であった。

八 本書一の四「袖の時雨は懸るがさいはひ」の話脈をつぐものか。「懇せし人」は契りをかわした人。

九 一の四では十歳であったがその後の事は省略されて、今三十歳の世之介が十九年前に別れたとしている。とすれば十一歳の時の別れとなる。十歳での契りは十歳・十一歳の足かけ二年間続いたか。

一〇 伝教大師の弟子円仁。

一一 十一面観音像を肌身離さず持って守り本尊にしてほしいと贈ったとの意。

一二 「ちんからり」は沖縄産のこんろ。「羽釜」は周囲に輪のついた釜。米をたくのに用いる。

一三 飯つぶをつぶして糊として用いるための具。多く竹製。

一四 ハエトリグモ科のクモの総称。小昆虫を捕食する。蠅虎。蠅を取らせて慰みとした。江戸初期の風俗。

ぬ。〔お前が〕はるばるここに来て《この辺地まで》、久しぶりなれば、せめて盃事を《一盞くもうよ》」と、一《ひと》腰《こし》の鍔《つば》をはづして見せぬ《〔客には〕》やうに徳利を提《さ》げてゆくを《出かかるのを》、色々留めて《〔それには及ばぬと〕》「まづ、この程の足休めに《長旅の足を労わるのが一番》今宵は寝て《ともかく今晩は寝て》、残る事ども明けて語らん《話し残した事はまた明日に》」と、〔枕もなく〕手もとにありしあはせ[二]砥《ど》を枕として臥しける。

夜更《よふ》け、あるじは古き葛籠《つづら》を明けて、鳴子[三]・はり弓取り出だし、「近[四]《ちか》の山陰に狸の限りもなくあれける《狸が出て大変農作物をあらしている》、これを捕へてもてなし《〔せめてもの〕》にせまほし」と出でてゆく。〔一方世之介は〕まだ身もぬくもらず《薄い夜具に身も冷え込み》、目もあはぬ内に《まだ眠気がこぬうちに》、二階[五]よりはしの子をつたひて、頭[六]《かしら》は女、あし鳥のごとし、胴体は魚にまぎれず《ちがいない》、浪の磯による声のして《打ち上げられるような声で》、「世之介様、我を忘れ給ふか。石垣町の鯉屋の小まんが執心思ひ知らせん」といふ。枕わきざし抜き打ちに〔たしかに〕手ごたへして《があって》、うせぬ《消えていった》。うしろの方より、女くちばしをな[七]らし、「我は木挽《こびき》の吉介が娘、おはつが心魂《こころだま》なり。『ふたりが中は比翼』といふて、思ひ死に《こがれ死にを》をさした、そのうらみに《恨みを〔晴らしに〕》」と飛んで懸るを、これもたちまち斬りとめぬ。庭[八]《土間》の片すみより長二丈[九]《たけ》ばかりの女、手

怪異は女の怨念

一 酒を買う金もちろんないので、世之介に見られぬように、こればかりは手放せぬ武士のシンボルとしての刀の鍔をそっとはずして酒を買いに出ようとする。貧者の心意気。

二 研ぎみがきの最後に用いる細かい砥石。

三 「鳴子」はえものがかかった時に鳴るしかけ。「はり弓」はわなの一。弓状に竹を張ってしかける。

四 近くの、の意。形容詞の語幹に「の」のついた形。

五 階段。挿画よりすれば、梯子に近い。

六 鵺《ぬえ》のような怪物。胴体は魚というところから石垣町（京の私娼窟、本書四の六参照）の「鯉屋」の小万であることが示されている。

七 挿画参照。これは頭部をのぞき鳥で統一。なぜ鳥体かといえば、まず親の職業木挽の縁、また、「比翼の鳥」（「長恨歌」）の仲だなどといってだまされたことからの姿であろう。

八 いわゆる庭であってよいが、この怪異は草屋の閉ざされた空間の出来事として考えたく、土間とする。

九 二丈といえば二階もつきぬけている。二丈もあるかにみえる女、ことは世之介のイメージなので、物理的なことは、問題ではない。

足楓[一〇]のやうに見えしが、風[一一]吹き懸る声して、「我はこれ、高雄《〔洛西〕》の紅葉《もみぢ》見にそそのかされて《関係しけしかけられて》、[一二]一期《いちご》の男に毒を飼《食べ》ひて《させて殺し》、そなたに思ひ替へしに、はやくも見捨て給ひぬ次郎吉が口鼻《かか》、見しつたか《覚えているか》」とかみつくを、くみ臥《ふ》せて討ちとめぬ。この時、目もくらみ、気勢《元気も》もつきはて、浮世の《もはや死の》かぎり《時がきたのか》とおもふに、また空より十四五間《けん》も続きし大綱のさきに女の首ありて、逆《さかさま》に舞ひさがり、「我こそ上《かみ》の醍醐《だいご》あたりに、身をころ《発心し墨染の》もになし《衣になって》、後《のち》の世を大事とおこなひすましてあるを《修行怠らず生活していたのを》、二たび髪をのばさせ《〔堕落させ還俗のために〕》、ほどなく迷はし給ふ事《〔見捨て〕途方にくれさせた恨み》。執着そこをさらせじ《我が執着だけでも逃がすものか》」とはひまと《這い絡みつ》

一〇 「楓」は高尾の紅葉の縁。

一一 平知盛の霊が源義経一行に悪風をふきかけたような。「潮をけたて悪風を吹きかけ、眼《まなこ》もくらみ、心も乱れて、前後を亡ずるばかりなり」（能『船弁慶』）。

一二 「一期」は一生の意味。一生連れ添う男、すなわち夫。

＊ 巻四のうちで、この章のもつ意味は象徴的である。注九で述べたと同様、物理的にこの草屋では「十四五間」の大綱はありえない。夢中の超空間的イメージである。これらの変化《へんげ》は、八巻五十四章におさまりきらぬ多くの女たちの存在を暗示する。単純計算だけで、三千七百四十二人のうち書かれざる女たちの数はすさまじいものであろう。ここでは、女をだましすかして関係する世之介の暗部をまとめて提示したものである。巻四の七、三十四歳の条で迦陀《かだ》に仮寓する世之介のもとに恨みごとを言うために女が陸続とあらわれることと、照らし合せてみるべきであろう。三十歳、三十四歳二度にわたっての「その他大勢」の登場は、この巻が、前半生の総決算の書であることをおのずから物語っている。

一 鎌首をもたげ、かみつく一瞬前に息をとめたのである。「喉び」は「喉びえ」(「喉笛」の訛《なまり》)の略。
二 ここでは、うまく身体をかわして。
三 自己や他人をあたかも剣のように傷つけてしまう悪意・害心。
四 「あやふし」は、危険がさし迫っていること。今や息絶えようというときにの意。ただし、「あやふかりしに」と「前後を知らず」とはうまくつながらない。「あやふかりし」状態と「前後を知ら」ぬ状態とはどう関係するのか。「息が絶えそう」と「前後不覚」とはストレートにつながらない。
五 起請文を書くとき、冒頭に諸天善神の名をかきつらね神々の名にかけて誓うのであるが、その部分だけは、破れず残っていた。世之介の性生活の暗部をつくのに、なぜ昔の念者の草屋が選ばれたのか。男同士の愛のさわやかさと、女の妄執とを対比的に出したものか。
六 「さてもその後」は古浄瑠璃などの冒頭句。定型化していた。「物のあはれをとどめしは」(何がかわいそうといってこれほどかわいそうなことはないの意)もそれらの常套句。

ひて《いて》一息をとめ、喉《のど》びに喰ひつく所を、二すかしてさし殺し、「もはやこれまで」と念仏申し、三心の剣《つるぎ》を捨て西《浄土》の方を拝《をが》み、四あやふかりしに、かの牢人《〔主人である〕》立ち帰りて見れば、そこら血しほに染めて世之介前《茫》後を知らず《然と喪心状態》。おどろき、耳近く呼び《耳もとで名を》返して正気の時《〔やっと〕に戻ったとき》、やうすを問へばはじめ《一部始終を》を語る。不思議と二階にあがれば《〔なるほど〕》、世之介四人の女に書かせたる起請《愛の誓紙》、さんざんに切りやぶりてありける。されども五神おろしの所々は残り侍る。これおもふに、仮にも書かすまい物はこれぞか《かりそめにも書かせてはならぬものはこの起請》し《文である》。

替《かは》つた物は男傾城《をとこげいせい》

六さてもその後《のち》、物のあはれをとどめしは、七さる大名の北の御方に召しつかはれて《〔奥御殿で〕》、日のめも《日光さえも》つひに見給はぬ八女郎達やおはしたなり。

九 そのこころもなき時より奥の間近くありて、男といふ者見る事さへ稀なれば、ましてそんな一〇事をした事もなく、あたら《折角の女盛りの》年月二十四五までも、一一このもしき枕絵・一人笑ひを見て、「こりやどうもならぬ《もうたまらない》。あゝ、ああ、気がへる《見るだけで気疲れする》」と、顔は赤くなり《〔上気して〕》、目の玉すわり《〔顔つき変って〕》、鼻息おのづとあらく歯ぎりし《歯ぎしり》して細腰もだえて《くねらせて》、「さてもさても憎い女があるものかな。かまはずに《女の相手にならずに》寝てゐたさうなる《に見える》男の腹の上へ、もつたいなや美しうない足で踏みをつて。あのまなこを《あのまあ》《〔快感のあまり〕》糸のやうにしをつて《細めて》。人も見る物ぢや《人の見る目を恥じもせず》にまる裸になつて。脇腹から尻つき、大きなるからだ、下なお人様《下におられるお方が》がおもたかろに。いかに絵なればとて《絵空事といえあんまりな》この女房め」と、真実から《本気で悋気して》つまはじきして一二書物やぶりぬ。
女郎がしらその一人《女中たちの頭である局の一人は》、一三つかひ番の女を頼み、錦のふくろをわたして、「一四御長《たけ》はこれよりすこしながく、太いぶんは何程にても苦しからす《いくら太くてもかまわない》。けふのうちに」《〔買って来ておくれ〕》と仰せける。
お中間《ちゅうげん》に風呂敷包みひとつ、〔持たせ〕この女《この使い番の女》、一五「上下二人御通しあるべし」

七「さる」は、大名の特定ではなく、大名方武家方一般の事を語ろうとしている。どの大名でも同じなのである。
八「女郎」（女臈）は、女房たちの中でも身分の高いものを指すが、ここでは召使われている女たちの意、「おはした」（お末）はその下のげすばたらきの女の意。欲求不満は身分の上下にかかわらないとする。
九 まだ情事についての理解も成熟もない時から、表と峻別された奥の間近辺だけで過し。
一〇 男女の契りなんてそんないいこと。
一一 見るにつけても羨ましい春画。その名さえわびしい「一人笑い」（春画に同じ）の絵を見て。
一二 原訓「しよもつ」とあるが、「かきもの」の方が無難か。枕絵本か、枕絵か。
一三 買物その他奥向きの雑用をする女中。
一四 張形（御姿《おすがた》とも）。それを錦の袋に入れて大事がる滑稽さ。「長《たけ》」に「御」をつけ、「太いぶんは云々」という面白さに注意。
一五 藩邸内外通行証（切手《きって》）の文体。「上下二人」は、「つかひ番」と「お中間」である。「中間」は、武家の下僕。

細工人の座数まで

と切手《通行証》を見せて御裏門を出て、[一]常盤橋《ときは》を渡り、[二]堺町辺に[三]御用の物の細工人の上手ありける、かれがもとにゆけば、[四]小座敷に通して、七つばかりの少女にかの道具を〔幾通りも〕持たせて出し侍れども、〔小さすぎると〕ひとつも気にいらずして〔亭主に会うのも〕「くるしからず」とて、あるじ呼び出だして、望みの程《注文の寸法》申し付けて帰る。

折節《ちょうど》、[五]芝居はじまり時分、「[六]丹後が本ぶし、[七]これぢや」とよばはる。

世之介も予期せぬ女難

その頃、〔流浪の〕世之介はまた江戸にきて、[八]唐犬権兵衛《たうけんごんべゑ》がかく《保護し》まへて《世話をして》ありける。[九]あたまつき人にか《頭髪も常人に変って唐》はり《犬風》、男もすぐれ《容貌も立派で雄々》て《しく、》、女の好く〔なるほど〕べき

一 日本橋方面へ出る、千代田城の外濠《そとぼり》の橋。
二 当時の繁華街。日本橋蠣殻《かきがら》町の北。芝居小屋見世物などがあった。
三 局が購入を命じた張形。張形は水牛・象牙などで作る。
四 「小座敷」は六〇頁注三参照。買い手がさしさわりがあったり、恥ずかしくないよう、細工人は直接に顔を出さず、給仕取りつぎは、物心つかぬ少女を使う。配慮はゆき届いている。
五 人形芝居の興行時間は、寛文年間は午前八時頃から午後七時過ぎ頃まで、延宝年間は午前九時頃から午後八、九時頃までであった。
六 杉山丹後掾《じょう》は明暦～寛文の間に活躍。
七 狭義には古浄瑠璃で滝野勾当の節づけを本節という。表・裏の秘伝があった。ただし、ここでは丹後掾の正真《しょうじん》の曲節をきかせるのはここを措《お》いてないとの意。
八 江戸の町奴、唐犬組の頭目。唐犬を二匹殺したことからの名のり。貞享三年横死。
九 唐犬組に限らず男伊達たちは、額際を広くぬき上げた。「名月やこれ見よがしの額際」。

風なり。一〇木戸口に入り懸る時、かの女《使い番の女が》連れたる小者を遣はし、「さるかたそつと《内々に》御目に懸りて申し上げたき儀の御入り候」と申す。〔私にご用とは〕「かつておもひよらねども《全く何のことかわかりませんが》、いかなる御事《どういうご用ですか》」とたち寄る。女、小声になつて、「一一近頃さしあたりたる《突然のお願いで》御難儀に候へども《申しわけありませんが》、まづは御人体《お人柄を見込んで》を見立て、是非に頼みたてまつり候。私《わたくし》はある御屋敷方に勤めて、奥様まぢかくありし身にて候《お仕えしているものです》。語れば長し。親の敵《かたき》程に存じ候ふ人《思う人を》を、けふといふけふ《この今日という今日こそ》、見付け申し候。〔ところが〕女の身なれば及び難し《とても勝てません》。御うしろ見あそばし《私の後見役をして下さって》、この所存はらし候やうに《念願をはらさせて下さいませ》」。一向《ひたすら》泪をながす。

世之介思案に及ばねども《事情がよく判らないが》、〔頼まれた以上〕何ともひかれぬ所にて《尻込みできぬところで》、〔ここは〕「まづ人中なり。偸《ひそ》かに様子もきくべし《静かな所でお話を承りましょう》」と、その辺《近辺の》《ほとり》の〔女と〕茶屋に入りて、「しばらくこれに御入り候へ《ここにいらっしゃって下さい》」と、宿《家》に立ち帰り、一二くさり帷子《かたびら》を着て同じく鉢巻、一三目釘竹にこころを付けて《にも気をくばって》、さいぜんの方《かた》《茶屋に》に走り着き、「さあ子細は《ご事情は》」と聞き懸る。〔女は〕せく風情もなく《急ぐ様子もみせず》、くだんの《例の》錦の袋を出だして、「これにて我がこころの程はしれます《私が何をお願いしているのか判ります》。御らん《みて下さい》」と申しもあへず《いうかいわないかに》、

一〇 本文では、世之介は、芝居の木戸口で女につかまるのでまだ小屋へはいっていないのであるが、挿画では世之介は、丹後掾の芝居の観客の一人として描かれている。絵の上部は人形舞台（『北国落』であろう）。その下に観客が男女いりまぜて描かれているが、そのなかで立って扇子を口許《くちもと》にひろげた男が世之介である（瞿麦《なでしこ》模様から）。なおこの挿画の構図は、ボストン博物館蔵、江戸屏風絵の部分と重なる。

一一 女の会話に「候」は本書でも散見するが、候ずくめはいささか異様である。この辺りでローカルカラー武士の町江戸を描こうとしたものか。

抜く間もなきかたな

一二 防具。布の帷子《かたびら》を台に、上に八重鎖、南蛮鎖をとりつけたもの。着ごみともいう。

一三 刀剣等の中子《なかご》の穴に柄《つか》からさしこむ釘（竹釘または銅釘）。いざというときには緩みぬけぬように唾《つば》などでしめらせる。

襟に顔をさし入れて《恥ずかしげで》ありける。

世之介、紅《くれなゐ》の緒をときて見れば、七寸《何と》二三分あつてもとぼそなる《根もとが細い》形《かた》の、何年かつかひへらしてさきのちびたるなり《張形》。興さめ顔《あきれはて》になつて、「これは」といふ。「されば、この形《かた》[一]さまをつかふ時には、死に[二]入るばかりおもふにより《以上は》、命の敵《かたき》にあらずや《ではないでしょうか》。この敵をとりてたまはれ」と世之介に取り付く。刀ぬく間もなく《刀どころか一もつを出す間もなく》、組み《女を》ふせて、首すぢ[三]をしめて、[四]畳三でふ裏まで何やら通して《何かの液をしみ通らせ》、起き《女は》別れさまに、鏡袋《金を入れた》より一包み《の金を》取り出だして、袖の下よりおくりて《さすがに袖の下からそっと贈って》、「また七月の十六日《盆の里帰りの》には、かならず」と申しのこせし。

昼のつり狐《ぎつね》

親なし子なしの大分限

十六番の[五]拍子歌《踊り歌》、[六]加賀の大正寺の時太鼓、夜明け《遊び疲れて》をいそぐ日待ち[七]

一 「形さま」は（張）形さまの意とあなた様の意の「方様《かたさま》」と同音であることから、いかにも人間風で滑稽。

二 性の感覚が昂《たかぶ》ったとき、死ぬと口ばしったりする。「死に入る」は絶頂感で、恍惚忘我（失心）の状態をいう。

三 怪物退治譚的な描写。

四 いかに、その交わりが激しかったかをいおうとしている。

五 「（略）今朝うつた太鼓の音のよさよ（略）さては又加賀の大聖寺か」（小舞十六番のうち十二番）。

六 大正寺は大聖寺、白山五院の一つであったが、前田家分藩の城下町の称となる。今日の石川県加賀市。一般に時刻は鐘で報せるが、寺院が太鼓を用いた点が珍しがられたもの。

七 有志が集まり、前夜から

潔斎して一睡もせず、日の出を拝する俗信。西鶴の時点ですでに音曲・俳諧・囲碁等日待ち伽によって娯楽化が強くなっていた。
八 「この」は最後までわからない。話の線を辿《たど》れば、どこか（三都ではない）の某が催した日待ちの客の一人である夢山ということになる。
九 この夢山の詮索は、未だ十分ではない。しかし、ここに梗概《こうがい》化された夢山は、もう一人の世之介である。親もなく、子も持たず、一代男、毎日金を遊興にまきちらす――とすれば、夢山という名もすくなくとも発想としては、世之介の父夢介の夢に関わる命名ということになるだろう。
一〇 遠州小夜の中山の無間の鐘。これを撞《つ》くと来世では無間地獄に堕《お》ちるが、現世では、富豪になるという俗伝。ただしここでは「まきちらしても減る事なし」というのだから「無限の富」にかけたものか。「いざ事問はむ」をひき出す。
一一 遊宴に興を添えるため、宴席にやとわれて躍りの芸をつとめることを表とし、時に売春もする女。

いざ事問わん都の遊び

一二 世之介は遊興する時、必ず仲介人＝案内者を立てた。この章では、世之介自身が案内者となっている点、注目される。
一三 華奢《きゃしゃ》で上品にうまれついているのを。

の遊び、[八]この御客のうちに、[九]夢山《むさん》様と申し親もなく子《親も死に相続す》も持たず《る子もなく》、七代の《続いた》大分《ぶ》限《げん》、先祖は〔一体〕無《む》[一〇]間《けん》の鐘をつかれけ《撞かれたもの》るかや、毎日まきちらしても減る事なし。遊山遊興に数を尽しぬ《世にある限り遊山遊興のすべてを尽した》。

いまだ〔たのに〕[一一]躍子《をどりこ》・舞子《まひこ》といふ者を見ず、[一二]世之介のぼらばいざ事問はむ〔業平ではないが〕都の様子、万事をまかせて〔世之介に〕ゆく程に、知恩院のもと門前町《古門前町》に貸し座敷、十日限《ぎり》《十日間 契約の妾》の手懸者を置きて、夜のなぐさみ《夜はそこであそび》、昼は十人の舞子集めける。一人金子《一人前》一歩《ぶ》なり。顔うるはしく、[一三]生《むま》れつき艶《やさ》しきを、ちひさき時よりこれに仕入れて、とりなり男のごとし《なりふりや動作は男めかしている》。十一・二・三・

四・五までは、女中方[一]にもまねき寄せられ、一座の酒友だちにもなりぬ《芸ばかりか座のとり持ちをすることもあった》。その程すぎては《年頃を》、月代《さかやき》を剃《す》らせ《男装させ》、声も男につかひなさせ《語調も男風を使いこなさせ》、裏付け袴の股だちとつて〔凛々しく〕、ぱつぱ[二]の大小おとしざし《こじりをさげて差し》、虚《こ》無《も》僧《ぞう》[三]あみ笠ふかく、太緒の雪駄《鼻緒も太い》位勝《いかつ》げ[四]にはきなして、やつこ《下僕》・草履取をつけ、これを寺がた[五]の通ひ扈従《ごしやう》と申し侍る。その跡は《それ以後は》、あひの女《得体の知れぬ女》とて茶屋に《色茶屋の》もあらず《女でもなし》、〔さりとて〕傾城にでもなし《なるのでもない》。その後《のち》は、遊び宿の口鼻《かか》となりながら《亭主を持ちながら》、自由になりぬ《金で身をまかせた》。それから婆《ばば》になりてすたりぬ。

「何事も、世は若い時の物」《人生の楽しみは若くなければ》とむかしなつかしがる女に、その身一生のうちのいたづら[六]を語らせきくに、「『四条の切貫雪隠《きりぬきぜついん》』といふは、ゆゑある後室《由緒ある家の未亡人など》など、〔外出しても〕中居・腰元・つきづきおほく《たくさんの従者がいて》、手目《てめ》[七]のならぬ御かたは《ごまかしのきかぬお方は》、かの雪隠に入りて《はばかりを借りて》それより内へ通ひありて《奥へ秘密の通路があって》、事せはしき出逢ひなり《密室であわただしく情交を遂げる》。『しのび戸棚』と申すは、これも内証より《向う側》通路仕懸けて男を入れ置き、〔戸棚の中で〕逢はする事なり。『あげ畳』[八]といふ事は、簀子《すのこ》の下へ道を付けて、不首尾《ふしゅび》なれば《都合が悪ければ》ぬけさすなり。『空《そら》寝入りの恋衣《こひごろも》』と

一　貴い身分の女性たちの奥むきの酒席にも召された。

二　鮫皮《さめがわ》に桜の花のような斑点があるのを「ぱつぱ」という。その皮で作った鞘《さや》の大小。

三　虚無僧編笠。後には円筒型になり顔を全部かくすほど深くなった。踊り子草という草を虚無僧笠と異称し、また虚無僧花というが、踊り子が笠を実際かぶる姿からきた命名であろう。踊り子から出発して婆に到るまで、また「一生のうちのいたづら」を語る女の設定において、早くも『一代女』の構想が胎孕《たいよう》している。

四　「位勝げに」は当て字。いかにもいかめしげに。

五　若衆風に仕立てお寺で臨時に使う小姓という名目で売春した。

くらごと四十八手

六　淫事情事、以下女の生身のからだでの体験記を聞くという発想自体は、前記のように『一代女』そのままであるが、その「個的時間の流れにおける個的体験」についての質問と答えとして発想されながら、女の答えはかならずしも己の体験に即さず、当代風俗としての情事一般の手くだずくし、あるいは秘伝集成というかテクニック辞典として、一本の線ではなく放射状に語られているのは、この短い一話の中での主題的混乱で、一人の人間史と、万華鏡《カレイドスコープ》としての風俗模様という二つの柱を往還している感がある。

七　双六用語。いかさまで都合のよい数字を出す。

八　畳をあげると通路になっていて、危なくなるとす

中すは、次の間の洞床《どうこ》[九]に、後室《こうしつ》[一〇]模様の着物《きるもの》、大綿帽子、房《ふさ》付きの念珠《じゅず》など入れ置きて、符作り[一一]、女よりさきへ男を〔そちらへ〕廻し、かの《洞床の》衣類を着せて寝させ置き、『さるかみさま《ある家の奥様》』と申しなして《いいこしらえて》下々《したじた》に《召使どもに》油断させて、逢はする手だて《方法》もあり。『後世《ごせ》の引き入れ』といふは、〔男を〕美しき尼を《尼僧に》こしらへ《仕立てて》、身は墨衣をきせ置き、なりさうなる《誘惑できそうな人妻たちに》おかた達に付けて〔声をかける〕《機会を》つかはし《与えさせ》、『我が宿はこれ《ここです》。ちと御立ち寄り』と取りこむ《内へ引き入れる》事もあり。

『しるしの立ちぐらみ』といふは、出合茶屋[一二]の暖簾《のんれん》に赤手拭結び置きぬ。かならずこの所にてわづらひ出だして《気分がわるくなり》、〔休ませてもらう等の口実で〕『ここをかる』とてはひる事あり。気を付けて見てそれとしりたまふべし。『ちぎりの隔板《へだていた》』といふ事あり。これは小座敷の片隅にぬぐひ板《漆ぬりの板を》敷き合せ、女らく寝をすれば《ゆったりと横になると》、ろてんの通ふほど《男の性器が出し入れできる位の穴があけてある》落し穴あり。男は板の下にあふぬきて《仰臥して男が寝られるだけ》寝るやうに一尺あまりのすき《空間を》を置きて拵《こしら》へおきぬ。『湯殿のたたみばし子《ご》《折畳み式の梯子》』といふ物あり。これは外《そと》よりは手桶の通ひ《出し入れする窓もなく》もなく、たしかに見せ懸け《完全に密室とみせかけ》、はだかになり、入らせられ、内より戸をしめた

ぐに畳をあげて逃げさせる。

九 茶道具の一。道具畳《どうぐだたみ》の勝手付に設けられた押入《おしいれ》式の棚、高さ二尺三寸、横二尺二寸。洞壺棚。

一〇 未亡人にふさわしい地味な着物。白または黒地に花などを散らす。

一一 物を調えること。ここでは手廻しよくごまかし。

一二 男女が、密かに逢うための茶屋。以下は、前もってどこと指定しあうことができぬ時の手で、『五人女』の二にもこの手がつかわれている。

まふ時、〔何と〕天井から細引《ほそびき》の階《はし》の子おろして上へ〔女人を〕運ばせ、事《情事を》すましておろしぬ。惣《そう》じてかやうのくら事《密会の手段》、かれこれ《都合》四十八[一]ありける。女さへ合点なれば《その気ならば》、あはせぬ《密会させられない》といふ事なし」〔としゃべりたてた〕。[二]なんぼう《なんとまあ》おそろしき物語にて御座候《あることか》。人の内儀《人並みの》・むすめに、[三]きかす事にあらず。沙汰なし《ないしょ》、沙汰なし《ないしょ》。

目に三月

[四]げにげに花の都《まことと花といわれる都だけに》、四条五条の人通り〔いよいよ多く〕、むかし見し山《東山》の姿もかはり、[五]長明寺もここへひけ《引越し》、[六]川原おもての石垣《賑わう石垣町》、[七]慈鎮《じちん》法師のよまれし[八]真葛《まくず》が原といふ所までも建ちつづきて、[九]「我が恋はただ[一〇]御上家《おかみけ》の女中」〔が相手〕と、[一一]浪屋が腰懸けにしばらく居て《通行人を見物し》、〔さすが都〕遠国とは違うて、「これは」「これは」「それは」と見るに、下には[一二]水鹿《みづが》の子《こ》の白むく、上には紫し

一　種々の技法の手数が四十八手ある。この数字は相撲からきたものであろう。

二　「なんぼう云々」は、能・狂言等での常套句である。

三　「人の内儀・むすめ」を除外したら何が残るか。ここから『一代男』は一般の女性を読者として予定していないといえよう。

四　「出で入る人跡かずかずの袖をつらね裳裾《もすそ》を染めて色めく有様はげにげに花の都なり」（能『東北《とうぼく》』）。

五　日蓮宗頂妙寺。寛文十三年（一六七三）、高倉中御門から三条河原に移転。

六　賀茂川の防水対策として、寛文八年から十一年にかけて、石垣を設けた。石垣町の名称のゆえん。

七　慈円の諡号《しごう》。平安末・鎌倉初期の歌僧。天台座主。

石垣町、高貴の女の忍び歩き

八　「真葛が原」は葛が一面に生い茂っている原の意であるが、京都東山西側のふもと、知恩院から東大谷のあたりまでを特にいう。

九　「我が恋は松を時雨の染めかねて真葛が原に風騒ぐなり」（『新古今集』慈鎮）。

一〇　御所方・公家方の上臈。

一一　石垣町の茶屋。

一二　白むくを水色の鹿の子絞りにしたてた下着。

ぼりに[一三]青海浪《せいがいなみ》、紋所は銀にて《銀の薄板で》「ほ」の字切りぬかせ、[一四]五所《いつところ》のひかり、帯は紫のつれ《紫絞り》[一五]左巻《ひだりまき》、結びめ後ろに、[一六]綷目《くけめ》のすみに鉛のしづ《重し》を入れ、髪は水引《みづひき》懸けて黒繻子《じゆす》の[一七]きどく頭巾、まづは《まず何より》首すぢの白き事、[一八]木地《きぢ》のつづら笠に白き紐《ひぼ》を上にむすばず。足踏《たび》は白繻子に紅《もみ〔裏〕》を付け、ぼ《〔紐は使〕》たん《わず》懸けにして、[一九]ばら緒《を》の藁草履はきつれて《みな揃ってはき》、二十四五人同じ年頃、同じ風俗。供の女も男もはるかにさがりてゆく。

「これは何人ぞ《一体どういう方々か》」ときく。「さる御所方の御女郎様達《公卿方にお仕えの上臈様たち》、あのうちに[二〇]上《かみ》ひとり様もまぎれて御入りのよし《交じってお入りになっているそうだが》、どれとも見分けがたし《どなたがそれか》。毎日《〔こんな風で〕》の御遊山、かはりたる御物好き」とかたる。

「りつこうな《〔それはまあ〕》事かな。このあと《つい先頃》[二一]松本名左衛門申せしも、『[二二]よい夢』とや」。みる事もきく事もならぬ事をおもふより《見聞きすることすらできないならそんなことで恋患いするより》、世之介が智恵自慢、「自由になるものこそ《我が思う通りになる女を捜そう》」とあふぎやの女に《扇の地紙折りの女に》、「いまはやる地など《絵柄の地紙》をもつてまゐれ」のよし《といって》、宿《家》に呼びよせ「これは《この女は〔どうか〕》」といふ。

「雨のふる日の淋しさか《〔友だちも来ぬ〕淋しい時か》、または高野山で見たらば堪忍もならう《あるいは女人禁制の高野山ならばがまんできようが》。

一三 青海勘七《せいがい》が開発した波模様の描法。雅楽の「青海波《せいがいは》」と異なる。浪の縁で「ほ」(帆)の字を引き出す。

一四 五カ所に紋を置き。

一五 紫絞りの帯は、上着とつれ(共色・同色)で左巻きに締め。

一六 綷目《くけめ》。くけ縫い仕立ての針目。帯の結び部分の両端に鉛の鎮《しず》を入れ、結んだ端をたらす。「綷」(漢音サイ・スイ)は絵絹の意。綷(コウ)は国字としては「くける」の意。「綷」は誤用であろう。

一七 目の部分のみあいた頭巾の意。

一八 つづら藤で編んだ笠で、生地《きじ》のまま、漆ぬりせぬところが洒落《しやれ》。

一九 八八頁注九参照。

二〇 主人にあたる方、つまり夫人。

さすがに扇売りの女では

二一 大坂道頓堀の座元。二代目は美貌で芸達者、経営の才もあった。役者の一年契約制を実施するなど興行史に残る存在であった。

二二 高貴の女性との交わりは、またかくべつすばらしいが、結局は夢のようにはかない。

京に来てよい事見た目《よい女をさんざ見た揚句だから》で、[一]大方の事は」とけされて《並一通りでは気がのらぬとけなされ》、これもかいやりて《〔秋の扇同様〕棄ててしまって》、「とかくは《何はともあれ》夢山様の御望み。嶋原へおせ《繰り込もう》」とて、隠れもなき《京で最も有名な遊蕩児》善吉申すは、「世之介[二]はじめての《〔本格的〕》遊女狂ひ、両人《夢山・世之介》共にこの[三]善吉仕懸け《やりかた》を見ならへ」と、はさみ箱《〔着がえを入れた〕》持・小者《〔二人〕》と召しつれ、よき風《風体のよい》の大男、袴高くすそとつて《歩みも大幅に裾廻りも軽く》、大小《〔腰には〕》、[四]よしやがかりに編笠ふかく着てさしかかる。

島原狂いは善吉流に

その頃は、正月十六日この里に人[五]形見世出して《出すというので〔客が集まり〕》、揚屋の門々おしわけがたし。いかなる太夫も《大夫という大夫はみな》、十両十五両が《の大金ではかない玩具》もてあそびを調へ《を買い》、なぐさむ事《郭勤めの慰めにす》

一　こんないい加減な女では、ともとれる。

二　世之介は三十三歳であるが、それまでの遊蕩生活、まして初体験ともいうべき十一歳の伏見の遊女のことなどは、どうなるのか。寺泊・追分の「傾城」は数に入れなくとも（三の五・四の一）、吉原では「高雄に三十五度までふられ」（三の五）とあり、また木辻の遊女（二の四）との経験もある。杜撰《ずさん》さの所産でなければ、西鶴は、島原以外の遊興経歴は認めないほどの島原絶対思想のもち主として善吉を構想したか。

三　ここに登場している善吉は、当代きっての遊び手で金持であろう。

四　すべて遊び手の一つの理想、万治・寛文のころ横行した、三浦小次郎義也《よしや》のスタイル。

五　正月十四日から郭内で人形店を出した。

ぞかし《るのたが》。その日の大臣めいわく《その分当日の客は出費で》なり。

この豊かなる賑《にぎ》はひ、こころなき《心を持つ筈のない人形》藤六[六]・見斎《けんさい》・粉徳《ふんとく》・麦松《むぎま》も、うき立つばかり《浮き浮きしているように》見えわたりておもしろし。

善吉、男は今なり《男ぶりは今が絶頂》、江戸では〔あの売れっこの〕小太夫にほれられ、とても名の立つ《所詮　浮名が流れるのを》次手《つい》に人のならぬ事をせんと《防げぬなら常人のできぬことをしようと》、ある時雪のかはいらしく降る《気色ばかりちらちらと》日、〔善吉が〕帰るを、太夫まくり手に《腕もあらわに》なり、からかさをさし懸け、しかもはだしに成りて門口まで善吉おくる事、〔今後はともかくも〕前代にはためしもなし。是沙汰《これざた》[七]になりし親方せけども《会わせまいとするが》、それもかまはず、身を捨てて女の方よりふかく歎く《いい寄る》程のをのこ、思ひ[八]の外よき所あればなり。色町にこの人しらぬ者なし《各地でこの人の名を》。〔ところが〕[九]この里にはしるべもなく《島原では知合いも全くいないので》、[一〇]丸太屋の見世のさきに、はさみ箱をおろさせ、腰懸けて内を見やれば、色人《遊女だけ》ばかりあつまり酒のみてありしが、[一一]石州ひとつうけて〔盃を〕禿《かぶろ》に申し付けて、門《かど》に居る善吉に、「[一二]しらぬ御方さまへ《どなたか存じませんが》、〔盃を〕さします」といふ。「これは《ありがたい》」とふたつ飲みてかへす《と盃を重ねて返盃した》。

六　藤六以下道化人形。のろま人形。

七　大評判。こんなに特定の客と深くなると、他の客足が自ずと遠のくので、善吉は歓迎されざる客となる。これは善吉の貧富とはかかわりない営業政策である。

八　外見だけでは判らぬよさがどこかにあってのことだろうの意。性の強さ技巧のたくみさなどを暗示しほのめかしている。

九　注二にいうように善吉は島原の案内者として登場する。

女心を蕩かす仕掛け

「善吉仕掛けを見ならへ」——しかるにここでは、「この里にはしるべもなく」とある。構成上むりがあるのではないか。

一〇　揚屋町東側の揚屋。

一一　島原下之町林与次兵衛抱えの大夫か。

一二　遊女から、名さえ知らない男に盃をさす（おもいざし）ということは大変なことであった。

女郎《〔その盃を〕》戴く時、善吉、「御肴《酒のおさかなに一つ》」とてはさみ箱より接竿《つぎざを》[一]のこくたん六《黒檀の三味線で》すぢ懸けを取り出だし、「僕《ずつち》[二]うたへ」といへば、《〔いいつけを〕》かしこまつて、弄《ろう》[三]斎《さい》。その声の美しさ、弾き手は上手《さすが善吉》、さりとては石州が見立ておの《いやはや何とも石州の眼力の確かさを》おの感じてかの男を内に入れて《善吉を揚屋に招き入れ》、その日は是非にあひたいと恋を求《何としても善吉と過したいと石州から熱くなり》めて、馴染の方へ断りの文遣はし《今日の客として約束ずみの馴染へ謝絶の文をやり》、善吉と語るに、わけよし《共に寝て上々の契りであった》。

世之介は《〔あてがいの〕》、たいこ女郎[四]にさへふられて《〔安くみられ〕関係を拒否されて》、この口惜しさ。「人に買うてもらうて遊ぶべき所にあらず。おれも一度は《〔自分の金で大夫遊びをせねば〕》[五]なかなかこれでは果てじ」とぞおもふ。

火《ひ》神鳴《かみなり》の雲がくれ

[六]奥ぶかなる家にて《〔はるか奥から〕》、天秤《てんびん》[七]はり口《ぐち》の響きさもしくも《〔銀に飢えればこそ〕》耳に入りて、「今おれに何程もたせたりとも欲にはせまい《どれだけの大金を持たせても利欲を狙うなど絶対せぬぞ》。物の見事に《〔色事で全部〕》つかうて、

一 三味線で棹のとりはずしのきくもの。黒檀《こくたん》の三味線は上もの。「六すぢ」は、三味線の糸の太さ。

二 小者。

三 弄斎節。

四 太鼓女郎。酒宴の席で、とりもつ役。囲《かこい》の半夜並みで九匁。世之介は、敵娼《あいかた》として太鼓女郎をあてがわれたのである。

人の懐で遊ぶなかれ

五 このようなみじめな遊女買いだけでおわりはせぬぞ。

六 間口は狭くさして富豪とはみせず、実は奥深く邸を構えている地味なみせかけの家。

七 銀貨をはかる時、天秤の中央の柱の上部にある針口を槌《つち》でたたいて、調整する音。富裕の象徴。

世界の揚屋に目を覚まさして《世の揚屋という揚屋が目をむくほど費い捨てよう》、『こいよ』とよべば一度に十人ばかり返事をさす事ぢやに、親仁一代は『寄せな』とおもひきつて《おやじが自分の目の黒い内は寄せつけるなと覚悟を決めて勘当し》のこころ根《たその心底》、さらに《決して》うらみとは思はれず。我がよからぬ事ども、身に《今さら身に》こたへておぼえ侍る《しみじみ感じられるようになった》」。

八いかなる山にも引き籠り、魚くはぬ世を送りて《精進の生活をして》、やかましき《あのありがたくも音高い》九真如の一〇波も音なし川の谷陰に《〔庵を定めている〕》、ありがたき御僧あり。これも、もとは女《以前は女色に》に身をそめて《〔すっかり〕》、これより《〔いたのだが〕》ひるがへし《改心して》、たふとき道《仏道》に入らせたまふ。

この人に《〔人生の疑問を〕》尋ねんと《〔世之介は〕》浦づたひに、一一泉州の佐野、一二迦葉寺《〔を過ぎ〕》、一三迦陀《だ》といふ所は、皆一四猟師《れふし》の住居《すまゐ》せし浜辺なり。人の娘にかぎらず《自堕落は未婚の娘に限らず》、一五しれたいたづら、所そだちも物まぎれして《在所育ちも都会風で見分けがつかず》、むらさきの綿帽子あまねく着る事《紫染めの真綿帽子を女という女がみな着るほど流》にぞありける《行に敏感だった》。男は釣の暇なく《出漁で殆ど外におり》、その留守《〔時〕》には、したい事して《〔放題な〕》誰とがむる事にもあらず。男《男が》の内に居るには、おもてに櫂《かい》立ててしるるなり《立つ櫂に不首尾と知り》。こころえて入る事せず。

夕暮はあは一六嶋の一七女神おもひやり、一八詠《なが》めにつづく由良の戸《〔名所〕》、《〔がみえる〕》「恋の

八　どのような深山であれ隠遁して、精進の生活をして……と道心を半ば起したが、知合いに僧がいての意。

九　永遠の真理が縁によって万法にあらわれるのを、水と波の比喩《たとえ》でいったもの。水が本体で波が現象。

一〇　真如の波の音も聞えないのは音無川という名のせいだの意。「音無川」は、紀伊国東牟婁郡本宮村附近を流れるという川。

一一　和泉国泉南郡佐野（現大阪府泉佐野市）。

一二　「迦葉寺《かせふじ》」は泉南郡嘉祥寺（泉南郡田尻町）。

一三　紀伊国海草郡加太（和歌山市）。加太は江戸への大廻しの船が風待ちに入る港で、知名度は高かった。

一四　字義からは漁師とあるべきところ。

泉州は亭主出漁の間

一五　加太の性天国ぶり（放縦ぶり）は天下に周知の事であった。この地では夫の出漁中、船がかりの人々に売色することを黙認していたという。夫在宅の時はかいを門口に立てて不首尾の合図とした。

一六　一〇三頁注一八参照。

一七　加太神社の祭神は少名彦名神。俗説では住吉の妃であったが帯下《こしけ》の病ゆえに流されたという。女神とある以上、俗伝によったものであろう。

一八　見渡せば遥《はる》かにつづく由良の戸（紀淡海峡）には。「由良の戸を渡る舟人梶をたえ行方も知らぬ恋の道かな」（『百人一首』）。

道かな」と我よりさきにあはれしる人ありてよめり《私より先に世と恋の哀れを知っているひとがいて》。磯枕のちぎり《〔初め磯臭く厭だった〕》もかさなり、ここもすみよかりけりと日数経るうちに《〔住めば都と〕住み心地のよさに滞在を続けているうちに》、一尋ねきて《世之介の跡を》うらみいふ女《追い恨み言をいう女は》、そのかぎりなし《幾人か判らぬほど多い》。いづれか顔あげて言葉もかへされず《非はみな世之介にありうつむいたまま返答もできず》、よい加減にたらして《いい加減にだまし〔どの女にも〕》、おもひを胸にあまらせける《愛憎の思いを胸から溢れるばかり抱かせた》。「二この身ひとりを、大勢して取りころされてから《自分に恨みを抱く女たちにとり殺されても》、何か詮なし《いたし方のないこと》。せめては、かたがたの鬱気晴らしに《あなたがたのうさばらしにもなろうから》」、酒をすすめ、むかしをかたりて慰め、年月の難儀、《〔も語りあい〕》いまここに小舟数ならべて《〔女たちをのせ〕》、沖はるかに出だせしに、折節《をりふし》の空は水《み》無《な》月《づき》の末、山々に三丹波太郎といふ村雲《むらむらと》おそろしく、俄四

磯の女も度重なれば

一 世之介三十歳「夢の太刀風」の項参照。

二 「我が身ひとつはもとの身にして」(『伊勢物語』)によるか。

三 大坂で陰暦六月ごろ、丹波国の方角(北方)に立つ夕立ち雲。

四 原本には「まこと」と振りがなある。明らかに誤記であろう。

只今ご尊父様お果て遊ばし

に白雨《ゆふだち》して、神鳴臍《へそ》をこころ懸け落ちかかる事〔を聞いたやらみたやら〕、間なく時なく、大風〔が吹き〕いなびかり〔が光り〕、女の乗りし舟ども、いかなる浦にか《どこの浦についたものやら》吹きちらして、その行方《ゆきがた》しらず。されども世之介は浪によせられて、二時《ふたとき》[五]あまりに吹飯《ふけい》[六]の浦といふ所にあがりぬ。

しばしが程《しばらくのうちは》は気を取りうしなひ、そのまま〔放っておけば〕真砂の埋れ貝、しづみはつるを《死んでしまうところを》、流れ木《流木を》拾ふ人に呼びいけられ[七]〔気がついたか〕、かすかに田鶴《たづ》[八]の声のみきき覚えて、浮雲《あぶな》き生死《しやうじ》[九]の堺《さかひ》まで来て、大道《たいだう》[一〇]すぢ柳の町にむかし《勘当される以前》召し仕ひし若い者《召使っていた手代》の親あり。このもとにたよりゆくに、夫婦《手代の親たちは》よろこび、「ただ今も、御事のみに人々手分けして《あなたの捜索に掛りきりで》、国々を尋ね侍る《尋ね廻っていました》。過ぎつる八日の夜、御親父様《しんぶ》御はてあそばしける《お亡くなりになりました》」とかたる内に、また京より人来りて、「これは不思議にまゐり候《いいところへ参り合せました》。お袋さまの御なげき、いかばかり〔深いことか〕。とかくいそいで御帰りあそばせ」と、早乗物《はやのりもの》[一一]。

程なくむかしの住家《すみか》にかへれば、いづれもつもる《誰もが世之介が無事というだけで》泪にくれて、〔諺の〕「前豆に花の咲く」心地して、〔母は〕「今は何をか惜しむべし《惜しむべきものは何もない》」と、もろも《蔵という》

五 四時間ほどの漂流であった。

六 和泉国泉南郡深日《ふけ》（現泉南郡岬町）。鶴の名所であって後に田鶴を引き出す。

七 死者あるいは死につつあるものを、名を呼んだりして生かす民間の呪術《じゅじゅつ》。井戸の底にむかって呼ぶこともある。

八 覚えていることといえば、かすかにどこかで田鶴の声がしたような気がしただけ。

九 死と生の分岐点に立っていたが、ともかく生きかえったので堺《さかい》の町まで辿りついた。

一〇 堺を南北に縦断している大通りを大道筋という。柳町は堺二十四町の一。

一一 早かご。

ろの蔵の鑰《蔵のすべての鍵を》わたして、年頃あさましく日おくりしに《〔この〕貧しく哀れな生活をしていたのに》、替りぬ《忽ち大富豪になった》。「ころのままこの銀《かね》つかへ」と、母親気を通して《気をきかせて》、「[1]二万五千貫目たしかに渡しける。明白実正なり《疑いなくその通りです》。何時《なんどき》なりとも御用次第に太夫さまへ進じ申すべし」。「日頃の願ひ、今なり《〔世之介にとっては〕平生の願いは今こそ果せる》。おもふ者を請《う》け出し、または名だかき女郎のこらずこの時買はいでは《買わずにおくものかと》」と、弓矢八幡《八幡様に誓い》[2]百二十末社どもを集めて、大大大じんとぞ申しける。

一　譲り状の様式をかりてパロディ化したもの。「太夫さまへ」以下がふざけ。

二　百二十は、根拠のある数字で、伊勢内宮の八十末社、外宮四十社、計百二十末社。また一方末社は太鼓持のこと。大尽を「大神」と受けることに対して、太鼓持を末社にたとえる。

入絵

好色一代男

五

好色一代男　巻五目録

卅五歳　後《のち》には様〔敬い〕付《つけ》てよぶ
　　　　[一]よし野は[二]こんぼんの事

卅六歳　ねがひの掻餅《かきもち》
　　　　大津[三]柴屋《しばや》町の事

卅七歳　よくの世中《よのなか》に是《これ》は[四]又
　　　　播州〔播磨国〕[五]むろ津の事

卅八歳　〔恋の為には〕いのち捨《すて》ての[六]ひかり物
　　　　[七]京みや川《がは》町の事

一　六条三筋町（室町通六条）の林与次兵衛抱えの遊女吉野。元和《げんな》五年（一六一九）大夫。寛永八年（一六三一）退郭。灰屋紹益《はいやしようえき》（佐野三郎兵衛重孝）の妻となり、寛永二十年没。三十八歳。

二　近世遊女の原型。「こんぼん」は根本。規範、手本。豪商相続後の世之介は一挙名妓中の名妓吉野の客となり、彼女を正式に妻とするに至る。作家の目は吉野の上に集中し、世之介譚よりも吉野譚というべく、以下各話この形態を取って巻四までの各話とその本質を異にする。

三　交通の要衝である近江国大津（現滋賀県大津市）の遊郭、馬場町の通称。大夫は置かず、天神《てんじん》・小天神《こてんじん》・鹿恋《かこい》（囲）・端《はし》等に分れ、揚屋《あげや》は十軒、四方口、開放型の遊郭であった。おそらく宿駅としての土地の風をうけてのことであろう。付録参照。

四　以下に「めずらしい無欲ぶり」の意を補って解する。

五　室津（兵庫県揖保郡御津町室）は古来瀬戸内海の要港。遊郭は小野町にあった。付録参照。

六　鬼火や人魂のように陰火《いんか》となって光るもの。

七　京都四条南どんぐりの辻子《ずし》から松原通までの二丁の間を宮川町といい、役者宿・陰間《かげま》（売春の男色者、とくに少年）茶屋などが多かった。

卅九歳

一日かして[八]何程が物ぞ《たいしたことではない》
泉州《和泉国》[九]堺ふくろ町の事

四十歳

当流の男を見しらぬ《当世風のいきな男のよさを弁別できない》
あきの《〔さすがは田舎〕》[一〇]みや嶋《じま》の事

四十一歳

今こゝへ尻は出物《出てきた物は尻である》
[一一]難波舟遊《なにはふなあそび》もどりに[一二]夜見世《よみせ》の事

八 客が揚げて遊興中の遊女を、他の客に見立てさせるために別な揚屋へ呼ぶことを「借る」といい、先客方からは、「貸す」といった。

九 堺の遊郭は乳守《ちもり》が有名であるが、妙国寺門前の袋町にも、一時遊女町があり、早く天和元年（一六八一）に禁止された。したがって、『好色一代男』出版時には、すでに廃絶していたのである。

一〇 安芸《あき》国の厳島《いつくしま》。浅野藩の城下町広島近辺には小郭多々海《ただみ》のみで、遊客は、海を渡った厳島に通った。付録参照。

一一 大坂は川が多く、遊山船の遊興が盛んであった。

一二 大坂の遊郭新町では、夜間の張見世《はりみせ》が禁じられていたが、延宝四年（一六七六）から、三月一日から十月晦日《みそか》まで、遊女が店先に並んで客を招くことが許された。

後《のち》は様《さま》つけて呼ぶ

「[一]都をば〔桜の〕花なき里になしにけり、〔花のように美しい〕吉野は死出の山にうつして」と、ある人の《灰屋紹益が》読めり。なき跡《あと》《死後》まで名を残せし太夫、前代未聞《たぐいまれな》の遊女なり。[二]いづれをひとつあしきと申すべき所なし。〔何より〕情《色恋の思いが》第一深し。

ここに七条通《どほり》に、[三]駿河守金綱《するがのかみきんつな》と申す[四]小刀鍛冶《こがたなかぢ》の弟子、〔某が〕吉野を見初《そ》めて、[五]人しれぬ我が恋の関守《わが恋の障害は関守ならぬ金だと》は宵々毎の仕事に打ちて《小刀を打って》、[六]五十三日に五十三本、五三《ごさん》《揚代》のあたひをためて、いつぞの時節《そのうちいつかはと》を待てども、[七]魯般《ろはん》が雲のよすがもなく、[八]袖《そで》の時雨《しぐれ》は神かけて、こればかりは偽《いつは》りなし。[九]吹革祭《ふいごまつり》の夕暮に〔六条三筋町に〕立ちしのび、〔さりとて〕「及ぶ事のおよばざるは《金さえあれば買える訳でないのだな》」と、「[一〇]身の程いと口惜《くちを》し」と歎《なげ》くを、ある者太夫にしらせければ、「その心入《気持が》れ不便《かわいそう》」と偸《ひそ》かに呼び入れ、こころの程《思いのたけを》を語らせけるに、〔気遅れして〕身をふる

一 京都の富豪灰屋紹益（一四〇頁注一参照）の歌。紹益著の随筆『にぎはひ草』や「吉野伝」等に出る。第二句「花なき里と」とも。ことさら「ある人の」とおぼめかした。

二 考えられるよき遊女の条件中、何をとりあげても。

三 未詳。

四 小刀・小柄《こつか》・剃刀《かみそり》・鋏《はさみ》など小物を作る鍛冶《かじ》。鍛冶職をストレートに賤業《せんぎょう》とするは当らない。金綱とは、駿河守の、駿河からの連想か（駿河小判→金）。

五 「人知れぬ我が通ひ路の関守は宵々《よひよひ》ごとにうちも寝ななむ」（『伊勢物語』五段）。接頭語の「うち」を、小刀を「打ち」にかすめる。

六 島原の大夫の揚代《あげだい》は、寛文《かんぶん》頃まで銀五十三匁であった。吉野は遊郭の島原移転以前六条三筋町時代の遊女であるが、大夫のことを「五三《ごさん》の君」また「五三」と呼ぶ。「五十三日に五十三本」は、あたかも説経節の呪詛《じゅそ》の秘法を語るごときイメージで、中世的な修辞。数字をもって具体性を深めるこの方法は、口誦的な文芸に相続され、今日でも「三十二枚の歯をくいしばり」（「河内十人斬」）などと生きている。

七 魯般なら雲梯を作ってどんな高い所へも行くだろうが、自分の高望みは、頼るべき手だてもないと嘆かせた。「雲梯」は、一九頁注一五参照。

八 逢えぬ悲しみに、しぐれにあったように涙に濡れて。「偽りのなき世なりけり神無月誰《た》が誠より時雨《しぐれ》そ

めけむ」(『続後拾遺集《しょくごしゅうい》』)による。神無月の雨を時雨といい、時を違えぬことから偽りのないことの例証とした。時雨→神無月→神の連想。

九 十一月八日稲荷神社の御火焼《おほたき》(火祭)の日、金物細工関係者では鞴《ふいご》を祭り、職人は休暇を与えられた。

一〇 五十三匁あればよい訳ではなく、他の諸条件(揚屋を通す手続、服装を整えること、客としての柄《がら》の吟味《み》、雑用の人費等)が充たされぬとだめとわかって。

一一 薄よごれた。しみついた労働の汚れは落せぬ。

一二 大阪市西成区。「かつま」はその古称。光沢ある勝間木綿の産地。彼のは精一ぱいの気取りであった。

一三 腰の左右のくびれたところ。

一四 への字が一の字をぞんざいに書いたようにみえることから、不手際なこと、あるいはどうやらこうやらかろうじてなしとげるの意。とくにここは男性の性器のイメージと重層して効果的である。

一五 吉野はこの日世之介に買われていたから、鍛冶職人とのことは非合法である。まして下級の鍛冶職人は、当時賤職視される向きもあって、貴顕富豪を客とする大夫は、彼らを相手にできぬ不文律があった。しかもせめて人目を忍ぶこともせず、盃事までしたことを「あまりなる」と咎めているのだ。

一六 世之介の遊里での通り名。

一七 本来あるべき姿。

一八 急いで、ことを運ぶ意。

遊女の本意とにわかの身請け

はして前後を忘れ《何も判らなくなり》、一一うそよごれたる顔より泪《なみだ》をこぼし、「この有難き御事いつの世にか〔ご恩を報じたい〕。年頃の願ひもこれまで《長年の思いもこれで晴れました》」と、座をたつて逃げてゆくを、袂《たもと》引きとどめて灯《ともしび》を吹きけし、帯もとかずに抱きあげ、「御望みに身をまかす」と、色々下より身をもだえても、かの男気を叱きて、一二勝間木綿《こつまもめん》の下帯《褌》とき懸けながら、「誰やらまゐる《誰かがくるような》」と起きゐるを引きしめ、「この事なくては《いっしょに寝ない以上》夜が明けても帰さじ。さりとは《何といっても》其方《そなた》も男ではないか、吉野が腹の上に適々《たまたま》あがりて空しく帰らるるか《好運にも乗り肝腎のことをせずにお帰りか》」と、〔男を挑発して〕脇の下をつめり、股《もも》をさすり、首すぢをうごかし、一三弱腰《よわごし》をこそぐり、日暮れより枕を定め《寝床を共にし》、やうやう四つ《午後十時ごろ》の鐘のなる時、どうやらかうやら一四への字なりに埒《らち》明けさせて、〔結縁の印とて〕その上に盃まで《盃事まで》して帰す。一五揚屋《あげや》よりとがめて、「これはあまりなる御仕方《しかた》〔いくら吉野大夫でも〕」と申せば、「けふ《今日の》はわけ知り《客は粋人の》の世之介様なれば何隠すべし《何で隠す必要があろうか》。各々の《皆さんに》科《とが》には《迷惑はかけません》」と申すうちに夜更《よふ》けて、一六「介さまの御越し」と申す。太夫只今の首尾を語れば《一部始終を》、「それこそ女郎の本意なれ。一七我見捨てじ〔この上は一生〕」と、その夜俄《にはか》に一八揉立《もみた》

吉野、一門の女性の承認をかちとる

て吉野を請《う》け出し、一奥さま《名流夫人と》となる事、二そなはつて《生れついての上品さ》賤しからず。世間《〔郭育ちの世間知らずが〕》の事も見習ひ、そのかしこさ、後の世を《来世の安穏を》願ふ仏の道も、《〔宗旨が違ってはと〕》旦那殿と一所の三法花《ほっけ》になり、煙草もおきらひ《〔夫が〕》なれば呑《の》みどまり、万《よろづ》に付けて《何から何まで》気に入る事ぞかし。《夫の心をそらさなかった》

これを一門中《遊女を正妻にする事を》よりは四道ならぬ事とて見かぎりし《義絶したが》を、吉野が身にし《吉野の身にとっては》ては悲しく、御異見申しお暇乞ひ《離婚を願い》て、「せめては《〔離婚せぬまでも〕》御《お》下屋敷《しもやしき》に置かせられ、折節の御通ひ《時々通われる妾に》女《をんな》に」と申せど、中々御聞き分け《承知されなかった》もなし。「さもあらば《それならばご親類との〔こじれた〕》御一門様の御中《関係を》を私《わたくし》なほし申すべし」といふ。

五「出家・社人《しやにん》のあ

一 実像の吉野の退郭は、二十六歳（寛永八年）。

二 近世初期には、大名の夫人を「奥様」といい、世子《せいし》の夫人を「御新造様」といった。本書一の一では世之介の母（夢介の妻）を「奥さま」といっている。モデル灰屋紹益は上層町人であるから、「奥さま」は不当な表現ではない。

三 日蓮諸宗派をひっくるめて「法華（法花）宗」という。灰屋の菩提寺《ぼだいじ》は、日蓮宗立《りゅう》本寺《ほんじ》。吉野自身は、鷹ケ峰の常照寺日乾上人《にっけんしょうにん》に帰依した。『一代男』の文脈からは、結婚以前は、日蓮宗外の宗旨のごとく推測される。

四 町人の道（生活倫理）に背くこと。以下の経緯は『色道大鏡』にみえる。

＊ 以下、お伽草子『鉢かづき』などの嫁くらべテーマを思わせる。鉢かづきを勝たせたのは、奇蹟の気と麗質であるが、吉野を勝たせたのは、女一人の智恵才覚である。

五 菩提寺の住職、氏神の神官などは、一族間のトラブルには調停を依頼されることが多かった（『河内屋可正旧記』）。

六 「……触状つかはされ」まで、吉野の世之介に対する言葉であるが、ここで捻《ねじ》れて、吉野の献策をうけた世之介の行為の表現となっている。「触状」は回状。

七 女乗物《をんなのりもの》。

八 崖《がけ》や、水辺に、柱を高く立て半ばつき出した建

物。

九 書院造りの大きな客間。世之介邸の豪華さ、贅《ぜい》をつくしたありさまを指す。

一〇 浅黄色の木綿の袷《あわせ》に、赤い前垂れ、頭には埃よけの手拭《てぬぐい》をのせて——つまり下女はしたの風俗。

一一 片木。折敷。杉や檜の薄板で作った素木《しらき》の板皿。

一二 のし鮑《あわび》を適当な寸法に切った酒の肴《さかな》。「取肴」は酒肴の盛り合せ。各自で取り分ける。

一三 「吉野といひし女」「中せし女」ならとも角、今は本名徳（旧姓名松田徳）にかえったはずである。徳を表に出さずとも、一工夫あるべき所。吉野以前以後を問わずこの一章の始終を「吉野」で通したことの意味を問いたい。

一四 「しづやしづしづのをだまきくりかへし昔を今になすよしもがな」（『義経記』六）を踏む。この歌が、吉野山中で別れた愛人義経を偲んでのことである点注意。「なすよしもがな」は音の類似で「なすよしの」を連想させるだろう。昔の歌をうたうのは、座中の年配者への配慮か。

一五 当時、土圭は、毎日分銅を調整せねばならなかった。吉野の万能ぶりをいう。

一六 世の無常を説き、入信をすすめるしめやかな話。

一七 家計の話とする説はとらない。当代社交場裡《り》でのたのしみの中に内証事（噂話《うわさばなし》）を入れたのは巧みである。上流夫人といえども内証事＝噂話にまさるたのしみはないのである。

つかひ《裁》をもきかざる者ども《〔頭固な〕》いかにして《女のお前がどのようにして》」と仰せける。「まづまづ『明日吉野は暇《いとま》とらせて帰《かへ》し候。今までの通りに《〔ご交際を〕》』と御言葉を下げ《とへり下った言葉で》られ《申し入れ》、『庭の花桜《はなざくら》も盛《さか》りなれば、女中方申し入れたき《女の方々をお招きしたい》』のよし」触《ふれ》[六]状《じやう》つかはされけるに《〔吉野の注文通りに〕》、「何かにくみはふかからず《〔それならば別段〕》」と、その日乗物[七]ども入りて《やってきて》、久しく見捨てられし築山《つきやま》の懸作《かけづく》[八]り、大書院《おほじよゐん》[九]に並《な》み居て、酒も半ばを見合せ《程よい酒機嫌を見計らい》、吉野は浅黄《あさぎ》[一〇]の布子《ぬのこ》に赤前だれ、置手拭《おきてぬぐひ》をして、[一一]へぎに切熨斗《きりのし》[一二]の取肴《とりざかな》を持ちて、中でもお年を寄られた方へ手をつかへて、「私は三すぢ町《六条三筋町に》にすみし吉野と[一三]申す遊女、かかるお座敷《こうしたお歴々揃いの》に出づるはもつたいなく候へども《憚りに存じますが》、今日御隙《おひま》を下され里へ帰る御名残《おなごり》に」[一四]昔を今に一節《ひとふし》をうたへば《〔その巧みさ〕》、きえ入るばかり《恍惚となるほどで》、琴弾き歌をよみ、茶はしをらしく《上品に》たてなし、花を生替《いけか》へ、土圭《とけい》[一五]を仕懸けなほし、娘子《むすめご》達の髪をなで付け、碁《ご》のお相手になり、笙《しやう》を吹き、無常咄《ばなし》[一六]・内証事[一七]、万《よろづ》人さまの気をとる事ぞかし。《〔吉野が〕》勝手《かつて》に入れば呼び出だし《〔客も待ち兼ねて〕》、吉野独《ひと》りのもてなしに座中立ち時を忘れ《帰るべき時機を忘れ》、夜の明け方にめいめい宿《家に》に帰り

〔主人に〕て申されしは、「何とて《どうしてどうして》世之介殿の吉野はいなし給ふまじ《手放されるものですか》。同じ女《同性の女》の身にさへ《であってさえ》そのおもしろさ限りなく、やさしく、かしこく、いかな《どんな》る人の娌子《よめご》にもはづかしからず《嫁御にしても立派に通用する》。一門三十五六人の中〔女たちの〕にならべて、一 これはと似た女もなし。いづれも《どなた様も》御堪忍あそばし、〔改めて〕二 内儀《ないぎ》にそなへられ」とよろしく取りなし申して、ほどなく祝儀を取り急ぎ、〔到来の〕樽《たる》・三 杉《すぎ》折《をり》の山をなし《はまるで山のよう》、四 嶋台《しまだい》の粧ひ《よそほ》、五 相生《あひおひ》の松風、〔世之介は百〕六 吉野は九十九まで。

ねがひの掻餅《かきもち》

何でも見てやろう

七 三井《みゐ》の古寺《古寺に古鐘が数あるように》、つかひ捨てるかね《捨てるほど金は》はあれど隙《ひま》なくて〔今日まで〕、終《つひ》に柴屋町《しばやまち》をみぬ事新し《異なことだ》。八 昔長柄《ながら》の山の芋《いも》が鰻《うなぎ》になるとや〔譬えにいうが〕、もしも替つた事のあれば《万が一にも変った体験ができればよい》なり。いざゆかん《さあ行こうよ》」「心得た《合点だ》」と、九 白川橋《しらかはばし》より大津へのもどり駕籠《かご》に「一〇 のつたりや勘六《のったかい勘六》〔ああのったとも〕」、これは俄《にはか》に一一 ゆくも帰るもはや一二 八町《はつちやう》に着

一 吉野並みはおろか、吉野にまず似た（近い）という程の人さえいない。この人はというほど、吉野の水準に近い人さえおりません。

二 正妻の座にすわらせられますように。「そなへられ」で切れるのは脱字あるか。

三 薄い杉板で作った箱。菓子・料理などを入れる。

四 祝儀に用いる飾り。洲浜《すはま》の上に、松・竹・梅をおき、鶴と亀や、姥《うば》と尉《じよう》などめでたい景物を配したもの。

五 祝言のうた。「千秋楽は民を撫《な》で万歳楽には命を延《の》ぶ、相生《あひおひ》の松風、颯々《さつさつ》の声ぞたのしむ」（能『高砂』）による。

六 松は千歳《せんざい》の命を保つが、そのように長生きして、吉野は九十九までも生きるだろうと、祝って筆を納めた。「こなた百まで／わしゃ九十九まで／髪に白髪《しらが》のはゆるまで」（『山家鳥虫歌』）。現実の吉野が三十八歳で死んだことは、もちろん無視されている。

七 「さゞなみや三井の古寺鐘はあれど昔にかへる音は聞こえず」（能『三井寺』）。

八 「さゞなみや志賀の都は荒れにしを昔ながらの山桜かな」（『千載集』）の名歌を下敷にして、諺《ことわざ》の「山の芋が鰻になる」ともじる。ただし山の芋＝鰻における変化は時間の流れのもたらす変化であるが、京都と大津、島原と柴屋町の変化は、空間の差がもたらす変化で、質が違う。文脈上いささか無理を感じさせる。「長柄の山」

は現大津市長等。

九　三条通白川に架《か》けた橋。大津への通り道。

一〇　当時行われた口合《くちあ》い（しゃれ）。

一一　「これやこの行くも帰るも別れては知るも知らぬも逢坂の関」（『百人一首』蟬丸）。急に思い立っての旅だから、万事省略してゆくの帰るのという大げさなこともなくの意。（当時の慣習としての旅は、京都～大津間のごとき近距離でも、結構うるさく一通りのセレモニーをふんだ）。一四九頁注一一、一二参照。

一二　大津の西端の宿場町。はや八町は、口拍子。

一三　延宝四年三月石山寺の観音で開帳が行われた。

一四　延宝前後、柴屋町の揚代は、天神《てんじん》二十六匁・小天神《こてんじん》二十一匁・囲《かこい》十六匁・青大豆十匁・半夜《はんや》八匁。のちに、天神・小天神・青大豆の別は廃止。

一五　「黒舟」は未詳。ただし大坂後年の俠客《きようかく》に黒船忠右衛門があり、巷談街説にも主人公として登場する。

一六　「伏見の漣浪・淀の樊噲」、ともに未詳であるが代表的な乗懸であったか。乗懸馬は本馬ともいい、旅客一人（十六貫見当）荷物（二十四貫見当）併せて四十貫を担った。樊噲は、漢の高祖に仕えた豪傑の名。

一七　七枚重ねの乗懸馬用の蒲団。

一八　唐糸（絹糸のように細く光沢のある綿糸）で作った馬用のわらじ。通常の馬のわらじは藁製であるのにくらべて極めて贅沢である。

一九　着物の両袖、上前《うわまえ》・下前《したまえ》をそれぞれ色替り、模様替りにした派手ないでたち。

けげ、「泊りぢや御ざらぬか。広うてきれいな宿」をとりて、「なんと女郎衆、今ここではやるは誰ぢや」と問へば、「一三石山《いしやま》の観音様《くわんおんさま》が時花《はや》ります」といふ。「さても人を見立てるやつかな」と、その後亭主にあうて、「傾城町の案内頼む」と申せば、「これは無用になされ。一四六匁や七匁ではたらぬ」といふ。勘六歯切《はぎ》りをして腹を立て、「忍べばこそ供をも連れず、風俗も野躰《やてい》にて出でしに」と滅多せきにせくを、世之介笑《をか》しがり、「我に預けた金子《きんす》出して見せい」と笑うて居る。台所には大声をあげて、「今夜は傾城買ひ様の御泊りぢや」などと、勘六を見ては指ざしして笑《をか》しがる。世之介も今は勘忍ならず、表に出れば、「京より結構なる伊勢参りがあるは」と、門立ちさわぎ、練物をみるごとくぞかし。大坂の一五黒舟《くろふね》といふ乗懸馬《のりかけむま》・一六伏見の漣浪《さざなみ》・淀の樊噲《はんくわい》、かれこれ三疋揃へて、一七七つ蒲団《ぶとん》を白縮緬《しろちりめん》にしめかけ、馬の沓《くつ》にも一八唐糸《からいと》をはかせ、いづれも十二三なる娘の子、一九四つ替りの大ふり袖、菅笠《すげがさ》に紅裏《もみうら》うつてなひまぜの紐《ひぼ》を付け、その

一 信濃国小室の遊女がうたい流行《はや》らせたという。万治・寛文の頃吉原通いの客が馬子にうたわせた。「最中」は「ただなか」と読むか。
二 一頭の馬に二人馬子がついて、左右両側から馬の口を取る。贅沢な旅。
三 このサービスはどこで行われたのか。宿の門口に通りかかったのだから、当然、世之介たちの宿でであろう。安く値ぶみされたための、宿と世之介たちとの紛争はどうなったか。自明のことのように書かない。
四 この景、大遊郭における遊びの平生の豪勢さを、そのままに見せる。
五 柴屋町は、前述（一四〇頁注三）のごとく四方口であった。
六 下級の遊女の部屋。揚屋は用いず、自分の部屋で客に会う。
七 それと目に立つほどけばけばしく濃い化粧は下級遊女のわざとして卑しめられた（『色道大鏡』）。
八 島原では三味線をひくのは下級の遊女であったが、大津では階層にこだわらず、上下ともにひいた。「上手も下手も別ちなく」とも解せるが取らない。
九 素見（ぞめき・ひやかし）客。遊女が遊女なら郭内を歩く者もそれ相応に。
一〇 琵琶湖で用いられた独得の漁船。
一一 漁師の意。
一二 近江国は、古来力婦・力女の出たところで、相撲も盛んであった。安土城での信長の上覧相撲は歴史的

時は《頃は》一小《こ》室《むろ》ぶしの最中《流行の頃で》、宿入りにうたひて《宿場にかかる時に》、馬子も二両口をとるぞかし《贅沢さだ》。世之介を見るより《〔三人は馬上から〕》、「申し申し」《〔呼びかけ馬子に〕》と抱きおろされて、三人ながら《三人が三人ともに》しなだれて《甘えかかって》、「お伊勢様へ《〔私共は大夫様の代参で〕》まゐります。かたさまは何としてここに《あなた様はまあいったいなぜこんな所に》御ざります」「勘六が女郎狂ひ《勘六の例の女郎好きに》の太鼓を持ちにきたが《〔つき合って〕座興の取持ちにきたが》、三あたまがいたい《頭痛がするか》。うて」《ら肩を叩いてくれ》とあれば、四独り《一人は》かしら、ひとりはあし、独りは御腰をひねる。しばらく我が宿《自分たちの宿》へはゆかず、「その《〔勘六さんお目当ての〕》柴屋町を見せさんせ《見物させて下さい》。下向《〔伊勢を〕》してから太夫様に咄のたねにも《道中のお話をする材料に》なります。見物したい」といふ。「さらば連れて《じゃあ見物に》ゆかん」とて、三人五さきに立てて南の門に入れば、都に《都近く》

禿、伊勢詣りのてんまつ

にも有名。
[一三] いわゆる腐れ鮨で、大津特産の鮒鮨。『毛吹草』にもみえる。
[一四] 大津には小規模の問屋が多かった。
[一五] 無性闇。むやみやたらの滅茶苦茶で。
[一六] まばらなことを「一町に三所」という。その逆の、あちらこちらで。
[一七] 遊郭のぞめき客は、頭巾《ずきん》を戴《いただ》き、羽織を頭にかむって往来する（しばしば禁止された）が、喧嘩にまぎれて頭巾や羽織を盗むものも少なくなかった。
[一八] 本来、馬を制御する一尺五寸程の棒。鼻捻棒《はなねじぼう》。
[一九] 両方の掌で刃を左右から押えて、刀の動きを封じる兵法の一。また、十手《じって》。
＊ ここで唐突に「しるべある揚屋」が出てくる。お忍びだからさけたといえばそれまでであるが、勘六ともども宿の亭主に案内をたのんだ意味が薄れてしまう。作話術としては粗雑である。
[二〇] 兵作以下未詳。
[二一] 旅行出発の際は立振舞《たちぶるまい》といって、祝って酒をのんだ。「さいはひ」は未詳。旅中の幸いを祈っての意か。また神に祈る行事だから「御三寸」といったものか。
[二二] 古来旅行に際して、関送りといって、京都ならば逢坂の関まで送って、そこで一献《いっこん》汲む習俗があった。
[二三] 格子見世を張る遊女は、局女郎に比べて高級。柴屋町では、天神・小天神・囲まで。

柴屋町見物

近《ても》き女郎の風俗も替りて《〔やはり田舎めき〕》、[六]はし局《つぼね》に物いふ声の高く《話し声がげびて高すぎるし》、道ありくも大足にせはしく、着物《きるもの》も自堕落に帯ゆるく《だらしなくぐずぐずと帯を結び》、化粧も目[七]だつ程して、[八]よしあしともに三味線をにぎり頭《づ》をふつてうたひける《〔野暮ったく〕》。立[九]ちよる者は馬かた・[一〇]丸太船《まるたぶね》の水主《かこ》共・浦辺《琵琶湖の浦々の》の[一一]猟師《れふし》・[一二]相撲取・[一三]鮨屋《すしや》のむすこ・[一四]小《こ》問屋《どひや》の若き者《手代》、恋も遠慮も《〔遊女に対して〕》[一五]むしやうやみに、見しりごしなる悪口《お互い知り合う仲での悪態口》、あるいは小尻《〔刀の〕こじり》とがめ、又は男だて《男を立てての喧嘩》、[一六]一町に九所の喧嘩《至るところで》、ふむの、たたくの、[一七]頭巾《づきん》を取るの、羽織が見えぬの、とただ騒がしく、さばき髪《元結もせずげらばら髪で》して片肌ぬぎ、懐《ふところ》[一八]にはなねぢ、手に[一九]白刃《しらは》取り、この所の色町を闘《いさかひ》の場にするぞかし。命しらず《命など構わぬ連中の》の寄合ひ、身を持ちたる者《それ相応の身分財産のある者が》の夜《よる》ゆく所にあらず。

しるべある《縁故のある》揚屋に、[二〇]兵作《ひやうさく》・小太夫・虎之介など《〔当地一流を〕》あつめて面白う遊びて、そのあけの日は禿《かぶろ》共が[二一]立酒、さいはひ[二二]関送りとて[二三]隔子《かうし》の女郎ひとりも残さず一日買ひとふれをなし、御三寸《みき》過ごし酔《ゑひ》のまぎれに、「二人の禿が何にても道中望み《旅に関わる希望は何でも》にまかせて《叶えてあげよう》まゐらすべし。おもひおもひにこのめ《注文しなさい》」といふ。「太夫様から《〔三人口を揃えて〕》万《よろづ》に御こころ付けさせられ、ひとつもこの上に願ひの事もなし。されども乗懸《のりかけ》あとさきに隔たり《馬は一列で前後に距離ができ》、こころのまま《思い通りに》咄《はなし》のならぬ事気のどくなり《できない事がたった一つの難点です》。三人一所に昼も寝ながら《ねそべりながら》手づから《てんでに》搔餅《かきもち》を焼いて、それをなぐさみにしてゆく事ならば」と申《〔少女の禿らしい望みだ〕》す。「それこそ何よりやすき望みなれ」と、即座に乗物二ちやうならべて中のへだてを取りはなち、釘鎹《くぎかすがひ》にてとぢ合せ、中に火鉢を《火鉢を置くように拵え》仕懸け、角《すみ》に棚をつらせ、枕《まくら》・屏風《びやうぶ》・手拭掛まで入れて、[一]六尺十二人すぐりて、ちひさき家のありくがごとし。何事も《〔金の力では〕》なればなる物ぞかし。

欲の世の中にこれは又

本朝《ほんてう》遊女のはじまりは、[二]江州《がうしう》の朝妻《あさづま》・播州《播磨国》の室津《むろつ》より事起こりて、

一 陸尺。駕籠かきのこと。

＊ この話は、なぜか、季節を直接的に示す表現を欠いている。「搔餅を焼く」「火鉢」が辛うじてそれに当るだろうか。

二 近江国入江村朝妻（現滋賀県坂田郡米原町朝妻筑摩）は、古来琵琶湖東岸の水上交通の要衝であったが、慶長九年（一六〇四）開港した米原にその繁栄の座を譲った。船中で売春した朝妻船で有名。

三 朝妻は近江名産高宮紬《つむぎ》（麻と絹で縞《しま》模様を織り出した夏用布地。彦根市高宮を中心とする）の産地に含まれる。

四 西国には九州をはじめいろんな意味があるが、ここでは四

室の津に生きる伝統

国、中国、瀬戸内海一帯を西国といったものか。
五 未詳。世之介の仲間の一人。表立った商売をやめて資産の運用で暮す素封家。
六 気軽でおどけた男。
七 公儀の役がかかっている船を臨時に、非公式に、他の用で私に使うこと。「玉」と「抜ける」は縁語仕立て。また遊里で他を出しぬくことをいう（「ぬけ舟をつかふ」）にかけたか。
八 遊所のある港市の意。優にして艶なる表現。
九 漕ぎ入れた。無理に入港したの意を含むか。
一〇 一二七頁一二行参照。
一一 四角に縫った頭巾の上端を扁平に折り曲げたもの。異装（男の女装・女の男装）は盆踊りにしばしば見うけられる。
一二 袖の香と立花＝橘は連想語（「五月《さつき》待つ花橘の香をかげば昔の人の袖の香ぞする」『古今集』）。橘をいい出すために「袖の香ひ」をもってきたか。室の津の風呂屋は揚屋を兼ねていた。世之介たちはその中で広島風呂を揚屋として選んだのである。
一三 丸屋以下は、室の津小野町の置屋。延宝の『色道大鏡』は五軒、元禄十五年（一七〇二）の『傾城色三味線』には三軒をあげる。八十余人のうちわけは不明であるが、天神二十八匁、囲十七匁。
一四 一般に、遊女を選び定めることを「摑む」というが、ここではとくに即決即断、選び出す、その過程の激しさす早さを、天狗《てんぐ》がにえを摑むようと見立てた。

今国々《諸国一円に遊女がいる》になりぬ。朝妻には《〔遊女は〕》いつのころにか絶えて、《〔今は〕》賤《しづ》の屋《や》の淋《さび》しく三縞布《しまぬの》を織る。男は大網《引き網》を引きて《〔辛くも〕》夜日《よひ》を送りぬ。《〔それに引きかえ〕》室は四西国第一の湊《みなと》、遊女も昔にまさりて、《〔良く〕》風儀《風俗もそれほど》もさのみ大坂にかはらずといふ。《〔そこで遊心鬱勃〕》浮世の事《面倒な世渡り》はしまうた屋の五金左衛門を誘引《さそ》ひて、同じこころの《一人とも上っ調子の》六瓢金玉《へうきんだま》、七ぬけ舟を急がせ、《〔秋ながら〕》その夕暮の空ほでりして《夕空がほてるように男心を熱くさせて》八恋の湊に九押し付け、まづは《何はともあれ》碇《いかり》をおろさせける。然も七月十四日《ちょうど盆の前の日》の夜なり。この所は一〇十三日切《ぎり》によろづ世のやかましき事《貸借勘定をおたがいに精算しあったあと》をも互ひにすまして、《〔いかにも〕》盆の有様《盆らしい風情で》をみせて、男《〔女川の〕》はらひさき編笠《あみがさ》をかづき、女は一一投頭巾《なげづきん》に大小を指《さ》すもありて、女郎まじりの大踊り、みるから《見ているうちにひき込まれて無我夢中になり》この身は馬鹿となつて、一二袖の香《にほ》ひに引かるる立花風呂《たちばなぶろ》、丁子風呂《ちやうじぶろ》、すなはちここの《この港町での》揚屋なり。広嶋風呂《ひろしまぶろ》に行きて亭主八兵衛にあない《案内》させて、一三丸屋・姫路屋・あかし屋、この三《〔置屋〕》軒に八十余人の姿を見尽し、その中で《〔高級な〕》天神《てんじん》かこひ七人抓《つか》み一四て、《〔とはいえ〕》誰に思はくもなく《誰とあいかたとも決めず》酒になして、《〔置屋の〕》あるじに私語《ささや》きしは、「七人のうちにて何《いづ》れなりとも気に入りたらば、それに《その女を一夜妻にしよう》枕定めん」といふを聞きて、《〔何とか気》

情は同じ江戸も室津も

に入られようと〕女郎おもひおもひの身嗜み、みる程《〔その魂胆が見えすいて〕》笑《をか》し。酔《ゑ》ひ覚《さ》ましに一千年川《ちとせ》とい

ふ香炉《かうろ》に二厚割《あつわり》の一木《ひとき》を焼《た》きてきかせけるに《鑑別させたところ〔女たちは〕》、こころもなくそこそこ《嗜みもなくいい加減に》に取りあげてまはしける、いとはしたなし。

末座《ばつざ》に〔坐った〕まだ三脇あけの女、さのみ《目立つほど》かしこ顔もせず、〔上着を〕ゆたかに《ゆったりと》四脱懸《ぬぎかけ》して、五肌帷子《はだかたびら》の紋所に《模様に》地蔵をつけて居るこそ、〔しぶい〕いかさま子細らしく《いかにも曰くありげに》見えける。手前に香炉の廻る時、しめやかに《しんみりとかいで》聞きとめ、すこし頭《かしら》をかたぶけ、二三度も香炉を見かへし、六「今おもへば《いま思い合せれば》」というて、しをらしく《上品に》下におきぬ。世之介言葉をとがめ、七「八この木《香木は》は何と御聞き候《判定しましたか》」と申す。

一 香炉の銘。未詳。室津という、昔はともあれ今は鄙郭《ひかく》で、うちつけに香道の遊びをし、女の嗜みを云々《うんぬん》する、その発想こそ野暮ともいえよう。

二 香木を厚目に割ること。

三 十九歳になると、袖脇をふさいで詰袖とした。すなわち、十九歳未満の意。

四 上着を上半身分ぬいで、中着（ここでは肌帷子《はだかたびら》）の肩胸のあたりまであらわした様子。

五 汗とりとして直接肌に着る帷子。なぜ肌帷子に地蔵の紋所が「子細らしく」見えるのか、未詳。

六 この香はたしかにかつてきいた香である、それはいつだったか今、思いあわせれば、あの方（備後の客）の薫《た》きしめた香だ。

七 遊女のよしありげな言葉に気づいて、さては並みの女ではあるまいとの意。

八 候言葉を用いたのは、少しは気取ってのことであろう。

「正《まさ》しくもろかづら[九]」といふ。「さても名誉《不思議なまでの》の香ききかな」と懐《〔自分の〕》へ手を入れ、又取り出だす《〔別の香をたこうと〕》所をおさへ《止めて》、「申し申しわたくしなどが何と《風情が香道に嗜みが》してか聞き候べし《あろうはずがありましょうか》。その木《香木は》は江戸の吉原にて、若山様《わかやまさま》[一〇]の所縁《ゆかり》では《〔の香木〕》あらずや」といふ。「いかにもいかにも、あうての名残《床を共にしたあとのかたみに》にもらひまして」といふ。「さぞあるべし《そうでしょうとも》。私のふと申し候は《私のまぐれ当りの訳といえば》、備後《びんご》[一一]福山《ふくやま》のさる御力、江戸にて若山さまの香包《かうづつ》[一二]みと仮初《かりそめ》の袖にとめさせられ《契りを交わした時薫き込められ》、同じ《共寝》枕の夜《をした夜》、いつよりはうれしさのままに忘れず《常にまして濃厚に交わった思い出の香だけに》、いまにおもひ出だし候」と申す。横手をうつて、「えんはしれぬ物かな《どこに因縁が絡んでいるものやら》。その備後衆《びんごしゅ》の十がひとつかはいがられたい《せめて十分の一でも愛されたい》」となづめば《惚れてかかれば》、亭主《主人は》床とつて《〔心得て〕》蚊屋《かや》釣り懸けて、「これへ《こちらへ》」と申す程に、「夢見よか[一三]」とはひりて、汗を悲し《いとうて》む《いる》所へ、秋までのこる螢《ほたる》を数《かず》《多く》包みて禿《かぶろ》に遣はし、蚊屋の内に飛ばして、水草の花桶《はなをけ》入れて《〔せめて〕気分だけでも涼しく感じられるように》、心の涼しきやうなして、「都[一四]の人の野とや見るらん」といひさまに寝懸け姿《床入りの姿》のうつくしく、「これはうごきが《これはどうにもたまらな》とられぬ《い》」と首尾《〔抱いたが〕闇中での巧みさ》の時の手だれ、わざとならぬすきなり《自然と燃えてくる女であった》。仮に《〔交わった後も〕》もさ

九 香の銘。諸葛。
一〇 江戸吉原京町、三浦屋四郎左衛門抱えの遊女。延宝初年大夫であった。
一一 広島県福山市。元和五年（一六一九）から元禄十一年（一六九八）まで水野家の居城があった。
一二 香を包む紙。折り方には種々ある。古くは「からのつつみ」とも。備後のお客が、江戸吉原で若山さまと契った時若山さまから貰った香包みの香木を袖に薫き込めて、私と仮初の契りを交わされました。
＊ 近世の情報系は、一様でなかったが、遊郭・悪所が独自の情報系を持ち、データを共有していたことは本書七の四「さす盃は百二十里」（二二二頁）にも見える。
一三 寝ようということを気取っていった。通言。
一四 私はせい一ぱい風流なつもりでも、都のお方はさぞかし田舎くさく思われることでしょう。螢を闇中に放つ趣向は『源氏物語』玉蔓の巻のパロディか。

もしき事《〔露ほども〕》はいはず、かは《〔男は〕》いさのままに《あまり》、《〔結局のところは〕》「人のほしがる物はこれぞ」と巾着《きんちやく》にあるほど《あるだけ全部》打ちあけて、[一]物数《ものかず》四十切《きれ》ばかり包みて袖に投げ入るれば取り[二]敢《あ》へず。夜もあけて別れさまに旅《〔門口に立った〕》の道心者の「こころざ《報謝のお恵み》し請け度き《をお願いします》」といふ。かの女郎、袖の包みがねをそのままとらせける。修行者《しゆぎやうじや》何ごころもなくもらひて、四五丁も行きて立ち帰り、「これは存じもよらぬ事《こんな大金とは》、一銭二銭こそ申し請けしに《報謝を願いましたが》、今の女郎にかへす」と投げ捨ててゆく。昔《〔この無欲の道心者も〕》はいかなる者ぞとゆかし《奥床しい》。世之介こ《〔無欲な〕》の女の心入れをおどろき、様子をきけば《素姓を問い合せると》、隠れ《〔なんと〕》もなき人の御息女な《落魄の姿であった》り。請け出して直《す》ぐに[三]丹波《たんば》に送りぬ。[四]行方《ゆきがた》しらず。

命捨てての光物《ひかりもの》

「ひらに《まっこと》若衆《わかしゆ》狂ひも面白い物ぢや」と、世之介《〔悪友たちが〕》を様々勧めて[五]霊山《りやうぜん》に

一 銀は、一々秤量《しようりよう》して使った。小玉小粒といった銀の小さい玉を目方でなく「数でいうと、四十ばかり」の意。

二 貰ったからといって別にどうこうということもなく。

＊ 香でみせた野暮さ加減を、この現金をむきつけに与えることでも示している。その分、遊女のゆかしさがますにしても、くどいまでである。

三 モデルがあるか。

四 帰国後の女の消息。浪人の娘を親元にかえす話は本書一の五（三〇頁）にも見える。また、道心者についての言とも思われる。それにしても、この話をわざわざ、「行方しらず」で括《くく》らねばならない必然性はどこにあるのか。おそらく親元（すくなくともゆかり）が丹波であるとわかったから丹波に送ったので、その限り「行方」はわかっているといえよう。『一代男』最終章と読み合せてほしい。

気分転換の若衆遊び

五 東山のうち、霊鷲山《りようじゆせん》にある時宗国阿《こくあ》派の本山の寺正法寺。眺望よく、宿坊は遊山に使われた。霊山に誘ったこと自体、帰途の宮川町遊びの布石である。

六 正式には、勧進能や上覧能以外は能は公演されなかった（辻能等大道芸は別）が、能太夫の「稽古」のたてま

えで、諸人の見物を許した。「手能」ともいう。
七 稽古能で『松風』を演じた。「松風のみぞ残るらん」というが、それが終ればの意。「帰りしあとは」→「松風のみぞ残るらん」という構造である。
八 生麩《なまふ》を油で揚げる音がする。精進料理の一。
九 男色か女色か、判断の分れ路。ようく考えねばならないところ。別に深刻な問題でないのに深刻げにいうところが滑稽。この発語者は、世之介か悪友か不明。いちおう悪友たちが口々にいうと見る。
一〇 女形、玉川千之丞。同伊藤小太夫。
一一 特別仕立ての駕籠を迎いにさしむける。
一二 男色はも一つ……、などとためらっていた者も、この美しさをいったん目にすると。
一三 出典未詳。「ある人」を本書跋者水田西吟とする説もある。色遊びにはともに不安がつきまとうの意。
一四 「枕躍り」は木枕を掌上に積み重ね、手玉にとる遊び。以下成人男子の遊びではない。男色の魅力を讃美しながら、一転して、年少者を対象とする野郎遊びのおろかしさを描く。しかし、これは矛盾ではない。醒《さ》めた目を忘れない複眼の作家的方法を、ここにみることができるだろう。
一五 子供の遊戯。螺ごまを莚の上で廻し、はじき出した方を勝ちとする。
一六 拇指《おやゆび》と人さし指とで扇の端をもち引き合う遊び。
一七 碁石等を掌中に握り隠して個数をあてる遊び。南湖。

少年俳優と貧しい僧と
誘《さそ》ひ、六稽古能過《終》ぎて《って》人の帰りしあとは、暮れの松風七あげ八麩《ぶ》の音、〔だが〕精進腹では酒も飲まれず、「さあここが九分別所《ふんべつどころ》、何と仕や《どっちへ転ぶ》る《気か》ぞ」「けふはか《趣向》はつて《をかえて》一〇玉川、伊藤その外四五人《〔歌舞伎役者〕》取りよせよ《呼んでこい》」と宮川町に一一早駕籠《はやかご》、目をふるうちに《あっという間に》「ございました《〔役者たちが〕お着きです》」。一二これを見てはいやといはるる事か。〔男色女色の違いを〕ある人譬へて申せしは、「一三野郎翫《もてあそ》びは、ちり懸《かか》る花のもとに狼《おほかみ》が寝て居るごとし。けいせいに馴染《なじ》むは入り懸る月の前に挑灯《ちやうちん》のない心ぞかし」とは、〔まさに名言で〕いかなる人もこの道《男色の道》には迷ふべし。

夜終《よもすがら》夢もむすばず一四枕躍《まくらをど》り、よい年をして一五螺《ばい》まはし、一六扇引き、な一七

んこよびて《〔少年相手に〕》おのづと《自然と》子供ごころになりて立ち噪《さわ》ぎ、身は汗水になして《びっしょり汗をかいて》、風待ち顔に南おもてに出でて、をりふし五月《さつき》の空闇《くら》かりしに、高塀《たかべい》の見越しに榎木《えのき》[一]のありしが、茂《しげ》りの下葉《したば》より数ある《いくつもの》玉の光り物《〔見えた〕》、おのおの《同席の全員が》驚き、庫裏《くり》[二]・方丈《はうぢやう》[三]にかけこみ、気を取り失ひ、あるいは臥《ふ》しまろびぬ。中にも男ひとりと《男の中の男一匹と》いはれてすこし力瘤《ちからこぶ》ある者、半弓《はんきゆう》に鳥のしたの《鳥の舌の形をした》矢の根をつがひ、榑縁《くれえん》[四]より下に飛び下りるを、滝井山三郎《さんざぶらう》[五]と申す少人《せうじん》つづきて《〔飛び下り〕》、かの男を押し止め、「譬へば何者にもせよ《たとえ何であっても》、さばかりの事もあるまじ《仰々しく射殺す程の事もありますまい》。暫《しばら》く御待ち候へ。手捕《てどら》へにもなるべし」と、遥《はる》かなる木陰に行きて見あぐれば、なほ星の林[六]のごとく、又一かたまり真黒なる物うごきぬ。山三《さんざ》こころをしづめ、「あやしや、何者」と言葉をかくれば、「さてもさても《〔ご助命は却って〕》御うらみあり。矢先《やさき》に懸つて果つればこのうき目は見ず《〔いっそ〕死んだならこの辛い思いは》。御情にて《〔なまじいに〕》御とめあそばし、なほ《〔そのため〕層》思ひは胸にせまり、こころの鬼《心中の鬼が》骨を《〔我とわが〕》砕き、火宅[七]のくるしみも今ぞ」と、こぼるる泪袖に懸れば湯玉のごとし《熱い涙が濡れそぼつ袖にかかればはじけて湯玉のよう》。「さては《〔いったい〕》誰をか恋ひたまふ」

一 榎は、その鬱蒼《うつそう》たる樹相のゆえか、怪異譚《だん》に結びつくことが多かった。くだっては『怪談乳房榎』のたぐい、古くは僧都《そうず》殿《どの》の戌亥《いぬい》の隅の榎の梢に赤き単衣が飛行《ひぎよう》した（『今昔物語』二十七）という話や行基菩薩出生の時、榎の股に心太《ところてん》状の異物となって出現した話（『沙石集《しやせきしゆう》』下）などが伝えられている。

二 寺の台所。

三 住職の私室。

四 框《かまち》に平行に細長い板を張った縁側。

五 寛文時代の若女形。京出身で、寛文三年（一六六三）江戸に下り、大当りをとった。寛文五年末には帰《き》洛《らく》、七年再度江戸に下り、中村勘三郎座に属した。町奉行島田守政に寵《ちよう》されたので、江戸四座の外に一座を立てる野心を抱いたが失敗、同年八月勘三郎の死は、山三郎の毒殺によると伝えられている。延宝三、四年の頃には死去したか（『男色大鑑《なんしよくおおかがみ》』六）。

六 無数の星の光を、林にたとえた。「天の川雲の浪立ち月の船星の林に漕ぎ隠る見ゆ」（『古今六帖』）。月の光さえ隠れるのであるから暗がりの意としても通じる。

七 来世までもなく、今生きながら煩悩の火宅の責めに苦しむのです。

といふ。[八]「問はれてつらし。毎日芝居にて御面影《お顔を》をがみ、楽屋帰り《楽屋からお宿へ帰られるあとをつけて》の御あとにしのび、〔お宿の〕御門口に彳《たたず》み御声をきく時、〔痺れるような思いに〕死に入る事《気心を失う事》いくたびか。けふは東山《ひがしやま》への御会《おんくわい》[九]とこんがう《草履取》どもひそめく[一〇]《集まり騒ぐのを》を聞きて、今一《もう一》度《回》はいし《お顔を拝み》、首くくりて浮世の隙を明けむと《死んでしまおうと》、これなる梢《こずゑ》にのぼり、然《しか》[一一]も御ことばをかはす事、〔もはや〕思ひは残さじ。不便《あはれ》におぼしめされば、なき跡にて[一二]一ぺんの御廻向《ごゑかう》」と、水晶の珠数《じゆず》[一三]を捨つる。「さてこそ《なるほど私も》思ひ合せ候事《思い当ります》。〔何か異様な感じから〕わたくしもこころに懸ればこそ《気になったからこそ》、あやしめる人をとどめて《怪しく思って射殺そうとする人を制して》これまで尋ね候《〔正体を〕確かめました》。一念通ふこそ《思って下さるお気持が》うれしけれ。争《いか》でそのままそのこころざしを捨て置くべきや。御望みにまかせ申すべし《お心次第になさって下さい》。今宵《こよひ》の明くるを待ち給ひて、明日はかならず我が宿に」と申すを、人々聞《聞き》きもあへず《終りもせぬうちに》、松明《たいまつ》とぼし連れて大勢取りまはし《男をとり囲み》、あらく《手ひどくも》引きおろす時、山三色々断りも聞きいれず《山三から言葉を尽しても》。〔さてどんな男かと〕様子をみれば、悲しき[一四]寺の同宿《どうじゆく》[一五]なり。「[一六]この道のしんてい殊勝なる事ぞ《若衆愛の道に一命を懸ける心意気は感心なことだ》」と、世之介取りもつて、こころまかせに逢はする事《逢わせてやったが》、後はすこし壺煎《つぼいり》[一七]自慢して、かため証文ま《愛の契りの誓紙を交わし》

八 お尋ねに預かりなおつらくなります。「武蔵鐙《あぶみ》さすがにかけてたのむには訪はぬもつらし訪ふもうるさし」（『伊勢物語』十三段）。

九 座敷づとめ。

一〇 ひそひそと話をするの意もあるが、ここでは「ひしめく」に同じ。

一一 お顔を拝すだけでなく、お言葉まで交わすことが出来まして。

一二 一遍、一片、わずか、少しばかり。

一三 数珠を捨てることは、堕地獄をも辞さない激しい意志の表明であろう。

一四 貧しくみすぼらしい。

一五 修行中の僧。本来は、同じ寺の宿坊に住み、師の坊について学ぶ僧侶。要するに一人前でない僧侶。

一六 衆道・若道《にやくどう》等といった。

一七 野郎を相手に遊興するのに、茶屋を使わないで、直接野郎の宿へ行くことを、壺入《つぼいり》（壺煎）といった。特別のなじみ客でなければできないことであったので、自分は壺入で遊ぶ仲だぞと、情人気取りで他人に自慢することを「壺煎自慢」といった。

若女形の腕に刺青の心中立て

だ疑ひ《ても満足せず》、左の腕《〔山三郎の〕》の下に[一]慶一大事《けいいちだいじ》といれ入墨《ほくろ》ありしは、かの法師を慶順と申しけるとや。この事江戸にて、この[二]好人《すきびと》役者まじりに《役者混りの〔座で〕》[三]懺悔咄《さんげばなし》せし時、「何隠すべし《なにを隠そう》」と、[四]段々《だんだん》山三郎身の上の事を、[五]昔を今に愁歎してかたりぬ。本《ほん》ぢや《本当の話だよ》。

堺の遊郭のわびしさ

一日かして何程《なにほど》が物ぞ

「[六]堺《さかひ》の浦の桜鯛《さくらだひ》、[七]地引《ぢびき》をさせて生きたはたらきを見せん《桜鯛が活きて動くところを》」と、京に《年中見るものは山のみで海を見知らぬ〔哀れな〕》て明けくれ山ばかり詠め居る末社《まつしや》《太鼓持》召し連れ、[八]津守《つもり》の神やしろ過ぎて[九]北端《きたのはし》に入れば、[一〇]高洲《たかす》の色町、[一一]中の丁・[一二]袋町に着きて、かれこれよせてみるまでもなし《遊女たちを〔々あつめて〕》、あたま数よびていくらが物ぞ《遊女全部を総買いしても大した人数ではないのに》、[一三]天神《てんじん》・小天神《こてんじん》とせちがしこくきはめぬ《こせこせと区別を立てている》。[一四]二階座敷に[一五]品を定め、酒もいまだ末々には《一座の末席には及んでいない》まはらぬ内に、「かづらき様ちよつと借りませう《〔やり手が〕》」といふ。はや立

一 愛情のあかしとして相手の名を刺青する。普通は相手の名前の一字を取って彫り、「命」とか、「一大事」「大事」とか続ける。心中立ての一。

二 世之介をさす。粋人。

三 己の罪過を告白して悔いることの意であるが、ここは、色道の洗い浚い生《なま》な体験談というほどの意味。

四 何もかも。

五 山三郎の死後の追悼の意。山三郎は死んでしまい、昔を今にかえすわけにはゆかず愁嘆しての意。

六 桜鯛は、春桜の咲く頃にとれる鯛。堺の「前の魚」（前方の海でとれる魚）として名産であった。「行く春の堺の浦の桜鯛あかぬかたみに今日やひくらむ」（『夫木抄《ふぼくしょう》』二十五、『堺鑑』下）。

七 地引網。堺の名物で、他所から見物に出むいた。

八 津守明神、乳守明神とも。（堺南の荘開口《あくち》神社（三村明神）を津守の祠《ほこら》とする説もある。『色道大鏡』によれば、「南の遊郭近辺に津守明神といふあり」「又云此神津守にあらず、乳守の神なり」とあるが、北から南下して堺の北端という設定に合わない。あるいは、住吉大社神官が歴代津守氏であることから、住吉大社を津守の神社といったか。住吉大社を過ぎれば堺の北端である）。

九 堺は中央の大小路《おおしょうじ》を境界として、南の荘・北の荘に分けられ、さらに南本郷・北本郷、南端郷・北端郷に四分される。

一〇 堺の遊郭は南北二所に分れ北を高洲（詳しくは北高洲町）、南を津守（詳しくは津守南高洲町）という。その間十八、九町。揚屋は北に三軒、南に十軒あった（『色道大鏡』）。
一一 堺大小路の南宿院町と寺町との間の遊女町。天和元年（一六八一）禁止。
一二 妙国寺南門前町にあった遊女町。天和元年禁止。
「津守の神やしろ」→「北端」→「高洲」→「中の丁」→「袋町」という進行は、堺の町の実際にあわない。『色道大鏡』にいう「堺南北の間に小郭あり。亀女《そちよ》これありといへども、子細あるによりてこれをしるさず」の「小郭」が、中の丁・袋町か。
一三 南北遊郭ともに、天神二十八匁・小天神二十一匁・囲十六匁・端八匁。
一四 二階の大寄せのための座敷。
一五 遊女たちを検分して、相方《あいかた》を見立てようとして。
一六 稽古のためとは限らず、大衆の娯楽読物でもあった。
一七 淀川の運輸（わけて大坂・淀・伏見間）に当った過書船《かしょせん》（免許をうけた船で二十石から二百石）のうち、三十石以上の船方が寛文七年、八年に建造した二十石船。翌年淀二十石船方の抗議で三十石に極印をかえ、新三十石と称し、伏見船ともいう。船足は軽快であるが、万事に小さく、窮屈であった。
一八 すでに桜鯛の季節であるが、このくだりはなお冬のイメージである。

ちて行く。又女《やりて》出でて《が現れて》「高崎様」と呼び立つる。座につけば、入り替り立ち替り、一時《いつとき》程のうちに七八度づつ借す程に、「さてもはんじやうの所ぞ。馴染《なじみ》の客、数もあるか《よほど多いのか》」と下を覗けば、物をいふ男もみえず《一人前の客らしい男も見当らず》。〔借りられたはずの女たちが〕手枕して煎じ茶がぶがぶ呑み尽し、あくびしては〔二階座敷に〕あがり、おりては一六浄瑠璃《じやうるり》本《ぼん》など読み、何の用もなきに一座をさましぬ《一座の興を》。この里の習ひにて、たびたびかしに立つ事《借りられて座を》を〔いかにも〕全盛に思はれける《売れっ子の名誉とでも思っている様子である》とみえたり。よろづかぢくろしく《万事にせせこましく》、〔遊女を買いながら〕あたら夜終《よもすがら》一七新三十石《こく》に乗合ひ《乗り合せている》のここちするなり。〔せめてゆっくり寝ようと〕足をのばせば寝道具みじかく、一八蒲団《ふとん》はひえわたる。〔末社たちは〕「なんと

世之介様、旅の悲しさをよく御合点《憂さつらさを身にしみて味わい》あそばして、京の女郎様《〔今後はせいぜい〕》の御気に入るやうにあそばせ」といふ。「いかにも《なるほど》この浦のしほを踏んで[一]老いての咄《はなしの種》にもとおもふぞ。寝覚めのきづかひさに人にはだをゆるさず《夜明けに風邪をひかぬか心配で裸にもならず》、帯しながら寝入る」とあれば、同じ枕の友ども《同室の一行も似たような事で》一人は硯引きよせ家の差図《さしづ》[二]を書いて居る。又一人は只居《ただゐ》よりはと、寝ながら編笠の緒《を》こしらへける。独《ひと》りは象牙《ざうげ》[三]の掛羅《くわら》よりもぐさを取り出だし、三里[四]にする《灸をすえ》て顔をしかむる。女郎は女郎でかたより《客に構わず一隅に集まり》、更《ふ》けゆくまで糸取《いととり》[五]・手相撲《てずまふ》して、折《をり》ふしは眠《ねぶ》り、きのどくなる夜の明くるを待つ《興ざめて退屈なこの夜が早く明けよかしと待つ》は《姿は》、そのまま籠《こも》り[六]堂のごとし。

面白からず《〔こんな界の郭を〕》とて、この所にても口きく程の若き人《この町において幅をきかせているような遊客は》、新町に手あひを拵へ《適当な女を見つけておいたり》、ためて《〔遊興費を〕》置いて一度に嶋原で《一度に派手に島原で》遣ひ捨つる事尤もなり《道理である》。傾城狂《けいせい》ひ《囲を買ってもしみったれていては》のしまつ《倹約ぶりと》と、下手《へた》に月代《さかやき》剃らすほど世にいやなる物はなし。きたなきかこひするも、切売《きれうり》[七]の女によい着物をきせてみるも同じ事《すこし衣裳のよい切売女を買ったのと同じことではないか》ぞと思ふ。一文惜しみの四十六匁[八]をしらず《〔男と生れて〕》、ただ一度《一回でよいから》にても太夫の寝姿

一 「塩を踏む」。辛い体験をする。界が「浦」であることで、文飾が生きる。遊びに来ながらのことで、滑稽の中の苦々しさに注意。

二 設計図。

三 象牙で作った根つけ。または根つけのついた印《いん》籠《ろう》。煙草入れの類。掛絡とも書く。

四 膝頭の外側の灸点。

五 綾取りと腕相撲。

六 神社仏閣で通夜の信徒が一夜をあかす堂。

大夫遊びのすすめ

七 昼と夜にわけ、あるいは時間で、切売りする下級の娼婦。

八 諺「一文惜しみの百知らず」のもじり。「四十六匁」は、大坂新町の大夫の揚代。諺そのものは、「百知らず」を笑殺しているが、ここでは逆に、日頃は倹約してもただ溜めるだけではなく、ぱっと一度に大金を費うことの有効性を肯定している。

を見るべし。〔大夫ともなると〕色《色のさめた》の替りたる紅裏《もみうら》、際《きは》づきし《汚れた》[九]脚布《きやふ》をせず《などしない》、よごれたる枕にたよらず《枕に頭を預けない》、〔同じ遊女でも〕さりとては大きに違ひのあるものなり。〔それにつけて思うのだが〕されば田舎の人適々《たまたま》の遊興は是非《ぜひ》なし。[一〇]定宿《ぢやうやど》をきはめ、〔かりにも〕大臣といはるる程の人、いかなる者か寝息とめし《誰が寝たとも判らぬ寝臭い床に入って》、〔無神経にも〕その跡を肌馴るる事、すこしのこころを《ほんの少しの心づかいで防》つけず《げるものを》口惜しき事なり。さる人《ある大尽の話だが》、京にて[一一]丸屋の七左衛門方に、[一二]梨子《なし》地《ぢ》の塗長持《ぬりながもち》に定紋を付けて、四季の寝道具ととのへて《用意して》、枕箱・煙草盆その外うつは物《手まわりの品》・水呑《の》みまできよらかにあそばしける《専用の品を取り揃えておかれた》。何か奢り《これは全く》にあらず。「思へば大事の御身なれば、世之介様にもこれ程の事は」《これ位は配慮をされねば》とかたりぬ。〔世之介も〕「まことに《なる程そういえば》さる太夫にわけもなき病人《いまわしい》のあひけるに《と寝床を共にしたのに》、又の日《その翌日は》は[一三]檜扇《ひあふぎ》をもたせらるる程の〔高貴の〕御かたも、それまではあらため給《昨夜遊女が誰と寝たかまでは詮索》はす《されない》。我《われ》都に帰りたらば分別《思案》がある」と、〔帰洛後〕[一四]数長櫃《かずながびつ》をこしらへ、[一五]遊女参会、入る程の《必要な》諸道具をいれて、〔残らず〕ゆくさきざき《あちこちの揚屋へ》もたせ侍るとなり。

九 腰巻。大夫の贅の基本である。

一〇 ゆきつけの揚屋を決めて遊興すること。

一一 島原揚屋町の揚屋。『色道大鏡』には丸屋三郎兵衛の名が見える。

一二 蒔絵《まきえ》の一種。金銀の粉を蒔いて、梨子の実の皮のようにし、その上に漆をぬって研《と》ぎ出したもの。

一三 檜の薄板で作った扇。公卿や殿上人が衣冠または直衣《のうし》の時、笏《しゃく》の代りとした。すなわち、公卿殿上人を暗示する。

一四 数多くの長櫃。

一五 遊女と出合うこと、すなわち、遊女を揚げて遊ぶこと。

当流《たうりう》の男を見しらぬ

夜の遊興禁止

一都より飛梅《とびうめ》、筑前《ちくぜん》の柳町《やなぎまち》二を見にまかりぬ。〔ここには〕三昔は博多小女郎と申し〔有名な〕て冠気者《かぶきもの》四ありける。〔女だてらに〕人の命を取つて袖《そで》五の湊《みなと》の大噪《おほさわ》ぎ《以後取締りが厳しく》よりこのかたは、六夜の道をとめられて、〔しかも〕昼さへ門を鎖《さ》して一人一人くぐりより《七門脇の潜り戸から》の出入り、然《しか》八も武士はとがめ侍る《一々吟味し》。いづれかおもしろからず《いずれにしても気づまりな郭である》。

博多から宮島へ

〔折よく〕この頃は水無月《みなづき》《陰暦六月の初旬》のはじめ、舟路もこころよく《帰りの船路も無事快適で》安芸《あき》の宮嶋に着きぬ。この所の市《いち》九とて五里七里《近郊近在の》の人ここにあつまりぬ。一〇神前《しんぜん》の千畳じき《大経堂》に仮寝《かりね》をせし里《田舎の》の小娘をそそのかし《誘惑し》、〔祭礼興行の〕芝居子《少年俳優に遊び心を奪われ》に気をとられ、遊女の買論《かひろん》一一夜昼のわかちもなく《のべつ幕なしで》、又類ひなき事どもなり《独得の賑わいぶりである》。揚屋《あげや》一二といふも内あさく表にみえすき《揚屋も名ばかりでいかにも奥行きのない建て方》、女郎は浴衣染《ゆかたぞめ》一三の帷子《かたびら》に中紅《ちゆうもみ》一四の脚布《きやふ》をわざと見せかくる《これみよがしにちらつかせる》。その初心さ何程《幼稚さは呆れる程》、〔流行も遅れ〕やうやうこのほど岡崎一五を覚えたる手つき《たどたどしい手》し

一 都を飛梅さながら飛び出して。筑前太宰府天満宮の菅公遺愛の梅は、流謫《るたく》の菅公を慕って都から太宰府へ飛んだという。

二 博多の遊女町。嫖価は十匁であった。梅から柳への連想。

三 海賊取締りに功があり、遊女の頭にとりたてられたとも伝えられる遊女。ただし柳町の娼家は歌舞伎踊りが盛んであった（『色道大鏡』）。

四 寛闊奢侈《かんかつしゃし》の激しい気性のもの。

五 博多の港の古名。歌枕。

六 柳町では、「申《さる》の下刻《げこく》（午後五時すぎ）切《ぎり》にて客を帰し、夜陰に留ず」と『色道大鏡』にあり、また、酉刻《とりのこく》（午後七時すぎ）から大門を閉《し》めるとある。

七 「但用人はくゞりより出入す」（同書）。

八 「当郭へ来る客は、丸腰にて入る。若《もし》これを知らずして腰の物帯《たい》する時は、入口の番所を通さず。是《これ》にて改めて腰の物を預るなり」（同書）。

九 六月七日から七月七日までを厳島神社では夏市といい、六月十六日の祭りを中心に大市が立ち芝居が興行された。

一〇 厳島社本殿の前の大経堂。千畳敷けるという。

一一 遊女を買うことについて客同士の間にもめごとが生じ言い争うこと。

一二 遊女町は新町《しんまち》という。阿弥陀堂《あみだ》（大御堂）の北に当る。揚屋十軒、傾城屋（置屋）三軒。市の時には、

て《つきで》、ただ《むやみに》やかましき撥音《ばちおと》、「[一六]しんきしの竹かけてはすだれ」と、所のはやり歌《これがここでの流行歌かと》きくに笑《をか》しく、様子見合せて、宿をかりて《揚屋にあがり》、「どれでもかまはぬ。この所でなる程いき過ぎて《なるべく気性が勝ちすぎて》、男ふるほどの《客をふり通すくらいの》女郎よべ」と、太鼓は[一七]二人巳上《いじやう》三人双《なら》べて、世之介も金左衛門《〔わざと身をやつし〕》・勘六一所に[一八]あらひがき《薄柿色の》の袷《あはせ》帷子《かたびら》に[一九]ふと布の花色羽織に、さし渡し《直径》四寸五分ばかりの紋《模様》に[二〇]鎌《かま》と輪《わ》とぬの字を付けて《〔判じ物の〕模様をつけて》、[二一]蚊虻《もんまう》なる出立《いでたち》、「わが身ながらこれはこれは醜い物《これはまた大変見苦しい物なり》」といふ。女郎も笑しがつて盃も指さず《客あしらいしかねて盃の応酬もせず》、中間《なかま》であひもんの言葉をつかひ《仲間同士での隠語を使って》、大方ならずなぶる折ふし《大層意地悪くからかっていたその時》、山がつ《山住いの者が》の手籠《てかご》に入れ、林檎《りんご》

他地方から出店して遊女も増えた。延宝四年（一六七六）には、遊女数（平常）三十人余。天神・小天神・鹿恋・半夜の別があった。
一三 浴衣用の模様。一般に大柄で派手である。
一四 本紅より色が浅い。それをちらちらさせる。挑発のつもりが野暮で卑しい。
一五 寛永以後流行の歌。田舎らしい時代遅れを表す。
一六 有馬節の唱歌。摂津国有馬温泉（現神戸市）でうたい出された。「辛気篠竹な破れすのこの簾かけて思ひは我一人」、また「しんきしの竹伊豫簾のすだれかけて思ひは何まさる」等、歌型はいくつかある。
一七 「巳上三人」はよくわからない。京から伴った太鼓持二人と、この土地の案内者（明確には本文に出てこないが）併《あわ》せて三人、世之介・金左衛門・勘六ともに六人としておく。
一八 郡山染ともいう。大和国郡山で染め出した。
一九 太織とも。粗製の木綿布地を薄藍色（花色）に染め、羽織に仕立てたもの。
二〇 「鎌輪奴《かまわぬ》」模様。明暦ごろから流行した。上部に「鎌」、中央に丸い「輪」、下部に「ぬ」を配したもの。町奴・男だて・あらくれの間で流行した。元禄以後はすたれたが、文化年間、再び流行した。
二一 本来、字の読み書きができぬこと。普通文盲と書くが、中世には「蚊虻」「蚊盲」等さまざまに表記した。ここでは、野暮な、没趣味の、無教養なの意。「出立」は、こしらえ。

目利《めき》かずの田舎遊女

の盛りを見せける《出盛りを売りにきた》。「それかへ《買い求めよ》」とて腰に付けたるはした銭《ぜに》を投ぐ《〔それが》れば《野暮だと〕》、君達《遊女たちは》声をあげて、「ゆふべの事は」と、余の事にして《他事にかこつけて》笑ひぬ。世之介、中にも子細らしき女に《遊女の中でも分別あり気な女を相手に》、「さて、われわれは何者《何商売の者》とみえます」といふ。「人間と見ゆる」と申す《〔女は小生意気にはぐらかし〕》。「それはふるい《もう古い洒落だ》。商売は」といふ。「贔屓目《ひいきめ》から見たてました《甘くよい商売に見ました》。畳の上で育つ人ぢや《居職で通してきた》。たぶんこなた《こちらの方》は筆屋《ふでや》どの、そなた《そちらの方》は張箱屋《はりばこや》、又は組帯屋《くみおびや》[一]殿であるべし」と、[二]思案しすまして申す。「さてもさても《〔客の方も人悪くて〕》名誉ぢや《ふしぎに当てたな》。そこな者がひとり、組帯屋が違うた。両人はさても《筆屋・張箱屋はぴたり見立て通り》」とおどろく顔をすれば《〔愚かにも〕》、なほかつ《いっそうつ》にのる《け上がる》事あり。「されば人の身持ちは《いったい身分職業というものは》、たとへいかなる着物にもせ《着物などどうわべをどう替えても》よ、腰の物のこしらへ《刀脇差の趣味体裁》・[三]手足にてあらましみゆる事ぞ《大体のことはわかるはず》。殊更《ことさら》《特に》我が召しつれしは《〔小者〕》、[四]堀川の勝之丞《かつのじょう》とて、広い京にもならびなき[五]小草履取《こざうりとり》、諸人の目にたつ《〔美しさが〕》僕《でっち》なり。これをつるる《供にして連れ歩く》程の者をかるく思ふは《安く評価するのは》、ここ《気心の》ろのはたらかぬゆゑぞ《働きが十分でないからだ》。迚も床に入りても《〔こんな女を相手に〕》よしなし《いたし方ない》。人形《〔いっそ一晩中〕》まはしして遊べ」と、[六]挟箱《はさみばこ》よりたたみ[七]家体《やたい》取り組み《組み立て》・[八]上幕《うはまく》・[九]つらがくし・首[一〇]

一 縒糸《よりいと》を平組に編んで組帯を作る職人。
二 考えたあげく「どうです、よい答えでしょう」と得意顔で。
三 つまはずれ(手や足の先端)、また、手や足の動き、所作、身のこなし、さばき。いずれにしても通じる。
四 未詳。
五 草履取として、美少年を抱えることが、近世初めから中葉にかけて行われた。かならずしも男色が目的でなく、主人のみえとして、美童をえらぶ風潮があった。
六 武士をはじめ外出の時、必要な衣裳等を納めて、従者に担わせた箱。蓋《ふた》に棒を通して肩にかつぐ。
七 人形芝居をするための屋台で持ち運びに便のため、折りたたみ式にしたもの。
八 初期人形芝居の舞台は、上下二段に幕を引いた。その上部の幕。人形遣いの顔を隠した。
九 人形遣いの顔を隠すための幕。
一〇 人形芝居の舞台の下段の幕。
一一 近松以前の古浄瑠璃は、六段仕立てであった。
一二 さて始まりますは。古浄瑠璃では、各段の語り出落し、五尺にたらぬ内《空間》に金銀をちりばめ、自由を仕懸け《思い通りになるように作り》、[一一]六段なが《すべて》らの出来坊《でくるばう》うごき出《操り人形》でける。「[一二]さる程に、[一三]信太妻《しのだづま》の女房《葛の葉》、江戸風のしよてい《とりなり》」と申す。〔一人の遊女が〕「世之介様、それは《その人形は》そのまま吉原のかの太夫さまにいきうつし」といふ。「よくも見るやつかな《さすがよく見分けたな》、〔察しの通り〕それに似せて作《その太夫をモデルに》らせ侍る」。

〔この大夫に逸話がある〕この女郎をさる大名《だいじん》[一四]のしのびて、〔客となったが〕三人同じ出立にて《末社二人と同一扮装で》、[一五]市左衛門座敷にして、「[一六]この内に思し召しの方へ御盃を」と申せしに、〔この難題に大夫は〕すこしもせかず《あわてず》して、〔客を当てるなど〕「神ならぬ身なればゆるし給へ《とてもできません》」と勝手へ立ちて、禿《かぶろ》に私語《ささや》き、手飼《てがひ》の鶯《うぐひす》を取り放させ、庭山《にはやま》にけはしく《せわしく》「申し申し《あれ誰か来て》」と声を立つる。三人一度に「何か」と障子《しやうじ》をあけて立ち出づる所を、〔よくよく〕様子見すまして、本大臣《本物の大尽》さまへ盃をまゐらせける《お差しした》。この首尾《見事な処理を》いづれもはめて、〔根拠を〕偸《ひそ》かに尋ねければ、「三人ながら《ともに》[一七]桑染《くはぞめ》の木綿足袋はかれしに、独りはな緒ずれの跡なき〔かごや馬に乗りつけて〕御方あり《めったに歩かぬ》。地を踏み給はぬ御方さま、いかさまにも《いかにもこのお方だ》、と[一八]思ひざしせし」となり《ということであった》。

しは、すべて「さる程に」である。

一三 和泉国信太の森の狐と、安倍保名の怪婚譚とその子晴明の法力を描いたもので、山本角太夫の五段物をはじめ、説教節・浄瑠璃・歌舞伎等で上演せられた。ここでは六段の説経節「信田妻」か。

一四 遊客を大臣、または大尽と書くが、大名を「だいじん」とした例はない。もちろん、大名の身で大尽遊びをした例は、伊達侯、榊原侯等多く、「大名」に「だいじん」と振仮名することは、作者の故意と見うる。この逸話の性格上、富豪や、なみの上客でなく、大名である方が面白いともいえよう。

一五 吉原揚屋町の揚屋、桐屋市左衛門。

一六 「思し召し」の相手は、「三人の中にあなたをお目当ての方（すなわち大尽）がおられますからその方に盃を」とも、また、「三人の中で、あなたがこれと思われる方にお盃を」とも取れる。いずれにせよ、盃をさす相手がぴたりと大尽その人でないと、とり返しのつかぬ失敗なのである。

一七 桑の根皮、木皮の煎じた汁に、木灰を媒染に用い薄黄色、黄茶色にそめたもの。

一八 遊女から客に、あるいは客から遊女に、この人と思い定めて盃をさすこと。愛情の表現である。

＊ 微行の金持ち客を田舎遊女が見抜けなかった点において、五の二「ねがひの掻餅」と同趣向である。同じ巻に類似の話を並べる点、やや粗雑の観がある。

今ここへ尻《しり》が出物《でもの》

見ぬ所もあれど（全国に未見の悪所もあるが）、遠国《をんごく》の傾城のかつてをかしからぬにこりはてて（田舎での遊女遊びがまったく面白くないのに）、[一]のぼり日和《ひより》幸ひに（〔目差す〕）、[二]難波江《なにはえ》のうれしや、水串《みをづくし》もちかよりて（だんだん近づき）[三]三軒屋に着きぬ。むかしはここも遊女ありて（この所にも）、「[四]淡路にかよふ鹿のまき筆」とうたひしが（〔廃止後の今は〕その賑わいも）、それも[五]夢なれや、蘆《あし》の上葉《うはば》に秋の[六]初風おとづれて（初風が吹く頃は船遊びの季節で）、笛太鼓世間はばかるけしきもなく（世間の手前を遠慮する様子もなく）、[七]天下の町人の思ひ出に（生涯の記念に）、[八]御座舟《ござぶね》のうちには（〔美貌で有名な〕）[九]外山《とやま》千之介・[一〇]小嶋妻之丞《こじまつまのじよう》・[一一]同梅之介《むめのすけ》など取りのせてゆく。かしこには[一二]松嶋半弥《まつしまはんや》・[一三]坂田小伝次《こでんじ》・[一四]嶋川香之介《しまかはからのすけ》、盃《さかづき》入日をあらそひ（酒盃の朱が沈む日と輝きを争い）、波立ちさわぐも心地よし。向ひの岸には[一五]松本常左衛門《つねざゑもん》・[一六]鶴川染之丞《つるかはそめのじよう》・[一七]山本勘太郎《かんたらう》・[一八]岡田吉十郎、竿指《さをさ》しのべて（〔川口の〕）石持《はぜ》釣る風情、詠めものなり（姿自体が風景そのものだ）。笹葺きの仮湯殿《かりゆどの》（〔供船に〕）、鯛鱸《たひすずき》の生舟《いけふね》、昼はらく書《がき》して（〔扇に〕）[一九]ゆく水に扇流

船遊びは若衆と

一 上方への航路の天候の条件がよい。
二 難波江→水串。「わびぬれば今はた同じ難波なるみをつくしても逢はむとぞ思ふ」（『百人一首』『後撰集』）による。「水串」は水路標識。川口一の洲から、上流へ、一番から十番まであった。「こりはてて」と「わびぬれば」は対応するか。
三 現大阪市大正区三軒屋。遊女町は明暦三年（一六五七）、新町へ吸収され、以後は船遊びの地。
四 「鹿の巻筆といふ小唄」と『本朝二十不孝』二の二にもある。鹿の毛は鹿毛筆《ろくもうひつ》といって筆に用いた。
五 「津の国の難波の春は夢なれや蘆《あし》の枯葉に風わたるなり」（『新古今集』西行）を踏む。
六 「音たてていまはた吹きぬわが宿の荻の上葉の秋の初風」（『新勅撰集』）を踏む。
七 将軍直轄（天領）の都市、特に三都の町人の称。藩領都市の町人に比し、様々の特権を享受していた。
八 遊山用の屋形船。
九 千之助とも。貞享《じようきよう》・元禄期の女形。初め京で滝井沢之丞と名乗り若女形。のち改名、貞享四年江戸下向。
一〇 寛文・延宝期の上方の若衆方。天和ころ立役、作者。俳諧もよくした。『句箱』・『道頓堀花みち』（延宝七年）等に入集。『西鶴大句数』にも出座。
一一 嬶方《かかがた》（また花車方《かしやがた》とも）。のち六左衛門と改名。
一二 初代、延宝・貞享期の大坂の若女形。延宝末年には道頓堀で松島半弥座の座元をする。貞享三年二十歳

で七左衛門と改名、のち廃業し扇屋となる。『道頓堀花みち』に知舟の名で入集。
一三 延宝・貞享期の若衆方。
一四 延宝期上方の若衆方。『難波の白《かほ》は伊勢の白粉』に見える。
一五 二代目。寛文年中若衆方・若女形、のち立役。
一六 若衆方。のち惣兵衛と改称。
一七 二代目。はじめ山本小勘。『男色大鑑』にも登場。
一八 未詳。
一九 「行く水に数かくよりもはかなきは思はぬ人を思ふなりけり」(『伊勢物語』)。
二〇 「天《ノ》酔《ヘルハ》二干花《ニ》一、桃李《ノ》盛《ナルナリ》也」(『和漢朗詠集』)。
二一 「御垣守《みかきもり》衛士《ゑじ》のたく火の夜は燃え昼は消えつつ物をこそ思へ」(『百人一首』『詞花集』)。
二二 水分の多い淡味の雑炊。
二三 未詳。島原柏屋伊藤吉右衛門抱えで、寛文八年(一六六八)出世延宝六年(一六七八)退郭の寮子小倉と、延宝七年出世の純子小倉の二人がいる(『色道大鏡』)。
二四 大坂水上交通の要地。長堀川と西横堀川との交叉《こうさ》地《ち》に四橋を架した。淡路に通う洲本船《すもとぶね》の発着地である。

新町あそびに発見なし

二五 新町の揚屋町を九軒町という。
二六 夏物の絹織物。
二七 広袖は男女を問わず遊女屋の主人が着た。『色道大鏡』十三に、室の津のこれは女主人が、「いつも広袖の羽織を着し」とある。紅裏と共にはでな風俗。
し、夜は花火のうつり《花火が水面へ映るのを》、おのづと〔楽しみ〕天も二〇酔《ゑ》へり。

やまたこの舟遊び、〔面白さは〕京の山には《山遊びに遥か》まさりしを、〔その味を知らぬ〕内裏様にも見せたし《天皇様にも見せたい》。二一衛士《ゑじ》の焼《た》く火《篝火ならぬ火が》の薄鍋に燃えて、「ざつと《あっさりと》二二水雑水《みづざふすい》を」とこのみし《注文したのは》は下戸のしらぬ事なるべし《上戸だけの知っている味わいである》。「ひとつなる口なれば《少しは酒をのめるほうであれば》、大坂に逗留《とうりう》の中に一日は野郎もよしや《一日位は男色の遊びでもよいではないか》。けふのうらやましさは《今日見た豪勢さが羨ましくなったよ》」といふ声を聞いて、〔隣の舟から〕「世之介ではないか」「誰ぢや」「二三小倉《をぐら》にかはいがらるる男」と申す。「してなんと《ところで》、その後は上へものぼらぬか《あれから後は京都へもご無沙汰か》」「まづ咄す事もある《話も大分積っている》。この舟へ《こっちへ移らないか》」といふ。何がなしに《世之介も気軽に》乗りうつりて、皆こころやすきつき合ひ《船中の一座は友人ばかり》、見しつた紋付の小盃にててんがう飲み《世之介も見覚えの小倉の紋入りの小盃でふざけ散らして暴れ飲み》、とやかくいふうちに二四四《よ》ツ橋《ばし》につけて、「あがれ」といふ。

「又悪所《新町遊郭》へか」「颯《ざつ》と《一通り》見て帰らう。〔夜の新町は〕これ吉野夜の花ぢや《吉野の夜桜の景を思わせる》」と東口より入りて《乗り込むと》、二五九軒《くけん》の吉田屋に行けば、台所に年がまへなる《相当年配の》男が白き二六絹《きぬ》縮《ちぢみ》に紅裏《もみうら》付けて、二七広袖着て、女房共を《女たちを》横平《わうへい》によびける。〔おかみの〕おなるに「何者か」ときけば、「これの《この家の》阿爺《とと》さま《主人》」といふ。「この二三年も来て亭

一　世之介の遊女遊びの方式としては、（天神を名ざしで希望するなど）、ついぞない仕方であるがとも解しうる。

二　「様子あり」は色事の関わりがあるの意。

三　月をみるにつけても思い出すが。「かげなびく光をそへて此の宿の月も昔をうつすとぞ見る」（『新千載集』）。「加賀の三郎」は未詳。月もかがやくにかけたか。

四　万治から寛文へかけての新町の大夫。『好色盛衰記』三の四は、この条を取っている。

五　おそらく壁襖等に金箔を張り廻らした広間であろう。『好色盛衰記』一の三には「八畳敷」とある。

六　和泉国大鳥郡湊村に産した。そまつな使い紙。

七　話者は明確ではない。

新町も沈滞期に

主見知らぬも新しい《面白い新発見だ》。それは何事も《しかしそれも当然〔この家は〕》おなるの利発で埒があく《万事おかみの取り捌きで事が済む》。まづ今夜の埒《課題》はなんでも目と鼻さへある女郎ならば堪忍する《それでいい》」〔呼べ〕と、あまりものあるほど《客がつかず売れ残りの遊女を全部》呼びにやる。[一]世之介終に申さぬ望み《ずっと口外しなかったが》、さる天神《てんじん》をこの前から[二]様子ありと、それを名ざして取りよする。

大二階に《二階の大広間に》あがれば、南の空より影のさし入る月も[三]むかしここに加賀の三郎《さぶ》〔名うての遊客〕などが逢ひし太夫[四]市橋《いちはし》が定宿《ぢやうやど》、[五]金の間も[六]湊紙《みなとがみ》の腰張に替りぬ。「[七]その時見しは四尺の長机《ながづくえ》に書院硯《しよゐんすずり》・筆架《ひつか》・香《かう》箱《ばこ》、さまざまの唐物道具《舶来の諸道具》置き捨ててかへれども、誰《たれ》がひとつ手にとらず《誰一人手に取って見る者さえいなかったのを》あるに、今は木枕

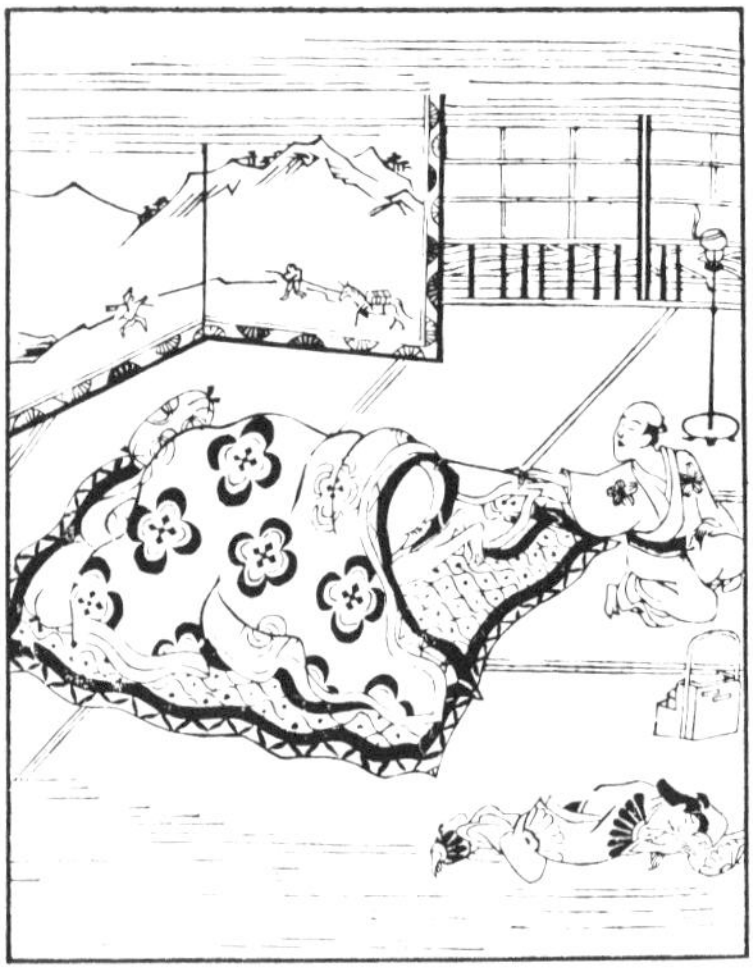

八 新町の遊女屋・揚屋に出入りしている座頭。未詳。三味線新調のために寄附を求めたもの。

不躾遊女の後朝

九 「自分は遊郭に来て（女にもてるので）寝た（眠った）ことはないが今夜は女と交わる気もしないので、色気をはなれて寝る（眠る）ことにしよう」の意。もって廻ったいやみである。また、「たまには情交もしてみようか」の意とも解される。

一〇 面白くもない情交をしている時にとも、また、いやな夢見に眠りも浅いうちにとも解される。

一一 客の起床をうながす声。新町では、夜の四つ（午後十時前後）に東西の門を締めた。泊りでない客は、この時帰らねばならない。

＊「遠国の傾城のかつてをかしからぬ」にこりての三都回帰であるが、三都の遊女もこれはひどく、連発の屁で世之介の高慢の鼻をもいだ。「遠国の傾城」の「をかしからぬ」第一は、客を見る目の欠落で、さんざその点を衝《つ》いた世之介であった。ところがこの屁ひり遊女は世之介の馴染なのである。とすれば「遠国の傾城」並みに世之介も目利かずであった。遊女と世之介の目利かずごっこ、それが巻五の大きな主題であるといえよう。

もたらず。煙草《煙草盆の煙草をからにして》あけてゆくやら、吸啜《きせる》が見えぬ事、よもや禿《かぶろ》はとらぬ筈《はず》」と、おもしろからぬ咄《はなし》する内に、八城春《じやうはる》が三味線の奉加帳《ほうがちやう》、「心得た《承知した》。小判の《小判を出した》次手《ついで》になんでも無心は御座らぬか」と悪口いうて、「女郎衆はまだか、〔来たら〕顔見て立ちながら《坐りもしないうちに追い返してやるのだが》いなす事ぢやが」といふ所へ、世之介《世之介の》馴染が御座つた。どこでまゐつたやら《飲んできたものか》、ささ過ごして《酒をのみすぎて》みえける。その内に床をとる。「九めづらしう寝もせうか」と〔世之介は〕帯もとかずに鼾《いびき》かきて、一〇思はしからぬ夢みる時、「一一御立ち」と庭《土間》から呼び立つる。「罷り帰る《じやあ帰るよ》」と起き出づる。女郎は酔《ゑひ》が醒《さ》めぬとそのままありて暇乞ひ《寝床にいて別れの挨拶も》もせず。世之介目覚まし《ねむけざましに》に吸啜はなさず、つづけさまに七八ふく灯《付燈の火で吸った》にて呑み侍る。女郎夜着の下より尻をつき出だすを不思議に思へば、そのあたり響くほどの香《にほ》ひふたつまでこく所を〔きせるの〕火皿にて押へける。覚えありて《承知の上で》こきぬるこころ入れのさもしさ《いやしさ》、思はずしらずは釈迦《しやか》もこきたまふべし。

入絵

好色一代男

六

一 世之介「三十六歳」はすでに本書巻五の二で語られている。巻五の最終章（七）の話は四十一歳であるから、この巻六の一の章の三十六歳は当然四十二歳とあるべきである。以下巻六の目録の年立ては全部違っている。三十七（六の二）は四十三、三十八（六の三）は四十四、三十九（六の四）は四十五、四十（六の五）は四十六、四十一（六の六）は四十七、四十二（六の七）は四十八歳。全くの錯記で、巻七からは、正常に戻り、四十九歳から始まっている。

二 食べさしのみかんを客に与えるということは、すでに遊女と客という関係を超《こ》えた親しさを現している。このことは古代中国衛《えい》の美少年弥子瑕《びしか》が主君に愛されるあまり、食べかけた桃をすすめたという分桃の故事のもじりである。

三 今の三笠と区別していったもの。島原下之町大坂屋太郎兵衛抱えの天神。もと大坂新町で出世したが、大坂屋の島原移転に伴って、寛文四年（一六六四）四月、島原に移り、延宝二年（一六七四）五月退郭。奴女郎（奴風＝男伊達のように寛闊《かんかつ》な意地と張りの気風《きっぷ》で売る遊女）として有名。天神を大夫として書くところは、フィクションである。

四 島原宮島甚三郎抱えであったが、寛文十二年（一六七二）新町扇屋四郎兵衛方に転籍。延宝六年一月六日没。二十二歳。

五 心中（真心・誠）をみせるための誓紙・小指・髪等を入れた箱。

好色一代男　巻六目録

卅[一]六歳
[二]喰《くひ》さして袖《そで》のたちばな
しまばらむかし[三]三笠《みかさ》が事

卅七歳
身《み》は火にくばるとも《くべられても（いといはせぬ）》
[四]新町《しんまち》夕ぎりが情《なさけ》の事

卅八歳
[五]心中箱《しんぢうばこ》
しまばら[六]ふぢなみ執心《しうしん》の事

卅九歳
寝覚《ねざめ》の菜《さい》[七]ごのみ
御舟《みふね》がまね《まねは（他の遊女には）とてもできないこと》のならぬ事

六 藤浪の執心という発想は、あるいは浄瑠璃『藤壺の怨霊』（延宝六年）と関係があるかも知れぬ。藤の花房の形態から長く尾を曳《ひ》く女の恨みを連想したものか。また、藤が松など他の木に絡みつくことから、女の執念の具象としたものか。また古来「藤浪の」は「思ひまつはり（始終心が離れない）」「ただ一目のみ」の枕詞であることも関係があるだろう。

七 副食物に自分の好みによって注文をつけること。

八 新春のとりわけ豪華な衣裳ぶり。

九 正月に着る晴着の羽織。当時、羽織は、女子に常用されなかった。

一〇 吉原新町彦左衛門抱えの大夫。

一一 全盛（売れに売れて贅沢《ぜいたく》をする）のあまり、歌書を解体した古筆切れで紙子《かみこ》を作り、羽織に仕立てて着ること。

一二 大坂新町あたらしや清春抱えの大夫野関かという。

四十歳

なかめは初《はつ》[八]すがた
嶋原初音《しまばらはつね》[九]正月羽織《ばおり》の事

四十一歳

〔放屁の〕匂ひはかづけ物　他におしつけて知らぬ顔
[一〇]江戸吉原《よしはら》よし田が利発の事　機転のきくこと

四十二歳

[一一]ぜんせい歌書羽織《かしよばおり》
[一二]野秋《のあき》両夫に目見ゆる事　男二人をまみ愛人とすること

一 些事にこだわらない寛闊さ。
二 遊女は日常抱え主である置屋のもとにいて、客の要望招請によって揚屋に出むいた。この郭内の小移動を道中といい、遊女は着飾って内八文字、外八文字などという特殊な歩き方をしてみせる。儀式であり、ショウでもあった。
三 折角買いながら、情交までに行きつくものはめったとない。
四 大尽客の伴ってきた者で、召使や出入りの医師・太鼓持等であった。

酒席は賑やか床はしめやかに

五 かごかき風情までにも気心を配って。
六 上方の遊郭で宴席の取持ちをし、三味線・踊りなど芸をする遊女。揚代は九匁。
七 置屋揚屋を問わず、遊女が郭内の男と関係することは堅く禁止されていた。一八八頁注一参照。
八 利発で分別があった。
九 「宿」を、困窮のあまり「揚屋をどこと決めないで」と解するものもあるが、とすれば「権左衛門方(島原揚屋町大坂屋)にて」逢うというのにさしさわる(なぜ「権左衛門方」ならよいのか)。この話自体が、すでに大富豪になった世之介の情事としては矛盾しているので、世之介をこの話限り、住所不定の隠し男とみてもよいか。問題の残る所である。
一〇 「おもしろうてやがてかなしき鵜舟哉」(『曠野』)。

喰《く》ひさして袖《そで》の橘《たちばな》

情《情深い上に》あつて[一]大気《たいき》に生《むま》れつき、風俗《容姿が大夫の職にふさわしく生れつき》太夫職にそなはつて、衣裳《衣裳のきこなしよく》よくきこなし、[二]道中《通常の大夫とは違って》たいていに替り、すこしすしに《はすはに》見えて、幅《威勢のない客は気をのまれて》のなき男はおそれて、[三]あふ事稀《まれ》なり。取り入りては《しかし馴れなじみこむと》よき事おほき人にして、座配《一座の取持ちは楽しく》にぎやかに、床しめやかに《閨房ではしっとりと》、名誉《不思議なまでに後ひく恋をさせ》おもひを残させ、別るるよりは《別れるやいなや次回の約束の日が来るのを》や重ねてあふ迄の日を、いづれの敵《どんな相手の客》にも待ち兼ねさせ、[四]召し連れの者・[五]駕籠までも、嵐ふく夜はわざとならぬ《さりげなくなり行きにみせて巧みに》首尾に仕懸けて、さし捨ての盃《盃を与え》、御こころざしはこれでもつた《彼女の志はこの僅か一杯の酒だけで十分》。[六]太鼓女郎にも大方なるわけ《の情事も大概の所迄は見て見ぬふり》は見ゆるし、〔しかし〕[七]宿の男などとの事は、末《将来には》に名の立つをひそかにしめし《教訓し》、やり手がよくばかりの算用もきかず《欲得だけで動かそうとしても自由にならず》、いやしき物は手にもたず《金などはおよそ無視して》、禿《かぶろ》〔幼い〕が眠るをもしからず〔つい座敷で〕、〔可哀そうに〕「夜更け過ぐるまで用の事ありて、あのはず」《あの居眠りも道理》

元禄元年の句であるが、発想は同一基盤にあると思う。
一一 以前の分からの請求書。
一二 これだけの熱愛を打ちきって死ぬことに未練があり。他に未練はないが太夫の愛だけが未練で死ねない。

人目の関にせかれては

一三 「くら闇に鬼」という諺があるかどうか。暗闇と鬼は、別段意外ではない。こんな暗闇をゆくのは人目を忍ぶ自分以外は鬼くらいのもの、鬼が小判などおとしっこないが、鬼が小判でも落していってくれていないものか。
一四 未詳。老中堀田加賀守正盛の名裁決でも巷間に流布していたものか（在職は寛永十年～慶安四年）。延宝五年（一六七七）七月二十五日以後は、大久保加賀守忠友。京都の名所司代板倉伊賀守勝重（慶長六年～元和五年）・永井伊賀守尚庸（寛文十年～延宝四年）らを仄《ほの》めかしたとも考えられる。
一五 面影を三笠とすることも可能であるが、小判の幻とすることも一説である（『世間胸算用』「小判は寝姿の夢」）。
一六 現京都市上京区。一条通の南の東西の通り。
一七 吉祥日《きっしょうにち》。物事をはじめるに都合のよい日。または吉書初め（正月の書きぞめ）の日。後者とすると時間がたちすぎる。「縁あって」という程の意か。「きちじよ」を人名とする説もある。この場合、名前も縁起のよい吉じょさんに、となる。

と、万《よろづ》よしなに申しなして《いいように言いつくろってやって》はよろこばせ、〔思いやりある〕「太夫様の事ならば〔何事でも〕」と、常々《つねづね》思はせて置き、[八]黠《こざか》しき子細《しさい》ありける。

世之介はその年より[九]宿《住いもどこやら》も定めず、権左衛門方《かた》にてみかさ《三笠》にあひそめ、「何事も命ぎり《命ある限りは》」と申しあはせて、[一〇]初めの程はおもしろく、中程はをかしく、後《のち》は気の毒かさなり《金銭の上でも不都合になり》、親方《抱え主》宿より《揚屋から》は[一一]前廉《まへかど》の書出《かきだ》し、よりはせかるる《からは二人の間を妨害される》。「死なうならば今《心中するなら今 という程追い詰められても》」なれども、太夫が[一二]おもはくを《深い愛を思い》見捨て兼ね《切って死にもできず》、自由にあはれぬ《逢うこともままならぬ今》人目をしのび《忍んで郭に行き》、〔三笠が〕「今すこしさきにここを通つたあとぞ」とその道すぢを行きては帰り《郭の中の道を往ってはかえりして》、「もしもかかる[一三]くら闇《やみ》に鬼の落した小判もがな《小判があったなら》。[一四]加賀殿のお言葉ひとつで済む事ぢやに《ひと言おっしゃれば全て片づくことなんだが》〔などと〕」と、おもうて甲斐なき欲先だつて《思っても無駄な金ほしさが》、[一五]まぼろしにも面影をみる事千《ち》度なり。

又いつもの時分とて《世之介が来る頃合だからと》太夫しのび出でて、「今宵は[一六]中立売《なかたちうり》の竹屋の七棟の一座に、紀州の人[一七]きちじよにはじめて出合ひ〔お相手しましたが〕、おもはしからず《好きになれない》」きさまの事をあらため《あなたのことをうるさく詮索して》、是非《ぜひ》にみきれ《関係を断て》とはつらし。これが見か《このいい男を》

一 五月二十八日の雨を曾我十郎の愛人虎御前の名から「虎が雨」、また「虎が涙」とも「虎が涙雨」ともいった。奴風の三笠を近世版の虎にみ立てたか。

二 「忘れては夢かとぞ思ふ思ひきや雪ふみわけて君をみんとは」(『伊勢物語』)。このようにゆきづまった現況を忘れて、逢っているうちは全盛のころ同様にとの意をかける。

三 蜜柑の袋を髪の毛で括って猿の形を作る遊び。他愛のないまるで子供っぽい戯れを、回顧することは二人の関係の哀れさ深さをひとしお強調する。

四 身にしみて、しんそこ。

五 島原は大門を四つ(午後十時)にしめ、八つ(午前二時)に開けた。

六 遊客は帰りに際して大門(出口)まで遊女に送らせることを以てみえとした。「むかしは」は「今こそあれ我も昔は男山さかゆく時もありこしものを」(『古今集』十七)を踏まえるか。

七 先斗町《ぽんと》。現京都市中京区、三条と四条の間、鴨川西岸の地。当時島原通いの中宿《なかやど》(引手茶屋)や出合宿、色茶屋があって、いかがわしい世之介の生活ぶりを示す。あるいは「宿も定めず」(前々頁注九)と呼応するか。

大夫の味噌こし

八 きらずとか、おからとか端的にいわず、かく長々しい表現をするだけで、すくなくともたて前はそのようなげすなあるいは家庭的なたべものはまったくみ知

ぎらるる物か」と、左の袖口より手をさし入れ、脇腹をいたくはつめらず。《〔虎が涙か〕》一泪《なみだ》まじりのそら、五月雨《さみだれ》の頃、二忘れては盛りかと見し《季節を忘れ今出盛りかと》密柑《みつかん》ひとつ、《〔出して〕》我が口添へし跡《口をつけた》ながら、手から手に渡して、「かた様は覚えてか《あなた様は覚えておいでかしら》。過ぎにし秋《この前の秋》、自らが《私の》黒髪をぬかせられ《お抜きになり》、三猿などして遊びし夜は、誰しのぶともなくさわぎて《誰に遠慮もなしに騒ぎたいだけ騒いで》、あんま取りの休斎《きうさい》が、《〔騒ぎまぎれに〕》二階より落ちて」と、《〔想い出話も〕》はや口に《口早に》かたるうちに、「太夫様は」《〔揚屋の者たちが〕》と、声々に尋ねけるこそ、四身に応《こた》へて悲しく、「あすの夜は人顔の見ゆるうちもくるしからず」《夜なら暮れきらないうちでも大丈夫〔いらっしてね〕》と泣き別れしに、五「門をしめる」とよばはる。あるいは主持《しゅうも》ち・さはりある人《事情がある人などが帰る混雑紛れに》かへるにまぎれて、《〔人目を忍ぶ身には〕》出口のあんどんうるさく《出口の茶屋の行燈が邪魔で》、横顔して《横を向いて》走り出で、六「むかしは」《〔私もここ迄送らせたのに〕》と口惜しく、七ぽんと町の小宿《こやど》に《〔わびしく〕》かへりぬ。

かくれなき沙汰して《情夫は世之介と評判が立ち》、太夫折檻すれども《太夫をせめ苛んでも手を切らない》止めず。むごうあたれども《残酷な目にあわせてもいっそう》なほ聞かず。《〔今は親方も〕》せんかたなく庭におろして《上間での下働きに使い》、木綿のときあけ物《木綿布子の綿をぬいて仕立直した》をきせて《袷を着せ》、味噌こしを持たせ、八豆腐より出でしこまかなる物《卯の花》を買ひにつ

らぬ、人工的享楽用女性として、三笠が仕立てあげられていることを示す。

九　十一月の異名。

一〇　玄関先の庭の意とも、屋内の広土間の意ともいうが、前者は、みせしめにもせよ客商売にはふさわしくなく、後者では吹きさらしとならず共にここでは当らない。単に広い庭でと解しておく。

一一　抱え主のもとに遊女たちは姉・妹の関係で統合される。先輩の遊女は姉分として、後輩の遊女の世話をし、性教育にまで当った。

一二　白檀・丁字などによる香油。理髪用。太右衛門は未詳であるが、世之介の家の出入り商人で太鼓持。また同時に郭出入りでもあり、三笠も得意の一人であったと考えられる。

一三　三笠の身の上を悲しんだの意。

かはしけるに、これ《げす仕事》をも恥ぢず。「おもふ人故なれば《この辛さも恋しい人のため》」と、〔平然たる様子〕その年の〔雪が〕九雪見月、はじめてふり積る、にくさ《三笠への憎しみも雪同様積り重なり》もつもりて丸裸になして、一〇広庭の柳にくくり付けて、「重ねてあひ見る事《世之介と関係する事》これでもやめぬか」と責めても、あふまじきとはいはず《今後縁を切りますとは》。〔この愛ゆえに〕死ぬるをきはめ《死のうと覚悟し》、五七日もしよくじをたつて、ある日泪《なみだ》をこぼすを、一一妹女郎が「見る目も情なし《お姿を見るだけで》」と申せば、「我が身のなり行くを思ひし泪《かく破滅してゆくのを悲しむ涙》にはあらず。これ程におもふと《死を覚悟してまで愛してい》はよもや敵様はしらずや《ることは世之介様はご存じないのだろうか》」と申せし所へ、一二匂《にほ》ひ油《あぶら》売りの太右衛門〔が来合せて〕これを一三歎《なげ》きぬ。このものは《この太右衛門は》世之介方へも、年頃出入りをおもひ合せ《年来の出入り商人だったと思いついて》、

「この縄をときて給はれ。[一]我が身あしきを覚え侍る」と縄をとかして、白綸子《しろりんず》の二布《ふたの》〔腰巻〕引きさき、〔料紙とし〕右の小指を喰ひきり、〔その血で〕心のまま〔思いのありたけを〕書きつづけて、〔文使いを〕「頼む」と太右衛門に渡して、もとのごとくなりて〔元通りにまた縛られて〕、「けふ〔今日が〕死《し》に出《で》[二]をかぎり」〔わが死の日よと舌を嚙み切ろうとする〕に舌かみきる所へ、世之介これを聞きもあへず〔報せを聞くや否や世之介も〕、立《たち》にてかけこみしを、おのおの〔周囲の人々が〕[三]懸け合せ〔集まって〕、義理をつめ至極にあつかひ〔道理を説き納得のゆくほど行き届いた仲裁をし〕、その後太夫を手に入れ侍る[四]。〔女の身で〕かかる心底又あるまじ〔このような激しい心意気は〕。大坂屋のやつこ[五]みかさと名をのこしぬ。

身《み》は火にくばるとも

生玉《いくたま》[六]の御池《みいけ》の蓮葉《はちすば》、毎年七月十一日にかる事ありて〔刈る定めがあり〕、汀《みぎは》に小舟をうかめ、鎌《かま》の刃《は》音《おと》におどろく、鯉《こひ》・鮒《ふな》・泥亀《すつぽん》のさわぎ、鳰鳥《にほどり》を追ひまはし、〔殺生の〕罪[七]も神前も〔神前であるのも〕忘れ果てておもしろや。その日は越後町[八]扇屋の

一 「私が悪かったと思うようになった」と解するか、「気分が悪くなった」とするか、両解共に可能であるが、しばらく後者とする。
二 決死の死装束で（白小袖または浅黄小袖）。
三 本来乗馬用語。馬を競ってかけつけあうこと。
四 必ずしもストレートな身請けの意味ではない。種種の手段《てだて》がありえた。たとえば親許からの身請けの形を取って、入用を少なくするなど。
五 遊女の奴風は、『色道大鏡』の著者箕山によれば、大夫職にふさわしくなく、「天神より以下の業」とみられている。「まのあたり見をよびたる奴には、江戸の勝山、京には三笠・蔵人、大坂にては八千代・御階・大隅等也」とある。事実三笠は天神であったが、西鶴は大夫として描いている。
六 大坂生国魂神社（現大阪市天王寺区生玉町）の門前に、弁財天池と北向八幡の蓮池があった。ことに前者の蓮は難波十観の一つであった。
七 「罪も報も後の世も忘れはてて面白や」（能『鵜《う》飼《かい》』）による。
八 大坂新町の郭内、瓢簞町の南の筋。佐渡島町の西。
九 行楽用に使う手提げ弁当。寝覚提重《ねざめさげじゆう》。「寝覚め」に早朝から準備しての意を含む。
一〇 九軒町の揚屋住吉屋長四郎。同吉田屋喜左衛門。
一一 初代岩井半四郎の手代。俳諧を嗜《たしな》んだ。

〔次郎兵衛が〕あろじ秋の[九]寝覚めにもろこし餅《玉蜀黍の粉の餅》、酒など持たせて、〔一人遊びではと〕友とせし人[一〇]住吉屋の何、吉田屋の誰、[一一]の平《へい》といへるをのこ、[一二]佐渡嶋伝八《さどじまでんばち》、[一三]世之介まじりに東南の[一四]嶋崎《しまざき》に〔ずらりと〕居流れて、「[一五]松の木陰は時雨《しぐれ》の雨か、ぬれ懸《かか》るかゝる」とはやり歌、同じ口拍子に、なんでもこれはよう揃た《調子も様子もよく似合いの仲間だ》、[一六]五人ながら今の世の[一七]きき男、[一八]手くだの勘定《感状〔ともいうべき〕》、懐にありし文《手紙》をみるにひ《どの》とつも《一通だって》返事はなし。皆女郎のかたより《方から》思ひをつくしての《惚れた思いの限りをのべた》数々、うき《遊女と》勤めの身にもほれたといふ事うれしく思へばなり《いう悲しい勤めながら惚れた男を持つことを喜んでのことである》。色道《しきだう》まれもの《猛者が》寄つたこそ幸ひ、万《よろづ》隠しづくなし《全て隠すことなく》、贔屓《ひいき》なしに、今での太夫の品定め《今日ただ今で一流の大夫の品評会》、けふの暮れまでのなぐさみ、入日も[一九]背山《せやま》にかたぶき、名残《なごり》をしきは《惜しいこと》今《には》すこしの[二〇]年前《ねんまへ》、小作りなるこそおもひど《すこし小柄なところが気にかかるが》、顔うつくしく、け高く、心立てもかしこし。[二一]大橋はせい高くうるはしく、目つきすずやかに口つき賤《いや》しく、道中思はしからず《うまく練り歩けない》。座につきての有様、歌よまぬ小町に等しく、心ざしは[二二]よわよわとして諸事禿《かぶろ》のしゅんが智恵をかすぞかし。[二三]お琴はふつつかなる《いかにも整わない》貌《かたち》、いやらしき所《賦味なべとべとした所》、〔広い世間に〕それをすく人もあ

一二　大坂の道化役者。舞踊佐渡島流の創祖。
一三　世之介を客体視というか、いかにも附録的に、その他大ぜいとして登場させている。
一四　池の中に陸から突き出した島。弁財天を祭る。
一五　「さんさ時雨か萱野《かやの》の雨か、音もせできて濡れかかる」（仙台の俚謡）を本歌とする。
一六　この「五人ながら」は不合理。一座は、扇屋の主人・住吉屋某・吉田屋某・の平・佐渡島伝八・世之介で六人になる。先に「世之介まじりに」とある事から、始めから五人と別扱いとは聊《いささ》か無理だろう。
一七　物事に練達の男。幅も濡れもきく粋人。目利き男の意を含み、そこから品評の趣向が引き出される。
一八　「手くだ」は遊女と客の駆引き。やりとりを戦闘にみたて、武士への感状に譬えた。「勘定」は誤用か。
一九　「背山」は新町佐渡島町富山勘右衛門抱えの遊女。大夫。名大夫だったが、年をとって盛りもやや衰え。「入日」や「背山にかたぶき」は「暮れ」の縁語。
二〇　遊女勤めの年季がもうすぐ明ける。十年に前後の一年を加え十二年、時に十五年に及んだ。
二一　大坂新町の大夫。このところ『古今集』序の六歌仙論のパロディか。また最初に美点を列挙し、一、二の欠陥をそえる型《パターン》は、品定めに現実感をもちこむ有効な方法で、「口つき賤しく」「道中思はしからず」などにその事がうかがえる。
二二　「ただよわよわと詠《よ》むとこそ」（能『鸚鵡小町《おうむこまち》』）。
二三　小琴は佐渡島下之町丹波屋七兵衛抱えの遊女。

り。万《よろづ》かしこ過ぎて欲ふかく、一 首すぢの出来物《できもの》ひとつ《何よりの》の歎きなり。一座のさばき《宴席の差配は旨く》終《つひ》に怪我を見付けず《全く失敗なし》、どこやらに《どこをどうというのでなく生れついての》よき風儀そなはりぬ。二 朝妻《あさづま》は立ちのびて《すらりとして》、三 腰つきに人のおもひつく所もあり《好き心を挑発する色っぽさがある》。脇顔《わきがほ》うつくしく鼻すぢも指し通つて、気の毒は《困ったことには》その穴、くろき事煤《すす》はきの手伝ひかとおもはる。されども花車《きやしや》がつておとなしく《上品ぶってしとやかに》、すこしすんどに《〔場合によって〕険ありげに》みゆる時もあり。いづれか太夫にしていやとはいはじ《どの一人だって大夫に出して不都合という女はいない》。

四 朔日《ついたち》より晦日《つごもり》までの勤め、屋内繁昌《やないはんじやう》《〔お蔭で〕》の五 神代《かみよ》このかた、又類《たぐ》ひなき御傾城《おけいせい》の鏡《お手本》、六 姿をみるまでもなし、髪を結ふまでもなし《〔ことさらに〕》、地顔《ぢがほ》素足《すあし》の尋常《華奢なこと》、はづれゆたかにほそく《爪はずれはふっくらとしかも細く》、なり恰好《かつかう》しとやかに、ししのつて《肉づきよく》、眼《まなこ》ざしぬからず《抜けた所がない》、物ごしよく《動作のしこなし優雅で》、はだへ雪をあらそひ《肌の白さは雪を上越すばかり》、床上手にして《床の技術抜群で不思議な位の》名誉の好《すき》にて《色好み》、命をとる所あつて《命取りになりかねぬ絶妙さ》、あかず酒飲みて《酒も十分のみ》、歌に声よく、琴の弾手《ひきて》、三味線《さみせん》は得もの《得意》、一座のこなし《座の取持ちに失点なく》、文づらけ高く《文章は品格があり》七 長《なが》ぶんの書きて、物をもらはず物を惜しまず《物をねだらず与える方は惜しまず与え》、情《なさけ》ふかくて手くだの名人《色事の駆引きの》、「これは誰《た》が事」と申せば、八 五人一度に「九 夕霧《ゆふぎり》より外に。《〔誰がいよう〕》日本広し

一 「お琴は首筋あちらへなして」(『好色二代男』二の二)とあるごとく、首まわりに欠陥があったか。
二 新町佐渡島屋抱えの遊女。『好色盛衰記』(三の一)に浅妻として、鼻の穴の黒いことがみえる。
三 腰も遊女のセールスポイントである。「ふと腰つきにえもいはれぬ所ありて」(本書一の七)。

情ふかくて手くだの名人

四 三百六十余日の一年中休みなしの勤め。遊女に休暇はなかった。
五 家が富み栄える福の「神」と、「神代このかた」の神とをかける。
六 鏡の縁語で「姿をみる」が出る。まさに遊女の「鏡」だが顔や姿を映して検討するまでもない。
七 通常「長文を書いて(書くことができて)」と解するが、「長文の書き手(巧みな筆者)」とも取れる。
八 六人の仲間ながら、五人とある。世之介をはぶいてのことである。六人の中でそれまで夕霧と関係(かならずしも肉体関係に限らない)を持たなかったのは、世之介のみである。
九 夕霧のみの条件としているが、ここに列挙した諸

点は、夕霧以外の遊女を讃える時にも使われ常套的発想である。錦文流《にしきぶんりゆう》の『当世乙女織』（宝永三年、一七〇六）では端女郎のよし河について次の如くいう。「俤は松の位を恥ぢず、心はゆうに、万のやさしさは傾城をはなれ、坐敷ようて床ようて、三味線きやうで、手をかいて、さり迚《とて》は古今の掘出し」。

一〇 世之介をのぞく五人のこと。

一一 伝八は道化方であるから、以下のようにいう。

と申せども、この《この人こそ》君、この君《理想の遊女だ》」と、口を揃へて誉《ほ》めける。いづれも《五人てんでに》情に《〔夕霧の〕情を受けた想い出などを》あづかりし過ぎにし事ども語るに、あるは《〔男が夢中に登りつめて〕》命を捨つる程になれば、道理を詰めて《尽して話をつけ》遠ざかり、名の《浮名》立ちかかれば了簡《れうけん》して《納得ずくで》やめさせ、つのれば《それでも一途になれば》義理をつめて見ばなし《義理から押えて関係を断ち》、身おもふ人には《世間体を憚る人には世人のみる目を理由に》世の事を異見し、女房のある男には、うらむべき程を合点させ《〔女心からは〕さぞ恨むであろうと納得させ》、魚屋《うをや》の長兵衛にも《〔風情〕》手をにぎらせ《握らして喜ばせ》、八百屋五郎八までも、言葉を《言葉をかけて》よろこばせ、ただこの女郎の人を《他人を》すてずにまことなるこころ《見捨てることのない誠実な》を思ひ合せ、はじめの程は高声《声高に話したが》せしが、いつとなく静かになりて、一〇いづれか《誰もが》泪《なみだ》をこぼさぬはなし。一一人に笑《をか》し

がられ、人に笑はるるをほんとする《本業である》伝八も、この太夫様にはとなづみぬ《執着した》。

これを聞くに《世之介は聞いただけで見ぬ恋をしその席を我慢できず》その座にたまり兼ねて、作りわづらひ《仮病をつかって》して人より先に帰り、〔早速〕おもふ程《思いのたけを》を書きくどきて、よすがを求め《つてをたよりに夕霧のもとへ送った》つかはしける。[一]雨の夜、風の夜、雪の道をもわけて《ふみ分けて特に》、「[二]この恋かなふまで」と〔世之介が〕通へば、心の程を見定め《浮気でなく真実だと摑んだ上で》、その年の[三]十二月二十五日、さも忙《いそが》しき折ふし《取込み時》、「けふこそしのべ《こそ辛い ひそかに》」との御内証《内々の報せ》、さる揚屋《あげや》にいつよりははやく〔夕霧が〕御出であつて待ち給ふこそ嬉《うれ》しく、[四]上《かみ》する女に心をあはせ《しめし合せ》、小座敷に入りて語りぬ《契りを結んだ》。[五]如何《いかが》思《おぼ》し召しけん、〔ことさら〕[六]火《こ》燵《たつ》の火を消させて、〔寒さの〕折柄《をりから》のはげしきに、〔世之介は〕これをふしぎに思ひながら、〔問いもせず〕数々わけもない事どもして《たわいないいきわどい事の限りを尽して》興ある所へ、その日のお敵《夕霧の客》「権七様御出で」と呼びつぎぬ[七]。すこしもせかず《夕霧は全くあわてないで》、〔火を消した〕火燵の下へ隠れけるこそ《世之介を隠した》、最前をおもひ合せて《なぜ先に火を消したか今はたと判って》、かしこき御心入れ忝《かたじけ》なくて、譬《たと》ひやけ死ぬるとも、ここぞかし《ここでなら本望だ》。かの男不思議のたつやうに《客が不審に思うように》、べつの事もなき文《何ということもないふみを》〔わざと秘密めかして〕持ちながら、台所へ逃げられし

＊古今無双の名妓夕霧についてのこの無知は、遊蕩児世之介のイメージを少なからず歪めるだろう。三十七年間の好色遍歴とは、では一体何だったのか。巻四の二と併せ考えたい。

手くだの炬燵

一 小野小町の許へ百夜《ももよ》通いして九十九夜目に倒れた深草少将の面影。「人目忍ぶの通ひ路の（略）雨の夜も風の夜も、木の葉の時雨雪深し」（能『卒都婆小町』）。

二 恋は永続しなくてよいという刹那主義的発想は、かならずしも仏教的な妄執発散からではなく、また世之介＝西鶴の個的な考えに限らないとしても、本書二の一「又この度もかなふまでの恋をいのらるる」（四六頁）と、「この恋かなふまで」とはやはり繫がりあうものであろう。「いったんはとげずにおくものか」という程の意か。

三 年末の多忙に加え、新町の紋日に当る。

四 座敷廻り担当の女召使。

五 このあたり、遊女にのみ敬語を使っている点に注意。遊女の聖性が、まだ忘れられていないのである。

六 宝永四年（一七〇七）近松門左衛門『心中重井筒《しんじゅうかさねいづつ》』では、間夫《まぶ》の徳兵衛が、遊女をこたつに隠す。それと知った女の抱え主（徳兵衛の実兄）が懲《こ》らしめのために炭火をどんどん入れる趣向がある。

七 入口から奥の方へと順に客の到着を言い送ること。

太鼓持夫婦の土用干し拝見

八　鴨川の四条河原に六月七日から十八日まで、茶屋が河原に「床」を出して、客に納涼させた。

を、男《権七》追つ掛け《〔苛立って〕》、見る見せぬのあらそひ、しばし隙《ひま》入るうちに、世之介は《〔楽々と〕》裏へ恋のぬけ道ありける。

心《しん》中《ぢゆう》箱《ばこ》

風待つ暮れ《涼風を待つ夏の宵》、河原《かはら》八の涼み床《とこ》を見わたせば、柳の場々《万里小路の》の長七《〔太鼓持〕》、提《さ》げ煙草盆《たばこぼん》に大団《おほうちは》を持ちまぜ《一しょに持ち》、人たづぬる《誰かをさがす》風情《ふぜい》、「やれうつけもの《おいぼんやりよ》。外《ほか》より見ての笑《をか》しさ、誰をか慕ふ《捜すのか》」ときけば、物いはず《だまったまま》笑うて指さす方に、我が女房を常ならぬ《普段と大違いの》出立《でたち》《拵えで》、やとひ腰元《こしもと》・やとひ下女、おのれ《長七自身》も与七《供の下男に》になつて、主《しゆう》《〔わが妻を〕》あしらひ、これは《〔また〕》替つた仕出し《新趣向》と、様子を問へ《〔一体何ごとか〕》ば、「日来《ひごろ》は手づから食《めし》を焼《た》かせ、《〔井戸の〕》釣瓶縄《つるべなは》をたぐりあぐるも《たぐり上げる辛い暮しも》、この男《私を》をおもふ故ぞかし。毎夜《まいや》更《ふ》けて帰れども、一度も戸をたたかせず明けて、『今宵は待ち兼ねぬうちに《待ちわびる迄もなく早くお仕事を終えられたのですね》はやきお仕舞ひ《お仕事の》、御機嫌は《ご気分は》、首尾は《ぐあいは》』と、世間内証ともに心を付けぬるかはゆさに《家のうちそと両面に気をくばるいじらしさに》、せめてけふこそ《今日一日くらいは》人のおか様《世間の奥様》並《な》みに被《かづき》[一]をきせて出懸け《外出し》《〔気保養させ〕》、暮れたらばあの《〔大仰なかずきの〕》姿をそのまま横にこかして我が世の思ひ出さす事なり《寝かせてこの世の思い出になるほど満足させてやります》。いつも独寝《ひとりね》のうらみ、いはねばこそなれ《黙って我慢してくれる有難さ》。太鼓持の女房には《〔未来永劫〕》なるまじき物とおもふぞかし《〔さぞ〕思っているでしょう》」。尤《もっとも》も《もっとも至極だ》、長七がいふ所、まことにこの女はもとかの里《島原》にて藤な[二]みにつきしはるといへるやり手なり。「互ひにおもしろづくの《思い思われての夫婦仲》御えんぺん、春《〔郭奉公時代〕》がもらひためし少金《せうきん》[三]はへらさぬか」といへば、長七苦《にが》い顔して、「それはいつの事《そんなものいつの話やら》、まだ《まだしも》[四]子を生まいで仕合《しあは》せ」と、身ぶるひして世《渡世》のからき事を語る。《（世之介）》「これからすぐに我が方にて、夜とも《夜を一緒に》に昔を《過して》聞きたし。《〔またお前に〕》きかせたき事もあり」とて《〔家に〕》伴ひ、人まれなる奥座敷《召使も入れない奥まった座敷》に入れば、あしからぬ匂ひ《そこはかとなくよい匂い》、《〔長七は〕》「しきりに油臭《あぶらくさ》きは《やけに》、かか、なんと《女房よ なんだろう》」《〔長七の妻も〕》「合点がゆかぬ」と、夫婦鼻つき合せありけるに《よりそい鼻をぴくつかしていると》、《〔世之介が〕》「けふは伝受《でんじゅ》[五]物の土用ぼしする」と仰せられける。

血判証文、肉つきの爪

小書院《こしょゐん》に一つの箱あり。上書《うはがき》に、「御《おん》心中箱・承応《じようおう》[六]二年より已来《このかた》」

一　上流婦人としていで立たせて。

二　島原下之町柏屋中村又十郎抱えの藤浪（波）に三名あり（諱《いみな》沢子、説子、淡子）。おそらく大夫職からのち天神となった沢子であろう。大夫小藤に禿名数馬で仕えた。

三　わずかな金。

四　商売女あがりは子を生むことがないか、極めて稀とされていた。

五　古くから所蔵し大事にしている品物の意で用いた。『色道大鏡』にも「色道十箇の口訣《くけつ》」等いわゆる伝授物めかした発想がみられる。「土用ぼし」は、立秋の前十八日間の土用に、伝世品衣類等を干して、破損を防ぐこと。

六 承応二年（一六五三）は天和二年（一六八二）から逆算すれば世之介三十一歳、本書四の四江戸放蕩時代である。西鶴の年譜から換算すれば寛永十九年（一六四二）生れで承応二年は十二歳である。「伝授物」の語義だけからいえば、父からの譲りと考えてもよいが、ここではそうでなく、世之介の個体史において、モニュメンタルな人間交渉の記念品とする。

七 生爪を剝《は》がして誓約のしるしとする。遊里などでは、痛まぬよう薄く爪を剝がす営業用の手段が種々講じられたが、ここでは逆に肉づきで深く削いだもの。

八 女のおもいは鏡や髪にこもるとされるが、寺院の鐘の鋳造のために、鏡、または髪を切って寄進する。この小書院の様子は、鐘鋳の寄進あつめの現場のようであるといったもの。

九 寺院などでの本尊開帳の時、仏像の手に多くの綱をかけ、諸人がその綱をひくことによって、仏縁を結ぶと信じられた。はりめぐらした琴糸を善の綱にみたてたもの。

一〇 交情の後の朝、きぬぎぬ。

一一 紫の地に十六武蔵《むさし》の模様（麻の葉模様に似る）を染めた着物。見る者が見れば、この好みは誰か推測がついたのである。

一二 島原下之町桔梗屋喜兵衛抱えの大夫。延宝三年（一六七五）退郭。

一三 三味線の海老尾の部分に定紋を蒔絵したもの。

としるして、この中に女郎・わか衆、かための誓文《愛の誓いの起請文》、大方は血文《ちぶみ》なり。床《とこ》柱《ばしら》より琴の糸を引きはへ《引き延ばし》、〔そこへ〕女にきらせたる黒髪〔が掛けられており〕、八十三までは名札《なふだ》を読みぬ《数えた》。その跡《それから後は》は計《かぞ》ふるに暇《いとま》なし。右のかたの違棚《ちがひだな》の下に、七肉つきの爪数《つめかず》をしらず。その外〔曰くありげに〕服紗に包みし物山のごとし。これも何ぞであろべし《何か色事の記念品であろう》。ただこの有様〔小書院の〕は八執心《しふしん》の鐘鋳《かねい》の場《には》・九善《ぜん》の綱かとおもはれ、なを御次《おつぎ》の間《ま》をみれば、〔湯文字の〕らく書《落書をした》の緋むく、血しぼりのしろむく《絞り染めのような血書の白無垢》、一〇後《のち》の朝《あした》の名残をそめそめと書きつづけたる着物《別れともない思いを書きこんだため黒くみえる着物》、一一十六形《がた》の地紫《ぢむらさき》、あれは一二花崎様の念記《かたみ》、紋つき一三の三味線、きやふを上下《腰巻を表装の天地に》、帯を中べりにして《帯を左右の地にしたてた美》

姿絵（人画）の懸物《かけもの》、そのかぎりなく（いったい幾つあるやら）、「これ程まではおほくの女に思ひを（〔どこからか聞えてくる〕）させ（〔切ない〕）、執着（執心を）、御のがれあるまじ（〔起させた罪は〕）」と申す言葉の下より（耳に入るや否や）、床の上なるかもじ（髪）忽《たちま》ち四方へさばけ（広がり）、のびては縮み、二三度飛びあがりて物いはぬばかり（〔まるで〕）、生《しやう》あるけしき（生き物のようで）、みるに身の毛たつておそろしく、「これは」と尋ねければ、「これははるも覚えがあらう（覚えているだろう）。段々わけあつて（入り組んだ）、藤なみにきらせたる髪と爪なり。中にも（〔数多い〕）今にわすれねば、かく置き所までをうづ高く（高い所に盛り上げる様に置き）、仮にも化《あだ》には思はず（おろそかに）。ある時は夢、ある時はまぼろし、又は現《うつつ》に目見《ま》えて〔一〕、今請けられてゐる男の首尾もかたる（身請けされた相手との関係の実情も〔細ごま〕）。更《さら》にあはぬとはおもはず〔二〕。人には咄《はな》されぬ事までもありて、殊《こと》に前夜の別れざまに、織り出しの（〔新趣向で〕）嶋縮緬《しまちりめん》、『貴様《あなた》にきせたらばぬけるほど（みとれて魂が消える程）よき羽織ならん』と置いて帰る。夢にもせよこれがあるこそ不思議（夢だったにもせよ現にこの布地があるのが）。これを（この奇異を）かたらうとおもうて、よれ（立ち寄れ）とは申し侍《はべ》る」。春も長七もおどろき、「誠《まこと》に藤さまはいかなる事にや（どういう因縁因果でか）。かた様《あなた》には、身捨て（身をなげうち）、命を惜しみ給はず。この事京都に隠れもなし（誰もが知っています）」と語り捨てて、（〔暇

一　幻覚と思われぬまでに明瞭にあらわれ。

二　まったく逢わなかったとは、とても思われない。

三　「逢う」にはやはり夢中情交の意も含まれていようか。「人には咄されぬ事」はその文脈でよみうる。

四　「春は藤浪様へ見舞へば」という何の奇もない文章ながら、「春は藤浪を見る紫雲のごとくして西方に匂ふ」（『方丈記』）を連想するものも多かったと思う。偶然ではあろうが、話が藤浪の出家遁世に展開することから、あるいは、意識的なレトリックであるかも知れない。

五　藤浪という源氏名自体が、本名の「なみ」によったとも考えられる。今はもとのなみに立ち返ったなみ様に話すと……。もちろん、藤浪の郭内での呼び名とも考えられる。

六　藤浪は素人になっているのに「太夫」とするのは、長七夫婦にとって彼女は今なお「太夫」なのである。

七　請け出されて、おそらく妻か妾になったものであろうが、いずれにせよそれを「勤め」と冷たく割りきっている。

八　仏門にはいりたいので暇を下さいと「夫」に申し出る。

九　江戸時代、妻が夫を嫌って鎌倉東慶寺ごとき特定の尼寺にはいり、三年間尼として過せば、夫婦の関係は切れたものとみなされた。ここからみれば、やはり妾でなく妻であろう。

〔乞いし〕それより春は[三]藤浪様へ見舞へば、「かの縮緬《ちりめん》一巻見えぬは《見当らない》」と、せんさく半《なか》ばへ行き懸り、偸《ひそ》かに[四]なみ様へ様子語れば、[五]太夫泪《なみだ》をながし、「いかにも世之介様にこれをと《これを上げたらと》おもひし心の通ひけるか《志が通じたのか》。寝ても覚めても忘れねば、〔これ以上〕ながらへて[六]この勤め〔続けても〕せんなし」と手づから髻《もとゆひ》をはらひ、出家の望みの[七]暇《いとま》を申し、世上を見限り《浮世の一切をみすて》、[八]尼寺に懸けこみ、願ひの道に入りぬ。[九]女郎一代のほまれ、勝《あげ》てかぞへ難し。

寝覚《ねざ》めの菜好《さいこの》み

[一〇]京屋仁左衛門が〔あれだけ〕自慢せし庭の松さへ枝をれて、[一一]すこしは惜しまる夜《よ》の大雪、おのづから風がのまする酒になりて《風の寒さに自然と酒事になり》、〔その酔い心地のうちに〕「さあこれからは枕《まくら》かる山」、[一二]蒲団《ふとん》に肌もつけあへず、〔世之介も御舟も〕同じ寝姿《ねすがた》、つれ鼾《いびき》、いつとなく出でてけり。あひ床には《隣室で寝るのは》[一三]新屋《あたらしや》の金太夫、[一四]槌屋《つちや》の万作に〔様子を〕きかれて

九 なぜ藤浪の行為が遊女の生活として賞讃の対象となるのか。女の男に対する執心の深さだけが讃えられているのではもちろんない。執心＝愛を断たれた時、他の男に隷属するという関係を鋭く断ちきったその見事さを賞讃したものか。それとも「女郎」であったとき、即ち在郭時代の光輝にみちたエピソードは数えられない位だというのであろうか。いずれも通じる。

一〇 大坂新町佐渡島町北側の揚屋。

一一 この「すこしは」は解釈しがたい。自慢の松も枝が折れれば折れっぱなし、大雪での被害も今さらそれほどは惜しくはないという意味の「すこしは」であるのか。せめて自慢の松だけは今もみごとであったものを、これまでもが雪折れしたのが、覆いがたい新町遊郭の地盤沈下、大勢としての衰廃を反映した一現象として「すこしは」惜しいというのだろうか。いずれにせよ、このあたりの文章にリズム感がある。そっくり小唄として『若緑』所収「かる山」にあり、『一代男』との前後はにわかに明らかにしがたい。

御舟、夢中の告白

一二 蒲団にはいるやいなや。素肌で寝たものか。

一三「新屋」は新町下之町の置屋。「金太夫」は同家抱えの遊女。

一四「槌屋」は新町東口の置屋。「万作」は同家抱えの遊女。

笑はるるもしらず、こころよく夢ひとつ二つ見しうちに《一二回情交を重ねている中に》、《〔名のゆえか〕》[一]御舟額《みふねひたひ》に浪立て、眼《まなこ》をひらき声あらく、「弓矢八幡《〔ええこの〕》、大事は今《〔何が何でも〕今こそ大事》、七左様のがさじ」と左の肩さきにかみつき、歯ぎり《歯ぎしり》してこぼす泪《なみだ》雨のごとし。これを[二]おどろき、「我は世之介なるが」とせはしく断《ことわ》りてどよめば《騒ぎ立てると》、御舟まことの夢覚めて、「何事も御ゆるしあるべし。我がうき名《私の評判取り沙汰》隠すまでもなし。丸屋七左衛門どの《〔島原での愛人〕》現《うつつ》に目《ま》みえて、『世をおもふ《世間体》ゆゑに恋をやむる《〔お前との〕》』との一言《いちごん》、さりとは悲しく、《〔声をあげ〕》今の有様はづかしや」と、身もすつる程のけしき《自害をしかねないほどの様子》、漸々《やうやう》いさめて《力づけて》、かく馴れそめしより《ここ迄深まった愛の初めから》已《この》来《かた》の難儀《辛苦を》を聞くに、またの世につづきて出来まじき女なり《後世にはもう生れてこないみごとな女心の持ち主である》。

起き別るる《〔一夜すごして〕》風情《ふぜい》もしとやかに《しっとりと上品で》、ささもよき程に《酒も程よく》飲みなし、「[三]よび《お呼》ましや《びしなさい》」といふ声も更に《全然》聞きいれず、客こころをのこさぬまであり《帰りは客もみち足りるまで落ち着いていて》て、内儀・女房共にもうれしがる程の暇請ひ《揚屋のかかから召使女の末まで十分心づけをし挨拶して》、塗下駄《ぬりげた》のおと静かに、さしかけから《〔後から〕下男がさしかける傘の端から雪に濡れる袖を気に留めず》笠もれてふる雪袖をいとはず、大やうなる道中《ゆたかな道中姿》、「何《どう》とて《してまあ》京にては太夫には《〔天神にして〕》せなんだぞ《しなかったのか》」「もつともうつくしからず《そういえば大して》」「た《ば》

一 島原大夫町宮甚三郎抱えの遊女。天神。揚屋の丸屋七左衛門と通じ、新町へ転籍、大夫となり、新町でも揚屋吉田屋喜左衛門と通じたという。すべて、郭内の男女の交情は、禁忌であった。一七四頁注七参照。御舟→浪。

二 眠りがさめるの意と驚くの意とをかける。

三 「よびましや」に二解あり、他の客から貰いがかかった時の揚屋の人々の声とするか、または、宴席の半ばで抜け出て、雲隠れし、間夫などと遊んでいる遊女への呼び声とするか、「更に聞きいれず」とあり、さらに客が十分満足するとあることから、折角買った遊女に貰いがかかってかさねばならぬ客にとって、聞えぬふりまでして、奉仕してくれるの意と前者を一応取っておく。

はけども《かが何をいう》、太夫はそれによるものか」《顔の美しさだけで決めるものか》と、帰《かへ》さの〔魅力的な〕うしろ姿を詠《なが》め尽し、〔世之介は〕独りさびしき二階にあがれば、〔置屋からの〕迎ひの遅き女郎茶釜《ちやがま》近くあつまりて、取り置く椀箱のじやまなし《椀や椀箱の取り片づけの邪魔をし》、こごり《煮凝り》鮒《ぶな》の鉢《はち》をあらし、「湯の」《湯がほしいの》「水の」《水がほしいのと口を動かし続け》と口の隙なく、丸盆〔踏み〕割りてさらぬ躰《てい》に直し置き《ごまかして》、[四]城浪《じやうなみ》が三味線〔棹を〕ふみをりて、しらぬ顔にして置き所かへらるるなど、くらがり〔人目もないと思って〕より〔だりうが〕見ての笑《をか》しさ、[五]肴懸《さかなかけ》の干鳥賊《するめ》も動き、煎海鼠《いりこ》も躍るほどの事ぞかし。〔自堕落にも〕立ちざまに[六]着物《きるもの》ひとつになり、あるいは下《した》上に着替へ、[七]軒の玉水におどろき、「せめて門口《とぐち》ばかりには竹樋《たけひ》を懸けられう《かければよいのに》事ぢや。気のつかぬ《気働きのない》仁左衛門」と声高にののしり、賤《いや》しき事ぞかし。

ある太夫は吉田屋にて、[八]毛馬《けま》の里人の[九]緋縮緬《ひぢりめん》の下帯《褌》無理《むり》取りにして、あけの日はやく脚布《きやふ》にせらるるとや《自分の腰巻になさったとか》。さる太夫は肌に[一〇]あやけんの巾着《きんちやく》はなさず、その中には黄色にして飯櫃形《いひびつなり》なる物《小判を》、したたか入れて置かれしを、みる子細あつて《ふと目にしたとき》、「[一一]用心時の夜道こころもとなき《心配だね》」と申せし事ぞかし《皮肉をいった》。この心根《こんな心底は》いやな事にぞありける。この[一二]外見とが

＊遊女の嗜みとして客の前では箸をできるだけとらなかった。そこで隠れぐい（納戸飯）が遊女の泣き所として、しばしば取り上げられた。以下窃視《せっし》者《しゃ》としての世之介の目線《めせん》に沿う。

四　郭出入りの盲人。「城」名であるから、城方《じょうかた》すなわち八坂流か。対して一方《いちかた》流がある。

五　梁塵《りょうじん》の故事のパロディ。『劉向別録《りゅうきょうべつろく》』に「魯人虞公、発《スルコト》レ声《ヲ》清越《ニシテ》　歌《ハ》動《カス》二梁塵《ヲ》一」とある。

六　当時は上中下の三枚重ねが普通であった。

七　折しも降って来た雨が樋もない軒端で、玉となって流れ落ちるてい。

八　摂津国東成郡毛馬村。現大阪市都島区毛馬町。

九　緋縮緬の褌とは、一期《いちご》の贅沢であろう。それをむりやりにせびって貰うやいなや。

一〇　綾織の絹布で作った巾着。材質までこと細かに書いて、リアリティを増す手法。

一一　特に治安・消防に心を入れる十月から三月まで。

一二　遊女生活の一皮下をみるようになってから五年間、見聞きした裏話。窃視は『一代男』の方法の重要な一つであるが、巻一の行水における自慰行為をはじめ、性そのものの窃視ではなく、生活の窃視であることに留意したい。

めて、五とせあまりの事ども、そのかぎりしらず《無数にある》。名《〔一々遊女の〕》を書く事もむごし《気の毒》。「ただ[一]影を嗜《たしな》み給へ」と人のいふ事よく合点する女郎にうな《女郎を話し相手に》づかせて行くに《納得させて行ったところ》、越後町の北がは、中程の隔子《かうし》に、[二]寝覚めがちなる声して、「[三]学鰹《まながつを》の指身《さしみ》が喰ひたい」といはれし。[四]尾もかしらもしらず、「これは聞き所ぢや。いづれもだまれ《皆静かにせよ》」と耳の穴ひろげて《〔聴けば〕》、ひとつひとつ覚え侍る太夫殿の声として《一声これは誰と聞き分けられる程の大夫様の声》、「おれは[五]くるみあへの餅をあく程《〔食べたい〕》」とあれば、又《〔別の大夫は〕》のぞみ替へて、「[六]庭鳥《にはとり》の骨ぬき、あるいは山の芋《いも》のにしめ」、「[七]つちくれ鳩《ばと》」、「[八]芹《せり》やき」、「[九]あるへいたう」、「[一〇]生貝《なまがひ》のふくら煎《いり》

一 「他人の目を意識するときだけではなく、影（人目につかぬ）のときこそ、気をつけなさい」の意であるが、「影の奉公」を重視する『葉隠《はがくれ》』の発想と通じる。

二 眠りが浅くて半ば現《うつつ》の声。

三 真鰹。とくに上方で賞美した。

四 「尾」と「かしら」は「学鰹」の縁語。話の尾（後）頭（前）も聞いていないが、たまたま耳にはいったのが遊女の本音そのものであって、また一興で。「尾も頭も知らない」といえばまるで鵺《ぬえ》であるが、聞き耳たてることによって浮上するのは鵺同様、遊女という百鬼夜行の生態であった。

五 胡桃の実をすり潰《つぶ》して味噌と交ぜ、餅にあえた。

六 骨抜きの鶏に、肛門から鶏肉・卵・かまぼこなどをつめ、醬油・油を塗って焼いたもの。

七 山鳩。鳩の大きなもので美味。

八 芹の根をきらずに、油でいため、鴨や雉子《きじ》等の肉と共に焼いたもの。

九 有平糖。南蛮渡来の砂糖菓子の一種。砂糖に飴を加えて煮つめ、様々な形に作る。

一〇 鮑《あわび》の肉を切り、とろ火で柔らかく甘煮にしたもの。

を[一一]川口屋の帆懸舟《ほかけぶね》の重箱に一ぱい」と、思ひ思ひに好まる《注文をつける》こそ笑《をか》し。〔世之介〕「これをきいたか」。[一二]初音《はつね》の太兵衛《太鼓持》まじりに、四人口《〔相伴者〕》を揃へて《〔老後の〕》、「おもひ出申しました」《想い出草でになる程楽しゅうございました》と、笑ひ捨ててぞかへりぬ。

過ぎにし夏、[一三]よし岡に西瓜《すいくわ》ふるまひ、出歯《でば》をあらはし、妻木《つまき》に海藻凝《ところてん》を喰はせ、〔つい在郷言葉で〕「むまいなあ」といはせし事も人の仕業ぞかし《みな遊び手の世之介の悪戯だ》。

一とせ《ある時》[一四]住吉屋の納戸《なんど》にして、[一五]きぬがへ・初雪、火燵《こたつ》の火にて、[一六]おけそくの団子《だんご》を手にふれ《手細工にして》、茶事《ちゃごと》せし事、見て《覗き見て》興あり。[一七]女のまじはりさもあるべしと、[一八]伏見堀の悪口《わるくち》いひも、これをよしとぞ申し侍る《この可憐な茶事を洒落れているといったとか》。

詠《なが》めは初姿《はつすがた》

[一九]姿の入物《いれもの》、おろせ《かごかきが》がいそげば《〔島原へと〕》、[二〇]丹波口《たんばぐち》の初朝《元日》、〔茶屋の亭主〕小六が罷り出でて《挨拶に出て》「御慶《ぎょけい》」〔めでたく〕と申し納め、[二一]朱雀《しゅじゃく》の野辺近く、はや鶯の初音《鶯の初音に紛う》といふ[二二]太夫《大夫の新年》の

一一「川口屋」は大坂伏見町の菓子屋であるが、菓子屋の重箱がなぜ生貝のふくら煮の入れ物となるのか。鮑→帆懸舟→川口屋の連想か。

一二 聞いたか→初音。

一三「よし岡」は新町の大夫、「妻木」(また爪木とも)は天神。

一四 九軒町の揚屋。一七八頁注一〇参照。

一五「きぬがへ」(衣江)は天神、「初雪」は大夫。遊女たちが集まって。また「初雪」を「初雪の日に」としても可。

一六 御華足。仏饌《ぶっせん》を供えるための高坏《たかつき》。

一七 男なら「つはものの交りたよりある中の酒宴かな」(能『羅生門』)とある通りまず「酒宴」であるが、「女のまじはり」だからなるほど、こうもあるべきだ。

一八 現大阪市西区京町堀。そこに住む色遊びの事情通。おそらく遊女評判記などの作者か、情報提供者であろう。

一九 悪所通いの駕籠を「姿の入物」といった。

二〇 丹波街道に面した茶屋町。島原通いの中宿でもあった。異名、一貫町。

二一 丹波口から島原大門へは二丁あまりで、東寺領の田畑に囲まれていた。この田圃道を朱雀の細道といった。

二二 島原上之町上林五郎右衛門抱えの遊女。大夫。三代目。

揚屋町、御慶の初音

けふの礼《の挨拶の姿を》を見いではと、出口の茶屋に腰懸けながら、[一]さこが大福《おほぶく》祝うて、「三度御ざりませいとのお使ひ《と呼び立てる》、誰ぢや」「[二]鶴屋の伝左《でんざ》かたよりで《では》あんすあんす[三]」と申す。「さらばそれへ行かうかの」。

[四]揚屋町にさし懸れば、人の命をとる面影《男の命とりになるほどの遊女ばかり》、「あれは小太夫様[五]。これは野風《のかぜ》[六]様。それは初音《はつね》様」と申す。〔初音の縁でか〕春めきて空色の御はだつき《すっかり春めいたその空色の下着》、中には《中着には樺色の》かば繻子《じゅす》にこぼれ梅のちらし《こぼれ散った梅の模様》、上《上着》は緋緞子《ひどんす》に五色のきり付け[七]、羽根・羽子板・破魔弓《はまゆみ》・玉ひかりをかざり〔等々〕、かたには《染め模様には》注連縄《しめなは》・ゆづり葉・[八]おもひ葉数をつくし〔て染め上げ〕、紫の羽織に、紅《くれなゐ》の絎紐《くけひぼ》[九]を結びさげ、立ち木の白梅《はくばい》[一〇]に名をなく鳥《法華経の名号を鳴く鶯を》をとまらせ、[一一]ぬきあしの[一二]ぬめり道中、見て〔聞くだけで恋心が起るが〕見れば一層なほ恋をもとむる。「女郎はうは気らしく見えて《一見浮っ調子の陽気な女と見えて実は》心のかしこきが上物《じやうもの》〔女郎屋の主人〕」と、[一三]くつわの又市が申せし。〔昔のことだが今も〕さもあるべし。

正月二十五日までは〔売れていて〕[一四]もらひもならず、やうやう二十六日七日を定《約束をきめ》め、はじめてあいさつ《出合った》、「折節はかた様も目馴れて《郭うちでお顔もよく存じあげている程ですが》、どなたかあはせらるる人《誰と相手をきめておいでなのか》の仕合せ《その人は仕合せです》、よき風なる殿ぶり《こんなよい男だもの》」とかしらからいただかせ《のっけから有りがたがらせ何から》

一 出口の茶屋の女房さこが出す縁起を祝う大福茶（元日若水によってたてる梅干・山椒などを入れた茶）。
二 島原揚屋町の揚屋。
三 「であります」の訛。遊里語。
四 島原の揚屋は延宝前後二十五軒であった。
五 上之町柏屋吉右衛門抱えの大夫。
六 下之町大坂屋太郎兵衛抱えの大夫。
七 切り付け模様。別布から切り抜いた模様を縫いつける。今日のアップリケ。
八 草木の葉が向い合って触れあう状態にあるものを「おもひ葉」といった。相愛の譬え。一〇三頁六行参照。
九 縫目を表に出さぬようかがりつけたもの。
一〇 初音にちなんで「白梅」（鶯）と縁語仕立て。
一一 もと軍法のことば。音を立てぬ静かな歩き方。
一二 遊女の歩き方。ぬめり唄に合わせて滑らかに歩く。
一三 大坂新町の創業功労者木村又市、また秀吉の時、伏見に遊郭を創始した林又一郎とも思われる。
一四 他客に揚げられている。「なるべき事ならば、御出あれかしなどいひやり」することからはじまり、馴染みの遊女の時は、「もらはれぬ時」そのまま帰ったりする（『色道大鏡』）。

散財は全盛の大夫の手前

て皆《何まで》うれしがらせ、こなたから申す事跡になつて《客からいうはずのことまで先取りされてしまい》、おのづから身のたしなみ《自然と固くなって気づかいするようになり》出来て、言葉もせまり《出なくなり》汗をかきて、座つきむつかしくなつて《宴席の一座も捌きかねて窮屈になり》、酒もでかしだてに飲みて《酒も得意顔でむやみと飲んで》、伽羅《きやら》も惜しまず焼きすて《〔大尽ぶりをみせるほどだめで〕》、中二階の古さに気をつけ、亭主よび出し「これでは置かれじ《中二階を何とかしなさい》」と普請《ふしん》をうけあひ、口鼻《かか》によき物をとらせ《祝儀の金をたっぷり与え》、投ぶしうたふ女《投節をうたう芸者には紫檀の》にしたんの接棹《つぎざを》をはずみ、太夫手前の全盛《大夫を意識しての散財ぶり》、すこし前かたなる狂ひ《今はもう流行おくれの遊女狂い》のやうに見えて、伴ひし《伴につれた》[一五]金右衛門も気のどくがりて《困って》《〔世之介が無用無益に〕》、奢り出る所を《奢った遊びをしようとするのを何》幾度かまぎらかし《度かおさえた》ける。

世之介遊女に位負け

世之介日来《ひごろ》は名誉の上手なれども《女遊びではひけ取らぬ功者だが》、又、[一六]初音《はつね》が座配《ざはい》、世間《世間一般の》の格をけなれ、外の太夫の手のとどく事にもあらず《まねようのない格を超えた格があり》。[一七]しめやかになれば《座がしんみりすれば》笑はせ、すいらしき男《いかにも色里通らしい男は手管でまるめ》ははまらせ、初心なる人には泪こぼさせて《〔いたせり尽せりで〕》よろこばし、一度一度に仕懸けの替る事《相手次第逢うごとにやり方》、《〔まさに神技〕》うろたへたる神《下手な神様など》もだまされ給《〔初音には〕》ふべし。[一八]まして人間《にんげん》の智恵におよびなき《知恵ではどうにもならぬ》女郎なり。床の手だれ《床での技巧は上手だが》賤しからず《賤しくなく》、「今宵は眠き《今夜はどうも眠くて》」などと、そこに気をつけさせ《それとなく床の方へもってゆき》、《〔床入りの〕》身ごしらへ

一五 『一代男』の好色行の同伴者をたびたび勤めている仕舞うた屋の金左衛門の誤り（五の三、五の六等）。

一六 ここでは「しかしながら」の意か。

一七 以下六の二の夕霧への讃辞とほとんど同趣旨である。

一八 出典未詳。

に立たせたまふを、[一]金右衛門こころを配り《気をつけて》てみるに、うがひ百度《ももたび》、髪いそがずなで付けさせ、香炉ふたつを両袖にとどめ《香炉の香を両袖にそれぞれ炷きこめ》、[二]室《むろ》の八嶋《やしま》と書付《かきつけ》のありし箱より立ちのぼる煙《箱から出した香を炷き》をすそにつつみこめ、鏡に横顔までをうつし、小座敷に指《さ》しかかり、しきりの襖《ふすま》明けさせて、[三]引ふねの女はあとにかへし、禿《かぶろ》ばかりを召しつれ、ともし火のうつり《火影さす》、枕近く《小暗い中を》立ちより、「それそれ、申し申し、めづらしき蜘《くも》が蜘が」と申されければ、世之介《うとうとしていた》夢おどろき《目がさめ》、「いやな事《なんと気味の悪い事だ》」と起きあがる所をしかとしめつけ、「女郎蜘が取りつきます」と[四]いひさま帯《下帯》をとかせ、我もとき《自分も腰巻を》

取りついた女郎ぐも

一　前頁金左衛門の誤りをここでも繰り返している。

二　下野国《しもつけ》(栃木県)の歌枕「室の八嶋」をとった香木の銘。現栃木市国府町惣社の大神《おおみわ》神社の池に蒸気が立ち煙のごとく見えたのを奇として、煙と結びついて詠まれることが多かった。香木の銘とすることもそのゆかりである。

三　大夫や天神について、宴席の雑用・取持ちなどをする遊女。囲(鹿恋)の位である。

四　言いながらの意か。

て、「これがわるいか《これでもくもが嫌いですか》」と肌まで引きよせ、うしろをさすりおろし《背中を柔らかく熱く》て、「今まではどの女がここらをいらひ候もしらず《この素敵な辺りを触ったやら判ったものじゃない》」と、下帯[五]のそこまで手の行く時《〔魂〕》きゆるがごとし。今《〔世之介も〕》はたまり兼ねて断り[六]なしに腹の上にのり懸れば、下より胸をおさへて《妨害して》、「これは聊尓《れうじ》[七]なさるる」といふ。「堪忍ならぬ《もう我慢できない》。ゆるし給へ《〔体を〕》」といふ。「又時節もあるべし《またという時もあるでしょう》。先ヅ《ひとまず》今晩は」といふ。世之介せんかたなく、「かやうの事にて江戸[八]《思えばかつて同じように》にてもおろされ、無念今にあり《くやしさ今に覚えている》。独りはおりられず。貴様に抱きおろされてならばおりよう」といふ。とやかくいふうちに、かんじんの物くなつきて《勢いをなくして》用に立ち難し。是非なくおるるを《致し方なく下りようとすると》、初音下より両の耳抻へ、「人の腹の上に今までありながら、ただはおろさぬ《〔何もせぬとはあんまり〕》」と、こころよく首尾をさせける《身を任せ情交をとげさせた》。まれなる《類を絶して巧妙な》床ぶりなり。跡口舌して《情交のあと痴話喧嘩》起きさわぎて踏[九]まれける。何か申して気に違ひける《何をいって大夫のご機嫌を損じたやら》、しらずかし《それは知らぬこと》。

五　下帯はもう脱ぎといたはずであるので、下帯でふだん隠している局所の意。

六　辞儀なしに、挨拶なしに。まさか、遊女の上に乗るのに辞儀・挨拶はないはず。このところ笑いをねらったか。

七　無体無法なこと。

八　江戸の遊女わけて大夫等高級遊女は初会・裏には、寝ないことがたて前であった。

九　近松・西鶴の作品を通じて喧嘩の場で、「踏む」の用例は「蹴る」に比し、はるかに多い。

匂《にほ》ひはかづけ物

江戸・吉原の名物は吉田

一京の女郎に江戸の張《は》りをもたせ、大坂の揚屋《あげや》であはば、この上何かあるべし。ここに吉原の名物、二よし田といへる口舌《くぜつ》の上手あり。三風儀は四一文字屋《いちもんじや》の金太夫に見ます《まさっており》べし。手《書跡》は五野風《のかぜ》ほど書いて、然《しか》も歌道にこころざし深し《並々ならぬ志を寄せていた》。ある時六飛入《ひにふ》といへる俳諧師《〔から〕》、七「涼しさや夕《ゆふべ》よし田が座敷つき《座敷の模様》」とあるに《詠みかけられ》、「八螢飛入我床《ほたるとびいるわがとこ》のうち」と即座の脇《脇句を》、これにかぎらず毎度聞きふれし事ぞかし《〔吉田の插話は〕》。一ふしうたうて引いて《うたうもよし弾くもよし》、自然とこの勤め《くるわ勤めに生れついた》にそなはりし女なり。万《よろづ》かしこき事おもひの外なり《凡慮を超えている》。

縁切りの無理難題

九山の手のさる御方、殊更《ことさら》に一〇不便《ふびん》がらせたまひ、数々かたじけなき御しなし《なされよう》、いやといはれず、外《他の客を》をやめて指に疵《きず》などつけて、まことのこころになつて御尤愛《いと》しさもます時、さる太夫《別の》を恋ひ初《そ》め、よし《吉田と》

一 京・江戸・大坂を近世では三都と称したが、その三都の性格比較論は、しばしば遊郭＝遊女を手がかりになされた。遊女は美と優しさで京が一番、しかし女としての張りもほしく、それには江戸がよい、また大坂の揚屋は豪華だから遊ぶのはそこでというのである。京の遊女、江戸のはり、大坂の揚屋、長崎の夜具（『難波鑑《なにわかがみ》』）などというのもある。

二 吉原新町彦左衛門抱えの遊女。のち大夫から格子に下げられた。意気地の強さで聞えた。

三 容姿・礼容。

四 島原上之町上林五郎右衛門抱え。

五 「野風」には島原下之町大坂屋太郎兵衛抱えと同町林四郎兵衛抱えの二人がいる。名筆で聞えたか。

六 江戸の貞門系俳人島田飛入。

七 いかにも涼し気にしつらえているがそれも道理、夕方ですごしよし田ほどの女の座敷だから涼のための趣向は座敷一ぱい凝らされている。

八 飛入の号を「飛入《とびいる》」に借りた。蚊帳や座敷に螢を放つことは、夏の風流である。

九 山の手は屋敷町で武家屋敷が多い。しかし「さる御方」で、特定の大名旗本を詮索するに及ばない。ある貴人。

一〇 目をかけられ、寵愛されの意。

一一 出入りの商人が遊興の取持ちに伴をしたのであ

る。「小柄屋」というのが、いかにも武家出入りとしてふさわしい。

一二「上交」、「うはがひ」とも「うはがへ」ともいう。「上がさね」（「下がさね」に対する）のこととも「上まへ」（「下まへ」に対する）ともいう。『好色一代女』三にも「上がへのつま」とある。

一三 茶宇縞はインドのチャウル原産、のち国産されるようになった。薄い絹地、その黒染めの着物。

一四「春宵一刻価千金」というが、満座の中での少女の気転、大胆な判断は、立派というほかはなく、一枚の着物をすてるだけで「千衣」の報酬にも相当するところである。

一五 当時花のつぼみが、ほころびることを「花が火ともす」といった。「火ともす」で「夕暮」を引き出す。

一六 このところやや杜撰《ずさん》である。本文によるかぎり山の手の御方は小兵衛だけを伴にした（仮に、傍注で「世之介の他は」として不合理を救済したが）のだから、ここで世之介が登場するのはやはり唐突である。以後、世之介と小兵衛のみが残って「山の手のさる御方」は消えてしまう。結果論的には、さる御方＝世之介ということになる。とすれば「世之介の他は」の傍注もさかしらで無用ということになるのかも知れない。

一七「いづくの春もおしなべて、のどけき影は有明の天も花に酔へりや。面白の春辺やあら面白の春辺や」（能『田村』）。「春辺」を「春屁」にかけている。

横車押した客の面目

田のきばを色々仕懸け（の別れの工作を）たまへども、（〔吉田の側には〕全く手落ちなく非難しようもない）一つも憎むべき事あらず。ある暮れ方に、（〔世之介の他は〕）一一小柄屋《こづかや》の小兵衛ばかり（一人を）召し連れられ、「何によらずけふをかぎりに難儀を申し懸け、（無理難題をいいかけて）手をよく退《の》きて（手ぎわよく）あそびを替へるぞ。（〔他の女に〕遊び相手を）いそげ」と清十郎方に行きて、太夫にあひて、そもそもより横をゆ（初めから横車を押して無理ばかり）けども、（〔吉田は〕早くも意図を見ぬき）はや合点してすこしも気やぶらず、（男の気に逆らわない）常の酒ぶりかさね飲み（男はふだんの酒量をこえて飲み）になつて、（に酔み）無理を肴になすぞかし。（いい放題の無理を酒の肴にした）大臣わざと酔狂《すいきやう》して、あたりあらく踏み立て、燗鍋《かんなべ》より漣波《さざなみ》たつていと見ぐるしく、小兵衛はな紙にてせけどもとまらず、よし田が一二上《うは》がへの裙《つま》まで流れよる時、禿の（〔吉田付きの〕）小林、我がぬぎ置きし一三黒茶宇《くろちやう》の着物《きるもの》にて残らずしたみ《すいこませ》、かいやり捨（着物を捨てた）てける。太夫につかはれし程の心根（〔利発な〕）これぞと、（〔誰もが〕口に出さずとも心でほめた）いはずに誉めける。この有様、（〔この様子をみて〕）よし田も（〔さぞ〕）うれしかるべし。一四春宵一衣価《しゆんせういちえあたひ》千枚所《まいどころ》なり。一五花も火ともす時分（夕暮れ時）になつて、太夫勝手へ立ちさまに、廊下を半ば過ぎてとりはづされて、（つい放屁をして）その音に（〔てっきり〕）疑ひなし。一六世之介も小兵衛も横手《よこで》をうつて、「『一七おもしろの春辺やな』。天晴《あつぱれ》くぜつのもとだて。（これは何よりの口論の種）重ね（関所か）

て出たらば《ら帰ってきたら》座敷が嗅《くさ》うてゐられぬといはう」「いや、両人ともに鼻ふさぎて、あのはらからあらためる時に《吉田の方から何事ですかときいた時に》、『けふよき匂ひをかぎにきた』と申せ」。これにきはめて《この手でゆくときめて》待てども出でず〔関所から〕。〔いかに鉄面皮でも〕「よもや出らるる所でない」と大笑ひしてみるに《様子を見ていると》、衣裳仕替《しか》へて桜一本持ちながら立ち出づるより、[一]二人目を付けてゐるに《とくに気を配って》、〔わざわざ〕さいぜんへをこきたる《放屁した》〔廊下の〕敷板まで来て、そこにてこころをつけ、障子をあけて畳の上へ廻らるる《部屋を通って》こそ、〔吉田の〕一世一代の大事《一世一代の瀬戸際はここであった》ここなり。小兵衛も「聊尓《れうじ》[二]申しては」と、しばしこれをだまりぬ《しばらく放屁問題はふれなかった》。〔そうなる〕世之介も二の足を踏《ためらいが出て》〔と〕みて、〔試しに〕かの板敷あ《その廊下を通っても音がしなかった》ゆめどもならざり

一　ここでは山の手の「大臣」はもはや完全に消去されている。

二　軽率につまらぬことをいい出しては。

し。されども出《[話を]》だしおくれてゐるうちに、よし田方より申し出だして、「この中の御仕方《この間からのなさりよう》、惣《そう》じてよめぬ事のみ《私などには判らぬ事ばかり》。はじめより《契り初めから》あかる三まじとの御つたへ《お約束でしたが》、なる程《いかにも》けふ切《ぎり》にあきました。御げん四も《お目にかかる事も》今より後《のち》は」《[いたしません]》と申し捨て、おもての見世《みせ》に出で、犬に五さんたさせてあそばるるこそすこしは憎し《ふてぶてしく憎らしい程》。両人是非なく《致し方なく》、へはかづきながら《匂いをかがされながら》論はうらを《飽き飽かれの》かかれ《論け逆にやられ》、「さらば」ともいはずに《帰りの挨拶もせず》立ちかへる。「世之介・小兵衛よからぬ仕なし《やりかた》」と、この沙汰あつて《評判になって》、望みの太夫《[世之介が目をつけていた]》も終《つひ》にあはざりき《関係できなかった》。

よし田この事をつつまず、末々の女郎《下級の遊女たち》・宿屋《揚屋》の内儀《ないぎ》・重都《しげいち》といふ座頭・やり手まんなど集めて、その中にてありのままに語りける。「もし難儀に申し懸らば《あの時おならの攻撃をしてきたら》、『それは賤《いや》しき御申し懸け《いいがかり》、口舌《痴話喧嘩の種ならも》はさもなくともありぬべし《[とましなことがありましょうに]》』と申さんために道替へて行くに、あのはうに分別して《向う側で考えすぎて》いはぬこそ笑しけれ《何もいい出さぬのが変じゃありませんか》。いかにもこき手はこの太夫ぢや《おならの落し手は私ですよ》」と、おもひ切つて申されける。いづれも《[この事]誰も》悪しくは申さず、この利発を感《[客は]》じ、あき日をあらそひ《約束の日を取ろうと》、この人しのぶ事《大夫を恋いしたうこと》、八王子六の柴売り《[から来る]》・神田橋七

三 男女が、互いに「飽き飽かれるまで」とするか、「私（吉田）に飽かれるまで」とするか。遊女優位の立場からは、後者もありうることである。事実、吉田は己が飽いたからというので一方的に絶縁宣言をしている。そこから推せば、後者の解をとるべきかも知れない。

四 御見参の略という。

五 前足をあげて後足だけで立つ犬の芸。

いかにもこき手はこの大夫

六 現東京都八王子市。この近在の者が江戸へ炭や薪を売りに出た。

七 神田橋の上の高札に、諸商人・行人・願人を橋上・橋辺に居つかさぬ旨の禁令があった。それほどに乞食同然の願人坊主（代参や代垢離《こり》を請けあう坊主）なども多かったということであろう。

にたてる願人坊主《ぐわんにん》・金椙《かなすぎ》の馬宿《うまやど》〔の馬喰〕までも、「君を思へばかちはだし」にて、御町《おちやう》の辻に立ちながら、雲目《くもめ》・風目《かぜめ》といはれし身までも（下衆下郎までもが）、御道中を見て半分しんで（しびれてしまって）ぞ帰りける。

全盛歌書羽織《ぜんせいかしよばおり》

男（客が）は本奥嶋《ほんおくじま》の時花出《はやりで》、女郎も〔負けず〕衣裳つきしやれて、〔金箔銀箔の代りに〕墨絵に源氏〔物語絵〕、紋所も（二人の比翼紋も上品に）ちひさくならべて、袖口《そでぐち》も黒く裾《すそ》も山道《やまみち》に取るぞかし。それまでは目せき編笠《あみがさ》・畦足袋《うねたび》に紅の繂紐《もみくけひぼ》、今の素足《すあし》に見合せ（見較べると）、笑しき事（野暮に呆れる事も）もあって過ぎ侍《はべ》る。世はその時がましなるべし（その時々の流行がやはり一番よく思われる）。次第に奢りの煙く（香のけむり較べ）らべ、後は焼亡《ぜうも》だきにして（火事騒ぎほどにして）、林弥《りんや》に酒の燗《かん》をさす事、唐《から》の咸陽宮《かんやうきゆう》に四万貫目《しまんぐわんめ》持たせても、終《つひ》には鴈門《がんもん》を夜ぬけに近し（夜密かにぬけ出すことも近くなろう）。世之介初雪のあした、紙子羽織《かみこばおり》に了佐極《れうさぎは》めの手鑑《てかがみ》、定家《ていか》の歌切《うたぎれ》・

一 本芝《ほんしば》通の横町の本芝入横町。現芝四丁目。俗に馬町といい、馬喰《ばくろう》が多く泊った。

二 「……山城の木幡《こはた》の里に馬はあれど君を思へばかちはだし」（能『通小町《かよいこまち》』）。

三 公認の遊郭を「御町」と称する。ここでは、吉原郭内の中之町揚屋の辻。

四 風来無宿、雲や風のようにたよりない奴原《やつばら》として、文字通り吹けば飛ぶような連中。

五 さんとめ縞。西印度サントマス島よりの舶来品という。「本」は舶来品たることを示す。

六 流行の衣裳を着ること。流行出立ち。「時花」は当て字であるが巧み。その季節季節に応じて花が咲くように、時代に応じての流行がみられる。

粋にとめどなし

七 女の着物の裾などのとり方の一つ。裏地の裾を表に出して山道形（波形）に縫ったもの。もみ・紅梅の裏にとくに用いる。

八 編目の細かいあみ笠。視界が狭くなるが人目を忍ぶに便利。「せきにせかれて目せき笠、ふられてけへるか雨に鳥」（歌舞伎狂言『浮世柄比翼稲妻《うきよづかひよくのいなずま》』）。

九 木綿たびに絹糸をうねざしにしたもの。

一〇 昔の女の足袋姿。今の素足の粋《いき》さと見くらべると昔の野暮さ加減は。

一一 「焼亡」は火をたくこと。「たき＝焚き」は強意で火事になりかねぬほど大くべにするの意。鄙語《ひご》である。

二人の客に野秋の真実

頼政《よりまさ》が三首物《さんしゆもの》・[一七]素性《そせい》法師の長歌《ながうた》、その外世々のうた人の筆の跡をつがせて、これを着る事、〔いくら富豪だといって〕身の程しらずもつたいなし。〔蕩児〕[一八]尾州《びしう》の伝七も[一九]傾城二十三人の誓紙《せいし》をつぎ集め、これも羽織にしてたがひに男ぶりをあらそひ、[二〇]野秋《のあき》にあひそめ、両方すれ者、[二一]後は金銀の沙汰にもあらず《金銀では片がつかず》、命あぶなし《命を賭ける始末に迄なった》。野秋これをおもふに、[二二]生田《いくた》川に身捨てし二人もこれなるべし。いづれをおもひ《どちらが好き》、いづれをおもふまじきにあらねば《どちらが嫌いというわけではないので》、一日はさみに《交替で》あひぬ。〔当然のこと〕きのふの噂《うはさ》をけふいはず、今日《けふ》の事を明日《あす》かたらず、そなはつての《生れついての》利発人《りはつじん》、文つかはしけるにも《手紙を出すのにも》両方同じ〔ように〕こころを尽し、起請《きしやう》も「おふたりより外は〔絶対に〕」と書きぬ。これ名誉の仕なし《不思議なまでに見事なやり方だ》なり。世上とて必ずあしき評判して《こんな時世間はうるさいもので》、「野秋は勤めのために両の手に花《二人の客を一度に》と紅葉《もみぢ》を詠《なが》めつる物《操る女だ》」といへり。これはあさ瀬をわたる人《こんな生半可は色道の初歩者のいう事》、この里の〔深い〕恋の淵を《奥儀を》しらず。水心《みづごころ》覚えて《色里で泳ぎ馴れ》、せめては一度《ひとたび》[二三]引舟に取りつき〔程度の遊女には〕たまへかし。〔二人とも〕独りにかたづけ《独り買いをやってのけ》、〔たとえ〕五万日にても勤めかぬべき男にはあらず《つづけ買いぐらいはできる男なのである》。今更太夫様の事取り持つて申すにはあらず《持ち上げていうのではない》。

一二 「林弥」は禿の名であるが、「焼亡だき」からの連想であろうか。もちろん「林間に酒を煖めて紅葉を焼く」（白楽天）の林からの連想でもある。

一三 咸陽宮を所有して四万貫目の銀を持たせても。

一四 咸陽宮の鉄の築地は高さ百余丈、始皇帝が雁の往来のためにあけた穴を雁門というとあるが、日本できの虚説であろう（能『咸陽宮』）。

一五 紙子で作った羽織。本来は廉物《やすもの》であったが、次第に遊蕩児のあそび着となり、高級化した。

一六 紙子といっても材料の紙に高価贅沢な書画を使った。ここでも古筆了佐（初代は寛文二年没）が保証した名品揃い。「歌切」は、名筆帖を手鑑に貼りつけ、掛物などに道具化するため、一首または数首を適当な大きさにきり出したもの。「三首物」は源頼政自筆の三首を合わせて一幅に仕立てたもの。

一七 平安初期の歌僧。雲林院に住んだ良岑玄利《よしみねはるとし》。僧正遍昭の子。「長歌」は未詳。

一八 未詳。

一九 遊女（おそらく大夫）二十三人の誓紙が、定家の歌切などとみあっているのである。

二〇 新町あたらしや清春抱えの大夫野関の変名か。

二一 悪所でのすれっからし。

二二 摂津国生田川の伝説、蘆屋処女《おとめ》は、同時に二人の男に思われて進退に窮して水死し、二人もまた跡を追った。

二三 一九四頁注二。あさ瀬・淵・水心等すべて縁語。

一 釈尊入寂の日。涅槃会《ねはんえ》。新町ではこの日を紋日（物日）とする。大事な（遊女がかならず売らねばならぬ）紋日に、野秋が「ひま」で「おてきも見えず」であることは、いささか解しがたい。一日がわりで間なしに買われ続けているはずである。もっとも客待ちということもありうる。
二 野秋のおごりとも、内儀が野秋を摂待するのにとも解しうる。
三 「春来てもつれなき花の冬籠待たじと思へば峰の白雪」（『秋篠月清集』）による。
四 未詳。
五 生活・生計等にあいわたる他人にきかせぬ話。それをぶちまけるのが内証話である。

欲しいは二つのからだ

過ぎにし《いつだったか》雨の日、おてきも見えず《お客もなく》、何してなぐさむべき事かけ《〔ひまで〕気を晴らそうにも何も思いつかず》、然《しか》も[一]二月十五日の事なり。内儀《ないぎ》煎じ茶をあらため《入れかえ》、[二]野秋様のもてなしに、[三]桜またじ柳につらぬきし《桜のかわりに柳の枝に貫いた》餅花《もちばな》をちらし、炮烙《はうろく》に香《かを》らせ、「一座《この席》花車《きやしや》づくをやめて向う歯のつづくほど《上品ぶりをやめてしまい前歯が折れるまで》喰へ」と、禿《かぶろ》・やり手の[四]ひさまじりにはぢず、心やすき[五]内証咄《ないしようばなし》のたりあまり《過不足》の事まで、打ち明けて物語せしをりふし、「世之介様・伝七様、おふたりの事は車の両輪《りやうわ》、大方は因果《悪い因果の》のめぐり《巡り合せなのでしょう》、これ程ゆかしさ尤《いと》愛しさ、この上に《二人に愛される幸福に更に》身がなふたつ《二つからだがあったなら》ほしき」と、人しらぬ泪《なみだ》にて仰《おほ》せられし事もあり。「このこころざし

蚊帳の釣手は九のたび

からは賤しかるべきおぼしめし入れにあらず《金銭ずくの賤しい計算でのことではない》」と、太鼓の清介が、持つてひらいて大よせの中《この話を大げさにして大人数の一座の中》にて語りぬ。さもあるべし《そういうことも世にはあるだろう》。

その後六三月の二日酔は世之介、三日は七曲水《きよくすい》の宴にたよりて伝七があふ日なり。不思議の出合ひ《珍しく二人が顔を合わせた》、この時和談して《静かに話し合い》、三人同じ枕をならべながら《同室に》、八下卑《げび》て首尾するわけもなく《賤しく立ち廻り密かに契る》、九あぢな事共ばかり、〔時を過した〕前代未聞の傾城《けいせい》ぐるひ、〔二人とも〕男はよし、一〇ゐんつうはあり、親はなし、浮世は隙《働く必要はなし》、この両人栄花《えいぐわ》をきはめ、〔その影響で〕世間の一一盛《ぜい》をやめさせ、いよいよ一二諸わけ《色道諸分け入門の》『まさり草』『一三懐鑑《ふところかがみ》』にも、この女の事ありのまま書き記す《この大夫の真実を取り上げているが》一四外に、あはねば《情交せねば》しれぬ《わからない》よき事ふたつあり。生れつきての仕合せ《それは娼婦としての天分であろうか》、一五帯とけば肌《はだへ》うるはしく暖かにして、鼻息高くゆひ髪の《美しく結った髪の》乱るるをしまず、枕はいつとなく外《ほか》になりて《外してしまい》、目付きかすかに青み入り、左右の脇《わき》の下うるほひ《しめり気を帯び》、寝まき汗にしたし、腰は畳をはなれ、足の指さきかがみて、万につけてわざとならぬ《それらの性的な美点が職業的に作られたのでなく》はたらき、人のすくべき第一なり《自然なのだから好かれるのも当然である》。

まだ笑しきは《その上面白いのは》、一六折々なく声《閨房での声》鵺《ぬえ》に似て、蚊屋《かや》の釣手《つりて》も落つる所を九《ここの》

六 三月三日は節句で大きな紋日であるが、前日・当日・後宴と三日続け買いするのが普通。二日の宵と二日酔とをかける。

七 曲水の宴を実際催したのではあるまい。

八 意地汚なくけちくさいやり方で。

九 気のきいていること。

一〇 中国渡来の精度の高い金子を印子金《いんつう》といい、転じて、金そのものをいう。

一一 世間並みの男がこれでは張り合ってもだめと、身分知らずの遊びをすることを思い止まらせる。「盛」は「贅」。

一二 『満散利久佐《まさりくさ》』は新町評判記、虚光庵真月居士こと藤本箕山編。明暦二年刊。同書には「野関」として書いている。

一三 未詳。

一四 そんな類いの書物には書いていないことだが、実はこの女には。

一五 「帯とけば」以下閨房の姿態を描く。足の指云々は、快感の表現。

一六 「さて火をともしよく見れば、頭は猿、尾は蛇、足手は虎の如くにて、鳴く声鵺に似たりけり」(能『鵺』)。

度《たび》までとつてしめ、その好《すき》《その好色さは》、いかな《どんな》強蔵《つよざう》も乱れ姿になつて、短夜《みじかよ》の名残、さて火をともしうつくしき顔をみるに、[一]絵に書きし虞《ぐ》子《し》君《きみ》は物いはず《いわないが》、「さらばや」といふその物ごし、あれはどこから出る声ぞかし。[二]「親は親は」と尋ねければ、都のたつみ《都の東南に当る》〔宇治の〕朝日山の近き里と[三]なり。さてこそ、〔彼女を褒めて〕「御茶のよい」〔通言も今は〕といふもむかしむかし《茶の銘通りに昔々の事になってしまった》。

一 「もとより絵に描《か》ける形なれば物云はず笑はず」（能『松山鏡』）。一一三頁注一四参照。

二 こんな美人を生んだ親はどんな人か見たいと詮索すると。

三 宇治近辺ということだ。遊女の性器を茶壺にたとえた。世之介がはじめて交わった遊女の親の在所を問うと山科の里であった（本書一の五）ことを考え合せると、山科も都の東南で、何か、遊女の親里→都の東南という無意識的連想関係が作家にひそんでいるのであろうか。

入絵

好色一代男

七

好色一代男　巻七目録

一　巻六の七（最終話）の結びが「さてこそ、『御茶のよい』といふもむかしむかし」とあるを受けての表現か。遊女の性器を茶壺に、閨房での味を初昔などの銘茶にたとえる風を受けた。そのういういしく美しい姿は、お茶の銘の初昔（陰暦三月二十一日、初芽を摘んだ一番摘みの茶）を思わせるとの意。その「初」に対しての「古」（先代）。今は早くも「古」＝昔語りとなった高橋のこと。本文章題が「雪むかし」（二〇八頁）とあるのは風流な初雪の茶の湯を舞台にしたことから、茶の銘風に、しゃれたもの。

二　島原下之町大坂屋抱えの大夫。初代。大坂での名は久我。寛文六年（一六六六）大夫、十一年退郭。

三　らく＝楽は、自由勝手、したい放題の意味。人を遊ばせる商売の末社がすき勝手に遊ぶ。

四　「装束ごのみ」とは訓《よ》まない。「装束についての好み（嗜好）が、どれだけ洒《しゃ》落れたものであったか」の意。

五　延宝八年（一六八〇）京都の大尽何某が、江戸吉原の小紫に憧れ、自身は下向しえないので比翼紋の盃を作り太鼓持に持参させ、盃を身替りに、三十日間揚げ詰にして、小紫が口にした盃を持ち帰らせたという話による。右の話を収めた『恋慕水鏡』は天和二年（一六八二）正月刊、『好色一代男』は十月以降刊であるが、『一代男』は『水鏡』よりも、実話（当時の巷説）によったものか。

六　京都三条大橋から江戸日本橋まで、東海道約百二十五里二十丁を遠しとせずの意。

七 高雄（尾）は二代目・三代目、または四代目。紫＝小紫は初代。いずれも江戸吉原京町三浦屋四郎左衛門抱えの大夫。

八 色事・手くだの日々の手びかえ。日記帳。

九 大坂新町瓢箪町木村屋又次郎抱えの大夫。和州は大和。

一〇 口をつけて、すこし酒あいをこころみて。「付けざし」と酒席ではいい、自分の口をつけた盃を、特定の相手にさすのは、親愛の情の表現。

一一 縄（ここではこより）で編んだもっこ式のかご。あじか。酒器を入れたので「さか軽籠」という。

一二 大坂新町佐渡島町佐渡島屋勘右衛門抱えの大夫。延宝五年五月病死。勘右衛門家は暖簾《のれん》に富士山の模様をつけていたので富士屋といった。

一三 漢詩的な対句法。新町の夕暮もすばらしいし、島原の曙も興趣深い。

一四 島原下之町大坂屋太郎兵衛抱え。二代目。本巻の一話を「古」の高橋で始め、七話を「今」の高橋で納めた。

五十三歳　[八]諸分《しよわけ》の日帳《ひちやう》
[九]新町木《こ》の村屋和州《わしう》事

五十四歳　[一〇]口そえてさか《酒》[一一]軽籠《かるこ》
同[一二]ふぢやあづま事

五十五歳　[一三]新町の夕暮嶋原《しまはら》の曙《あけぼの》
[一四]今の高はしがみだれかみの事

その面影《おもかげ》は雪むかし

一 石上《いそのかみ》ふるき（初代の）高橋におもひ懸けざるはなし（〔男なら〕惚れないものは）。「太夫姿にそなはつて（ぴたり生れついての大夫姿）、顔にあいきやう（愛敬が溢れるばかり）、目のはりつよく（凜々しげに）、腰つき（〔しかも〕）どうもいはれぬ能き所あ（表現しがたい性的魅力があって）つて、まだ（〔勿論〕）二 よい所あり」と、帯といて寝た人語りぬ（〔かりに〕床の話に迄ゆきつかなく）。さうならてか（とも）ら、髪の結ひぶり、物ごし（風采の）利発《りはつ》、この太夫三 風儀《ふうぎ》を、万《よろづ》に付けて（〔学び〕）、今に女郎の鏡（手本）にする事ぞかし。

初雪の朝《あした》、俄《にはか》に四 壺《つぼ》の口きりて、五 上林《かんばやし》の太夫まじりに世之介六 正客《しやうきやく》にして、七 喜右衛門方の二階座敷を八 かこうて、九 懸物《かけもの》には白紙を表具《へうぐ》しておかれけるは、ふかき（〔かえって〕）心（趣向が）のありさらにみえ侍る。茶菓子は一〇 雛《ひな》の行《ほか》器《ゐ》に入れ、一一 天目《てんもく》・水翻《みづこぼし》も橘《たちばな》の紋付《もんつき》、つかひ捨ての新しき（この会一回ぎりの）道具も、（〔邪道ながら〕時と場合では興趣がある）所によりておもしろし。暫しありて（少し時間を置き）一二 勝手より、「久次郎（〔下男の〕）が宇治から（〔名水を）

初雪の茶会

一 「石上」は振る・古の枕詞。時移り今は「ふるき高橋」というほかはないが、その古き高橋こそ魅力的であった。「石上ふるの高橋たかだかに」（『万葉集』）。
二 肝腎のいっちよいところがある。セックス機能の婉曲的表現。これは、遊客の中でも肌を許された人（帯といて寝た人）の言葉である。
三 スタイル、身の処し方の一々を賞讃して。
四 陰暦十月初め、茶壺に密封してあった新茶を用い、炉開きの茶会を催すこと。初雪を見ての思い立ち。
五 島原上之町の上林五郎右衛門抱えの遊女たち。茶会のことゆえ、宇治の茶師上林家一統に懸けて置屋の上林の名を出したものであろう。
六 「上客」とも書く。茶席における主客。上座の客。
七 揚屋町八文字屋喜右衛門。
八 座敷の片すみを屏風等で囲み臨時の茶室とする。
九 茶席では眼目の懸物に、わざと表装しただけの白紙をかけて、いかにも深意ありげにみせかけた。実はにわかの茶会、何の用意もないのを逆に出たか。後に即興の連俳の用紙にする。
一〇 適当な菓子器がないので雛遊び用の三脚の器を利用。いかにも遊女らしいしおらしい思い付き。
一一 天目茶碗。「水翻」は建水《けんすい》（茶の席上茶碗をすすいだ水を捨てる器）。水覆、水滴とも書き、金属・陶磁・木竹工品等であった。「橘」は高橋の紋。
一二 台所からのさりげない会話で、実は今日の茶会の水が、京島原から宇治まで水汲み水運びしたものという容易ならぬ数奇ぶりを知らせた。宇治橋西詰から三つ目の欄干の下、橋姫の社殿があった所から汲み上げる水は「三の間」の水として特に名水とされた。
一三 水屋道具の一。馬の毛を網に張った曲物《まげもの》。普通晒布・麻布で張る。水の鉄気《かなけ》や雑物をこすのに用いた。
一四 (水こしについての)「僉議」=相談。
一五 俳諧は普通執筆《しゅひつ》がいて書記するが、出席者各人が書き五句なのだから一座が五人であることがわかる。
一六 俳諧では付け方を吟味することを「聞く」という。俳諧といい、この場の趣向といい、大事な、聞きおくべきこと(忘却したりせぬこと)だとの意。
一七 茶会で、初座(炭と懐石)と後座(濃茶)との間に、客がいったん席を立って待合・腰掛へ行くこと。亭主の合図を待ち、あらためて席入りする。
一八 鹿踊り。獅子舞。寂びた初雪の茶会に趣向を変え。
一九 濃い紅よりやや薄く紫がかった紅。

天津乙女の妹か

二〇 能の三番叟を刺繡。以下文脈辿《たど》りにくく、萌黄以下は中着か上着か。あるいは襠《うちかけ》などの模様か。
二一 丈長紙を平畳みにした元結に金箔を置いたもの。
二二 「天津乙女の袖かとぞ見る」(『東関紀行』)。その美しさも天女自身でなく「妹」とする所が俳諧である。
二三 茶を点《た》てる所作《しょさ》の上品さ。
二四 千利休(宗易)。七十歳で自刃した老茶人の生れかわりという、この比喩はさほど効いていない。
二五 金銭・銀銭ともに贈答用。ここでは金銀の意味。
唯今《汲んで〕》帰りました」と申す《声がする》。[一三]水こしの[一四]僉議《せんぎ》あり、さては《〔わざわざ〕》三の間の水を汲《く》みにやられしと《〔亭主の心遣いが〕》一入《ひとしほ》《一段と》うれしく、御客揃《そろ》へば高橋硯《すずり》をならし、「こ《折角》の雪《の雪を眺めっ放しでは惜しいではありませんか》そのまま詠めたまふ事は」と当座《即興の連俳を》を望み、かの懸物《〔白紙を表装した〕》にめいめい《一人一人が白》書《筆で》きの[一五]五句目迄《まで》、こと更《さら》に[一六]聞き事なり。[一七]中立《なかだ》ちあつてのおとづれ《亭主からの合図に》に、[一八]獅子踊《をど》りの三味線を弾かるる《〔花やかに〕》。いづれもこころ玉《主客みな心がうきうきして》にのつて、すこしうかれながら囲ひ《茶室に》に入れば、竹の筒《竹筒の柱掛けの花入れ》ばかり懸けられて花のいらぬ事《花が一輪もないのが》不思議に、この心を思ひ合はすに《謎の意味をつくづく考えてみれば》、けふは太夫様方のつき合ひ、「花《〔一座美人揃い〕》はこれにまさるべきや《これ以上の花があろうかと》」と、《〔高橋が〕》おぼしめさるる事にぞありける。

高橋その日の装束《しやうぞく》は、下《下着に》に[一九]紅梅、上《上着には》には白繻子《しろじゆす》に[二〇]三番叟《さんばそう》の縫紋《ぬひもん》、萌黄《もえぎ》の薄衣《うすぎぬ》に紅《くれなゐ》の唐房《からふさ》をつけ、尾《を》長鳥《ながどり》のちらし形《散らし模様》、髪ちご額《髪型は稚児風に》にして[二一]金の平髻《ひらもとゆひ》を懸けて、その時の風情《ふぜい》、[二二]天津《あまつ》乙女《をとめ》の妹などとこれをいふ《いってもいいほど》べし《の姿だ》。[二三]手前のしをらしさ、[二四]千野利休《せんのりきう》もこの人に生《むま》れ替られしかと疑はれ侍《はべ》る。ことすぎて《茶事が一通り終り》跡はやつして乱れ酒《無礼講で盃の作法もでたらめ》、いつにかはりてのなぐ《平生の礼儀正しい酒席は忘れて》さみ、酔《ゑひ》のまぎれに世之介《はずみに世之介がなんと》、[二五]金銭銀銭紙入《きんせんぎんせんかみいれ》より打ち明けて《ぶっちゃけて》、両の手にすくひながら、「太夫戴《いただ》け、やらう」といふ。一この中では戴かれぬ所ぞかし。初心なる《もの慣れない》女郎は脇からも赤面して《他人事ながら息をのみ上気するほどの難儀の場で》ゐられしに、高橋しとやかに打ち笑ひ、「いかにも戴きます《〔有難く〕》」と、そばにありし丸盆《まるぼん》に請けて、「今、目の前で《〔皆さんの〕》いただくも、内証にて《ひそかに手紙でおねだりするのも》状で戴くも同じ事」と申して、禿《かぶろ》を呼びよせ、「なうて叶《かな》はぬ物ぢや《〔有難い〕》。取つておけ《持っているがよい》」と申されし。その《〔捌きの〕》見事さ、いつの世か《〔これほどの遊女が〕》又あるべし。

する程の事《なにをしても》笑《をか》しく《楽しく》、女郎も客も二かんたんの一日、暮れ惜しむ所《〔日長ならばと〕》へ、三丸屋方より、「尾張《をはり》のお客様、先程から御出で《お待ちかねです》」と、せはしき使ひ《頻繁に使いが立った》かさなりぬ。初めてなれば《初会の客のこと》四もらひもならず、「何の因果に《どういう悪い因縁で》けふの約束はしたぞ」と、高橋泪《なみだ》ながら勤むる身の悲しさは《遊女勤めの身である以上悲しい事ながら》、「先づまゐりて《ちょっといって》断りを申して今くるうち《了解してもらってすぐ帰りますから》、世之介様の淋しさは《〔留守中〕淋しい思いをさせぬよう皆様に》皆様を頼む」と、門口へ出《で》さまに二三度も小戻りして《行きかけては帰り》、五「わが居ぬうちは小盃《こさかづき》で《〔酒を〕》進ぜませい」と、禿も残して《〔大夫につき従う〕》丸屋に行き《〔しかも〕》、すぐに座敷へは《〔客の〕》ゆかず、台所につい居て《そのまま坐り》、世之介方へのとどけ《届けさせる手紙も延々と》のかぎりもなく書く程に、亭主も

一 この満座の中では、「はい、ありがとう」と貰うわけにはいかない。実際には金で売買する遊女と客の間であるが、大夫を極度に美化するあまり、「金など賤しいもので手にふれたこともない」という風に仕立て上げていた。特に傍輩《ほうばい》の大夫が少なくとも三人一座しているのである。

二 「感嘆するほどの一日」の「感嘆」と、中国の盧生《ろせい》が栄華を尽したが醒めれば粟飯が炊き上らぬ一炊の間の夢であった邯鄲《かんたん》の故事（能『邯鄲』等）とをかける。夢かしらと疑いたくなるほど楽しい一日。

三 島原揚屋町の揚屋丸屋七左衛門。

鞘当ての相手は尾張の客

四 もし先約の客が、初会でなければ（馴染客であれば）譲り受ける「もらい」の制度もあるのだが、初会だからどうにもならない。「何ともらひても、他客よりくれざる時は、是非なしとて帰るかた大かたよし」（『色道大鏡』）。

五 自分の不在中、世之介が酔いを深めないよう、小ぶりな盃をつかうように。あるいは健康を気づかっての配慮かも知れない。

＊ 本章で高橋の発明さ、きっぷのよさ、情深さはよく描かれているが、満座の中でその高橋に恥辱を与えかねなかった（高橋だからみごとに切りぬけた）世之介の野暮さ加減は、救われようがない。この野暮ぶりに対してなぜ高橋が命がけで傾倒す

るのか、十分描かれてはいない。二人の対比がみごとであるだけに、その不自然さが目に立つ。

＊挿画、三味線をひく世之介の着物に例の瞿麦とともに高橋の定紋橘の模様がある。茶会の「橘の紋付」参照。なお投節をうたう高橋の衣裳は、茶会の時のいずれにも合わない。

六 盃事も済まさぬうち膳へ進もうという程せっかちな人。これは高橋のいいがかりであるが、道理がないわけではなく、また、大夫の権勢の程がわかる。

＊『色道大鏡』によれば「むかしの法」では、「座敷のしゆびわろし」と思ったら遊女が席を立つこともありえた。しかし、今は遊女の権威も落ちて、「頃《このころ》は郭中に新法をゝきて、買手のゆるさゞるには、座敷の躰、女郎の心にむかぬとてかへる事かなはず、又もらひかゝりて男のくれぬに、火にしてもらひゆく事もさせず、たゞ籠《こ》の内の鳥のごとし」という状態になったとある。高橋のケースは、旧法・新法のはざかい期とみるべきか。

七 日本中の神々の名にかけて、誓ってゆかぬ。

八 一五一頁一二行のごとく、大夫をはじめ遊女を揚げることをつかむといい、転じて我がものにする、身請けするの意となった。ここではそれらの意をふまえつつ、一般の用語としての奪い取りにくるの意にかけたもの。

内儀も色々わびて《女房もあれこれ取り持って》、「先づすこしの間《ほんの暫くでいいから客》奥へ《の席へ》」と申せど《なだめすかすが》、それは耳にも聞きいれぬ内、「お膳《もう料》が出《理が》まする。二階《〔客の待つ〕》へ御出で《さあ早く》」と太鼓《たいこ》持《もち》ども肝煎《きもい》り顔に

申せば、「おのおのは太鼓持ならば《お前さんたちは太鼓持稼業である以上》、ここの女郎のやうすもしられう《島原の遊女の心意気もいい加減わかってい》事ぢや《そりなもの》。[六]それ程急な人にはあうて《お目に掛っても》面白からず」と《〔さっさと〕》、喜右衛門方に戻りぬ。七左方より《丸屋からいくら》呼び立つれども帰らず。世之介も恋は互ひとお《あい身互いと》もひ、太夫をいさめ《高橋に忠告して》「是非行け」と申せば、「けふにかぎつて《考えての決意であろうな》[七]日本《にっぽん》の神《しん》ぞ神《しん》ぞゆかぬ」と申す。「よくよく分別きはめ、よもやさきに《先方でも》もこのまま《〔男の一分〕》はおかじ《済ますまい》。[八]抓《つか》みにくる時、腰半分切つてやつて、かしら

此方《こなた》におくが」と申す。「いかにも覚悟《それは勿論覚悟の上》」と、世之介に引かせて《〔三味線を〕》膝《ひざ》枕《まくら》して、「[一]さても命は」と投節《なげぶし》、《〔おめおめと〕》「聞いてゐられぬ所ぞ」と、[二]尾張の大臣《だいじん》刀ぬきながら切つて懸れども、目もやらず《目を向けさえせず》、まして声もふるはせず、うたひける。めいめい《人々が双方に》取り付き、さまざまあつかへども《仲介するが》聞かず。両揚屋《八文字屋 丸屋》・[三]町中《まちぢゆう》袴《はかま》着て、両方の[四]わび事入り乱れて、《〔いる時〕》親方《大坂屋が》かけつけ、[五]「今日は尾張のお客《〔高橋を〕》へも世之介殿へも売らぬ」とて、高橋たぶ《〔の〕》さをとつて《〔荒々しく〕》宿にかへる《大坂屋へ》。それにもあかず《酷い目にあいながらこりないで》、「世之介様さらば」といふこそこころづよき女《気丈夫な女》、《〔ここ迄女に命も道も捨てさせた〕》この男にあやかり物ぞかし《こんな男の冥加にあやかりたいものだ》。

末社《まつしや》らく遊び

[六]昔の人の袖《そで》のかをるより[七]今の太夫《四代目薫が人気があり》まさりて、上林《かんはやし》の[八]家の風をぞ吹かし《家を繁昌させた》侍る《のである》。《〔彼女は〕》ことには《何よりも》衣裳《いしやう》の物ずき《趣味が深く》、「[九]能き事はよしと人はいふなり」

一 「歎きながらも月日を送る／さても命はあるものを」（『新町当世投節』）。一九頁注二一参照。
二 「尾張の大臣」は未詳。ただし、本書六の一の插画の夕霧の手管にだまされる客（共に悪い役割である）と同じ紋である（もちろん、五の六の插画の通行人に同じ紋がみられるので深い意味はないかも知れない）。
三 私事ではすまず、正式な町役人段階の騒動になって。「町中」は、町年寄・月行事などのこと。
四 仲裁申し立て（請願・嘆願）が紛糾して。
五 先約の客と貰おうとする世之介がおり、世之介にしか行かぬという遊女がいる時、「今日はどちらへも売らぬ」で済むとは思えないが、いかがであろうか。
六 初代薫（島原上之町上林抱えの大夫）も橘の香のようになつかしい遊女であるが。「五月待つ花橘の香をかげば昔の人の袖の香ぞする」（『古今集』）を踏む。
七 延宝四年天神から大夫に出世。初名三笠。
八 「久方の月の桂も折るばかり家の風をも吹かせてしがな」（『拾遺集』）を踏む。
九 「よき人のよしとよくみてよしといひし芳野よくみよよき人よくみつ」（『万葉集』）により、また喜撰法師の「我が庵は都のたつみしかぞすむ世を宇治山と人はいふなり」（『古今集』）を踏み、島原の上林を宇治の上林にとりなす。
一〇 『色道大鏡』の著者、
裕に書かせた公卿衆の和歌
近世の好色学の創始者藤
本箕山の別称。喜撰法師→素仙法師。

と、[一〇]素仙法師《そせんほふし》の語りぬ。万《よろづ》の花かづらも（春の花もよいが）[一一]秋こそまされと、白繻子《しろじゆす》の給《あはせ》に[一二]狩野《かの》の雪信《ゆきのぶ》に秋の野を書かせ、これによせての（秋野の風情に因む）本歌《ほんか》、公家衆《くげしゆ》八人の銘々書き（人が寄せ書き〔という贅沢さ〕）、世間の懸物にも稀なり（世間では懸物でも例が少ない）。これを心もなく（不用意にふだんに）着る事、いかに遊女なればとてもつたいなし（法外の遊女としても僭越だ）、とは申しながら（とはいうものの）、[一三]京なればこそ、かゝるなればこそ思ひ切つたる風俗と（また流行児の薫なればこそできる飛び切りの奢侈）、ずいぶん物におどろかぬ人（たいてい物におどろきしない人が）も見て来ての一つ咄ぞかし（とっておきの話にすることだ）。

世につれて次第に奢りがつきて（〔薫に限らず〕世間の風潮が次第に贅沢になり）、人の見しる（世間が〔名を〕）程の大臣は（大尽遊びをする人は）、肌着に[一四]隠し緋無垢《ひむく》、上には卵色の縮緬《ちりめん》に[一五]思ひ入れの数紋《かずもん》、帯は薄鼠《うすねずみ》の[一六]まがひ織り（町人用の）、[一七]羽織はごろふくれんくろきに（黒地の表に）縞天鵝絨《しまびろうど》の裏をつけ、町人ごしらへ[一八]七所《ななところ》の大脇指《わきざし》（装飾の刀）、すこし反らして（〔刀身を〕）あゐ鮫を懸け（藍色の鮫皮を〔鞘に〕）、[一九]鉄の古鍔《ふるつば》ちひさく柄《つか》長く、[二〇]金の四目貫《よつめぬき》うつて、[二一]鼠屋《ねずみや》が藤色の糸（下げ緒）、平印籠《ひらいんろう》に色革の（舶来染皮製の）巾着、[二二]瑪瑙《めなう》のふたつ玉、唐木《からき》細工《ざいく》（〔極上の〕）の根付《ねつけ》、[二三]扇も十二本祐善《いうぜん》が浮世絵、こぎくの（小菊の〔上等の〕）鼻紙、[二四]運斎織《うんさいおり》の袋足踏《ふくろたび》、[二五]中ぬきの細緒《ほそを》をはき（〔草履〕）、大草履取に（大男の）笠杖《かさつゑ》もたせて、名ある太鼓のつくこそ（有名な太鼓持がつき従う）、くらがりにても御女郎買ひ（〔その風躰からだけで〕闇の中でも大尽とわかるも）

一一 「物のあはれは秋こそまされ」（『徒然草』）と兼好法師が言ったように。
一二 久隅守景の子。狩野探幽の外姪孫《がいてつそん》。天和二年（一六八二）四月没、四十歳。
一三 三都中で最も体制の締付けの緩い京だからこそ。
一四 表地裏地ともに緋一色を使って裾廻りなどは別布を用い、表にはそれとみせぬ、隠れた贅沢。
一五 自分のひいきの遊女や俳優の紋を小さく並べて模様化する。
一六 唐織に似せて西陣で織った帯地。
一七 獣毛に綿・麻を交織した薄手の毛織物。その裏地に縞のびろうどを配する。

贅を尽した大尽の衣裳・小物

一八 脇差の縁《ふち》・柄頭《つかがしら》・目貫《めぬき》・折金《おりがね》・栗形《くりがた》・裏瓦《うらがわら》・笄《こうがい》を揃いの図柄で作ったものを七所拵えという。大脇差は一尺八寸以上。
一九 鍔は古い鉄製を珍重。「柄長」と共に流行の形。
二〇 柄の両側に目釘隠しの目貫を二つ宛打ったもの。
二一 京都室町下立売の組糸屋鼠屋和泉製。
二二 印籠と巾着の揃い玉を瑪瑙で作った緒じめ。
二三 扇の骨が十二本ある扇。上製の扇は骨数が多い。
二四 祐善は、宮崎友禅。京の画工。染物や肉筆画で聞えた。彼の画扇は、上製である。
二五 厚地の綿織物。たび底に用いる。袋足袋は、畦刺《うねざし》しをせず拇指と他の指との隔てがない足袋。
二六 藁《わら》しべ製の草履で緒に白紙を巻く華奢なもの。

一 「遊郭とは日野絹（滋賀県日野産の絹、また上州絹をもいう）の着物を洗濯してふだん着にするくらいの生活をする人、同様ふんどしも日野絹製、それも一本一筋ぎりというのではなく、替りをもつ程の人がゆく所で、それ以下の男たちはゆくな」。
二 京都室町御池の長崎商いの商人。合理的節倹により一代で二千貫目の巨富を築いた。『日本永代蔵』二の一「世間の借屋大将」のヒーローとして有名。
三 借り切って他客の入浴を禁ずることを留め湯という。島原郭内では揚屋町西側に徳兵衛風呂があった。
四 元結を解き放つ態。挿画、床几に拠《よ》るは世之介か。
五 九人↓一筋↓八文字屋↓二階。
六 京都の太鼓持の中でも延宝天和の頃四天王といわれた一人。願西《がんさい》弥七。
七 揚屋町東側の揚屋柏屋長右衛門。
八 正月二尾の小鯛を藁縄で縛り、竈《かまど》に掛けておき、六月朔日あつものにして食べると邪鬼を払うとされた。恵比須↓鯛。
九 四天王の一人、神楽の庄左衛門。
一〇 作り髭。鍋ずみで描き、また作り物を架けた。のち元禄五年禁止された。ここでは丸い炮烙に描いて恵比須の髭の表現。
一一 伊勢・八幡・春日三社の御神託。
一二 四天王の一人、鸚鵡の吉兵衛。
一三 油皿を吊す、仏具の一。金槌で打たれて目から火が出るという洒落。

郭中の趣向合戦

としるぞかし《のである》。「[一]日野《ひの》の洗濯着物《せんだくきるもの》・犢鼻褌《ふんどし》のかき替《か》へもなき人ゆく所にあらず」と[二]藤屋の市兵衛が申す事を、もつとも《なるほどそうだ》と思はば《〔まず〕》始末《倹約》をすべし。

「それもしなぬ身か《とはいえいつかは死ぬ身の事》、あらばつかへ《ある限り費う方がかち》」と、ある日世之介[三]風呂をとめ《借り切り》て、もろもろの末社を《多くの太鼓持たちを》あつめ、「けふらくあそび《今日は徹底的に自由に遊ぶ日》」と定め、瞿麦《なでしこ》の揃へ《模様の》浴衣《ゆかた》、みな[四]さばき髪《ざんばら髪》になつて、下帯《しめず》をもかかず、かれこれ《合わせて》[五]九人一筋にならびて、〔揚屋町の〕八文字屋の二階にあがりて、さわげば《ばか騒ぎすれば》、一町のなりをやめて《鳴りを静めて興を同じくすること》笑しがる事、京中のそげものの寄合ひさもあるべし《京きってのすれっからしの集まりだけにその面白さもうなずける》。

[六]弥七棕櫚箒《しゅろばうき》に四手切りて《紙のご幣をつけ》むしこよりによつと出だせば《虫籠格子の窓から》、《〔対して〕》丸屋の二階より大黒恵美酒《だいこくえびす》を指し出だす。これを見て[七]かしは屋の二階より[八]懸《かけ》小鯛《こだひ》見せければ、[九]庄左衛門は炮烙《はうろく》に[一〇]釣髭《つりひげ》を作り出だせば、隣より[一一]三《さん》社《じゃ》の託宣を拝《をが》ます。又むかひより《〔神罰が当るぞと〕》かな槌《づち》を出だす。その時[一二]あうむは、[一三]懸灯蓋《かけとうがい》に火ともしてみせる。丸屋から仏《仏像に》に頭巾《づきん》着せて出だせば、かしは屋より[一四]釣瓶取《つるべとり》を出す。八文字屋より[一五]末那板《まないた》みすれば、丸屋に牛《ご》

房《ばう》一把《は》みせ懸ける。猫に大小指《差させて》させて出だせば、一六 干鮭《からざけ》に歯枝《やうじ》くはへさせて見する。一七 炭けしに注連縄《しめなは》はりて出だせば、一八 竹の先に醤《しやう》油《ゆ》の通ひを付けて一九 出だす。弥七烏帽子《えぼし》着てあたま指し出だせば、むかひより二〇 十二文の包銭《つつみぜに》を投げる。北から摺粉木《すりこぎ》に綿ぼうしまいて出だせば《〔卑猥な連想を〕しかけると》、南から障子に二一「上々吉子《きち》おろし薬あり。同じく日やとひの取揚婆《とりあげばば》もあり」と書いてみする。《〔死産と見立てて〕》中の二階よりは籏《はた》・二二 天蓋《てんがい》、葬礼の道具を出せば、泣《〔その奇警》くやら《とに〕》大笑ひやら、揚屋《あげや》町にその日出懸けたる女郎も《〔客がついて〕》、男も《その客も》二三 のこらず表に出て、二四 こころは空《そら》になりて《夢中になり》二五 三所の二階を詠《なが》め暮して、「古《こ》今《こん》

一四 釣瓶がおちた時、拾い上げる具。仏が衆生を済度する（救い上げる）ことを表す。

一五 衆生済度に対して「生ぐさめ」と魚料理を思わせるまな板を出す。対して牛房は「料理は料理でも精進料理です」と受けたもの。

一六「干鮭の歯ぐきも寒し魚の店《たな》」。むき出た鮭の歯に楊子《やうじ》の取り合せの妙。

一七 炭火を消す火消し壺。それを「竈神」に見立てての「注連縄」である。

一八 火吹き竹（火消し壺から逆の連想か）。

一九 売掛け通い帳。

二〇 神・仏への賽銭は十二文に決っていた。十二銅。弥七の烏帽子姿を神主の見立てと知っての応酬。

二一 最高であるものを讃えていう。歌舞伎の役者番づけの用語でもある。

二二 仏像あるいは棺の上を覆う円傘のような仏具。

二三「みさき踊がしゆんだるほどにお爺出てみよばばつれて」（『仮名手本忠臣蔵』六）、「太夫のこらず出てみよといふはやりうた」（『好色盛衰記』一の二）。床几に拠るは捌髪《さばきがみ》と瞿麦《なでしこ》紋から世之介か。遊女はからちわをもつが、この画の季節は明確でない。郭の特殊性とはいえ町そのものが舞台化し、街頭演劇が行われているのである。

二四「花守の心は空になりやせむ」（能『泰山府君』）。

二五 八文字屋・丸屋・柏屋三軒の揚屋。

稀《まれ》なるなぐさみこれなるべし」と、興に乗じて、「まだ所望所望」といふ程に、後は大道《だいだう》に出てもんさく[一]、いづれか腰をよらざるはなし《腹腰をよじって笑わないものはない》。外の遊山《[二]ゆさん》はいつとなくきえて《音も聞えず》面白からず。なほ《〔大道ばかりは〕》立ち噪《さわ》いでやむ事なし。

「これを今のまに《この騒ぎを即興に》しづめる程の事《ような手だて》もあるべきか」といふ《〔某が〕》。「忽《たちま》ち声をとめて見せん」と、東側《〔揚屋町の〕》の中程の揚屋[三]見世《みせ》より、「太夫《〔某々が〕》なぐさみ《大夫の気晴しの》に《ために》金を拾はせて御目に懸ける」と、服紗《[四]ふくさ》をあけて一歩《[五]ぶ》山をうつしてありしを、小坊主《〔そば使いの〕》に申し付けて、雨のごとく表に《街路に》蒔《ま》けども、誰取りあぐる者もなく、ただ末社《太鼓持》の芸尽《げいづく》しを見て居るこそ、石流《[六]さすが》都の人ごころなり《都人士らしい風雅さだ》。かね《〔大事な〕》捨てながらしらけて《〔余計なことをと〕》、人に笑はれ、内に入れば《〔面目を失って〕》、その跡にてはちひらき《乞食坊主》・紙屑《かみくづ》拾ひ《〔取り〕》が集めてあまべ[七]に帰る。

人のしらぬわたくし銀《がね》

一　即興の地口・秀句をいいあうこと。パントマイムというか、物と物とが出合いによって相互を異化する面白さから、次には言語遊戯くらべの面白さに移る。

二　郭内の遊びをも遊山といったか。

野暮大尽と都びと

三　吉文字屋与兵衛・三文字屋清左衛門か。

四　ねじ袱紗、袱紗をねじって袋形にして金銀を入れた。

五　一歩金を盛り上げた様子は、まるでどこかの山をもってきたようで。

六　「流石」「石流」いずれも当時の慣用表記。

七　京都三条東の当時の貧民の集落。「天部」とかくが、本来は「余部」。

＊　文章の上だけでは、いかにも老人老婆がこっそり溜め込んでいる私銀（へそくり）のように思わせるが、あにはからんや、金など手にも触れぬたて前の大尽のことである滑稽さを突く。

性悪大夫の性悪ぶり

「申し申し、先づ《ちょっと》御帰りなされませい」と、[八]高嶋屋《たかしまや》の女子《をなご》《召使女》に呼び懸けられて、「何の用か」と見かへれば《ふりかえると》、「御かた《大夫さま》から」と名書もなき《宛名書きもない》文《手紙》ひとつ懐《ふところ》にさし込み、やうす《事情》も申さず逃げてゆく。[九]心元なき事は《気にかかることは》、兼々《かねがね》[一〇]滝川《たきがは》に恋する者ありて《友人がいて》、きもをいり《〔その〕仲介をしてやり》、返事待つ事あるが《返事を今まっているが》、それ《〔もしや〕》かと宿《自分の家に》に帰りてみるまでは遅し《時間がかかる》、[一一]順慶町《じゅんけい》の辻行燈《つじあんどう》に立ち忍び、よめぬ《〔灯の暗さに〕読み難い所もあるが》事どもありける。滝川《〔どうやら〕》が文《ふみ》のかへしにはあらずして、我にほれた《世之介自身に》とのこころ入れ深く、命をとる程に《殺し文句を並べて》書きておくりぬ。すこし男自慢《〔世之介も〕うぬぼれて》して、伴ひし者《遊び仲間に》に、「これ見たか《〔どうだい〕》。此方《こなた》より話《くど》きても埒のあかざる《〔一向に〕事が運ばぬことも》事もあるに、あなた《女の方から》からのおぼしめし入れ、然《しか》もさる太夫様《〔端女郎どころか〕》からぢや。世上に[一二]若き者もおほけれど、拙者《せっしゃ》が[一三]鬢厚《びんあつ》きゆゑぞかし。世之介《〔この色男〕》にあやかれ」と戴かせば《〔手紙を〕》、「合点がゆかぬ《〔友人たちは〕納得できぬぞ》」と笑うてゐる。せき心《気がいら立って》になつて、「我《お前に》にうそをいふ物か。これみよ」とありし時《見せようとした時》、「みるまず《ずば》でもなし。[一四]その文はそんじやうその太夫殿より《から来た手紙ではないか》はまゐらぬか」と申

八 大坂新町佐渡島町下之町南側の置屋。九郎左衛門と長左衛門の二軒がある。
九 「心元《こころもと》なき事」とは、いささか解を下しにくい。もっともたった一つ、もしやそれかと気にかかるのはの意か。
一〇 高島屋抱えの天神。
一一 新町遊郭の東口の筋。現大阪市南区順慶町通。「辻行燈」は、辻番所の前に設置された台の上の行燈。
一二 色道に打ち込む若い人々。なおこの時の世之介は、『一代男』の年立てでは五十一歳である。
一三 厚鬢は、上品であるが、野暮とされた。ここでは、五十一歳の年にかかわらぬ、豊かな髪つきの意ともとれる。
一四 しかじかかくかくの。例の、あの。あらわに名を出さないで、ぼかしていう。

す《りと当てた》。「何としてこのわけを存じたぞ。中せ」「いや、その女郎ならば[一]半太夫さのみよろこび給ふな《そんなに有頂天になりなさるな》。子細は《というわけは》、貴様に《お前さんに》かぎらず、近き頃も半太夫様の[二]お敵《相手の客》にもそのごとく、又[三]さつま様の客にも状を付け、人の男を《傍輩の客を》とらるる事[四]この中《ぢゅう》の仕出しなり。この心入れの《このこころざまの》否《いや》な所は《不愉快さは》、更々恋に《全く真実の恋》非ず《ではない》、[五]紋日《もんぴ》かかさぬ程の大じんにばかりその仕方ぞかし《をなんとか引きうけてやる程度の金持ちにだけその手でいい掛るのだ》。男ぶりにもかまはれぬ証拠には、河内《かはち》の庄屋に鼻のなき人あり《鼻の落ちた人がいる》。これにも執《しふ》心《しん》の状を付けて、この三年が間の[六]身あがり・買懸り《かひがか》済まさせて《清算させて》、その後《のち》は目ふさいで抱かれて寝ても、「顔が気にいらぬ」と口舌仕懸けられ《口論になるようにもってゆき》、かの男是非《ぜひ》もなく、「それが今目にみえましたか《今さら目にはいったことですか》。何やか貢うて置いて《さんざ貢がせておいて》から、あまりむごい《残酷な》仕方で御座る。この方替らぬ心《私の方では変らぬ気持》中には《のしるしには》、やり手に[七]小麦をやれといはしやつたによつて、真春《まづ》きにして二俵までけふも運ばせ、親達の〔遊女の里の〕方に[八]木綿《きわた》が入る《要る》とあれば、塵《ちり》までよらして百斤まで四五日跡に《以前》も進上申し、干蕪《ほしかぶら》・瓜《うり》・茄子《なすび》までを[九]遠い天満《てんま》のはてまで続けて、こなたの気に入るやうにした物を、[一〇]今年

一『好色一代男』には新町の大夫として出ている。
二 遊郭の慣習法として、遊女は他の遊女の諒承なしにその客に声をかけることは許されなかった。
三 薩摩。新町の天神（『難波鉦《なにわどら》』）。
四 最近の（最近開発された）手だ。最近流行の新しい手だ。
五 物日。遊郭にとって大事な祭礼行事等の日で、普通の日よりも格段金がかかるので、遊女は売るのに腐心した。もし客がつかねば、身揚り（注六）せねばならなかった。新町では年間六十余日あった。三三頁注一二参照。
六 客がつかぬ日など、遊女が自分で揚代を払ってつとめること。「買懸り」は、掛けで品物を買って代金未済のもの。
七 以下いかにも農村的な庄屋の日常に密着した、遊女の絞りよう。こと細かであるほど、哀れと共に滑稽が伴う。「真春き」は水に浸した麦を乾燥させて、改めて水をかけてていねいにつくこと。
八 河内の名産の木綿。棉花。一斤は百六十匁。
九 大夫の親の住所。「遠い天満のはてまで」は幾分の誇張を含みながら実感がこもっている。干蕪は冬至以前に蕪を乾燥し、春以後煮てたべる。河内は茄子も早なりで有名。
一〇 延宝二年（一六七四）六月十四日河内国茨田《まんだ》郡仁和寺村（現寝屋川市）の堤がきれた。そのために枚

の夏仁和寺《にんわ》の堤《つつみ》がきれて水が入った《水害で金がはい》と思うて、《らぬと推察して》みたて《安く見く》らるるが《びられるのが》口惜《くちを》しい」と、男泣きにして帰るを、居合せて聞いたものあまたなり。ひらに《この女だ》

これは」《けは絶対にやめろよ》ととめける。

世之介聞きて、「憎さもにくし《本当に憎い女め》。〔甘くみやがって〕こいつただは置かれじ《このままで済ませられるか》」と、う《適》れしきかへり事遣はし《当に色よい返事を与え》、手くだで[一一]《客でなく情人として密会することにして》あひぶんにして、ある時豊後《ぶんご》[一二]の人初めてあふ時、〔たまたま〕世之介も同じ宿にゆき懸るを《揚屋に登ることがあって》、太夫みるより小紙《こがみ》に《手早く》〔伝言を〕つい書きて、「うらへ廻つて御座れ《裏へ廻っておいでなさい》」と申す程に、「末はともあれ今《今後はともかくも今夜》宵は《だけは》」と、柴部屋《しばべや》[一三]にしのびて《ひそみ隠れて》物の陰より覗《のぞ》けば、さす盃もろくには《ちゃんと》

こらしめは色じかけ

方・大坂・生駒山麓・堺まで、摂河泉三国にわたっての大洪水となった。

＊ またしても世之介の情報不足が設定されている。友人の持つ情報網が、いつもより大きくより正確に見えるのはいかがであろうか。

一一 世之介は十分その大夫を買う経済力を持っている。しかし、遊女の方が惚れたのだから、すくなくとも初めは金銭を媒介とせず、わざと間夫・情夫のやり方で、遊女が手れん手くだでやりくりをつける、そのやりくりに乗るという意。

一二 今の大分県のうち。田舎客でしかも初会などというときがチャンスであった。

一三 柴・炭・薪等を置く納屋。挿画参照。

手に持たず《持ちもせず》、「俄《にはか》に腹いたむ」となやめば《苦しみ出すと》、田舎《ゐなか》大じん〔真にうけて〕印籠あけていく薬か《何種類もの薬を》あたへけるを、のむ顔して《のんだふりして》灰吹《はひふき》[一]に捨てて、禿《かぶろ》に紙燭《しそく》[二]させ、雪隠《せついん》の入口に付け置きて《番をさせ》、〔用足し中に見せて〕その身は世之介に取り付き《抱きつき》、「かやうの首尾[三]うれしい」といふ。〔一方〕大臣はまことの心から《本当の腹痛と信じて》坪《つぼ》[四]の中《うち》の戸を明けかけ、「太夫様はお隙《ひま》が入るが、まだいたむか」ときく。禿、「それへ《問もなくそち》ござります《らへいらっしゃいます》」と申す。ふるき事ながら《これは昔からの手だけれど》、この手だて一度づつはくふ《どんな客もこの策略に一度はひっかか》事なり《る》。世之介と炭俵のあひ《間》より起き別れて、はや着物《きるもの》のよごれしを悲しみ《苦にして》、「いかい《大変な》損をした」と、人のみるをもかまはず《他人の目を気にしないで》、しべ箒[五]にて禿に背《せなか》をたたかせ《はたかせ》、それより《すぐに》〔客の待つ〕座敷には行かず《行きもせず》、仏壇の前に居て、大角豆食《ささげめし》[六]の茶漬《ちゃづけ》に干鱈《ひだら》むしり喰うて、その後手元にありし百銭《ひゃくぜに》[七]をぬきて、心覚えに目の子算用[八]、何の事にもせよ《どんな事情があるにせよ》、女郎《大夫程の遊女は》はせまじき事なり。〔置き去りの〕大臣この淋しさ、〔その〕座にたまり兼ねて、立ちさまに《帰ろうとして》この有様を見《ふと目》て《に入り》、「まづ安堵《あんど》いたした。〔銭の〕[九]勘定あそばす程の御機嫌《きげん》なれば」と、〔律義に〕宿《揚》へ《屋》も礼いうて帰りける。これを何とも《気の毒とも》思はず、人の若い者らしきを《手代風の男》

一 煙草の吹殻を捨てるための竹筒。

二 「鶯起きよ紙燭灯して」(『冬の日』)。こよりに油をひたし火を灯したもの。挿画の禿の姿参照。

三 うまく密会のことが運んだ成りゆき。

四 坪は庭のこと。庭の中戸。

五 藁しべで作った手ぼうき。

六 ささげを炊き込んだ御飯を茶漬にして。遊女は客の前では食事しないのが原則であるから納戸飯《なんどめし》といって、隠れて食べるのは無理もないが、それにしても干鱈のむしり食いは、浅ましい。

七 銭は、ぜにさしに九十六文さして省百《せいひゃく》といい、百文に通用した。

八 一々(一枚一枚)目でたしかめながら勘定すること。本来は、今日のごとき「あらまし」「ざっと」の意味ではなかった。

九 「勘定あそばす程の御機嫌」を皮肉と解する説もあるが、ここではひたすらに大尽を純朴に考えた方が、大尽との対立図式として面白い。

近付け、「小判がしの利は何程にまはる物ぞ《小判を高利に廻して貸したら利息はどの位に廻るか》」といふ。一〇つらへ水が懸けたし。かかる者も太夫とて売物になるぞかし《こんな卑しい女も大夫というだけで》。偖《さて》も偖もうるさ《いやらし》き《い》女、ここに名《その名》をかくまでもなし。後には一一しるる《〔自然と〕》事なるべし。四五度《〔こうして〕》も忍びあうてから、《〔大夫から手紙がきたが〕》「正月の入用《いりよう》御無心の書簡はいしまゐらせ《拝読しました》、時分から《年木を控えて殊更》忝《かたじけ》なく存じ候。かねを出して女郎狂ひ仕《つかまつ》れば、御存じの通り、この方《私の方には》に好き申し候太夫と久々《長らく》申し《〔契りを〕》かはし候。貴様より《あなたのお申》はただのやうに《し出は金はいらぬように》御申しこし候程に、恋に隙《ひま》のなき身なれども、折節《〔これも慈悲かと〕》一二合力《かふりよく》にあうて進じ申し候。《〔金ならば〕》一三余人を御かせぎあるべし。一四日《ひ》貸《が》しの金子《きんす》御かしなされ候はば、きもいり申すべく候《貸す相手を斡旋はしてさし上げます》。手前《てまへ》取りこみ、早々申しのこし候。以上」。

さす盃《さかづき》は百二十里

一〇 いけしゃあしゃあとした顔へ水をぶっかけたい。西鶴が世之介の視線を通しさえせず、ストレートに作者の生《なま》の声（意見）を聞かせている。その点、客観に徹するごとく実は客観性に欠けるともいえよう。この一章は、遊女某の告発に終り、その遊女のなぜは全く書かれていない。表層的ながら遊女気質《かたぎ》の一つの典型ではあろう。

恋に隙なき身なれども

一一 へそ繰り金で評判であった新町の遊女に、天神であるが佐渡島町小倉屋抱えの「遠州」がいる（『好色盛衰記』三の一）。

一二 施し同然、寝てあげました。

一三 私よりも他の人にせい出して働きかけられたらいかがですか。

一四 一日単位の短期間貸す金。高利であった。お前が、金融に手を出して儲けていることくらい、知っているのだぞとのいや味。

目差すは江戸の紅葉紋

露に時雨に両袖をぬれ《袖もぬれそぼって》[一]の開山《かいざん》、高雄が女郎盛りを見んと、紅葉《もみぢ》[二]がさねの旅衣《たびごろも》、[三]八人肩《がた》の大乗物、五人の太鼓持《たいこもち》、ばつとしたる《派手やかな》出立《でたち》に[四]陰陽《いんやう》の神ものりうつり給ひて《つい浮かれて憑かれたか》、世にある程のわけしり男《世間で粋人として通る程の男〔世之介〕は》、夜やり日やりに行けば《夜昼定めず心まかせに》、宇津《うつ》の山辺にのぼり詰め[五]《〔旅の心淋しさに〕》、嶋原への伝手《つて》がな《がほしいな》とおもふ所に、三条通《どほり》の亀屋《かめや》の清六、乗懸《のりかけ》よりおりもあへず《馬からおり終らぬ内から》、「もろこし[六]は替らずつとむるか《〔元気で〕》。江戸では小紫《こむらさき》にあうてのやりくり《関係してそのためにひと苦労し》、都へさす盃《さかづき》をことづかり行く《届けるよう頼まれて行くところだ》」など立ちながらかたりぬ。聞くに《聞くにつけて〔ひとしお〕》東の恋しく、京の事なほ《なおのこと》忘れがたく、「屢《しば》しまて」とて、鼻紙《〔ありあわせの〕》に石筆《せきひつ》[七]をはや《走らせ》め、「けふこの細道にて《今日この名所蔦の細道》清六にあうて、やつれたる《〔旅にすっかり〕》姿を見せて、そこゆかしさは何程《そなた恋しさ懐かしさは》、露といふ命きえずば《露のように脆い命さえあるならば》、又みるまでのしるしぞ《あいみるまでの記念に思ってくれ》」と、岩根の蔦《つた》の葉を手折りて仮初《かりそめ》《そこそこに》に包みこめて、金太夫[八]かたへと渡しぬ。五人《〔同行の〕》の者もおもひおもひの泪《なみだ》、「申し申し、まだ忘れた事は《いい忘れた事がある》、[九]上林《かんばやし》のまんに、『首すぢをよく洗へ』と、慮外ながら《ご迷惑でしょうが》御伝へ《〔下さい〕》」と、跡は大笑[一〇]ひして別れて、苔地《こけぢ》[一一]のつたひ道おるれば《降ると》、草葺《ぶ》きの幽《かす》かに、

一 袖を濡らすと濡れの道(好色道)とをかける。開山は寺院の創始者をいうが、ここでは第一人者という程の意味。高尾(山)の縁で開山といったか。

二 表紅、裏蘇芳《すおう》または青の重《かさね》。紅葉は高雄の縁語。ここは旅衣に散り懸る紅葉の衣を更に重ね着する意。

三 八人が交替でかく駕籠。本来武家以上が用いた。

四 在原業平のこと。異説もある(『色道大鏡』)。

五 色道でゆく所までゆくことをのぼり詰めるというが、それとこの文章の下敷である『伊勢物語』の「宇津の山」を越えた事をかけた。以下『伊勢物語』のパロディ。都への便り―島原への伝手、修験者―清六。

六 島原上之町一文字屋抱えの大夫。

七 黒・赤色粘土を筆様《よう》に作り管軸に挟んで書いた。

八 島原上之町上林抱えの大夫。

九 上林家の遺手で、首筋の黒さが当時嫖客《ひょうかく》の一つ話になっていたものか。後にいう「うがち」である。

一〇『伊勢物語』では宇津山での出逢いは涙で終始するが、『一代男』では、いわば追伸ともいうべきまんへの言伝てによって大笑いに転換する。

一一 地面も苔むす湿っぽい伝い道(細く険しい道)。

一二 宇津谷峠の名物。黄・白・赤などの極小の団子を十個ずつつないで売る。

一三 駿河国安倍郡安倍川西岸の部落。昔遊君がいた。

一四 手越の遊君千寿(千手)の前の父手越の長者。手越平太家綱がこれに当るか。『一目玉鉾』参照。

十団子《とをだんご》売る女さへ、美しく見えて、招けば手越《てごし》といふ里に酒ばやしあり。「これこそむかし千手《せんじゅ》の前の親仁《おやぢ》の所よ」と語る。安部川をわたれば、東の方にびんざさらにのせて、「こずに待たする殿はうらみ」とうたひしは、「やれ、ここの傾城町《けいせいまち》とや。見ずには通らじ」と尻からげをおろし、道中付《だうちゅうづけ》の扇をかざして、「とかくはみぬさき」と沙汰なしにするこそ、よくよくおもしろからずや。京の北むきよりはおとりぬ。三嶋には絶えて遊女の跡までを捜し、女あらたむるはしれぞ恋の関の戸を越えて、武蔵野《むさしの》の恋草《こひぐさ》の所縁《ゆかり》、紫を染屋の平吉かたにつきて、「先づ吉原の咄《はなし》聞きたし」。新板《しんばん》の紋尽《もんづく》し、「紅葉は二浦の太夫」と、読みそめるより色にそまり、「朝《あした》の嵐もしらず。散らぬさきにこの君を抓《つか》め」と、以上六人恋の山入り、金竜山《きんりゅうざん》を目当てに、浅草川の二挺立《にちやうだ》て、駒形堂《こまがただう》も跡になして日本堤《にほんづつみ》にさし懸り、あさぢが原・こづか原名所の野三つあるに付けて三野《さんや》と申し侍り。▽三谷《さんや》とも書けり。大門口《おほもんぐち》の茶屋にて身ぶりを直し、清十郎といへ

一五 この附近に芸能者が住み、拍板《びんざさら》を鳴らし、説経節などを語った。
一六 駿府二丁町（現静岡市駒形町）の遊郭、弥勒《みろく》町。
一七 扇面に、宿駅・里程入りの道中図をかいた扇。
一八 島原中堂寺町北側。局女郎のみで五匁。最下級。
一九 世之介一行の求めたのは、三島の宿の宿場女郎・留め女の類いでなく、廃絶した遊所の跡であった。
二〇 武蔵野＝紫（紫草）、所縁はいずれも縁語仕立て。
二一 紫→染屋（染物屋）。遊里の消息通、末社か。
二二 遊女の紋入りの吉原の評判記。その中の最新版。
二三 この読み手は平吉・世之介のいずれでもよい。
二四 「紅葉を争ふいはれあり。朝の嵐、夕の雨」（能『放下僧』）。
二五 源頼光が『酒呑童子』で大江山への山入りを六人でした様に。「恋の山」は積る恋の思いを山に譬えた。
二六 待乳《まつち》山。浅草本竜院境内の小山。聖天《しょうてん》山とも。
二七 吉原通いに用いる船（猪牙《ちょき》）は、浅草橋の船宿から今戸に至る。浅草川は隅田川の浅草辺の称。
二八 浅草駒形町、隅田川左岸の馬頭観音を祭る堂。
二九 浅草聖天から箕輪《みのわ》に至る山谷《さんや》堀堤。元和六年造成、明暦三年元吉原の焼失後新吉原通いで賑《にぎ》わった。
三〇 吉原の異称、三野（三谷・山谷）とは、続が原（または代りに吉原）・浅茅《あさぢ》原・小塚《こづか》原の三野があるからという。この辺り吉原案内記の面影がある。
三一 大門外五十間道（台東区千束四丁目）の両側に編笠茶屋あり、嫖客《ひょうかく》は身仕舞し編笠を借り郭入りした。

る揚屋に行きて、「上方のお客」と申す。「[一]御名は先立《さきだ》つて承り及ぶ。自然《ひよつと》御宿を申す事もと心待ち《心待ちにしていました》は、これぞ《ご覧下さい》」と、襖障子《ふすましやうじ》を明くれば、八畳敷《はちでふじき》の小座敷《こざしき》万《よろづ》新しく、〔仕立てて〕「京世之介様御床[二]」と張札《はりふだ》して置くこそかはいらしき《何と行き届いたことか》。亭主が仕懸け《主人の用意は》これにかぎらず、盃・燗鍋《かんなべ》・吸物椀《すひものわん》まで、瞿麦《なでしこ》のちらし紋、気のついたる《よく行き届いた》事ぞかし。

「さて、太夫は《〔高尾〕の都合は》」と尋ねければ、「九月十月両月は[三]さる御方、[四]市左衛門方にて、その跡《〔約定済み〕》霜月中は[五]利右衛門方に御入《おい》りの約束、[六]年忘れ三十日はこれに《私どもで》御けいやく、はや正月も定まり、年内に御隙《ひま》とては一日もなし。この方に年を御取りあそばし《江戸にて新年を迎えられ》、春の事に《来春の事に》なされませい」と申す。いづれも《六人は》あきれて、「その敵は《高尾の客》何者ぢや」ときけば、[七]小判は木になる物やら海にある物やらしらぬ人なり。世之介もこの度つかひ捨てがね《この下向に際して使い捨てる予定の》千両の光などではなかなか及び難し《とてもとても勝負にならない》。[八]十月二日はつの豕《ゐのこ》の日より話《くど》き懸けて、やうやうその月の二十九日に、清十郎〔尾張屋〕・平吉〔染屋の〕がはたらきにて《平吉の才覚で何とか諒解をとりつけ》歎きすまし、[九]盗みあひと申す事に定めぬ。

一 まだ名乗ってもいないのに世之介一行と推している。遊郭が、相互の特殊な情報網を全国的規模で持つ証拠。

二 「御座敷」とか、「御席」とかせず、ずばり「御床」とした所がみそ。

三 名を憚《はばか》るほど身分の高い人。

四 吉原揚屋町桐屋市左衛門。

五 吉原揚屋町蔦屋理右衛門。

六 十二月に行う年中の憂さ辛さを忘れるための会、忘年会。何日という決りはない。「年忘れの会を中心に師走三十日間は」の意であろう。

大名道具の高尾とは

七 仙台伊達家三代目の伊達綱宗をさすか。とすれば、敵娼《あいかた》は三代目高尾（万治二年、一六五九病死の二代目万治高尾の跡を継ぐ）となり、かつまた綱宗が隠居を命ぜられた万治三年七月十八日以前の話となる。綱宗に特定せねば、四代目高尾（延宝八年、一六八〇刊『吉原人たばね』にみえる）が、年代の上からもふさわしい。四代目は水谷庄左衛門に身請けされたので水谷高尾という。いずれにせよ、「小判」云々は、下々と全く違った、非常に身分の高い人であることをもったいぶっていった。

八 延宝八年十月二日は丁亥、初いのこに当る。吉原の紋日。

九 揚屋も諒解の上の客の目をしのんでの密会。揚屋も納得ずくという点に注意。これでも世之介はほぼ一月待ちこがれるわけである。

一〇 高尾が揚屋から置屋へ帰る姿。

一一 極上の衣裳。「帯は胸高」というところが吉原風。

一二 本体を揺がさぬ歩きぶり。凛然《りんぜん》たる風情。以下の張りのある風俗は插画からも判る。女たちは揃って反り身であるが、高尾の足の運びと他の女たちの運びとが一致している。しかも下男（陸尺）にいたるまで、紅葉の紋所である。

一三 「捧げものを木の枝につけて堂の前に立てたれば、山も更に堂の前に動き出でたる様になん見えける（略）山のみな移りて今日に逢ふことは春の別れを訪ふとなるべし」（『伊勢物語』）。

一四 契りを交わしてからの恨みならともかく、交情以前に恋の怨みが積り積って、その一つ一つを数え上げているうちに。

一五 駕籠は男性のばあい厳しく制限されたが、女乗物は身分の上下にかかわらないで行われた。

一六 揚屋の妻女。

しのべば《密会ゆえ人目を憚り》平吉ばかり御供にて、暮れ方より[一〇]帰り姿をみるに、[一一]惣鹿《そうが》の子《こ》、唐織類《からおりたぐ》ひ、帯は胸《むな》高《だか》にして、[一二]身を据《す》ゑてのあし取り、また上方《かみがた》とは違うて目に立たぬ物かは《珍しく目につくものである》。近付きにも言葉を懸けず《顔見知りに出合っても》、禿も対《つい》の着物《きるもの》、二人引きつれ、やり手・六尺《下男》までも〔高尾の〕御紋の紅葉、〔付きで〕[一三]色好《いろごの》みの山々更に動《紅葉の盛りの山々が動》くがごとし《き出しているようだ》。「是非今宵《こよひ》は〔逢いたいもの〕」と待ち侘《わ》びて、夜半《よは》の鐘もやるせなく、[一四]あはぬ先より〔今宵までの〕恨みかぞふるに、人しづまつて《みな人が寝静まり》[一五]女房乗物《にようばうのりもの》入れば、勝手の灯《ともしび》けして御面影外《ほか》へは見せず《余人には》、[一六]かか州《しう》が引きわたしのささ事過ぎ《遊女を客にひき合せる酒礼も済んで》て、はやかぎりある夜とて《夜を無駄にすまいと》床取りて、世之介寝させまゐらせ《世之介を先に》、〔お供の〕平吉

[一]もかせ山といふ女郎としみじみと《しっぽりと》の枕なり。屓《待つこと》しあつて高雄[二]ぼかぼかと来て、「我より先へはねさせじ」と世之介を引《むりに》き起こし、平吉・かせ山に恋のじやまなして呼びよせ《佳境に入ろうとするのを邪魔して呼びつけ》、皆ふとんの上にあげて、謎懸けて《謎々遊びをして》[三]とけしなく、「[四]これも面白からず」と、かせ山・平吉を銘々《めいめい》の床にかへし《世之介は奔放さに気を呑まれて》、その後「帯をときて御寝《ぎょしん》なれ」と仰《まで》せられても、おそろしくて《気おくれして》とかず。「申し、それは私の志し無になる《そんなに堅くなさると私の厚意が無益になります》といふ物ぢや。初めのほどはふとんも冷えてありしを、よしなき《わざと用もない》二人をあたため《呼び蒲団を》させ候甲斐《かひ》もなし」と、様子《てぎわ》よく帯とかせて、直ぐ付けに肌をゆるして《肌着も何もとってじかに肌を合わせ》、「又ちかぢかにあふ事も稀《まれ》なり。御心《いかようとも》まかせに《して下さい》」と、初めての床の仕懸け各別《接しようはまたすばらしく》、世界に又《二人と》あるまじき太夫なり。

諸分《しょわけ》の日《ひ》帳《ちやう》

一 鹿背山。京町三浦四郎左衛門抱えの遊女。「太夫まさりの格子」(『好色盛衰記』三の二)であるとされていた。鹿背山は現京都府相楽郡木津町の山、「衣貸せ山」という秀句が底にあり、その衣からふとんを引き出す。

二 一途に、きおい込んで。

三 延々とじれったいばかりに。

四 すき放題、わがままな遊女の生態が描かれており、しかも、そのわがままが実はみな客へのもてなしぶりであるという逆転が、面白い。

五 『枕草子』のスタイルで、郭の「物は尽し」を書いた『吉原よぶ子鳥』など一連の書物の様式を踏んでいる。

大夫の、うれしき物

六 見世から内証へ通じる土間を仕切る中戸。間夫《まぶ》との密会はこのあたりの物かげですることが多かった。なぜその「別れ」が「うれしき物」か、未詳。首尾よく密会に成功したことが嬉しいのであろう。

七 文（手紙）を受けて、「かたじけなく」以下を書簡体にしている。

八 大坂の新町瓢箪町木村屋又次郎抱えの遊女。和州（大和）の名から、吉野が呼びおこされる。もっとも吉野を大夫ととらず現実の吉野山の桜としてもよい。吉野の花にも見まさる美しさで。

九 恋が積って山のようになるという比喩であるが、出羽国湯殿山や同国酒田の西の国府山の名ともいわれる。「恋の山」から「出羽」を引き出した文飾。

一〇 現山形県鶴岡市。庄内地方の米の集散地。商人としての世之介が顔を出している。一さい手代任せの遊興一筋に設定されていることと矛盾する。

一一 早朝、郭の開門と同時に入り込み遊興すること。

一二 大坂中之島の蔵本《くらもと》、塩屋。なお一流の大賈《たいこ》であれ、一手代が大夫遊びをする点に注意。浮世草子における手代層の僣上遊興は、一つのテーマであろう。

一三 新町佐渡島町の揚屋高島屋八兵衛。

一四 性夢。

一五 同じ木村屋抱えの大夫。寝坊で鳴らしたという。

一六 瓢箪町の置屋車屋庄九郎。

[五]うれしき物、その日の男《〔約束の〕客が早く帰ってしまうこと》はやういぬるの、中戸《なかど》[六]《〔間夫と〕》であうての別れ、《〔うるさい〕》やり手煩うて居る内《病中である間》、かさの高き文《ふみ》《たっぷり分厚い》、「かたじけなく[七]《ありがたく》詠《なが》め入りまゐらせ候《拝見させて戴いております》」は、木村屋《このむらや》の和州《わしう》[八]、一盛りは吉野の花を見越し《吉野大夫を凌ぐほど美しく》、全盛の春《はやりの頃》にぞありける。三月三十日の日帳を書きておくられける《三月中の出来事全てを誌した日記を〔世之介に〕》。《〔その文〕》これぞ恋[九]《まるで》の山、出羽《では》の国庄内[一〇]といふ所へ下《くだ》りて、米など調へて《庄内米買い入れ〔下関廻り〕》、大坂への舟《ふな》便《だよ》り《〔いかにも〕》もまはり遠く、この里の事なほゆかしきにと《新町のことが遠ければ遠い程知りたいものと》、封じ目切りて《手紙を開くと》、「あけそむるより《夜明けから》《〔筆を起し〕》[一一]、朝ごみの客は中《なか》[一二]の嶋《しま》の塩屋の宇右衛門手代《てだい》にて《〔勤め〕》、昼は隙《ひま》なき身とて、[一三]高嶋屋にてあひ初め《高島屋で会い初めました》、宵の勤め残りて《昨夜の疲れが残り》、紙筆を《〔置屋であなたあてに〕》持ちながらおのづと気を尽しての《気力を使い果して》手枕《たまくら》、かた様《あなた》の御事まざまざと《ありありと》よ[一四]い夢見懸りしに、惜しや隔子《かうし》をたたき起こされて、そのにくさいかばかり、暫《しば》し返事もせぬに、頻《しき》りにおとづるるに《呼び立てるので》、寝ごい[一五]八千代《やちよ》さへ目覚めて、『申し申し』と呼びつがるるも是非なく《次々に伝え呼ばれて致し方なく》、《〔私が〕》『行水《ぎやうずい》とれ』《の用意を》といふ声を聞きて、男それまでは待たず《使いの男は行水がすむまでは》、腹の立ちながら《不満のままに》独《ひと》りゆく《〔帰って〕》とみえしが、車屋[一六]の黒犬にとがめられて《ほえたてられて》、又西の横町《よこまち》へ廻るも笑《をか》し。

おもはぬ男《思うか否かで応対が》これほど違ひのある物かと、〔我ながら〕我がこころのおそろしく、〔やがて〕宿《揚屋》より使ひ来て、ゆきて《行きはしたものの》、朔日《ついたち》早々から〔その客とも〕の口舌《くぜつ》。

二日は、川口屋[一]にはじめて肥後《ひご》[二]の八代《やつしろ》の衆、一座には八木屋《やぎや》[三]の霧《きり》山《やま》、伏見屋《ふしみや》[四]の吉川《よしかは》、清水《きよみづ》[五]の利兵衛など参りて、浄瑠璃道行《みちゆき》になりて、『東《あづま》[六]の空はそなたぞ』と語り出だすより、耳おどろかし《耳が冴え》、『我も世之介様を〔江戸の方へ〕尋ねゆかるる身ならば』と、〔別段〕哀れにもない所にて泪をこぼすを、脇《わき》より見ては《よそ目からはあなたへの》この恋ゆゑとはしるまじ。床《とこ》までもなく《床入りまでゆかず》暮れて、そのまま帰るさに、『紋挑灯《もんちやうちん》[七]の瞿麦《なでしこ》、今に替らぬか《今も放蕩熱はさめぬか》』と闇《くらがり》よりの悪口《わるくち》、声聞き違へて見もどれば《見かえると》天満《てんま》[八]の又様、『介様のお帰りの程は《世之介様のお帰りはいつなのか》』と御尋ね候。これも越前殿[九]《この又様も》とはわけあつて〔馴染みながら〕、二十日にあまつてこの里《以上というものは新町へあまりお出でなく》うとくならせられ、南にて小ざらし[一〇]《道頓堀で》にくからずと、毎日これも替りたる《連日の南通いも》御なぐさみぞかし。かた様《あなた様》〔の〕御弟《おとと》ぶんの吉弥《きちや》[一一]様もいよいよ美しく御入り候。

三日四日は住吉屋《すみよしや》[一二]長四郎方へ出で候。唐津《からつ》[一三]の庄介様、これは去年

紋提灯は今もなでしこ

一 川口屋にはじめて（呼ばれた客は）。「川口屋」は新町九軒町の揚屋川口屋彦兵衛。
二 現熊本県八代市。肥後米の産地。
三 新町八木屋の大夫桐山。
四 未詳。『難波鉦』に天神とある。吉川の縁で次の清水を引き出したものか。
五 浄瑠璃の大夫。清水理兵衛。井上播磨掾の弟子。
六 浄瑠璃の道行の詞章。
七 和州は提灯の紋に世之介の瞿麦をつけていた。
八 未詳。「闇から牛」というがその牛の縁で天神のある「天満」としたものか。和州と世之介の仲をよく知っているこれまた手だれの遊び手。
九 新町瓢簞町木村屋又次郎抱えの大夫。
一〇 岑野小曝。寛文から延宝へかけての若衆方。
＊ 女色側から男色を「替りたる御なぐさみ」といい、異次元のものとして、それなりに肯定している。
一一 世之介と関係のあった若衆。必ずしも二代目上村吉弥（若女方）と決める必要はない。
一二 新町九軒町の揚屋。
一三 肥前唐津の商人。十四日にも登楼している。
＊ 肥後八代といい、唐津といい、また、出羽への世之介の商用といい、後出最上《もがみ》、網干《あぼし》の客といい、新町の大夫の客筋がおのずからに大坂の商圏を示している。大坂そのものの経済力と、取引地方の

勤めゆゑの誓紙も一枚

経済力との拮抗均衡の上に新町の繁栄があった。唐津の客は重大な紋日である「盆」を勤める程経済力をもっていた。

一四 住吉の浦から堺の浦へかけて、摂津・和泉の海岸の潮干がり。遊女を郭外に遠出させたのである。

一五「我が恋はあはでの浦のうつせ貝むなしくのみもぬるる袖かな」(『新勅撰集』)、あるいは俚謡《りよう》か。

一六 自分は全く誓いの意志はないのだが、金のための手練手管で、恋を誓う起請文を書いたとの弁明。

一七 鍼灸は、暦日《れきじつ》をえらんで行った。六日は灸によい日で、しかも、折よく客がついていなかった。

一八 九軒町の揚屋井筒屋太郎右衛門方から口がかかり。

一九 道頓堀法善寺。千日寺は異称。

二〇 未詳。おそらくは新町の揚屋・置屋の亭主(たとえば佐渡島町下之町の置屋京屋八郎右衛門)か。

二一 立売堀。新町の北に接し、材木商が多かった。

二二 佐渡島町の揚屋。折屋喜兵衛、六兵衛のいずれか。

二三 播州揖保《いぼ》郡網干。廻船問屋など富豪が多かった。

二四 客が馴染の遊女と切れて新しい遊女とあおうとする時、遊女の側はその間の事情を糺《ただ》してからあう。それが遊女間の儀礼というよりは、習慣法であった。

二五 紀州和歌の浦の風景(名所)は、どこも優雅であるが、ことさらに注文された趣向はさすがに見事です。

二六 紀州和歌の浦八景の一。当時の遊女の美術鑑賞能力を自ずから語っている。

の盆をしてもらひ候客なり《紋日である盆の入費を出してもらった客です》。昼の内は一四すみよしの汐干《しほひ》に御行き、桜《さくら》貝《がひ》・うつせ貝《肉のおちた貝がら》など手づから拾ひて、一五『あはぬさきから袖ぬらす』《お前と濡れ合わぬ前から袖を濡らしたよ》と、しをらしき《やさしく上品な》御人に候。五日はいばらきやにて《佐渡島町の揚屋茨木屋で》、御存じのいや男に《名指す迄もない例の》あひ申し候。勤めのために《色の勤めゆえやむなく》一六こころの外《ほか》の誓紙一枚書き申し候《書いて渡しました》。則ちあのかたより《向うから》の一札《貰った誓紙はこの便でことづけて》このたび遣はし、かた様に預け申し候《あなた様におあずけしておきます》。六日、一七灸《やいと》すゆるとて〔客がつかぬ〕隙《ひま》をさいはひにいたし候。七日は茨木屋《いばらきや》にありしを一八井筒《ゐづつ》屋《や》にもらはれ、最上《もがみ》の衆にあひ申し候。八日も同じ一座。九日は母《はは》人《びと》の十三年にあたり、一九千日寺《せんにちでら》へ石塔《せきたう》を立て、心ざし〔亡母供養の〕仕り申し候。十二〇日は八郎右衛門取持《とりも》ちにて、二一鼬堀《いたちぼり》のお敵《お客》と仲なほり申し候。十一日は二二折屋《をりや》にて播磨《はりま》の二三網干《あぼし》衆に初めて、これは八木屋の霧山様に御逢ひ候が、二四わけあしからぬ《義理の立った》退《の》きやう、吟味〔十分〕の上あひ申し候。〔客がつかず〕十三日は宿《置屋》に居申し候。内々蒔絵屋《ないないまきゑや》の治介に御申し付けあそばし候《御注文》硯箱出来《すずりばこしゅったい》〔使いに〕もたせ遣はし候《届けてきました》。二五和歌の風景、御物好《ものず》き殊更《ことさら》、二六布引《ぬのひき》の松、さもあり《いかにも》さうによくよく筆を尽し候《力を入れております》。八まん《本当に》気に入り申し候。けふつかひ初めてこの文を書きまゐらせ候。

さて、かた様《あなた様が》御残し置き候独り笑ひ《春画を描いた》の御肌着、十四日にふと御事〔あなたの〕ども思ひ出し下に着て《肌着として》出で申し候を、〔その日の客の〕庄介様にもらひ懸けられ《せがまれまして》、否《いや》とはいはれぬ首尾《なりゆき》にて、こころよく《あっさりと》進じ申し候。何の子細[一]もなく候。一日《ひとひ》二日過ぎて、〔お返しに〕[二]『ちよろけん一巻《ひとまき》[三]あり合ひて送る』のよし、その中に[四]一歩五十、この事は《その大金の事は》何とも書かずに人しれずたまはりける。そのまま明けても見《巻絹を解いて見も》ず《せず》、せはしく《文払いのやかましかった》申せし呉服屋の左兵衛に遣はし申し候。ただわが身の事《私にとりましては》、万《よろづ》に付けて《何につけても》かた様ここもとに御入り《おいでで》なきこそ《ないそのことが》、悲しき

一 格別に他意あってのことではありません。

便りに浮ぶ和州の面影

二 オランダ・中国等から輸入の厚地の絹織物。チャウル（インド）絹の訛《なまり》かという。「鶯のひな引つるるたいこ持／もらひ羽織や雉のちよろけん」（『桜千句』）。

三 ことさら求めたものではなくて、手許にちょうどあったから、というさり気ない贈り方で、庄介の遊びの深さがうかがわれる。金を添えてそれといわぬのもゆかしい。

四 五十歩。金十二両二分。

＊ 客の行き届いた慇懃《いんぎん》ぶりにも拘《かかわ》らず、和州は歯牙《しが》にもかけない。おそらく庄介は和州の一客《いちきゃく》であろう。彼の実意を和州は酷《むご》いまでに無視する。「そのまま明けても見ず」は、恋に心を奪われた女の残酷さである。

事共積り申し候」、とこまごまと話《わ》気《け》[五]書き続けしを、泪《なみだ》にくれて読むうちに、〔和州の〕面影《おもかげ》うしろに立ち添ひ、「わたくしはいよいよ京への《島原へ住替え》談《だん》合《かふ》極まり《話が纏まり》、大坂《〔馴れた〕》をつれなく《無情にも》〔離れ〕、あさつてのぼる」と泣き声にて申しけるは、「このほどすこし淋[六]しきとて、〔今更〕京へはむごきしかたぞかし《京に住替えさすのはひどいやりようです》。我《私は》は京へのぼりたらば、〔悲しさに〕追つ付け《遠からず》死にます」といふ。「それは《一体どういうことかと》」と、悲しく見あぐれば、四足五足《よあしいつあし》[七]あし音して、あぢきなく跡見《いかにも悲しそうに後ろを》帰りて消えぬ。これまぼろし《よし幻覚であれ》なればとて、この儘は捨て難し《聞き捨てにできようかと》と、〔和州ゆえに〕二たび難波《なには》[八]の色里にかへりぬ。

口添へて酒軽籠《さかかるこ》

恋はざ[九]つしよの通り、「[一〇]はじめよし後わるし」。金性《かねしやう》[一一]の男ありける。このかね三百両の金なり。吾妻《あづま》[一二]請け出して、いつかこの首尾《日頃の願い通りに事が運び》待兼《まちかね》[一三]の

五　分。色の道の諸分《しよわけ》。情事のいきさつ。ここではくどき文句という程の意。金勘定のことではない。

六　客のつきようが少ないからといって。

七　生霊の足音に注意。挿画にも足が描かれている。

八　難波に帰るのではなく、「難波の色里」（新町）に帰るのである。繊細な語り口に注意。

＊　和州のその後、世之介とのいきさつはまったく触れない。読者もそのような平仄《ひようそく》の整合は求めなかったにせよ、今日の目からは物足りない。

九　大雑書・三世相ともいい、過去・現在・未来三世にわたる相性や、運勢についての俗説を記した書物。

一〇　「雑書」の文体を模擬したもの。寺社の占いの文体も同様。

一一　金回りよく生れついての意。「金持の男がいた」ということを、「雑書」の文体にひっかけて「金性」といった。甲子・乙丑・壬申・癸酉・庚辰・辛巳・甲午・乙未・壬寅・癸卯・庚戌・辛亥の年にうまれた者は金性。四九頁注一七参照。

一二　新町佐渡島町上之町佐渡島勘右衛門抱えの大夫。三百両で摂津国河辺郡山本（現兵庫県伊丹市山本）の山崎与次兵衛（本名坂上与次右衛門）に身請けされたことが、俚謡にまでうたわれた。

一三　待兼山は摂津国豊能《とよの》郡麻田《あさだ》（豊中市）の西、玉坂村（池田市）の東の山。郭公《ほととぎす》で有名。

手の剃刀も金性

山本近き一里《さと》にむかへて《妾宅をしつらえ》、[一]活計歓楽《くわつけいくわんらく》の暮し、〔これ以上はあるまいものを〕これをうれしくはおもはず、うきこころのかさなりて《世の憂さつらさを思いしずむことのみ》、ままならぬ身のゆく末《思うようにならぬ身の今後はどうかと》を歎きぬ。〔理由は一つ〕世之介と申しかはせし事を忘れず《世之介との約束があるからである》、書置《かきおき》して剃刀《かみそり》手にふれし事もありしとなり。〔主人のお蔭で〕一たび、廓《くるわ》の苦患《くげん》のがれしを、我こそ心にそまね《本心はあまり嬉しくなかったが》、その恩のほど黙止《もだ》しがたし《頬冠りにはできない》。ただ名の立たぬ死にぎはめ《浮名が立たぬような死に方を覚悟し》、かく思ひつ《このように》くこそ夢の春、花のしをるるごとく《花が次第に萎れてゆくように》湯水《ゆみづ》もたつて《断って》、〔次第弱りに〕いつとなく延宝《えんぽう》五の年あやめ[二]八日の曙《あけぼの》に空《むな》しくなりぬ。

惜しやこの太夫はこころざしふかく《万事につけて浅はかでなく》、物やはらかにかしこく《物ごしがやさしい上に賢く》、行儀ほんとして《正しい作法を旨として》、座に付きてより仮にも《着座してからのちはまったく》勝手へ《台所へ》〔息抜きに〕立たず、禿《かぶろ》[三]の私語《ささや》く事もなく、〔客へ出す〕とどけの文も〔別段〕人の目をしのばず、〔堂々と〕ありべい懸りをつい書きて《型どおり書くべきことをさらさら書いて》、その日の敵《客》の心をそむかず。〔馴染み客さえしかり〕まして初めての出合ひにはなほ一座をかため《しっかと引きしめ》、[四]立たで叶《かな》はぬ用事にも、〔まず〕[五]前載《せんざい》におりて〔たとえば〕[六]萩の袖垣など物静かに詠《なが》めて、[七]露分衣《つゆわけごろも》かいどり前して《前褄をとり裾をひかず》、[八]のね板の戸明くるをも音せず、[九]下地窓《したぢまど》より外を覗《のぞ》かず、〔便器から〕立ちざまに紙を惜しまずちらして《投げ入れ》、出

一 「活計」は暮し向きの意であるが、「活計歓楽」と続けて贅沢三昧、歓び楽しむ。豪奢放埒を極めた暮し。それなのに身請けされた吾妻は……、と続く。

二 春（一～三月）に死をおもいたって、夏五月八日に死んだというのである。「あやめ」は五月の異称。

三 吾妻を見習って、禿同士が勝手な内証話を宴席でひそひそするようなことは見られない。

四 閑所へゆかねばならぬ時にも、余裕をもって。

五 庭。

六 「柴の袖垣」などは『夫木抄』にみえる。

惜しやこの大夫

七 露にぬれつつ草を分けてきた衣。萩の縁で「露分衣」を出した。「宮城野の露分衣朝立てばわすれがたみの萩が花ずり」（『新後拾遺集』）。

八 土佐国安芸郡野根村（古くは阿波国海部郡、現高知県安芸郡）産の薄板。茶室の天井板などに用いた。

九 塗りさし窓・かきさし窓とも。茶室の窓の一種。壁の一部を塗り残して、壁下地の竹をそのまま格子とした窓。野根板といい、下地窓といい、茶室風のしつらえである。揚屋建築の贅沢さの一端がうかがえる。便所の窓から外を見ることは、たしなみに外れる。

会い初めたは湯殿

でても座敷にしばらくあがらず《戻らず》、築山《つきやま》のけしき《おもむきを》を様子ありげに見渡し、いつとなく《いつの間にか》手水《てうづ》つかひて、その後《のち》一焼《ひとた》きすそにとめて《〔香を〕裾にたきとめて》なほらる《〔座に〕》るこそ、〔大夫の〕身持ち《身の処し方は》はかくありたき物なれ。

常々《つねづね》この人、勤めの外《ほか》は一〇忘れても《夢にも》人に手も握《にぎ》らせず、まして一一客まつ口は台所に居て、〔所在を明らかに〕仮にも片陰に引つ込まずして、その身正しく《身持ちの正しさからも》、うろたへても《まかり間違っても》手くだ男《内密の情人などいるはずはない》はよもやあるまじきとおもひしに、その二とせあまり《なんと二年前後も》世之介と浅からぬ中立ち《〔仲で〕仲介は》は、一二越後町のある宿の口鼻《かか》きもいりて《の斡旋で》、一三座敷踊《ざしきをど》りの仕舞ひ《終ったあと〔誰も彼も疲れて〕》、乱れ姿の暮れ方、召し替への浴衣《ゆかた》〔に着かえようと〕、「腰より下の一重もけふの汗に《腰巻もすっかり汗になったから》」とて、そこそこにとき捨てて、行水《ぎやうずい》の御裸身《はだかみ》、みるに一四久米《くめ》の仙《せん》もこんな事なるべし《こんな具合であったろうか》。一五真木《まき》の戸袋〔の蔭〕に立ちしのぶを、釣行燈《つりあんどう》の光をわざとしめして《暗くして》、「それ、そこ〔におられます〕」と内儀に押しよせられ《押しつけられ》、こはごは湯殿にかけこみ、こころのせくままにちよと《かりそめの》惚して《契りを交わし》出る所を、〔運悪く下女の〕よしに見付けられて、悲しや《すっかり困って》様々《さまざま》口がため《口止め料として》、一六ぐんない縞《じま》のおもてを約束するこそきのどくなれ《大損であった》。〔しかし一旦〕あひそめて後、〔というものは〕毎日

一〇 決して。かりそめにも。「忘れても汲みやしつらむ旅人の高野の奥の玉川のみづ」(『風雅集』十六)。

一一 揚屋からの連絡が来ず置屋にいる日。

＊ 本書六の二、夕霧の闊達奔放ぶり(手など憚らず握らせる)などと全く対蹠的であるが、吾妻が本格で、夕霧は変格である。本書は遊女＝大夫の様様の生態を描いているが、しかしこの大夫教科書版ともいうべき、吾妻の内部には、それだけにさらに巧みな間夫狂《まぶぐる》いが潜んでいたのである。

一二 新町越後町の揚屋であろう。

一三 大尽の希望によって、揚屋の座敷で催す、遊女の総踊り。

一四 空中を飛行していた久米の仙人が、女の脛《はぎ》の白さを見て通力を失い落下した故事(『今昔物語』等)。

一五 杉・檜の美称。

一六 甲斐国郡内地方に産する絹織物。表地用。

一 遊郭で、銀をつかって遊女を買うしか知らぬ男は、ばかのように思われる―― これは間夫や通人きどりの客の思い上がった発想である。「惣じてこの中のしなし、物をもつかはず。おそらく今といふ今、粋になつたと存ずる」(本書二の四)。大富豪でありながら世之介もスリルにみちた間夫としての愛欲の虜《とりこ》であった。

二 新町の紋日。

三 九軒町の揚屋紙屋仁兵衛。

四 摂津国東成郡平野郷(現大阪市東成区)。百済《くだら》川に面し、棉花・繰綿・河内木綿の集散地である。十六世紀末、堺と並び富強の都市で、末吉船で有名な末吉氏、平野道是などが出た。

五 未詳。郭出入りの座頭であろう。訓《よ》みは原本どおりとしたが、本来「ひさのいち」のはず。

六 おあいて。

七 前出「平野の綿屋の吉様」。おそらく吉左衛門などという名であろう。

八 「宵は待ち夜中は恨み暁は夢にや見むとまどろみぞする」(『薄雪物語』等)。

九 沓脱石《くつぬぎいし》とも。高さは敷居から石の面まで約一尺二、三寸に据える。

一〇 こごえるの変化した語。総身は冷えしみて。

一一 注八の歌の展開に沿って、宵→夜中→暁の仮睡となる。

一二 新町瓢箪町扇屋四郎兵衛抱えの大夫長津。

熱燗の酒に千代の思い

かたじけなき御事共なり《ありがたいことばかりである》。銀[一]《かね》つかふ男、今この目からは空気《うつけ》のやうにおもはれ侍《はべ》る。

その年の霜月《しもつき》[二]二十五日、「九軒[三]《くけん》の紙屋《かみや》にて平野[四]《ひらの》の綿屋《わたや》の吉《きち》様にあへども、暮れよりかならず御帰り《〔になります〕》、ひそかにまゐれ《いらっしゃい》」のよし、前栽《庭の茂み》に身をかくし有様《様子》をみれば、久都[五]《ひさいち》といふ座頭を《〔監視役に〕》残して、「太夫様のお伽[六]《とぎ》をせよ」と申し付けて、吉左[七]《〔が家に〕》もどられし跡を大事《〔役目〕》とはなれぬこそ、きのどくここぞかし《憂さ辛さはここに極まった》。宵[八]は待ち、夜中過ぎより降る雪、袖をはらひ兼ね《袖に払いきれず》、踏石[九]《ふみいし》の上なる引下駄《ひきげた》を枕に、凝[一〇]《こぎ》えて《〔寒さの中にも〕》、いつとなく夢[一一]をむすびぬ。下座敷《したざしき》の床《とこ》は扇屋[一二]《あふぎや》のなが津、馴染《なじみ》の人と寝覚め《客との床でふと寝覚め》に障子を明けて《〔雪模様に〕》、「下駄は」《〔どこへいったか〕》と禿にとはるる時、身を《〔世之介は〕》すくめ縁の下に隠れぬ。世之介《〔目早く〕》が面影を見て、《〔長津は〕》「下駄尋《さがす》ぬるまでもなし。よし《もうよいから》」と禿をしづめ給ふは《制止されたのは》、深き恋しり《〔さすが〕恋の諸分を知った人だけある》ぞかし。この時のうれしさ、《〔世之介は〕》「あの君七代まで《未来永劫》太夫冥加[一三]《みやうが》あれ」とぞ願ふ。

二階には久都《ひさいち》はしのこの《はしご段》上《あが》り下《お》りまで《〔の音〕にも気を配っている》吟味しをるこそ憎し。吾妻《あづま》しんき〔機会を気長く待つ間不用の〕の片手に文〔文を〕共引きさき、一四くわんぜこよりをのべ〔長く作〕て〔って〕、ちひさきかるこ〔軽籠〕を仕懸け〔をこしらえ上げ〕、天目《てんもく》〔茶碗〕をのせて熱燗《あつかん》の酒をつぎ〔まず付けざし〕、我が口添へて〔と自分が一口つけて〕そろそろ下へ

おろせば、世之介この心入れ〔厚い志〕を感じ、三度戴き喉《のど》通る間《ま》の楽しみ、一五千代も経ぬべし。半分過ぎ引きて息をつく〔過半の酒を一息にのみほして〕所へ、なが津、漬山椒《つけざんせう》一六を房《ふさ》、〔お酒の〕「肴はこれに」と小声になつて給はること又忝なし〔一段と〕。それよりながつは二階に世之介を手引きして、〔自身は〕久都《ひさいち》に取り付き〔しがみつき〕、「尤《いと》一七愛しらしき坊《ぼん》様、〔私の〕この胸のつかへをさすれ〔さすって下さい〕」と、うれしがるやうに手を取つて、「そこら、その下、まだその下」と、かんじん〔微妙な〕辺《あたり》まで手を

一三 大夫として全盛を続けるよう神仏の加護がありますように。

一四 観世紙捻《こより》（紙縒）。また観世よりとも観世おりともいい、さらに訛ってかんじんより・かんじょうよりともいう。観世系の能大夫が演能のさい、面などの紐や緒がなかった時、急場しのぎに紙を使って代用したことなどあって、かくいうのであろう。

一五 千年の後まで続くであろうの意。「いつまでか野辺に心のあくがれむ花し散らずば千代も経ぬべし」（『古今集』）を本歌として、「別れ路ぞ今は慰む君がかく待つとし聞かば千代も経ぬべし」（『続千載集』）、あるいは「君をはじめてみる時は、千代も経ぬべし姫小松」（『平家物語』）等「千代も経ぬべし」は成句としてつかわれた。

一六 塩漬けの山椒の実。

一七 能の『一角仙人《いっかくせんにん》』による趣向。

やらして、久都[一]ときめく内に、吾妻《〔間夫世之介への〕》に思ひをはらさせ、かしこき仕《し》業《わざ》、目の見えぬ者こそ[二]しらぬが仏、「ああ有難き太夫様の黄金《わうごん》のはだへ」と、うかうかと《夢中になって》さすつて居る内に、[三]「お客立たしやりませい」。

新町《しんまち》の夕暮嶋原《しまばら》の曙《あけぼの》

[四]浅黄《あさぎ》のあさ上下《かみしも》に茶小紋《ちやごもん》の着物《きるもの》、小脇指《こわきざし》の仕出し《なりふりは》、常とはかはり《ふだんと様子が変り》すこし智恵のあるやうにして《仕立てて》、[五]この世の人とも思はれず、[六]娑婆《しやば》で見た弥三郎殿の御礼《おれい》、[七]先づ御祝儀《ごしうぎ》、さて今日より《今日八日からは》[八]色里の衣裳《いしやう》がさね、これをみる事命のせんだく《うき世の憂さはらし》、[九]ただぬれつつぞ山水《やまみづ》の香《にほ》ひもふかき菊の節句の暮《〔郭の〕》れげしき、ここにきて[一〇]鶯《うぐひす》の太兵衛が軒端《のきば》に簾《すだれ》を懸けさせ《〔簾ごし〕》、姿をほのかに《〔に〕姿がぼんやり見えるだけで》、名をしらぬかこひさへ《鹿恋程度の女郎にまで》、「これは」とこころうごかすは《遊心を動かすのは》、よき日《常でない紋日に》みるゆゑぞかし《〔端女郎しかり〕》。ましてや[一一]高間《かうけん》すぐれてうつくしく、

一 「どきめく」か。興奮して胸がどきどきする。

二 諺「知らぬが仏」から「紫磨《しま》黄金（紫色がかった純良な黄金）の肌」（仏の三十二相の一）をひき出す。

三 「お客様のお帰り」という声が聞える。蔭の「お客」である世之介も、気持よく「お帰り」だの意。

四 浅黄色。麻上下は四民の礼服。通常はうすい鼠色で小紋は白。「常とはかはり」浅黄に茶なのである。

五 茶屋の主の洒落《しや》れぶりは現世の人とは思われぬ、もしや他界の人かの意で、「娑婆云々」を引き出す。

六 知っている人を見知らぬていにもてなす諺「娑婆で見た弥三郎」（弥三郎・弥十郎等とも）を踏む。『醒《せい》睡笑《すいしょう》』一の詐欺の僧の話参照。

七 まず節句の御祝儀を述べましょう。

新町、紋日の夕景

八 島原や新町で九月八日から三日間行う衣裳重ね（揚屋の座敷に、大夫天神の衣裳・道具を飾り全盛を競う）を見れば命も洗濯して長生きする。

九 「所も山路の菊の酒を呑まうよ。面白や山水に面白や山水に盃を浮めては」（能『安宅《あたか》』）。

一〇 新町西口の茶屋湊屋太兵衛か。とすれば前出（六の四）の初音の太兵衛と同人。「軒端の梅に鶯の」（能『白楽天』）。

一一 佐渡島町佐渡島屋勘右衛門抱えの大夫。「高間《たかま》」を通仲間で洒落れていったもの。

一二 新しく勤めに出た遊女。新艘の出世には、一家の中での姉女郎が郭内をひき廻してひろめする。

[一二]新艘《しんざう》引きて千里《ちさと》[一三]を行くも遠からず。これや寂光《じやくくわう》[一四]の都、庭（土間）には金吾[一五]の長持《ながもち》をはこび、井筒屋《ゐづつや》に出で入るやり手までも光をかざる（〔祝儀に〕光り耀く）[一六]桐のとをもらひ、機嫌《きげん》のよき顔つきを見る事ぞかし。又所を替へて九軒《くけん》の住《すみ》吉屋《よしや》にゆきて、四郎右[一七]にぜぜる（吃りの）軽口《かるくち》いはせ、あげ巻《まき》[一八]につきし禿《かぶろ》（付添いの）のるいにうれしがる（〔少女ながら〕好物の）酒を飲ませ、はし近く居て、通る[一九]程の女郎にひとりひとりいやがる事をいうて、たちまち罪作らせ（瞋恚のつみ）、不祥《ふしやう》[二〇]ながら腰懸けて、小盃《こさかづき》も数かさなれば、「下戸《げこ》[二一]ならぬ男のよいをすいた」（男振りのよい）と、兼好《けんかう》といへる太夫が申し侍る。

その日は扇屋（〔世之介〕〔新町の揚屋〕）にありしが、にくからぬ首尾ながら（ここでの遊びもたのしかったが）、ふと都（島原）こひしくおもふこそ二道《ふたみち》[二二]なり。この人《あいかた》を捨て置き、それよりすぐに道頓堀《だうとんぼり》にまかり（行き）、畳屋町《たたみや》[二三]にしるべ（知合いの）の役者のかたより、科《とが》[二四]なき身にもしのび駕籠《かご》、四人懸り（〔それも〕四枚肩）に乗りさまに、吉弥（〔弟分〕）と申しかはせし事も（との約束を思い出したが）、恋が替ればそこそこ（いい加減に）に言伝《ことづて》して、いそぐ心の夜《よる》の道、初夜《しよや》（午後八時頃の鐘の音に）の鐘のなる時、真柴《ましば》折り「佐太《さだ》[二五]の天神《てんじん》」と申す。「太夫は居ずとものむまいか」（大夫なしの天神だけでものもうじゃないか）と、

一三「千里をゆくも遠からず、野に臥し山に泊る身のこれぞまことの栖《すみか》なる」（能『卒都婆小町』）。

一四「まことや名に聞し寂光の都、喜見《きけん》城の楽みもかくやと思ふばかり」（能『邯鄲』）。遊里のたとえ。

一五 佐渡島屋勘右衛門抱えの大夫。「庭には金吾の長持」は「庭には金銀の砂を敷き」（能『邯鄲』）の縁。

一六 一分金のこと。表面に桐の薹《とう》を刻印する。

一七 九軒町住吉屋四郎右衛門。彼の吃音癖など、一般に知られていない遊里の実態を穿《うが》つ面白さ。

一八 新町佐渡島屋勘右衛門抱えの大夫。

一九 通行の婦女の品評《しなさだめ》は当時の性悪《しょうわる》の娯楽であった。「いやがる事」は表面に出た特徴だけでなく、通のみの知る秘事のばくろなどを含む。

二〇 茶屋から無理にすすめられて腰掛けに坐り。

二一「下戸ならぬこそ男はよけれ」（『徒然草』）のパロディ。これを吉田（佐渡島屋勘右衛門抱えの大夫）がいったところがみそである。吉田の縁で替名《かえな》が「兼好」なのであるから。この辺りの面白さは、全く郭中の事情に通じることにより倍加する。『一代男』の読者はその程度の通人でなければならなかったのである。

新町憎からず島原恋し

二二 新町憎からず、島原恋しいという二心《ふたごころ》。

二三 島之内道頓堀辺の町、役者の家が多かった。

二四 違法ではないから忍び駕籠の必要はないのだが、栄耀《えよう》の郭通《くるわがよ》いゆえことさらそういった。

二五 大阪府北河内郡の西部蹉跎《さだ》山の天満宮（天神）。

くべ焼味噌《やきみそ》をかしく《の香も風情あり》、この酔《ゑひ》のうちに[一]交野《かたの》・きんや《禁野》も跡に、[二]淀《よど》の小《こ》橋《ばし》は霧こめて、「[三]鳥羽《とば》の恋塚合点《こひづかがつてん》ぢや」と目覚まし、ほどなく[四]四つ塚の茶屋、あみ戸をあらくたたき起こして、「湯まではまたじ。息がきるるは、水のませ」と、[五]下々《したじた》、声々《こゑごゑ》に申し侍る。誠《まこと》に一とせ《ある年に》[六]森が道いそぐとて《急がせた余り》、駕籠《かご》の者殺せし野辺もこのあたりとおもひ合せ《〔それにつけても〕》、北の空《島原の方》ゆかしく、星のうすき《星の光薄らぐ暁を》を待ち兼ね《〔ようやく〕》、丹波口《たんばぐち》の[七]小兵衛方に行けば、朝帰りの人待ち顔に片見世《かたみせ》《だけをあけて》あけて起き出づるより、「これはめづらしき御のぼり。[八]高橋《かうけう》様も『まちびさしき《まち遠いこと》』ときのふも仰せられ《おっしゃった》し《ことです》に、先づきかしまして《〔ご到着を〕お聞かせして》よろこばしませい」と、門《〔閉じたままの〕》をたたきて出口の茶屋につたへて、はや[九]三文字屋に人をやる《しらせの使い》。

「この《島原》朝詠《あさなが》めのおもしろさ、西行は何しつて《一体何知り顔に》[一〇]松嶋の曙《あけぼの》・蚶潟《きさがた》のゆふべを誉《ほ》めつるぞ。きのふは新町《しんまち》の暮れを見捨て、その目をすぐにけふ嶋原の朝明け、これが《こんな自在な遊びが》唐にもあるべきや。世之介なんと《どう思うか》」「尤《もつと》も」と、[一一]藤屋《ふぢや》の彦右衛門方に立ちよれば、夜前《やぜん》の行燈《あんどん》消え、かたてに《かたわらに》物

一　現大阪府交野市と枚方市禁野。桜の名所。歌枕。
二　京都府久世郡淀町に架けた橋。当時七十間余。宇治川はここから淀川と称を変える。
三　遠藤武者盛遠に誤殺された袈裟御前を葬った恋塚を通る時、恋の一語に目をさまして。「恋塚」は上鳥羽の実相寺と、下鳥羽の恋塚寺の二寺にある。いずれも京都市伏見区鳥羽のうち。
四　東寺仁王門のほとりにあった羅生門の跡。現在京都市下京区の町名。
五　駕籠かきや徒歩の従者たち。
六　大坂の森という名の遊び手のひとり。森五（『好色二代男』）森五郎（『西鶴置土産』）等として見える。
七　島原の入口丹波町一貫町の茶屋。遊客はいったん立ち寄った。茶屋は客の送迎に当った。
八　「高橋《たかはし》」をしゃれて異名した。揚屋町大坂屋太郎兵衛抱えの大夫。二代目、前出七の一（二〇六頁注二）の跡をついだ。
九　揚屋町の東側と西側に揚屋の三文字屋は二軒あった。

祭りのような威勢は高橋

一〇「松島や雄島の磯も何ならずただ象潟《きさがた》の秋の夜の月」（『山家集』）。他に伝西行の象潟の歌など人口に膾《かい》炙《しゃ》している。「この朝詠め……」の話者は世之介の同行者であるが不明。
一一　島原の大門を入って三軒目の出口の茶屋藤屋。

さびたる釜はたぎりて《古風な釜に用意の湯はわいていて》、一二岩倉《いはくら》の松茸《まつたけ》を焼いて《〔肴に〕》、一三中椀《なかわん》にふたつ飲み、「これは」《〔悪くない〕》といふ所へ、一四歌仙仕合《かせんしあは》せの身清め、姿も人のおか《奥さん》ためきて《風のこしらえで》出でられける。「御名残《なごり》も今なり《〔惜しさ〕》。何国《いづく》へ」と申せば、「一五我が庵《いほ》は」とばかり云ひ捨て別れ侍る。「なんの、宇治へはゆくまじ《宇治へゆくものか》。しらぬ事か《誰だって知ってるんだ》、一六六角堂の裏あたりへ行く人よ」と申しもはてぬに《無駄ばなししていると》《〔めざす〕》、太夫よりの御使ひ《高橋からの》、一七引舟《ひきふね》の対馬《つしま》・一八三芳・土佐など、宿よりは《揚屋からは》次兵衛、その外《ほか》男共一九祇《し》候《こう》して、「ただあれへ」《どうかあちらへ》と二〇祭りのごとく人橋《ひとはし》懸けるは、高橋《たかはし》今の御威勢なり。この時の有様、大名も《〔威張り散らす〕大名だって》こんな物なるべし。昼寝てまづ夜《よる》

一二 洛北岩倉（京都市左京区岩倉）は、松茸の名所であった。

一三 ちゅうわんとも。親椀の次の大きさの汁椀。焼松茸を汁物とは疑問である。「ふたつ」はそれを肴に盃を重ねての意。

一四 島原中之町一文字屋七郎兵衛抱えの天神歌仙が、幸福なことに身請けされて身を清め、玄人から素人にもどること。

一五 「我が庵は都の辰巳《たつみ》しかぞすむ世を宇治山と人はいふ也」（『百人一首』）をふんで宇治あたりへと洒落れて上品にほのめかした。作者喜撰法師は六歌仙の一人であるから、己の源氏名（今日からは捨てる）歌仙にかけての洒落。

一六 五三頁注一四参照。六角堂頂法寺の院主は当時池坊興隆であった。

一七 上方の遊里で、大夫に従い宴席を取り持った。位は囲（鹿恋）職。「対馬」は高橋の引舟。

一八 「三芳」「土佐」などは、ともに大坂屋太郎兵衛抱えの太鼓女郎。位は囲。音曲で座を取り持った。

一九 高橋を神に見立て用いたことば。もちろんふざけての表現であるが、その背後に遊女聖視の長い伝統が塗り込められている。

二〇 祭りの時に神を何度も迎えるように、ひっきりなしの使者で橋がかかるほど迎え立てるのは。

の草臥《くたびれ》を取りかへし、暮れよりおもてに床几《しやうぎ》をなほさせ、九月十日[一]の月もいづれ（島原でみるのは又格別）都の風情《ふぜい》、高橋・野風《のかぜ》[二]・志賀・遠州《ゑんしう》・野世《のせ》、蔵之介《くらのすけ》がかしこさ、対馬《つしま》が利発《りはつ》、三よし、土佐がつれ弾《び》き、大酒に身をなし、過ぎし所縁《ゆかり》とてもろこし[三]に笑はせ、かをる[四]が尻目《しりめ》[五]に懸けられ、奥州[六]にうなづかせ、しのばるる事も（昔の遊びが思い出されるのも）、おもひをのこさせし事あるべし（何か忘れ難い思いを女に与えていたからだろう）。女郎のやはらかなる所（気質も体も羽二重餅のよう）、衣類の数を尽し、ここで外は（この点から）[七]万《よろづ》あさまになりぬ（浅薄にみえる）。更け過ぎて床とるにも三つ蒲団《ぶとん》・替夜着《かへよぎ》・枕も常ならず、寝巻もありといふ物もなく（などは問題ではなく）、かしらから（初めから）帯ときて、万事はつき添ふ女[八]郎に身をまかせ、たばこも手してはつがず（たばこも自分の手では詰めないし）、ね道具も人にきせられ（上蒲団さえ人を使って）、やさしきおことばを聞きね入りにして、結構《けつこう》な夢をみる事ぞかし（契りを結ぶことであろう）。

一　一日遅れの後宴の月。

二　野風以下、大夫・天神・引舟女郎たち。野風は大坂屋太郎兵衛抱えの大夫。志賀は、同じ家の天神。遠州は同じく天神、野世も同じく天神。蔵之介は、大夫高橋の引舟（位は囲）。みなそれぞれに芸なり、すぐれた天分をもっている。

三　中之町一文字屋七郎兵衛抱えの大夫。唐土。この「もろこし」以下は、かつて契った大夫であろう。

四　上之町上林五郎右衛門抱えの大夫。薫（五代目）。

五　薫から流し目で見られ。

六　中之町一文字屋七郎兵衛抱えの大夫。

七　島原以外の土地はすべて。

八　引舟女郎のこと。

＊　現在の花やかな遊興が意図せずして過去の時間を、そこにかかわった女たちを招魂する。「一代男」も五十五歳巻七も最終章になると、「今」のこの瞬間だけを生きがたいようである。

入絵

好色一代男

八

好色一代男　巻八目録

五十六歳
[一]らく寝《ね》の車《くるま》
末社《まつしや》厄[二]神参《やくじんまいり》の事

五十七歳
[三]情《なさけ》のかけろく
[四]江戸〔吉原の遊女〕小むらさき事

五十八歳
[五]一盃《ぱい》たらいて恋里《こひざと》
[六]嶋原〔遊女〕よし崎《ざき》事

五十九歳
みやこの[七]姿人形《すがたにんぎやう》
長崎[八]丸山の事

一　気ままに寝そべったまま旅のできる車。
二　厄神詣《もうで》（「厄」は本来「疫」の誤用。混同して用いた）とも。一般にはその年の悪疫を防ぐため、疫神をまつって霊威を鎮める祭りのこと。ここでは山城国綴喜郡八幡町（七八頁注四参照）の石清水八幡宮境内の疫塚《えやみづか》（疫神塚）に、正月十八日深夜子《ね》の刻、神人が四方の疫神を封じ込め、十九日にかけての参詣人の厄災を祓《はら》った。男女ともに香水を取って帰ったという。
三　「情」はほとんど性交の意味で使われている。「かけろく」は賭によって得る財物（禄）。遊女が肌を許すかどうか勝負の種は、何であろうか。思わせぶりの提示。
四　小紫。吉原京町三浦屋四郎左衛門抱えの遊女。
五　盃一杯分の酒が不足したただそれだけのために、恋里（遊郭）で大尽遊びするはめになる。大風が吹くと桶屋が儲かるたぐいで遊蕩児の衝動的な生活の一端を示す。
六　吉崎。もと大坂新町一夢抱えの遊女。のち島原上之町喜多八左衛門抱えとなり、延宝元年（一六七三）出世、同三年退郭。
七　美女人形。
八　肥前長崎（現長崎市）の遊郭は、早く文禄年中、古町・桶屋町の地に創始されたが、寛永十九年（一六四二〇）小島村丸山の地を開発して移転させた。丸山町・寄合町に分れ、前者は遊女屋三十軒遊女三百三十五人、後者は四十四軒四百三十一人。

九 拷問の道具の意ではなく、攻撃《せめ》のための道具。床の中でのむつびあいを戦《いくさ》にたとえ、女を攻めて嬉しい悲鳴をあげさせるための器具、淫具。

一〇 女性だけが住むという想像上の島。元来中国の『三才図会』の発想を受けたものである。御伽草子の『御曹司島渡り』に、義経が経めぐった島の一つにあげられている。南風また東風を受けて受胎するが、出生は女子のみであるという。伊豆の南方洋上の八丈島が、これに擬せられたのは『北条五代記』等からである。同書では、八丈島は昔女人のみ、下河辺行秀（智定房）渡来して、多くの子を生み、男も住むようになったとある。八丈島の言葉で、娘や長女を「にょこ」といったことも、影響しているだろう。また「女護が島」ともいう。なお『合類大節用集』には「女護《ニヨゴ》島《シマ》古老伝テ云フ日本東海ノ中ニ在リ事ハ博物誌ニ在リ又良ニ出ヅ」とあり、「ら」の項には「羅刹国　唐書ニ東南海ノ中ニ在リ本朝ノ俗之ヲ女護《ニヨコ》島ト謂フ」とある。羅刹国はまた羅刹鬼国、羅刹（男は醜悪で女は美麗という）のいる国、食人国、地獄。西鶴が本書で、「女護の島」をどのようにイメージしたか、本文並びに解説参照。

六十歳

床《とこ》の[九]せめ道具《だうぐ》
[一〇]女護《にょご》の嶋《しま》わたりの事

らく寝《ね》の車《くるま》

人の内《一軒の家ともなると》にはかならず死に残つて《死にはぐれの》居る婆《ばば》あり。世は物にかまはぬがよしとて、松ばかりの山にても《〔花もなければ〕》おもしろからず。物の自由をこしらへ、揚屋《あげや》といふ事、《〔まあ一体〕》むかし誰《たれ》かははじめて《考えついたことか》、年の若うなるたのしみ《若返る程の》《〔昔の人は手近に求めず〕》所、遠かりし龍宮浄土《りゆうぐうじやうど》を望み、気立てのしれぬ《どんな量見かわからぬ》乙姫《をとひめ》にあふよりは、《と情交するよりは》《〔気心〕》しれた丸屋の口鼻《かか》がましと、末社あつまりて、「けふ程の隙《ひま》又とあるまじ」と、《〔有名な〕》神楽《かぐら》《〔庄左衛門〕》が申し出だして、「岩清水《いはしみづ》に詣《まう》でて、せめて毎日《我々が職業上つく》つく空言《うそ》を神ぞしるらん《神様はご承知の筈》、厄《やく》はらひにいざ《さあいきましょうと》」思ひたち、「明日は十九日《〔祭りの中心の〕》、人の《人出の》埃《ほこり》をかづくもよしなし《を被るのも気がきかない》。夜宮に《宵宮の祭りに》」といふ。「道すがら《〔同じ詣るなら〕道中ずっと》酒も飲まれて、一所《いつしよ》に咄《はな》しながら参らるる事がな《参詣したいもの》。世之介様の智恵を仲間から《我々一同が》借りましたい」と申す。「行人《ぎやうにん》が水へ入るよりやすい事」

一　一見、全く無用の婆であるが、彼女にも無用の用があるという言外の意味から「松ばかりの山にてもおもしろからず」をひき出す。

二　世間というものは、気を使わぬにこしたことはないからといって、実用一遍でもまた。

三　松は日常生活における実用の象徴として引く。妻との愛であり、自宅での生活である。花は非日常・虚用の象徴、遊女との遊興であり、遊郭である。

四　どんな要望にも、どれ程非常識な注文にも応じうるように仕組んだ人工の楽園が、遊郭の揚屋なのである。こんな便利な制度を一体誰がの意。

蕩児一行石清水参詣の巻

五　あるかないかわからないのに、やれ龍宮の、やれ極楽浄土のとむだな思いをかける。

＊　八の一のこの手近な遊郭での「遊興のすすめ」が、八の五では破られて、「遠かりし」女護の島の、「気立てのしれぬ」女たちを求めて船出するのだから、一部の書としての構成には問題がある。

六　島原揚屋町丸屋三郎兵衛の妻。揚屋の妻女（性的対象の埒外に考えられていた）を相手にするほうがまだまし。

七　「世の中の人は何とも石清水人は何とも石清水、澄み濁るをば神ぞ知るらんと」（能『船弁慶』）による。

八　京坂商家の風俗として十月二十日に行われる誓文払いのように、職業上のうそは許していただくために。疫払いと厄払いとの混同がここにも見られる。

九 水垢離《ごり》など、他人の目からは大変にみえても当の行者《ぎようじや》には、何でもないことなのだが、これくらいの事はそれよりなおたやすいことだ。
一〇 「よいか」と合図する世之介、「委細承知しました」と心得顔の手代、その微妙な呼吸がうかがえる。金を懐中しているのは手代である。「承知しました」と応えて、「でもいかほどしましょうか、これでは」が、両手ひろげての十本なのである。
一一 「懐」は手代の懐中、世之介からのあずかり金。「お初尾」はお賽銭、次の「金子十両」は、神楽の誤解した銭一貫文の四十倍である。
一二 「抑《そもそ》も立つる所の諸願成就皆令満足」（能『住吉詣』）によるか。これだけいただければ、あらゆる希望が叶《かな》いますの意。
一三 山城国紀伊郡鳥羽（現京都市南区と伏見区にまたがる）は古代より交通の要衝、牛や車の賑わいで聞えていた。鳥羽への帰り車を借りる。以下、車を横に並べるのではなく縦に続けたものか。五の二でかごを並べて小座敷風にしつらえたことと同工異曲。
一四 花模様を織り出した毛氈《もうせん》。
一五 一五一頁注一一参照。
＊ 大夫に無理をいっての投頭巾を絵では誰も冠っていないことに注意。插画と本文のずれ。
一六 酒の肴を入れた重箱。
一七 箱枕。底を箱のように作った枕。

と、御供申せし手代に一〇「それ」〔合図〕とあれば《すると》、かしこまつて《承りましたと》物陰《ものかげ》より両の手をひろげて見すれば、神楽、銭《ぜに》一貫と心得て、それではたらぬ顔《不足な顔つきで》して、かぶりふる《頭を振った》。一一懐《ふところ》より〔手代が〕「これお初尾《はつを》」と金子《きんす》十両投げ出だせば、一二「諸願成就《しよぐわんじやうじゆ》、こんな御無心《ごむしん》ばかり申す」と歓《よろこ》びの舞の袖〔を翻し〕、立ち噪《さわ》いで、「車をかれ《牛車を借りてこい》」と一三鳥羽《とば》に帰るを招き〔繋いだ〕、車三輛のうへに一四花氈《はなせん》をしかせ、太夫様かたへ《おね》申し遣はし《だりし》〔末社たちは〕、一様《やう》に水色《みづいろ》の鹿《か》の子《こ》・白縮緬《しろちりめん》の一五投頭巾《なげづきん》を着て、四人づつ二輛にのりて、一輛には樽《たる》・折《をり》・一六重肴《ぢゆうざかな》・一七枕箱《まくらばこ》、燭台に〔百目の〕大蠟燭を立

て、出口の門よりはや（島原の大門をでるや否や）引つ懸け飲み懸け、[一]「なごりをしさは（名残りつきぬは）朱雀《しゆじやか》[二]の細道」すぎて、大みや[三]通を南がしらに（南をさして）ひかせ行く。「内裏様《だいりさま》[四]の国なればこそ。余所でなる事か（こんな僭上はできぬこと）」と、有難くかたじけなく、寒《さえかへ》る月の出づれば、見わたす（〔折しも〕みはるかす）竹田[五]の葉末に夜あらしの通ひ（竹の葉末にはげしい夜風が吹いて）、袖おのづから（自然と）しめりて、なげか[六]ぬ泪《なみだ》かとおもはれ、引手《ひきて》[七]の音《ね》もとまり、あまり慰みすぎて、気鬱《けうと》[八]かりき（歓楽極まって哀愁起り）。

南を見れば小井田《こゐだ》[九]の道橋《みちはし》の詰《つめ》に、挑灯《ちやうちん》ひかりをはなつてかの里の紋尽し（島原の太夫の紋入り提灯がずらりと並んでいる）、「これは」ときけば、「太夫様がたより、おのおの様見送りて（旅立ちのお見送りで）、ここにてささを進ぜませい（〔坂送りとして〕酒を差し上げなさい）と仰せける」と、やり手九人車[一〇]とどめて（〔唐詩にならって〕）風林《ふうりん》の松、夜寒《よさむ》のもてなしに（〔何より暖かさが馳走と〕）、京よりいくつか蒲団《ふとん》もたせて、草の戸の内に置火燵《おきごたつ》を仕懸け（設営し）、くくり枕もありて、ここに一寝入《ひとねい》りとは夢をすすめられ（また一興ですよと）、銀《ぎん》の燗鍋《かんなべ》に名酒（銘柄の酒）の数々、木具《きぐ》[一一]ごしらへ（仕立て）の茶漬《ちやづけ》めし、[一二]鴈《がん》の板焼に赤鰯《あかいわし》を置き合せ、しをらしき事（気のきいた趣向）どもありて、跡にはめいめい呑み（礼式を省略して薄茶をのむ）の色服紗《いろぶくさ》[一三]、呑みすての煙草盆《たばこぼん》、いづれかのこる所も（行き届いた配慮で不足は全く）

一 牛は車を引きかけ、人間は酒を飲みかけ。なお、「ひっかく」は、酒水等を一口に飲む、ぐっと飲むの意がある。

二 「なごりをしやの命もたへぬけさの別れはなさけなや」「かよひ馴れにし朱雀の野辺の露はものかはわが涙」等の投節によったものか。朱雀野は、旧平安京の朱雀大路（千本通）のほとりをいう。「朱雀の細道」とは、島原の大門から丹波口一貫町へ通じる田圃道。

三 堀川通に並行した南北の大通り。「二条大宮を南がしらに歩ませり」（能『羅生門』）による。

四 御所のある京にのみ許される特権で、「余所」すなわち、他の天領都市や藩領ではの意。

五 伏見の隣接地、竹田から「竹」を連想。

六 「身のうさを歎かぬ秋の夜半もあらば袖に隈《くま》なく月は見てまし」（『続古今集』）による。

七 三味線をひく右の手。押え手（左手）に対する。

八 かえって興ざめであった。

九 賀茂川に架けた鳥羽街道の橋。下京区の上鳥羽から上京区の下鳥羽に至る。小枝《こえだ》橋、また恋田橋。

一〇 晩唐の詩人杜牧《とぼく》の「車を停めて坐《そぞろ》に楓林の晩《おそ》きを愛す。霜葉は二月《じげつ》の花よりも紅なり」（「山行」）のもじり。「風林」は「楓林」。

一一 白木の椀具《わんぐ》で、漆《うるし》など塗っていないものを木具・白《しら》木具といい、かえって贅沢《ぜいたく》であった。

一二 雁を杉焼（杉板にのせて焼く）にしたもの。杉の香うつりを喜んだ。赤鰯は塩を強くきかせた鰯。膏味《こうみ》なし《ない》。〔出発して〕「間もなき内にかかる御事ども出来侍るは《これ程の行き届いた手配が》、大方ならぬ《並み大ていでない》御こころの付けやう、ことさら《中でも》こたつの御礼は外に申し上げ《あらためて》たし」と、又車をはやめてゆく。

世之介申すは、「今宵《こよひ》の馳走《ちそう》身にあまつてよろこばし《過分なまでで》。何か一四門歓《みやげ》になるべき事のありや《趣向がないか》。唯今《ただいま》たくめ《考えろ》」といふ。弥七、一五「日本一の《真極上々の》饅頭《まんぢゆう》あり」と申す。「それは」ときけば、一つを五匁づつにして《値段は一つ銀五匁》上を金銀にだみて《金銀の箔をおいた》、〔饅頭でしかも〕その数九百、一六二口屋能登《ふたくちやのと》に申し付けて、夜中《やちゆう》にこしらへさせ、太夫九人の方へ送りまゐらせける〔一人当り百ずつ〕。太鼓共も〔下向の時〕「御土産《みやげ》に」とて、一七「ちひさき弓矢に蘇民将来《そみんしやうらい》の守《まも》りを」ととのへて《用意して》、「行末《ゆくすゑ》ながく御息災に《お達者で》、一八身あがりも遊ばさず、手形の十年より外に年切まして《〔期限〕十年の借金をすましてその上に》、御勤めのうちに口舌もなきやうに《後はご自分の稼ぎにして騒ぎ事なども起らぬように》」と申して、太夫さまがたへ進上申す。一九なほ御祈念の御ため、女郎長久《いついつまでものご全盛を》。

一三 野立《のだて》では、各自小袱紗《こぶくさ》で茶碗を受けてのむ。と麁味《そみ》のとり合せの妙をねらったか。

一四 土産。ここではさし当っての返礼の品。

一五 実在の末社。願西弥七。二一四頁注六参照。

一六 京都の菓子所として有名で、店は今出川通室町の角にあった。菓子の費用は合わせて銀四千五百匁。五十匁が金一両がえとして、九十両、大夫九人、一人当り十両のお返しである。

一七 石清水八幡の守りとしての小型の破魔弓《はまゆみ》に「蘇民将来」と書いたお札《ふだ》。「厄神詣　ヤクジンマウデ　蘇民将来、十九日」(『俳諧歳時記栞草《しおりぐさ》』春・正月)。ただし蘇民将来は本来、牛頭《ごず》天王(祇園)信仰にかかわる。疫神祭そのものが、祇園信仰との習合であろう。

一八 遊女が自分自身で揚代を払うこと。病気や、情人とあう日は、かくて遊女の新しい借金がふえるしくみであった。二一八頁注六参照。

一九 祈禱文《きとうぶん》の文体をもじったもの。石清水は武の神であるから「武運長久」というべきところを「女郎長久」といった。

* 苦界十年の延長がかりにも祈念されることとの意味は何か。客にとって遊郭が龍宮や極楽にまさった理想郷であることに見合って、遊女にとっても理想郷とみたもので、一話の首尾は照応するが、苦界延長祈念はあまりに非現実的であろう。

賭けも賭けによる

一 乗懸馬。一四七頁注一六参照。「その乗懸を……」と、導入部のパターンを無視した大胆な冒頭。テンポが極めて早い。

二 東海道の西の起点である三条大橋。

三 未詳。末社か。「仕立物屋の十蔵」と後出「二十日鼠の宇兵衛」との差に注意。前者が世間通用の職業を貼りつけているのはしろうと末社としてさもあるべく、後者が生業なしに異称異名風に呼称されているのは、プロの末社であることを示す。

四 勝負の結果はどうなっているのか。

情《なさけ》のかけろく

その乗懸《のりかけ》[一]を三条[二]の橋にまたせ《〔馬の荷に〕》、「財布《さいふ》は《〔たしかに〕》ついてあるか。今そこへゆくぞ」と、声忙《いそが》しく小者《こもの》に申し付けて、「世之介様へお暇乞《いとまご》ひに参りました」。俄《にはか》に江戸へ下《くだ》るのよしにて《ということで》、日来《ひごろ》目懸《面倒をみてやっている》けし仕立物屋の十蔵[三]といふもの、立ち《〔土間に〕》ながら御見舞《ご機嫌伺いを》申して、「追つ付け《そのうち》罷《まか》りのぼりまして《〔またご挨拶を〕》」と申す。取りあへず《〔餞別の〕》路銀《ろぎん》などくれて、門口に出づるをよび返して、「このたびは《〔いったい〕》何のために下る」といふ。「されば《その事です》、小むらさきさまにあひまして、初対面からわたくしはふられますまい、《〔あるお方と〕》と智恵自慢《ちゑじまん》申し懸《いいつのって》り、さる御方《そのお方から》より二十日鼠《はつかねずみ》の宇兵衛を目付《監視役》にあそばし、かけろくに仕《つかまつ》り江戸へよね狂ひ《遊女買い》にまゐる」と申す。「さても気《よい》な《気な》やつかな。そのかちまけ[四]は《〔どう決めるのか〕》」ときく。「身どもが《〔首尾よく〕》ふられませねば、

五 木屋町《きやまち》の御下屋敷《おしもやしき》を〔そのお方から〕もらひます筈《はず》。又負けましたれば」と、顔の色青うなして声をふるはす。「隠さずとも申せ《差し障りのないように》」「別《べち》の事でも御座りませぬ《外でもありません》。ふられましたれば、命にはかまひのなきやうに作蔵《さくざう》六をきられます御契約《ごないやく》」とかたる。〔ちょうど〕手頃のよい戯気《たはけ》《馬鹿男と考えて》とおもひ、銀《かね》つかうて慰みにすると見えたり。「その相手は」と問へども、「申さぬ七かため《約束》」といふ。「一生の一大事八これなり。よくよく観念九して、末定めなき《今後の命運不定の》作蔵なれば、かり首一〇に珠数《じゆず》を懸けさせ、跡に残して誰にとらすべし《大事にとって置き誰にやろうというのだ》、惜しまずとも、日外《いつぞや》とらしたる《与えた》緋綸子《ひりんず》の犢鼻褌《ふんどし》一一かかせ《しめさせてやれ》」と申せば、律義《ばかまじめな男で》なやつで、〔旅立ちの興奮もあって〕唯今《ただいま》までいさみしが泪をこぼす。「さらば《では参ります》」と〔口には〕いへども跡へも先へもゆかず《途方に暮れてしまう有り様》。見るに笑《をか》しく、「これは一興《話のたねだ》あり」〔結果の見届けに〕同道して下らん」と、常の風情《ふだん着のまま》にて乗物《のりもの》こしらへさせ、十蔵を召し連れて下りぬ。

世之介物ずきの旅立ち

一二 本町《世之介の江戸》四丁目の店《たな》《支店》につきて、〔大尽と太鼓持に〕十蔵・宇兵衛を仕立て、吉原へつかはしける。首尾《しゆび》一三こころもとなし《大変きがかりである》。〔二人は〕揚屋利右衛門一四に尋ね《を頼って》、京よりの《京から用意の》添状《そへじやう》

五 京高瀬川沿い、夷川通御幸町西入から、富小路東入まで（ほぼ、二条から五条の間）の通りの名。
六 一物。男性性器の擬似人名化。
七 十蔵の愚直さがおのずから出ている。
八 仏教の言葉。成仏するか否か、これ一つで後生も決る。まじめな言葉で滑稽さを加乗する。
九 心を集中し観察思念する。本来諦《あきら》めの意ではないが世之介もまたからかっているのである。
一〇 雁首。亀頭を坊主頭に見立てた。
一一 十歳の「作蔵」を一人格として独立して扱う滑稽さ。十蔵の作蔵とは洒落《しやれ》であろうか。
一二 江戸日本橋に面し、当時の商業地区の中心。
一三 うまくいったかどうか。
一四 吉原揚屋町南側の揚屋理右衛門。

つかはし（手わたし）、十蔵を宜しき大臣（金満家の遊蕩児）と申し、「一むらさき様を頼む」のよし申せば、内儀《ないぎ》四五日の中《うち》を請け合ひ（首尾をと約束し）、日を定めて（初回の日を決めて）かへる時、「二江戸にないめづらしい物ぢや（江戸では見当らぬ）」と、亭主に〔何やら〕一包《つつ》みはずむ（与えた）。〔太鼓持役の〕宇兵衛が戻りさまに、〔祝儀は出し時が肝腎〕「金の出しやうがはやい」としかれば（文句をいうと）、「金ではない。この程京での仕出し（新案売出しの品）、人の重宝《ちようほう》になる物」といふ。上書《うはがき》に三古釈《こしやく》と記《しる》す。明けてみれば、扇《あふぎ》の要《かなめ》・目《め》釘竹《くぎだけ》・針・きぬの糸・餅粘《もちのり》・耳掻《みみかき》・うち四歯枝《やうじ》、七色ありて代三文。「なんとこれは人のうれしがる物〔貰って便利〕」といふ。〔宇兵衛は〕返事もせず、あきれて連れてもどる。

その後《のち》約束日参りて、太夫様にあひて酒（盃が）おもしろうまはる時、十蔵手をさして（さし出して）、「〔盃を〕むらさき様お一つまゐれ」と五あらく押へて（乱暴にさして）、襟《えり》から膝くだり（膝元へかけて）打翻《うちこぼ》し、たんときのどくがる（たいへん困ってうろたえた）顔つき笑し。太夫、「くるしからぬ（一向さしつかえありません）」と座を立つて、「行水《ぎやうずい》とれ（準備せよ）」とて湯殿に入り、さいぜんの衣裳付き少しも替らず、六肌は（肌着は）白綸子《りんず》、中は（中着は）七紅鹿《もみが》の子《こ》の八ひつかへし、上は九浅黄《あさぎ》八丈の八端懸《はつたんがけ》召しかへられける。〔用意のよさは〕又上方女郎のせぬ事なり（京大坂の遊女の及ぶところでない）。

一 小紫を洒落れて「むらさき」といった。

二 上方は銀主体、江戸は金主体、それを踏まえて、「江戸にないめづらしい物」すなわち銀をやろうと、いかにもいっているように聞える。ただし、亭主には「一包み」を手にした時から銀でないことは、わかっている。

三 表面の意味は古来の説。裏に何らかの洒落を籠《こ》めた命名であったか。「扇の要」以下は、身近なもので、ちょっとした補綴等に必要なときあると便利なもの。

四 楊《やなぎ》の端をたたいて、房状にし、楊枝として用いた。

＊ 何とか十蔵のぼろを出さず、大尽客で通さそうとする宇兵衛の懸命の心づかいと、一物命の瀬戸際にありながら、得々と三文の品をはずむ間のはずれすぎた十蔵との対比のおかしさ。

にせ大尽の遊び

五 ひとの差した盃を無理にそのひとにかえして酒をすすめることをいう。

六 当時は男女とも着物は肌着（下着）・中着・上着の三つ重ねであった。

七 紅染めの鹿の子。

八 裾廻りを表地と同じ布で作る。

九 うす青の八丈島産の絹織物。単に「八端」ともいう。合せ糸をより合せて綾織りにしたもの。

同じ着物《きるもの》揃へてありし事このもし《行届いて床しい》。一〇初めてはどれとても《どんな客でも》寝道具も出ず。〔ところが〕太夫寝ころびて《うちとけた姿で》十蔵を呼びて、しみじみとかたり《話しあって》懸け、一一帯ときて、とかせ

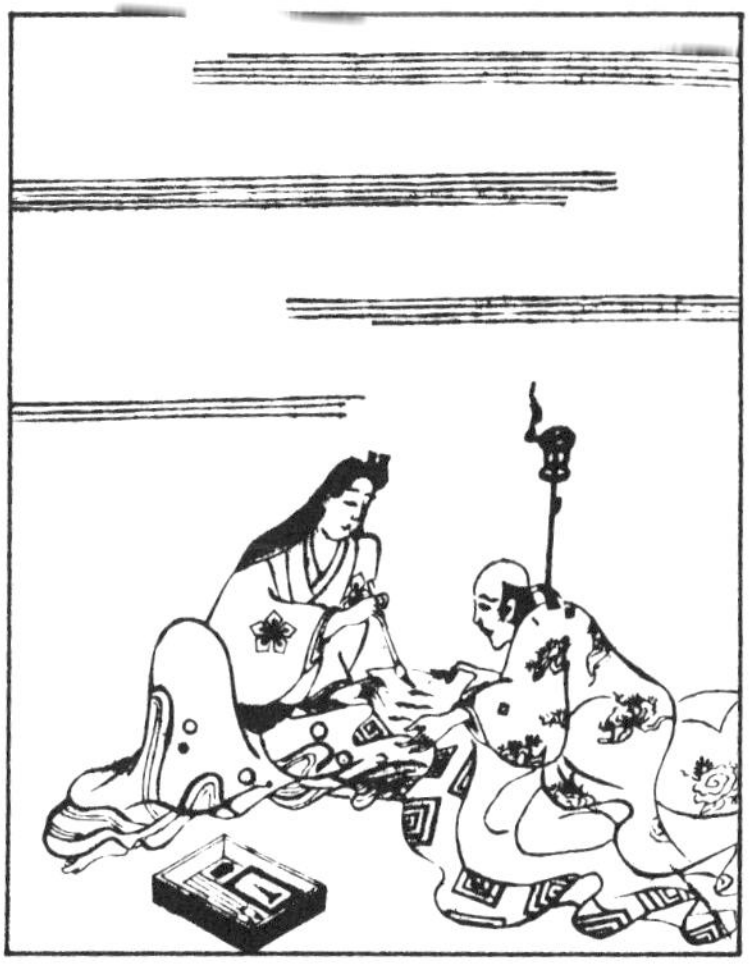

て、心よく物して《共に寝て》、初めて首尾のしるしにと《関係したその証拠にと》硯《すずり》取りよせ、「十蔵様に身まかせ候、何か偽《いつは》りあるべし」と、下帯《褌》に端書《はしがき》して、むらさき筆と留《と》めてわたし侍る。終《つひ》にかやうの事なし《前代未聞の首尾であった》。〔監視役の〕宇兵衛不思議におもひ、宿に帰りてかたる。〔小紫に〕世之介一二かさねて尋ねければ《一度ならず再度聞いたところ》、「やうす見るに、〔智恵の〕すこしたらぬ人を賭《かけ》にして遣はしけると、さながら見えますに《なにもかも見え透き》〔仕掛けた〕よつて、先《さき》さまの人、一三憎さもにくし、〔裏をかいて〕あんな男にあうてとらしまし《いっしょに寝てやりました》

一〇 吉原では初回は、遊女はどの客とも床を共にしない。そのため、寝具をさえ出さぬ慣習である。

一一 「ときて、とかせて、物して」という口拍子は巧み。小紫の方から十蔵の帯をとき、自らの帯を十蔵にとかせて。

一二 世之介は、今日《こんにち》いうような問い合せをしたのではない。ことは閨房の秘事にかかわる。そのために、礼儀上もわざわざ小紫の客となり、初回では聞き出せず、二回目に聞き出したのである。「かさねて」の一語はそこまで読み込むべきであろう。

一三 「憎さもにくし」という極端な表現は七の三にもみえたが、『好色五人女』の樽屋おせんが、不当に家主の妻に疑われた時に用いられている。

＊ 郭における遊女と客との関係は、一種の戦争である。十蔵は、京の蕩児何某の駒として小紫に打ち込まれた。その意図を見破った小紫は、「先さま」憎しと、十蔵に身を委ねる。それを遊女の人間性というよりは、意気地・意地とみるべきであろう。地女ながらやがて『好色五人女』の樽屋おせんにこの意気地・意地は受けつがれてゆく。

た」といふ。世之介一横手《よこで》をうつて《感心して》、「何をか隠すべし。京より二それ《それだ》ばかりに《けを目的に》あれは《あいつは》下りける」と申す。その跡《あと》色々くどきても逢はず。心にくき女これなり。

一盃《いつぱい》たらいで恋里《こひざと》

難波男《〔ある〕》呉服物ととのへに《調達のために京の呉服屋街》のぼりて室町にありしが《室町に逗留していたが》、「一それより後《別以来のご無》沙汰は」と世之介かたへ尋ねけるに、「けふは三東寺《とうじ》の御影供《みえいく》、いざ《ご一緒に》」と誘引《さそ》ひける。その日の亭主《亭主役〔ふだん〕》は御出入り申す紙屋《〔素人末社〕》の吉介、五人前《〔料理〕》をこしらへ、四畜生門《ちくしやうもん》の辺《ほとり》に幕うたせて《幕をはり廻らせて》、誠に五仏法の昼なり《仏法は昼のま盛りだが》。「人は入日《いりひ》のごとく誰か《だつて》一人《ひとり》も世にとどまるべし《ものはいない》」と、六はうれんさうのひたし物・椎茸《しひたけ》などにて飲み懸け、ありがたい《〔無常心を誘う〕》咄《はなし》ばかりして、いづれも《〔十分〕》酔《ゑ》ひて立ちさまに、世之介盃《さかづき》を亭主にさして「をさめ《納め盃にしよう》」といふ。「七御《ぎよ》

一 横手をうつ世之介は、小紫の知恵や洞察力に感心したのか、十蔵をあわれむ心に感心したのか、それとも大尽の悪ふざけに一歩もひかぬ意気地に感心したのか。世之介自身、非人間性において「先さま」と五十歩百歩である事実が、著者の認識のいかんにかかわらず浮上するだろう。事実、小紫は世之介に以後あわない。世之介の裡《うち》なる「先さま」的性格が、拒否されているのである。それを世之介は気づかない。おそらく作者西鶴さえも、気づいていないのではないか。

二 大人の遊びの賭けごとだけで十蔵は下ったのだと物珍しげに世之介はいうが、当事者でさえなく、その見届けだけで下った世之介の方が、より、数段まさって物好きである。そのことを世之介も西鶴も自覚しない。

寺参りから島原へ

三 弘法大師入寂の三月二十一日、大師の肖像をかけて供養する法会《ほうえ》。ことに東寺の御影は、大師自作といわれる。この日は島原の紋日《もんび》である。

四 東寺の南大門の東の築地にある門。破戒僧を追放したり、死人を出したりする穴門で平常は閉鎖する。

五 仏法の盛んなことを一日の運行に譬《たと》えて、まひるの日のように今が頂点であるという。巻八も第三話になりこのあたりから人間の避けがたい「老」についての観想が、それとなく各章にしのびこんでいる。

六 菠薐草《ほうれんそう》のひたし以下全部精進料理である。

七「仰せの通りにします」の意をふざけて大仰に大時代にいったもの。しまうも続けるもお気持次第。世之介の遊び仲間でのワンマンぶりを書く。

八　島原揚屋町の八文字屋喜右衛門。

九　今日まだ約束客のない遊女を全員、集めよ。

一〇　遊女の職業上の名（源氏名）の命名法の中で、歌枕＝名所を名とするものには高級の者が多かった。

一一　揚屋の妻をふざけていう。敬語もふざけてのこと。ただし大夫への敬語は、ふざけてのことではない。

＊世之介も著者も意識しているはずであるが、この客「難波男」は、大坂新町で遊びあきての京上り、島原見物なのである。その男に、とりもって逢わせる遊女がよりにもよって新町で出ていた転籍の遊女であることは、設定としていかにもまずい。大夫でさえあればよいというものでもあるまい。

一三　水揚げに際して、大夫の場合は、「小袖廿或は廿五、上帯五、下帯五、指櫛《さしぐし》三、広袖小寝巻二或は一、夜《よるの》物《もの》三、染夜着二」等を調えた。水揚げをひきうけた以上、当の大夫と、知音《ちいん》女郎一人、昵近《じっこん》の囲一人、太鼓女郎一人、計四人を七日間続け買いする（『色道大鏡』）。本書といささか異同がある。

意次第《いしだい》」と戴《〔盃を〕》いて一つ請《う》くる時《〔これはしたり〕》、酒雫《しづく》もなし。「これではきみが悪《不吉で面白く》い《ない》。酒とつてこい」と、又調へに遣はし、事新《みなやり直し》しくして焼塩《〔あり合せの〕》にて飲み出し、まんまと夢になりぬ《酔っぱらってしまった》。「このままは帰らずか《帰る手はない》。嶋原《しまばら》へおせ《揃って》おせ《さあ行こう》」「尤も《〔ひと飛び〕》」と、[八]八文字屋にゆきて、「[九]ある者千人でも呼べ」と申せど、紋日《もんび》の事なれば名所《めいしょ》[一〇]は《〔出はらって〕》一人もなし。おもはしからぬ天神《ぱっとしない売れ残りの》取り集めて、「これでも埒《らち》はあかぬぞや《ことは済まない》。身共《わたし》はともあれ、大坂のお客《〔遠来の〕》にすこしの内《〔一座が〕》も淋しき事のをかしからず《物足らぬ思いをさせるのは気に染まない》」と、太夫のうち《〔客と遊興中の〕》もらひ懸れども、ならず《うまくゆかない》。喜右衛門[一一]北《きた》の御方《おんかた》出でられて、「大坂より《〔新町〕》おのぼり遊ばしました吉崎様と申す太夫様、今日《〔島原での〕》水揚げにて、丸屋七左衛門方に御出でなされて御座りますが、唯今御内証きかしましたが《都合の問い合せをさせましたところ》、これには様子《少し事情があって》ありて《〔どうやら〕》もらひがなりさらに御座ります」といふ。「はじ《〔急の遊びで〕》めよりもめる事なれば《困難は始めから判っての事だから》、それよかろ《その吉崎にきめた》」といふ、声のしたより《いうが早いかすぐさま》七左へ人橋懸けて《続け様に使いを出し》、御座るになつてきた《〔漸く〕姿を現すことになった》。

遊女吉崎水揚げの儀式

常《並みの》の女郎狂ひと替り、[一二]水揚げの定まり、太夫に引舟《ひきふね》、天神《てんじん》二人添へて、九日のつづき《九日間の続け買い》、宿《揚屋》への進上、下々《したじた》への遣はし物《召使いへの祝儀》、奢《おご》り第一の《贅沢なら一番の》世之介が肝煎る程に《世話するのだから》、よろづ《万事》官活《くわんくわつ》[一]に申し付けて、紙[二]に書きてまづよろこばしける。亭主袴《はかま》・肩衣《かたぎぬ》〔の正装〕、女房は着物《きるもの》あらため《吟味して》、置わたして《綿帽子までつけて》、台所に〔百目の〕大らふそく、明りを走る《煌々たる土間を》八百屋《やほや》・肴屋《さかなや》いさみをなして《威勢よく》、しき[三]しやうの庖丁人《はうちやうにん》、この威勢[四]二世の思ひ出なり。かかる所へ《大騒動している所へ》太夫様の〔揚屋での〕御座敷ごしらへにまゐるのよしにて《やってきたということで》、末の傾城《下級の端女郎》四人まゐりて、衣桁《いかう》に十二の袖を懸け、こよる山をかさね《小形の夜着を山と積み》、小蒲団錦[五]の峰のごとし。床に懸物《かけもの》・書棚・香箱《かうばこ》・文《ぶん》匣《こ》・煙草盆、その外《ほか》手道具、時代[六]蒔《まき》絵《ゑ》をひからせける。

一 寛闊。ぱっと派手に。
二 紙に書いた目録をまず与えて、進物の約束をする。
三 式正。調理の正式の礼法をわきまえている料理人。
四 このような花やかな儀式はみな今日出世の大夫の威勢を示すもので、本格的仕事をしたことは、彼女の一生涯のよき思い出になるだろう。
五 紅葉模様から錦を連想したものか。「紅葉の錦」は成語。この辺の文飾は御伽草子風の物尽しのせいか類型的で連想の飛躍がほとんどない。
六 普通「時代」といえば東山時代（十五世紀後半）を指す。「時代物」は当時から珍重された。

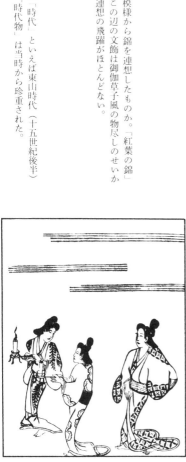

しばしありて、門口より声々に申しつぎ《いい送って》、「太夫様御機嫌よくこれへお出で」と申せば、ふたつ手燭《てしょく》を先にたて、階《はし》《階段》の子静かに上がらせられ、上座の中程に御なほり《着座》あそばしける。左の方に[七]一家《いっけ》の女郎〔全員〕十一人、〔吉崎を〕おくりまゐらせて座する。右のかた、うしろより末座《ばつざ》まで、かこひ《囲》の女郎十七人、皆《一様に》緋《ひ》むく着並《な》み居る。御前に引舟の女郎・禿《かぶろ》、手つかへて座する。口鼻《かか》出でて〔客の難波男と大夫を〕御引き合せ申し、〔男が〕「めづらしき出合ひ《不思議の縁でお会いしました》」と、大坂にて見知り《顔馴染みだったが》ながら申し侍る時、〔婚礼同様に〕[八]嶋台・金の[九]大《おほ》土器《がはらけ》、祝言《しうげん》のごとく、銚子《てうし》、[一〇]くはへの酒過ぎて、[一一]色なほし〔一段と〕風情ありて、太夫様より宿への《揚屋へ贈る》[一二]時服《じふく》、[一三]庭銭《にはせん》まきちらす。禿・やり手・御供の男ども上を下へと返す《ごったかえす》。方々《はうばう》よりの進物《しんもつ》廊下に置きつづけて、帳付《記録係》け女《の女》、〔口上を〕取りつぎの女、ちひさい目からは〔その大げささを〕おどろくべし。〔かく綺羅を尽し〕客と相生の松風、小歌の声ぞたのしむ《遊女はめでたく契りをむすぶのである》。

＊この条、煩雑なまでの敬語であるが、遊女に常人よりすぐれて霊なるもの、聖なるものを見た伝統は、それを正統とする。さきに八文字屋喜右衛門の妻を敬語で待遇することによってふざけたのとは本質的に違う。それにしてもこの大夫の水揚げという盛儀が、世之介自身の体験としては一度も語られていないことは、注目に値する。しかもこの吉崎が、すでに大坂新町で遊女であったということさらな設定は、どのような意味をもつものか。処女に用いる本義的な水揚げの欠落した買春遍歴なのである。

七 吉崎の抱え主島原上之町喜多八左衛門抱えの遊女は、吉崎の他十一人いたか。

八 洲浜の上に蓬萊山をかたどったもの。祝儀の飾り物に用いる。

九 三々九度の盃に用いる。しかし、これはまさに「祝言」そのものであるから、「祝言のごとく」とは形容としておかしい。「祝言」以上の「祝言」なのである。

一〇 酒をつぎ足す水差し型の器。

一一 祝言の席で、新婦が白むくを色模様に着かえること。

一二 その季節季節の着物。ひきでもの。実は客が手配するのである。

一三 節季などに、遊女が祝儀として、揚屋・置屋の上下に与える銭。

都のすがた人形

一（船来品を入札に）貨物取りに長崎へ下《くだ》る人に、二（追っかけて長崎へ下る計画）我も跡よりのおもひ立ちあるのよし、銀箱《かねばこ》さきへ預けて遣《つか》はし侍《はべ》る。〔舟主が〕「何か三唐物《からもの》（買入れの目論見をお持ちですか）御望みあそばし候」と尋ねければ、「四日本物《にほんもの》を買ふべき五（使い果す金）なげ銀」と仰せられける。「さては（じゃあ）〔商用ではなくて〕丸山（丸山遊びだけが目的ということなのですね）の御遊山ばかりの御こころざしありや、（近日中に長崎でお待ちしています）まなくあれにてまちたてまつる」のよし、六（祇園会の山鉾渡しの日）六月十四日、「けふは（見納め名残惜しく）都の詠めのこす月鉾《つきぼこ》の〔都大路を〕わたる時、我は七玉鉾《たまぼこ》の商ひの道いそぐ」と〔友人は〕て先立ちぬ。

世之介は、八（決心したことがあるというので）おもふかぎりありとて金銀洛中《らくちゅう》に蒔《ま》きちらし、九社塔《しゃたふ》の建立《こんりふ》、常灯《じゃうとう》をとぼし、（少年俳優に家屋敷を与え）役者子供に家をとらし、馴染の女郎は（身請けして解放してやり）その身自由にしてとらせ、〔どんどん〕毎日遣ひ崩《くづ》せどもまだ残る所の内蔵《うちぐら》、（一体何に費えばよいのやら）何にかすべし。さらばこの度長崎に下り、〔ひょっとしたら〕よろしき慰みのある事もと、おも

一 長崎の貿易の方法。寛文十二年（一六七二）から貞享元年（一六八四）まで行われた貨物市法売買。あるいは入札ずみの貨物を受け取りにゆくの意か。

二 「人」は商用であるが、「我」は遊興のためで、下向の目的がまるで違う。商用で仕立てた舟に、一箱十貫目入りの銀貨箱をのせて貰ったのである。

三 薬種・書籍・皮革・文房具・織物等の輸入品。

四 長崎丸山の遊女は、日本人あいて（日本行き）と唐人あいて（唐人行き）・和蘭《おらんだ》人あいて（和蘭行き）に分れていた。「日本物」は「唐物」に合わせた洒落。

五 貿易商が、他人の朱印船に商品や資金を寄託し、取引きに参加する時、資金を投げ銀《かね》といった。朱印船禁止後、投機的投資の行為そのものも投げ銀と称した。ここでは長崎の土地柄に合わせた地口洒落であるが、「投げ」の一語にまつわる諦観と放棄のイメージ（投げやり・投げ棄《え》て）は、笑いを暗くしている。

六 祇園会の山鉾渡しは六月七日にも行われる。

七 「玉鉾の」は「道」の枕詞。

八 「決意したことがある」といっての財産のまき散らしは、八の五最終章日本脱出の伏線。

日本の中の異国を求めて

九 神社や寺院の塔の建立、以下、少年俳優・遊女と、まともでないこと、実用をはずれたところでのみ金銀を費っていることに注意。いっさい融資とか、投機とか利益の還元を期待していない。

一〇 八世紀の官僚。「天の原ふりさけみれば春日なる

三笠の山に出でし月かも」（『古今集』）は、唐での望郷の歌。

一一 一事に定着することを忌み、新奇珍奇なことを追い求める性《さが》への自嘲。「あつち」は外国・異国の意。

一二 乗合船（三十石・新三十石等）なら、大坂北八軒屋に着く。おそらく、特別仕立ての船で水路南の道頓堀に廻ったものか。

一三 茶屋で遊興しないで役者の宿（家）で遊ぶ。馴染客の遊び。一五七頁注一七参照。これは世之介最後の男色。本書において、ともかく両道の実践者であった世之介が、本章でその一つの男色に告別するのである。「惣じて」以下は兵四郎の言葉ながら世之介生涯の決算としての男色論である。

一四 少年俳優の意であるが、転じて「役者とは幾つになっても子供同様である」という意味で肯定的にも否定的にも使われた。

一五 木で作ったように武骨な男。

一六 当時闘鶏が役者仲間に流行した。

一七 俳優柊木兵四郎。坂田藤十郎の妹婿。

一八 四時の順行が正しくよく治まる国の海「時津国の海」には「時津風」（時節に適った風）が吹く。また「時津波」（時節を違えず穏やかに吹く風波）の語もある。西鶴は「時津風」「時津海」「時津国」すべてを使っている。

一九 一軒に八、九十人もの女が格子に出て品定めに任す。これは大げさで一軒あたり平均十人である。

日本の中の異国

ひ立つ日は八月十三日《〔中秋名月も近い〕》、いにしへ一〇安部仲麿《あべのなかまろ》は古里《〔異国に〕》の月をおもひふか《しみじみと思い》く《やって》け読まれしに、一一我はまたあつちの月思ひやりつると《私は日本にいながら唐の月を面影に描く》、一二淀《よど》の川舟大坂の南の岸に着きて、よき野郎の方に《一流の歌舞伎俳優の宿に》一三二三日の壺入り《つぼい》、こころのあ《誠意溢れるもてな》る亭主ぶり《しが気に入ったか》、暇乞ひの床ばなるる時《いま別れと愛の床から起き上がる時》、金子《〔別れに何と〕》五百両送られける。「惣《一》じ《般に》て、一四役者子供の世の暮し《少年俳優の世渡り》、けふあつて明日は雪の柳のごとし《今日の封雪の美も明日は木ばかりの柳のようなもの》。きれいにほどなくもとの一五木男《きをとこ》となりぬ。ある時は《折々の流行で》一六鶏《にはとり》をすき、植木をす《闘鶏にこり庭木に夢中か》き《と思うと》、はや《早くも》その家を売り、京に住み《住むかと思うと》、江戸より大坂に宿《家》を替へ、一生《生涯住む》所《所さえも》も定まらず。《〔役者とは〕》何の罪なき《無邪気で》、銀もなきものなり《そのぶん銀もない》」と一七兵四郎が笑はせて《〔長崎へ出発する〕》、舟ばたまでおくられ、風もこころして《非情の風さえも気を配り》一八時津《ときつ》海浪《うみなみ》をならさず、こころざす所《〔長崎の〕》の大湊《おほみなと》に着きにけり。

入口の桜町《目抜きの町 桜町はいかにも豊かに見え》を見わたせば、はやおもしろうなつて来て《これなら丸山も定めしと男心がそそられ》、宿に足を《ろくに休息も》もためず《しないで》、すぐに丸山にゆきて見るに、女郎屋の有様聞き及び《噂》しよりはまさりて、一九一軒に八九十人も見せ懸け姿、唐人はへだたりて女《唐人行きはぐっとおちて遊女》郎替りけるとかや《も違うのだそうな》。恋慕ふかくなかなか人の見る事も惜しみ《唐人は愛欲が濃厚で嫉妬して他人が見る事さえ我慢できず》、昼夜《夜昼な》

ともに《しに》その薬《媚薬》を呑みては、飽[一]かず枕をかさね侍る。日本人のならぬ《できない》事はこれなり《この耽溺ぶりだ》。紅毛《おらんだ》[二]は出嶋に《〔遊女を〕》よう《呼んで》で戯《たはぶ》れ、上方《かみがた》の町宿《まちやど》へも自由に取りよせ、〔万事〕豊かなる事どもこそあれ。

京にて色川原《いろがはら》[三]・色里《いろざと》にて〔顔馴染みの〕一座せし人々、世之介下《くだ》りをめづらしく《めずらしがって》、女郎どもに能[四]をさせて御目に懸くるのよし、庭[五]に常舞台《じやうぶたい》ありて、囃《はや》しかた、地謡《ぢうたひ》もとより、太夫[六]・脇、番組して定家《ていか》[七]・松風《まつかぜ》・三井寺《みゐでら》かれこれ三番しめやかに《濃やかにしっとりと》、物[八]調子一際《ひときは》ひくうしてなほやさしく、又あるまじき《〔奢侈高尚は〕他では考えられない》遊興なり。

折節《をりふし》初紅葉《はつもみぢ》の陰に自在《自在鉤をつりさげ》をおろし、金の大燗鍋《かんなべ》、もろ《唐の〔白》

一　唐人は遊女を帰航の日まで長期間、あるいは五日十日と買い切るのが常であった。
二　出島にあった和蘭商館の和蘭人は、丸山の遊女を商館によんで遊興した。出島に対して、一般の長崎市中を「上方」と呼ぶ。
三　悪所である四条河原や島原。この「色川原」は『好色一代男』最後の男色関係語である。
四　遊女能は、下関・長崎等西国筋で多く見られた。
五　「庭に常舞台」とはいかが。丸山の遊女屋は、中二階の五、六間四方の能舞台を中心に四方に遊女の定部屋があり、客の注文によって演能したとあって、「庭に」と矛盾する。ただし、能舞台は本舞台三間四方、奥に後座《あとざ》あり、楽屋から舞台へ幅一間半、長さ九間前後の橋がかり等、広狭はいちがいにいえないが、五、六間四方の舞台とは、決して正式のものではない。
六　「太夫」はこの場合シテの意。シテもワキも、どの役割も遊女が勤める。
七　『定家』『松風』は三番目もの、『三井寺』は四番目ものであるが、いずれも女性の演能にふさわしく艶で優しい演目である。
八　謡や囃子《はやし》の調子を低くとったのが、高い調子よりもいっそうすぐれて優美での意。
九　『白氏文集』の酒の功徳を礼讃した詩文。正しいよみは「しゅこうさん」。「酒功讃を遷す」とは具体的にどうすることか、心をうつすとしても落ち着かない。文章やや説明不足である。近松『平家女護島』には「彼の白楽天がしゆこうさんの景気をまなび、庭前に酒の泉を湛《たた》へ美女を集め、琵琶琴調《しら》べ謡ひ舞ひ奏《かな》でさせ」とあるが、本章もそれに近く景気をまなんだものであろう。

一〇 赤糸で網様に作った前垂れか。

一一 檜《ひのき》の一種。杉は酒の縁語。酒ばやしは杉の葉で作る。

一二 葉が重なって茂っているもの。採《と》り物にしたか。

一三 「千代のためしを松蔭の岩井の水は薬にて」（能『養老』）によるという。

一四 愛玩《あいがん》用として飼われた。

一五 何でもないようで籠の鳥の遊女にとって、もっとも難しい希望である。たとえば柴屋町の風俗を知るためには島原の大夫は禿の口からの報告によらねばならない（本書五の二）。

一六 実在の大夫をモデルにした木彫の人形に風俗衣裳を着せたもの。

一七 島原十七人、吉原八人、新町十九人、この数字は天和の時点の実数か。なぜ世之介が旅中これらを持ち廻っているのか、もちろん船便であるにせよ、説明がほしいところである。ちなみに長崎の大夫は丸山六十九人、寄合町五十八人、計百二十七人である（『長崎土産』）。他の三都の遊郭と比し較べものにならぬ多数である。

こし《楽天の》の酒功讃《しゆこうざん》[九]を遷《うつ》すとて、遊女三十五人おもひおもひの出立《扮装で》、紅《くれなゐ》[一〇]の網前《あみまへ》だれ、より金《金箔を絹糸でよりつけた襷》の玉だすき、あや椙《すぎ》[一一]のおもひ葉[一二]をかざし、「岩井[一三]の水は千代ぞ」とて、乱れ遊びの大振舞《大宴会》。〔世之介は〕「我京にて三十五両の鶉《うづら》[一四]を悋《〔惜しまず〕》鳥にして太夫の肴《酒の肴》にせし事も〔とるに足らぬ遊び〕、今この酒宴におどろき《酒宴の豪勢さに驚き》、〔京とは〕風俗も替りてしをらし〔一段と〕」と誉《ほ》むれば、「都[一五]の女郎様がたの風情《とりなり》が見たい」といふ。〔同行の者が〕「それこそわけ知り《通人の》の世之介様に尋ねられ〔よ〕」といふ。「幸ひこのたび持たせたる物あり」とて、長櫃《ながびつ》十二棹《さを》運ばせ、この中より太夫の衣裳人形[一六]、京で十七人[一七]、江戸で八人、大坂で十九人、かの舞《能舞》台《台》に名書きてならべける。めいめいの仕出し・顔つき《衣裳つき》・腰つきひとりひとり替りて、所によりてこれは誰、それはどなた、いづれかい《ひとりだって不》やらしき《器量なものは》はあらず。長崎中寄つて〔珍しがって〕詠め暮しつ。

床《とこ》の責《せ》め道具《だうぐ》

一 合《がふ》二万五千貫目、母親よりずいぶん《せいだして》遣《つか》へと譲られける。明け暮れたはけを尽し《馬鹿な遊びをし》、それから今まで《三十四歳から勘定して》二十七年になりぬ。まことに広き世《日本》界《中の》の二 遊女町残らず詠めめぐりて、身はいつとなく恋にやつれ、ふつと浮世に今といふ今こころのこらず。親はなし、子はなし、定まる妻女《さいぢよ》もなし。つらつら《つくづくと》念見《おもんみ》るに《考えてみると》、「いつまで色道の三 中有《ちゆうう》に迷ひ、四 火《くわ》宅《たく》の内のやけとまる事をしらず《燃える色情の強さに思い止まる事もできずに》、すでにはや、くる年は《何と来年には》五 本卦《ほんけ》にかへる。ほどふりて足弱車の音も耳にうとく《足も弱り古車のきしりさえ聞きとれず》、桑の木の杖《老人用の桑杖》なくてはたよ《〔歩行も〕》りなく、次第に笑しう《みっともない姿に》なる物かな。おればかりにも《〔いやなに年取るのは〕》あらず、見及び《今まで接触》し女のかしらに《してきた女たちが髪に》霜を戴き、額には《〔皺が〕》せはしき浪のうちよせ《浪の寄るようによって》、六 心腹《こころばら》の立たぬ日もなし《〔老化現象で〕》。傘さし懸けて肩くま《肩車》にのせたる娘も《可愛い少女も》、はや男の気に入り世帯姿となりぬ《世帯持ちらしい姿となった》。うつれば替つた事も《移り変りは世の常だが》、何かこのうへにはあるべし《さりとて変った遊興もこの上はもはやないだろう》。今まで《〔後生を〕》願へる七 種《たね》もなく、「死んだら鬼が喰はうまで」《なあに死ねば鬼の餌食さと》と《〔割り切っていたが〕》、俄《実》にひるがへしても《は急に道心を起しても》有難き《〔簡単には〕》道には入り難し《仏道になど入れるものでない》。あさましき身の行末《ゆくすゑ》、こ《〔ここ》

一 合わせて。計算記帳の時、しめに使う言葉。

二 女・女体の遍歴がコメントなしに遊女町という空間遍歴におきかわっていることに注意。三千七百四十二人の女は、この文章のかぎりにおいて、三千七百四十二の遊女町に一方的に転換しているのである。

三 死後四十九日間、来世と現世の間にあって、迷っている期間。色道の迷いをいつまでも脱却できず。

四 三界を火宅にたとえた。

五 生れ年の干支と同じ干支の年に廻りあうまで、その間六十年、数え年六十一歳を本卦がえりという。

六 晴らしようのない腹立たしさ。「随縁真如の波の立たぬ日もなし」(能『江口』)のもじりか。

七 慈悲善根は、後生安楽を願う種になるが、今まで格別種を蒔《ま》いてもいないので(二五六頁注九参照、寺塔建立、常夜灯寄附等はそれに当らないのか)。

八 「東山の奥」とあるが、世之介(西鶴)のイメージとしては京の南東ではなかったか。南東とは辰巳《たつみ》の方角。辰巳と宇治山は連想語(『百人一首』喜撰法師)。

九 宇治山産の茶磨石《ちやうすいし》。

一〇 長者伝説の一つに、その滅亡近く朱・漆・金鶏などの財宝を埋め一首の歌に発見の鍵《かぎ》を潜めたという。「朝日さす夕日輝く樹のもとに黄金千両漆万杯」等が一般的な形。夕日のさす時に朝顔が咲こう筈もない、その背理が恰《あたか》も謎を解く鍵の如く設定されている。

一一 なぜ七という数字がでてくるのか。のちには六人に変化しているが、世之介を含めて七人、世之介以外は六人と考えるか。
一二 大坂湾内の小島。木津川と百間堀川の合流点の三角洲。後には「江の小島」とのみいった（現大阪市西区江之子島町）。舟大工の多い造船の町。あるいは「へのこ（男根）島」を連想させたか。『日本永代蔵』三の四に、江の小島住の造船業者伊豆国大島出身の伊豆屋の立身譚《りつしんだん》を採収している。後出の船出地、伊豆→造船業→江の小島は西鶴において連想語であったか。
一三 吹き流し。輪に布を張り、風に靡《なび》かせる。故人である吉野の名残り（形見）とする。
一四 船底に敷く板を床敷という由、船内で小座敷風に畳など敷いた所であろう。
一五 鯲より以下卵まで強精機能で知られている。
一六 船の上棚の縁に設けた櫓をかけるための角材。荷船形式では、上船梁と櫓床は兼用、軍船形式では、上船梁の直上に設けて櫓杭をつけて櫓をかける。
一七「地黄丸」は強精剤。以下、「女喜丹」は催淫剤、「りんの玉」は閨房の秘具。「阿蘭陀糸」は未詳。
一八 疣《いぼ》つきの輪、干海鼠《ほしなまこ》を輪切りにして作る閨房具。
一九 水牛の角で作った張形。「姿」は張形をいう。以下錫・革とさまざまの素材で作った張形。
二〇 なぜ枕絵を「札」で数えるのか未詳。「枚」の誤記・誤刻か。同様「のべ鼻紙九百丸」もよく分らない。板坂元氏によれば紙は五十斤を一丸という。
二一『伊勢物語』は、当時一部から春本と同一視された。二百部の数は、さして根拠なきものであろう。

日本脱出行

れから何になりともなるべし《まで来たのだから」どうにでも》と、ありつる宝《持ち伝えていた宝》を投げ捨て、残りし金子六千両、東山[八]の奥ふかく掘埋《ほりうづ》めて、その上に宇治石《うぢいし》[九]を置きて朝顔のつるをははせて、かの石に一首きり付けて《刻み込んで》読めり。[一〇]「夕日影朝顔の咲くその下に六千両の光残して」と、欲のふかき世の人にかたられけれども、所はどこともしれ難し。

それより世之介はひとつこころ《気心のぴったり合った》の友を七人[一一]誘引《さそ》ひあはせ、難波江《なにはえ》[一二]の小嶋にて新しき舟つくらせて、〔その名さえ〕好色丸《よしいろまる》と名を記し、緋縮緬《ひぢりめん》の吹貫《ふきぬき》[一三]、これはむかしの太夫吉野が名残《なごり》の脚布《きやふ》なり。縵幕《まんまく》は過ぎにし女郎《馴染みを重ねた》より念記《かたみ》の着物《きるもの》をぬひ継がせて懸けならべ、床敷《とこじき》[一四]のうちには太夫品定《遊女評判記など》めのこしばり《をはらして》、大綱《おほづな》〔象をもつなぐ〕に女の髪すぢをよりまぜ、さて台所には生舟《いけぶね》に[一五]鯲《どりやう》をはなち、牛房《ごばう》・薯蕷《やまのいも》、卵をいけさせ《保存用にかこわせ》、櫓床《ろどこ》[一六]の下には地黄丸《ぢわうぐわん》[一七]五十壺・女喜《によき》丹《たん》二十箱・りんの玉三百五十・阿蘭陀《おらんだ》糸《いと》七千すぢ・生海《なま》[一八]鼠輪《わ》六百懸《かけ》・水牛[一九]の姿《すがた》二千五百・錫《すず》の姿三千五百・革《かは》の姿八百・枕《まくら》[二〇]絵《ゑ》二百札・伊勢物語[二一]二百部・犢鼻褌《ふんどし》百筋《すぢ》・〔閨房用の〕のべ鼻紙九百丸、まだ忘れたと、丁子《ちやうじ》[一]の油を二百樽、山椒薬《さんせうぐすり》[二]を四百袋《しひやくたい》、ゑのこづち[三]の根を千本、水銀《みづかね》・綿実《わたざね》・唐がらしの粉《こ》・牛膠《ごしつ》百斤、その外色々品々の責め道具をととのへ《調達し》、さて又男のたしなみ衣裳《男に欠かせぬ一通りの晴着》、産衣《うぶぎ》も数を《数多く》こしらへ、「これぞ二度《ふたたび》都へ帰るべくもしれがたし《帰れるかどうかわからない》。いざ途首《かどいで》の酒よ」と申せば、六人[四]の者おどろき、「ここ[五]へもどらぬとは何国《いづく》へ御供申し上ぐる事ぞ」といふ。「されば、浮世の遊君《いうくん》・白拍子《しらびやうし》・戯女《たはれめ》見のこせし事もなし。我をは《私を初め》じめてこの男ども《としてお前たちは》、こころに懸る山も[六]《気懸りなことはない人》なければ《間ばかりだから》、これより女護《によご》の嶋《しま》にわたりて、抓《つか》みどり《手当り次第》の女を見せん《に女を見せてやろう》」といへば、いづれも歓

一　閨房用。

二　催淫の外用剤。

三　ゑのこづち・水銀・綿実・唐がらしの粉・牛膠、みな堕胎に用いた。ただし「牛膠」は「ゑのこづち」の漢名で同じもの。共に通経・催淫剤、二者共にあげたのは西鶴の錯覚か。

四　さきに「七人」であった同伴者が「六人」になっている。

五　「ここ」といえば大坂であるが、世之介は「都」へ「帰るべくもしれがたし」といっているので、いささかずれがある。あるいは可能性としては「日本」の意か。また、「帰るべくも……」は、帰れないかもしれないのであって、帰れないではない。基本的には帰る予定なのである。「もどらぬ」とは、六人の側の拡張解釈であるともいえよう。ここにもずれがある。

六　「出づるとも入るとも月を思はねば心にかかる山の端もなし」(『風雅集』)による。

び、〔お伴する以上は〕「譬へば七腎虚《じんきよ》して八そこの土となるべき事《女護の島で死んだとしても》、たまたま九一代男に生れての、それこそ願ひの道なれ」と、一〇恋風にまかせ、伊豆の国より日和《ひより》見すまし《よく見定めて》、天和《てんわ》二年神無月《かみなづき》の末に行方《ゆきがた》しれずなりにけり。

七 房事がすぎて性交不能になること。

八 「そこ」が「ここ」に対する言葉であるとすると、「ここ」はやはり日本であろう。広狭にかかわりなく女護の島に対偶する語は、大坂でも都でもなく、日本である。

九 妻なく子なく一代限りの男にの意。

一〇 北風にのって女護の島をめざすことになるが、説話上の女護の島の女たちは、南東からの風を待って孕《はら》むという。『独吟一日千句』では、「ひがしに向いては風を待つらん」に「さいあひのたねがこぼるる女ごの島」をつけている。

二柱《ふたはしら》[一]のはじめは鏡台の塗下地とおぼえ《陰陽神二柱とは鏡台の素地の二本柱の事と》、「稲負鳥《いなおほせどり》[二]は羽のない牛の事か《鳥と名があるが羽のない牛の事か》」と、吾がすむ里は津国《つのくに》桜塚の人にたづねても、空耳潰して《聞えぬふりをして》[三]天に指さし、地に土け放れず《〔顔回ばりに〕》、臂《ひぢ》[四]をまげて桔槹《はねつるべ》の水より外をしらず《以外の水は飲んだこともない》、ひろき難波《なには》の海に手はとどけども《手が届くほどの所にいながら》、人のこころは斟《く》みがたくてくまず《心の委曲は》。ある時、鶴翁の許に行きて《西鶴翁を訪ね》《〔泊めて貰い〕》、秋の夜の楽寝《足腰伸ばして寝た秋の夜》、月にはきかしても余所《よそ》には漏れぬ《ついぞ見せたことのない》むかしの文枕《ふまくら》[五]とかいやり捨てられし《無造作に》中に《草稿の中に》、転合書《てんがふがき》[六]のあるを取り集めて荒猿《あらまし》[七]にうつして、稲臼《いねうす》を挽《ひ》く藁口鼻《農家の主婦》に読みてきかせ侍るに、娌謗田《よめそしりだ》[八]より闕《かけ》あがり大笑ひ止まず《〔面白さに〕》、鍬をかたげて手放つぞかし《鍬を肩にしたのも忘れて手を離すほど夢中になった》。

落月庵西吟

一 イザナミ・イザナギ陰陽二神が、男と女の「道」を始めたのであるが、神を一柱二柱ということから、漆をぬる前の素地の鏡台の二本の柱と混同する程度の教養をいう。

二 古今伝授の秘事三木三鳥のうち、稲負鳥を牛の異名という説があった。「いなおほせ鳥、是は一切うしの事をもいふ也。口伝せきれいの鳥也」（西鶴『俳諧之口伝』）。

三 気取って釈尊のように天を指すポーズをとっても、悲しいかな、地に立っているという条件を変えることができず。田舎者としての土くささはぬけないで。

四 「水を飲み肱を曲げて之に枕す、楽しみは亦其中に在り」（『論語』述而篇）。

五 「文」を束ねて枕がわりにした。

六 いたずら書き、ふざけ半分に書いた作品。「転合」はてんかん、痙攣《けいれん》の意味でもある。

七 そこそこ、いい加減。

八 各地に、嫁そしり田・嫁殺し田、等の伝承がある。いずれも嫁の悪口を姑がいう場所である。ふだんは、えんま顔で、嫁の悪口をいっている姑が、この時ばかりは大口あいて笑ったの意。

天和二壬戌年陽月中旬

大坂思案橋荒砥屋

孫兵衛可心板

解説

『好色一代男』への道

松田修

加速する時間――その文学的担い手

人若かりし時の月日は、行道《かうだう》ゆるやかに廻《めぐ》り、老いての後の光陰は、慥に径路《ちかみち》を行くにきはまれり。（『風俗文選《ふうぞくもんぜん》』「四季の辞」）

まこと、この森川許六《きよりく》のことばのごとく、人間の一生涯における時間感覚は、その若年期と壮老年期との間においていちじるしい変化がみられる。この構造は一個体を超えて、民族の歴史においても同様である。大づかみにいって民族の若年期、古代から中世までの時間意識と、壮老年期、近世以後のそれとは、大きく違う。中世は、「人若かりし時」の時間であり、「行道ゆるやかに廻」っていた。時間に縛られず、時間を意識しない生活、梅暦《ばいれき》に春を知り、雪に冬を知る生活を大多数の人々は送っていたのである。それはおそらく古代の時間感覚とさして違わず、連続の線上にあった。端的にいえば、久しい間、私たちの先人は、古代から中世まで、無時間的というか、超時間的な生を送っていたのである。

近世、大づかみにいって十六世紀末から十七世紀以降、このような時間意識に亀裂が走る。数字と時間との蜜月《みつげつ》が始まる。一日が十二刻《こく》に分割され、その一刻がさらに上中下三細分され、あるいは一点から四点まで四細分されるなど、個のスケジュールが、まさに刻きざみ、点きざみに立てられる。時間の有効性がみとめられたというか、時間の交換価値が普遍化したというか。

そのもっとも典型的な表出は、遊里においてみることができる。中世的世界の暗部において、遊女たち、たとえば、『猿源氏草子《さるげんじのそうし》』の遊君螢火《けいが》は、時間で身を売ったのかどうか。『曾我物語《そがものがたり》』の虎や少将たちにも、そのような在り方は描かれていない。『とはずがたり』の後深草院《ごふかくさいん》は、遊女を召しながら、忘れて一晩中牛車《ぎっしゃ》に置いたままであった。彼女たちへの料足《りようそく》が、何を規準に支払われたのか、確かめるすべを今私は持たないが、売春における時のかかわり方はかなりゆるやかであったと思われる。

それに対して近世遊郭では、遊女は具体的には時間で買われる。それも「半夜《はんや》」から「ちょんの間《ま》」というように次第に細分化されてゆく。まさに肉体は時間に読み換えられるのである。中世で奉公といえば、まず終身であり、重代《じゅうだい》であったが、近世では、終身の発想を抹殺《まっさつ》し、十年を最長に（中仙道追分の宿の女奉公人のように二十年年季の例などがみられるが、これは例外である。岩井伝重『食売女』）、一季、半季（半年）、季節とインターバルが短くなり、一日極《ぎ》めの日傭《ひやとい》というまさに名前通りの奉公も行われた。

すべてが、確実に加速しつつあった。その原因の一端は商業資本主義の成立と成長にかかわるかも知れぬ。衣裳その他のデザインにしても、百年単位の流行の変化が、十年単位に、やがて一年単位に変遷をみせるようになる。今日のファッションめいて、雛形《ひながた》類が次々と出版され始める。

時間にからめての記録《レコード》の発想も、各分野でにわかに浮上し始める。たとえば京都三十三間堂を舞台に一昼夜という時間的限定のもと通し矢の数を競う大矢数《おおやかず》は、星野勘左衛門、葛西園右衛門をはじめ数多くの記録保持者を生んだ。

また、生涯を賭《か》けての円空《えんくう》の造仏行は、十万躰《たい》とも十二万躰ともいう。一体、何歳から始めて、何歳で終ったのか、当然、この貪婪《どんらん》な造仏行は、一躰を彫鏤《ちょうる》するのにかけた時間への疑問、さらには数量の巨大化の意味への疑問を誘うだろう。

ここに古代以来の大数《だいすう》信仰を持ちこんで、大数即作善《そくさぜん》というだけでも幾分かの答えにはなるだろう。しかし、それとはちょっと違う、どこかがいささかずれているという感を否めない。

時間―速度―数量、この三者は密接に関連しつつ、近世という時代のもっとも本質的な部分を形づくってゆく。

文芸のジャンルでも右の三者は、次第にその姿を明確にしてゆく。

近松門左衛門述作の悲劇の原因の多くは、金を支払うべき期限に、金を用意できないというところに設定されている。金が主人公たちを殺したということが可能であるならば、時間が彼らを殺したとも言いえよう。決定的な作品は『心中重井筒《しんじゅうかさねいづつ》』である。父親が大坂の遊里に娘お房を売っておきながら、京都でさらに娘の身体を抵当にかき入れて金を借りた。つまりは二重売りしたので期日までに金を送らねば謀判《ぼうはん》の罪になり、お房は一生奉公せねばならない。上り便《びん》の飛脚が便ごとに何度顔を出したことか。後の便で、もう少し待って、もう一度だけ来て……。しかし愛人紺屋《こうや》の徳兵衛は、ついには金の用意ができず、二人は心中する。そうだ、時間が、二人を殺したのだ――。

芭蕉の俳歴を辿《たど》ってみれば、周知のごとく貞門《ていもん》から談林《だんりん》へ、談林から何段階かを経て、わび・さび・しおりの『猿蓑《さるみの》』調へと展開し、そしてそれらのすべてを揚棄《ようき》して『炭俵《すみだわら》』の軽みへの志向となる。この目まぐるしい変風をもたらしたものはなにか。私はかつて「変風地獄」とそれを名づけたが、そのとめどなく加速してゆく変貌《メタモルフォーズ》ぶりを見ると、芭蕉の内的・芸術的衝迫の所産というよりは、前述の流行にみたように、むしろファッショナブルな変化に見えてくるのである。

「なんと女郎衆、今ここではやるは誰ぢや」と問へば、「石山の観音様が時花《はや》ります」といふ。

(『好色一代男』五の二)

「はやる」(流行する)ということばの原義は知らないが、いずれ、逸・早・速等に関わるだろう。近世では神仏も、いな、神仏こそがはやったのであり、はやったからにはすたりもしたものであろう。

矢数俳諧の開花

近松・芭蕉の文学の核心というべきところに、纏絡《てんらく》する近世的時間をみたが、私の課題の西鶴もまた、さきに述べた、時間―速度―数量の三者関連において、もっとも典型的に文学した一人なのである。西鶴こそ三者関連の本質の文学的体現者といってよいだろう。

速度とか数量とかは、一種麻薬《ドラッグ》的効果をもたらすものであろうか。西鶴、この四民を離脱した制外作家の裡《うち》なる何が、彼自身を、速度と数量に駆り立てたのか(西鶴を論ずるに人はしばしば町人作家という視点を強調する。曰《いわ》く、町人として生れ、町人として生き、町人としての文学を書いた……。しかし、それはことの半面を語っているにすぎない。西鶴は町人であったが、町人何屋何某であることをやめることによって、いわば制外の徒となることによって、芸文の徒としての生を展《ひら》いたのである。町人出身であっても、彼は法躰《ほったい》し、プロの俳諧師であった)。

寛永十九年(一六四二)生を享《う》けた井原西鶴が、なぜ、いかにして筆墨に心情を託するようになったか審《つまび》らかでないが、諸書、西鶴四十歳の時の『大矢数』の跋《ばつ》に、「予誹諧正風初道に入りて二十五年」とあることから逆算して、明暦二年(一六五六)十五歳にして貞門に学んだとする。寛文二年(一六六二）、鶴永《かくえい》号で宗匠となった。時に二十一歳。その後、大坂天満宮の連歌所《れんがどころ》となった西山宗因《そういん》の弟子となり、宗因創始の談林俳諧に没頭する。その真の俳壇的デビューは、延宝元年（一六七三）編集の『生玉万句《いくたままんく》』であった。もちろん、毎春の定例行事としての万句興行から疎外されたことを逆手にとっての「壮挙」であったが、「万句」の構想に、西鶴の数字好き、大数好きが、すでに顔を出しているようである。

その二年後、延宝三年三十四歳の四月三日、九歳年下の妻に先立たれる。子供三人を遺《のこ》してのことであった。

西鶴の悲しみは激しく切なく、死後五日を経た初七日の四月八日、追善のための独吟一日千句の興行を思い立つ。「明《あく》るより暮るるまで」とあることから、約十二時間の持ち時間を千句で割れば一句当り四十三・二秒、もっとも、生理的必要時間を二時間とみこめば、実際に使えるのは十時間で、一句当り三十六秒見当となろう。

私は西鶴の妻への哀惜の情に打たれるものであり、毫末《ごうまつ》もそれを疑うものではないが、妻に死なれて悲しいという思いが、ただちに千句という数量、「明るより暮るるまで」という時間的限定、つまりは速度の発想へと展開を見せることに、やはり常人離れしたものを感ずるのである。

暉峻《てるおか》康隆氏は、同書の赤裸々な哀哭《あいこく》を目《もく》して、「すくなくとも武家政治がはじまった中世から近世・明治にかけての日本男子一般の習俗は、階級を問わず、私《わたくし》の悲哀を公にあらわすべきではないというにあった」と断じ、その中で一人私情を公にする西鶴の営為そのものが世人から見れば「『阿蘭陀流《おらんだ》』（松田注　異端外道の意）であったに違いない」といわれるが、西鶴のこの意味での先人は、『挙白集《きょはくしゅう》』の著者木下長嘯子《ちょうしょうし》であると思う。

ただ、長嘯子は哀哭を表現すればよかった。涙を吐息を、三十一音と流麗の和文に託せばよかった。西鶴はその表現に速度と数字がからむ。アクロバチックである。詩のけれんである。そして長嘯子は思いのたけをただ書き綴り書き留《と》めればよかったが、西鶴はそれを出版にまで自ら持ち込む。『誹諧独吟一日千句』はおそらく追悼の配り本であろうが、商品化への道は極めて近い。私はいまだにいぶかしい。妻の死の悲しみが詩になるのはわかる。だが、それがなぜ千句なのか、なぜ「明るより暮るまで」なのか。西鶴はまじめに、数量と速度のアクロバットこそ、もっとも詩的な表現形態であると考えていたかも知れない。さよう、千句の詩美は減殺《げんさい》されても、行為の詩性は屹立《きつりつ》するがに見えるではないか。

火を噴くエネルギー

速度と数量は、おそらく西鶴に内在する感覚で、晩かれ早かれいずれは顕在化したことであろう。この追善の『誹諧独吟一日千句』がきっかけとなったものか、ひきつづいて延宝五年（一六七七）、大坂生玉本覚寺で一昼夜独吟千六百句を諸人を前にして興行し、五月刊行した。『西鶴俳諧大句数《おおくかず》』がこれである。この句集では明らかに、前述の三十三間堂の「大矢数」興行が下敷になっている。寛文九年（一六六九）尾州《びしゅう》藩士星野勘左衛門が八千本の通し矢に成功し、「大矢数」と称したことが、明らかに意識されているのである。

この句集において注目すべき点はいくつかある。第一に、「大矢数」が成功したように「大句数」も成功したこと、つまりは、時好《じこう》に迎えられたということ。その時好というのも、時間―速度―数量の方程式がうけたことはいうまでもないが、それとともに、俳諧のスピードと量産が当然もたらす俳諧の詩性の変化も、同様、時好に応じるものであった。矢数俳諧における物理的条件が、西鶴の俳諧から、沈潜とか、彫心鏤骨《るこつ》とか、対象への没入とかを奪った。いきおいそれは、町人社会の風俗詩として、社会の諸現象を掠取《りゃくしゅ》することを「方法」とした。一句に詩的伝統の長い時間を籠《こ》めるよりは、それとの断絶、あるいはパロディ化によって断片化し、無化すること——それは伝統的な意味での詩の解体であるが、消費されるもの、一過性としての「詩」の誕生でもあった。この傾向は西鶴に止《とど》まらず、談林一般に通じ、やがて世人に通じるものであるが、西鶴はその創始者（仕出し）であり、そのもっとも熱い担い手であった。擬似西鶴ともいうべきエピゴーネンたち、月松軒紀子《げっしょうけんきし》や大淀三千風《みちかぜ》が出て、千八百の三千のと小刻みに記録を更改していったものを、西鶴はたちまち飛び越えて、延宝八年（一六八〇）、大坂生玉本社で、一度日の矢数俳諧独吟四千句を興行、翌九年四月に『大矢数』と題して刊行した。そのはては、貞享《じょうきょう》元年（一六八四）、これこそ空前絶後の一昼夜独吟、二万三千五百句を興行するに至る。これ以上、もはやどうしようもない俳諧の速度化・数量化である。

『大句数』にかえっていえば、それは「西鶴」を題名に冠している。俳諧の歴史を振りかえるまでもなく、俳諧は連衆《れんじゅ》による共同体（芸術共同体というか虚構共同体というか）制作を本義とする。独吟という作家の個我の突出は、『守武《もりたけ》千句』等、少なからぬ先蹤《せんしょう》があるにせよ、やはり異例というべきであろう。独吟百韻を十六連ねて、作家名を冠して、商品化すること、それは、共同体との訣別《けつべつ》であり、作家の個我、個我としての作家の独立である。この独吟千六百句は、西鶴という一人の俳人の作だ、西鶴でないとこれはできない壮挙なのだという自負の宣言を読みとりうるではないか。しかも前述のごとく二万三千五百句を成就《じょうじゅ》した時、西鶴はみずから「二万翁」を以《もっ》て称とした。詩性を数量に代置したとき、個としての作家もまた数量化したといえよう。俳人・俳諧師西鶴は消えて、無機質の数字

「二万」がそこにいる。いな、そこにある。大矢数俳諧は人造人間であり、時間―速度―数量は、もう一つの生命の火である。さしずめ「二万翁」とは、人造人間製作者であるマッド・サイエンティストということになるだろうか。

　いささか私は先を急ぎすぎたようである。このような近世的時間意識を基盤に『好色一代男』は生れた。しかしその生誕を叙する前に、今一つの近世的変革、空間意識について、しごく粗くではあるが見渡しておきたい。

列島見直し時代の空間意識

　空間意識における中世的なるものと近世的なるもの、その間にたしかに幾条かの亀裂を見ることができる。

　中世人の念頭に「日本」ということばがなかったとはいわない。しかしそれは、統一体としての国＝国家概念とは連続しない漠然たるイメージであった。南北朝動乱を基点にいわゆる戦国時代を中心とし、安土桃山で新しい季節を迎える長い地殻変動期は、列島が文字通り寸断された時期である。六十余国が、それぞれ幾十、極端には幾百の小国家に分れ相《あい》抗争する。その時一国家としての日本は観念の領域に属するだろう。

　説経節の正本《しようほん》や、御伽草子《おとぎぞうし》の類を見ると、方位も地理もまったくでたらめであることに一驚する。貴種《きしゆ》である牛若丸の流離《りゆうり》を物語る御伽草子『御曹司《おんぞうし》島渡《しまわた》り』には、ヒーローの「土佐の湊《みなと》」から蝦夷《えぞ》の千島への出発が述べられている。これはもちろん、陸奥《むつ》国の「十三湊《とさのみなと》」（現青森県北津軽郡市浦村十三）を文字化するさい誤解し、さかしらに漢字を宛てて誤ったものと考えられている。それは、地理に限ったことではなく、たとえば『熊野の本地《ほんじ》』で「おほかめ（狼）」を「大亀」として画いたことにその典型を見うる、中世人の知的水位の全般的低さとして理解すればそれでよいのかも知れない。しかし私は、「十三」を「土佐」と誤ったいったんの誤りが、伝承過程でまかり通っていた経緯の上に、十三も土佐も、辺境というよりは非連続の異郷異国であり、その意味では蝦夷の千島とも梵天国《ぼんてんこく》ともほとんど等価であった構造を読みとるのである。

しかし、中世日本＝分裂国家・寸断国家＝日本概念の無化、これは、もはや常識であり、今なぞり直すまでもないことである。ここでもう一つの視点から、中世日本の虚構性を考えてみたい。

中世日本の土豪による分割はいわば平面的なものである。しかし、たとえば宗教の面から見れば、宗教者独特の空間意識があり、政治的現実的日本とは全く異質の形で、今一つの日本が確実に「存在」したのである。それは現実原則とはまったく違う宗教原則によって整序された空間として、俗権の及ばぬ逃竄所《アジール》であり、聖　域《サンクチュアリ》であった。たとえば修験道《しゅげんどう》の空間は、柳田國男のいわゆる山人たち、異形者たちの空間としばしば重なるだろう。これもまた今一つの日本である。また山や谷、秘境等に限らず、現実の道、町中においてさえ、一人の、あるいは一団の流民が通る時、彼らの背後には不可視の闇としての空間が裾《すそ》を曳《ひ》いている。異形者の闇は、中世こそしたたかに稠密《ちゅうみつ》で、昼、現実原則と現実空間に十分拮抗《きっこう》しえたのである。それほどに中世日本は、分裂的であるほどには複合的であった。換言すれば、単一国家としての中世日本とは、意図的虚構でなければ、幻影であり、錯覚であった。

それに対し、近世日本は、何であるよりもすぐれて統一国家、単一国家であった。確実な一国としての存在感が、織田信長による半統一の状態で、早くも生れていた。

全列島がくまなく分裂する時こそ、メシアが、メシアとしての統一者が、待望される。「天下取り・天下人《にん》・天下びと」の登場以前に、鏡打ちたち職人層の間に「天下一号」（己の技術が天下一であることを呼号する称呼）が流行したというエピソードは、政治における「天下一」者への待望の熱さの先取りであり、投影であった。

天下統一者は、アジール・サンクチュアリの発想を否定しなければならない。叡山《えいざん》の焼打ち、伊勢長島の一向門徒の鏖殺《おうさつ》と並行して、盲人・木地師《きじし》・河原者《かわらもの》・散所《さんじょ》・傀儡《くぐつ》師たち、さまざまの列島暗部の住人の、再編成が行われ、新しい制度の中に組み込まれる。政治的分断を拒否し、圧殺したように、暗部日本も、徐々にしかし確実に、日常性の中に組みこまれてゆく。

江戸開幕、元和偃武《げんなえんぶ》、もはや日本は単一国家である。薩摩《さつま》と松前《まつまえ》は、日本ということばを軸にして、等質の連続感の上にある。

五街道が整備され、金銀銭の三貨による経済機構が全国に及ぶ。秤量《しょうりょう》・尺貫、すべて統一され、均質化される。大坂の商圏が全国的に拡張される前提として、日本列島の空間的均質化があった。

近世初期、それは日本列島見直しの新時代である。平凡な一市民が、全国を遍歴する気になれば、それが可能な時代であった。空間のくまぐまが、開発され、埋もれていた日本を、情報として見直させる。思えば中世人の空間は遠景を持たぬ目線の限りの断片であったが、近世人のそれは、急激に拡大し、蝦夷松前から薩摩まで位相差《フェーズディファレンス》なく連続するに到る。視点を変えれば、中世的意識空間は、個体的生理と等寸で、近世の意識空間は、ややトリッキーな縮約法《ラックルーシ》による全貌図ということになるだろうか。近世初期、旅行記、旅行案内記ものが陸続と出版される。再構成再開発された列島の興味ある地域や、地域と地域を繋ぐ道中が、新しい知の領域となる。一人の人間が、道徳であれ、性であれ、経済であれ、何かを課題とし、何かを問いつめよう、瞶《みつ》めよう、表現しようとする時、大げさにいえば、全日本的規模において、それがなされるようになる。トータルとしての日本が、個の思考と情念の背後にたえず浮上するようになる。実例を一つひこう。十七世紀の誠実な蕩児《とうじ》、呑舟軒《どんしゅうけん》藤本（畠山）箕山《きざん》は、時代の核を好色に求め、色道学樹立を志し寛文・延宝の間の遊里・遊郭の格式の書『色道大鏡』を述作したが、その視野と足跡が、全国に及んでいる（少なくとも及ぼうとしている）ことは、周知の通りである。

箕山は、基本的には、島原絶対視・聖視の思想を牢固《ろうこ》として抱いていた。ならば、島原を論じ、島原を演繹《えんえき》し祖述《そじゅつ》すればよい。ところが今一人の箕山は、鄙郭《ひかく》（田舎の遊郭）の実態を帰納する発想を抱く。彼一個の好悪と価値判断は二の次である。ことは全国的規模《スケール》で論じられねばならぬ。寛文・延宝の色道学は、日本の（すなわち全国的）色道学なのである。

時間においてみた中世的時間から近世的時間への屈折は、右の空間における中世的意識から近世的意識への展開と深く相関連するものであり、十七世紀の文学・芸能の多くは、この二つの変化を基盤として生れた。西鶴の最初の小説、リアリスティック・ノベルとしての浮世草子の嚆矢《こうし》、『好色一代男』もまた、その著しい一冊なのである。

『好色一代男』の出版

井原西鶴著『好色一代男』八巻全八冊は、天和《てんな》二年陽月（十月）中旬、大坂思案橋《しあんばし》荒砥屋《あらとや》孫兵衛可心《かしん》を版元として出版された。この校注書の原本（国文学研究資料館蔵）は、この荒砥屋本の一つで、八冊を一冊に合綴改装したものであるが、現存する荒砥屋初版本中もっともうぶな、原形態をもっともよく残したものである。その書誌の詳細については拙稿（国文学研究資料館報第4号所収「本館新収

『好色一代男』について」にゆずって、ここでは説かない。插画は西鶴自画、荒砥屋の刊記を有する後《あと》刷本《ずりぼん》をはじめ、荒砥屋の版木を使い、刊年は原《もと》のままで書肆《しょし》名を入木《いれき》し、五冊本に仕立てた大坂安堂寺町五丁目心斎筋南横町　秋田屋市兵衛版、その他大野木《おおのぎ》版、無刊記版、さらには、海賊版とされる菱河師宣《もろのぶ》画の江戸版、その版木を利用した後刷等のいくつもの版本が知られている。詳述はさけるが、同じ師宣による「絵本好色一代男」ともいうべきものさえ江戸で出版されており（『大和絵のこんげん』）、本書がいかに時好にかない、時宜をえた作品であるか、その一端をうかがうことができる。

では、本書がそのようにうけた原因は、いったいどこにあるのだろうか。いや、この発問の前に、『好色一代男』がいかなる内容を持つ書物であるか、まずそのことから始めよう。

その内容を端的に要約している『広辞苑』を下敷にして、若干補強すれば、次のごとくである。

〔好色一代男〕（略）浮世草子の最初で、好色本の始祖。主人公一代男世之介一生の色欲生活に関する短い話を連ね、大坂・江戸・京都など各地における好色生活（女色＝三千七百四十二人・男色＝七百二十五人）の種々相を活写。

ここにいう「好色本」とは、ポルノグラフィーの意ではなく、浮世草子の一分野としての、愛欲色情をテーマとした作品の意である。

好色の意味するもの

延宝・天和・貞享から元禄へかけて、好色はたしかにもっとも基本的、本質的社会現象であった。もっとも、だからといってこの時点において、性的解放が成就したと見ることは、安易かつ一面的にすぎよう。まして前元禄・元禄期に性的解放がまず成就したとすることは、まったくの倒立である。

開幕からほぼ八十年、この時間の流れとは、前世紀末に底辺の人々までが一度は手にした、手に握りしめた様々の解放、兵農混淆《へいのうこんこう》、諸序列無化等々の現実を踏まえた政治的・身分的・倫理的解放を、刀狩《かたながり》・検地を皮切りに、一つ、また一つと喪失してゆく残酷な過程にほかならない。前元禄・元禄期の性的解放なるものは、最後に一つ遺った庶民の飴玉《あめだま》であり、発散しようのないエネルギーが、この性＝好色に集中豪雨的に注がれたからといって、まず性的解放が始まったとみることは、およそ事実を衝《つ》いていないと思う。

一つだけ目こぼしで遺して貰った解放か、それとも体制からようやくもぎとった解放か、その穿鑿《せんさく》はともかくとして、『好色一代男』の画期性を、この「好色」の二字に見定めるのは、これまた、誤っているといわざるをえない。曰《いわ》く、「好色」を書物の表題にすることは、極めて危険な試みである、いうならば反逆的、反体制的な思想である――と。

たしかに、小説の表題に好色を謳《うた》い上げることは挑発的行為であると思う。しかし、それゆえに好色は、反逆であり、反体制であろうか。

「一代男」に託されたもの

思うに、中世末から近世へかけて、もっとも尊重されたのは「家」であった。家は血脈相続によって保たれる。ここにはたしかに、後《のち》（後継者）のないことを以て不孝の第一とする儒教的な発想が働いている。家の継続は何のために望まれるのかといえば、先祖の祀《まつり》を絶やさぬためと答えられるだろう。ことは倫理から発したとしても、現実は政治の問題であって、極めて苛酷《かこく》な養子制限の法律を幕初に樹《た》てたために、嗣子《しし》なき当主の急逝などで大名高家《こうけ》旗本は、遠慮会釈なく取り潰《つぶ》されたのである。

それは当然のこと大量の失業武士をうみ出すだろう。家長に嗣子がない。これはすでに罪悪である。望まれるのはまず生殖、さしあたって好色は、むしろあらまほしい、なさねばならぬ営為なのである。好色は、家の相続、相続せねばならぬ家という観点からは、積極的に奨励すべきものであった。「家系相続」という名分の旗を樹てるかぎり、体制たりといえども好色に間然する所はない。それは西鶴も自覚していたと思う。巻一の一、七歳の夏の夜の寝覚めに、春情初めて動いた時、その対象となった腰元はどうしたか。「つつまず奥さま（母親）に申して、御よろこびのはじめなるべし」――母はなぜ我が子世之介の早熟を喜ぶのか。その背景には、早熟―性の開花―後嗣の誕生―家系相続―家の安泰という図式を読みとることができるだろう。

まこと、「好色」は挑発的、根元的テーマであるが、それゆえに画期的とは称しがたい。『好色一代男』が一時代を画しえた文学的飛躍の大きな発条は、また、前時代、中世はもとより先行する仮名草子時代の諸作品にかつて見られぬ特徴は、一にかかってタイトルの「一代男」の三字にある。

反家・反伝統・反体制

「一代男」とは何か。それは一般的には、その身一代で家を断やす男の意味であり、したがって「好色一代男」とは、好色に耽るあまり、好色の目的（目的であらねばならない）としての生殖（家系相続）を忘れ（あるいは忌避し）、家系を断絶させた（させる）男の意である。とすれば「家」を聖なる核とする体制にとって、これほどに危険な、また、邪悪な発想はない。今、体制といったが、この時点では、幕府や藩というような政体としての概念は成立しておらず、幕府であるよりは徳川家であり、加賀藩であるよりは前田家であった。「一代男」とは、そのような体制の思考を倒置し笑殺する、いわば毒のある、毒に満ちた表題なのである。もっとも、そのような毒なくして、子孫の断絶を意図する精神の系譜も否定しがたい。早くは聖徳太子が自らの造墓に際して、ことさらに凶相に設営し、「子孫あらせじと思ふ」といったという。しかし今は、そのような挿話に立ち止《どま》る用意はない。天和二年の十月、『好色一代男』という表題をつきつけられた読者の反応は、どのようなものであったか。毒を感じたか感じなかったか。あるいは素直に「好色」の二字に惹《ひ》かれ、「好色」の個所を求めて拾い読みする程度のものが、平均的読者であるかも知れない（跋者水田西吟《さいぎん》の反応については後に触れる）。

好色が重いか、一代男が重いか、それともその二分法自体が愚かで両者は一体化して不可分であるのか、いずれにせよ、本書は世之介の好色一代記であることは動かない。『一代男』は、八巻全五十四章（巻七までは一巻七章七話、巻八のみが五章五話）で構成されており、一章一話は世之介の一年に相当する。巻一の一は世之介七歳の夏の夜の寝覚めを語り、以後章を進めるごとに世之介の年齢も進んで、最終話では六十歳で終る（この間、巻六目録に錯記があるが後述する。また巻一の一に関する限り、一章一話は世之介の一年とのみはいい難く、一章一話中に、世之介出生以前と出生以後、七歳の夏の夜までのすべてが語られている。すなわち、巻一の一は世之介出生前夜から七歳までを語ったとする観点も可能である。すくなくとも巻一の一の時間は、他の五十三章の時間とは異質の部分を含む、そこまではふみ込んでよいのではあるまいか）。

西鶴は世之介の両親をいかに設定したか。父夢介は、但馬《たじま》国銀《かね》掘る里の大富豪である。当然鉱山《やま》持ち、ないし鉱山持ち出身者ということになるだろう。彼夢介は、金に飽かせての遊蕩児で、その仲間に「名古屋三左衛門」と「加賀の八」の名が挙げられ、菱紋を合標《あいじるし》とするわざくれのグループであったとされる（芳賀《はが》一晶筆の西鶴像の紋所は菱であることと関係あるか）。この設定は気安く読み通してはならぬものを含んでいると思う。名古屋三左は、美作《みまさか》森家の近い縁者であり、少年時代は蒲生《がもう》氏郷《うじさと》の寵《ちょう》童《どう》として艶名を流し、規矩《きく》に拘《かかわ》らぬ蕩児として伝説中の人であり、後、朋輩と喧嘩して横死した。加賀の八は、加賀江（また加賀野江・加賀井）弥八郎重望《しげもち》の遊里での替名《かえな》であろう。加賀江弥八郎は美濃《みの》一万石の領主であったが、任侠無頼、関ヶ原前夜に刺客として東に向う途次、池鯉鮒《ちりふ》の宿で水野忠重たちと出会《しゅつかい》、闘諍《とうじょう》して死去した。よりにもよってこのような二人と仲間を組んだ夢介もただ者ではあるまい。弥八郎は小なりといえども大名であり、三左もそのきょうだいは十八万石の国主の夫人である。二人ながらに挫折者であり、横死者である。非命非業の死を遂げている。あるいは今日の私たちの読み切れぬ寓意が籠められているのだろうか。

夢介は、その頃高名の遊女葛城《かずらき》・薫《かおる》・三夕《さんせき》の三人を身請《みうけ》して囲い者としたが、そのうちの一人が世之介の母とされている。

蕩児と遊女の間の子、その出生が「あらはに書きしるすまでもなし。しる人はしるぞかし」とおぼめかされているのは、前述の全五十四章という設定にも明らかなように、本書が古典中の古典『源氏物語』の五十四帖を下敷にしたパロディであることと関わっている。物語ざまの藹然《あいぜん》たる雰囲気《ふんいき》が巧みに移譲されている。さよう、豪富とはいえ、大夫とはいえ、たかが蕩児と遊女の子にすぎないのだが、物語のヒーローであるからには、遥《はる》かな神がたり以来の伝統を受けて、一個の貴種として待遇されねばならない。されることが当然である。とすれば、世之介後年の流離は、すでにこの物語ざまの一行のおぼめかしの中に、予告され予言されているともいえよう。貴種は貴種なるが故に流離する貴種流離譚《たん》の遅い、しかし典型的な一例、その近世版と見ること、すでに通説である。

この、序でもあれば全体構想の提示でもある巻一の一において、西鶴は、好色的怪物世之介が生涯かけて七歳から六十歳までの五十四年間に交わった女の数を三千七百四十二人、少人（男色の対象となる少年）の数を七百二十五人とする（同じ男色でも世之介の兄分の男たち＝念者の数は出さないことに注意）。さきに述べた時間と数量の関係をここに読み取りうるであろう。

『好色一代男』という表題に想到した時、それをどのように処理するか、もちろん作家によって異なるであろう。さまざまな一代男がありうるが、一人の女のために生涯を捨身する男もまた「好色一代男」ではないか。

仮名草子『慶長見聞集《けいちょうけんもんしゅう》』にみえる東海道三島の宿の油売正太郎が、遊女佐渡嶋正吉に恋着して、江戸まで追いかけ、無償で正吉の人間馬になって奉仕することなども、そのけやけき一例といえよう。たとえば近松作品のヒーローたち、彼らの多くは一人の女のために生涯を賭けている。彼らもまた「好色一代男」であることに変りはない。西鶴とても一人の女に溺没《できぼつ》する『好色一代男』を書きえたはずである。しかし彼のヒーローはその選択肢《せんたくし》を選ばず、男色女色併《あわ》せて四千四百六十七人の相手と交わった。西鶴の詩が数量であり、号さえも「二万翁」と数量化したように、世之介の性もまた数量として、数量において、語られたのである。さきに私は、巻一の一の出生を語る一行にすでに流離が予言・予告されているといった。そしてその背景に、折口信夫《しのぶ》博士以来の貴種流離譚をみた。それは、それなりに正しいが、ここに、前述の近世的空間意識、全国的な視界で問題を捉《とら》える西鶴の姿勢を見ることもまた、可能である。

しかし、性の数量化、数量としての性という発想は、むしろ中世的、御伽草子的な世界に属するというべきかも知れない。

早い世之介、王朝版世之介であり、陰陽の神として知られた在原業平は、一生の間に三千三百三十三人（御伽草子『花鳥風月《かちようふうげつ》』）、三千七百三十余人（同『磯崎《いそざき》』）、三千七百三十三人（『鴉鷺合戦物語《あろかつせんものがたり》』『小町草紙』『和歌知顕集《ちけん》』）の女たちと交わったとある。大別すると、三千七百系と、三千三百系の二系列になるだろう。後者は、一種の口拍子ともいうべく、仏教信仰・俗信の世界ではしごく一般的で、別に数字の意味をあなぐり求める必要はないと思う。問題は、三千七百系である。業平のこの系譜上に世之介も立つのであるが、業平・世之介ひっくるめて、この三千七百とは何を意味するのか、単なる大数を語るためであるならば、なぜ三千七百に定着するのであろうか。いささか些事《さじ》に渉《わた》るようであるが、本質的な問題であるのでしばらくこれにこだわろう。

三千七百とはまず仏菩薩《ぶつぼさつ》の数であった。

彼伝に曰《いは》く、天竺には那蘭陀寺、唐朝には解脱正寺三千七百人の名あり（略）時に三千七百人の仏菩薩忽然と現じて乞請給ふ。（略）三千七百人は、彼寺過去現在帳の衆なり。俗家の昔より兄の僧、此者名字を結縁の為、此帳に入をきし悲愍の涙積つて善塚〔縁カ〕に冥す。これによつて三千七百人、閻王に対して回答あり。（『応仁略記《おうにんりやつき》』下）

神仏混淆・本地垂迹《ほんじすいじやく》説等とどのように関わるのか、この仏菩薩の数三千七百は、また日本の神の数であった。

およそ上中下廿二社のしんどう奇瑞は申すに及ばず、神名帳にのする所の三千七百五十余社乃至山家村里のほこら・櫟社・道祖の小神までも御戸のひらかぬはなかりけり。（『太平記』三十九）

日本六十余州ニ三千七百五十余社ノ神祇冥道ノ中ニハ八幡ハ猶勝給也。（『庭訓往来註《ていきんおうらい》』）

一社之数並人数之事

大神は三千七百二十余社小神は二億一万七千余社也。（『日本略記』）

これらの例を幾つ積み上げても、だから、女の数三千七百余が、神仏、とりわけ神の数三千七百余に来由したという確証にはつながらない。しかし私は、世之介の交わった女の数を作者が執筆しようとした時、三千七百を神の数から取ったと確信している。その証拠というべくいささか薄弱であるが、次の例はいかがであろうか。

『好色一代男』の成功のあと、西鶴の筆は好色物のほぼ全領域に及び、かたわら経済情況を反映した小説集『日本永代蔵』を述作する。その巻一の三「浪風静かに神通丸」では西鶴は和泉《いずみ》国の富豪唐金《からかね》屋（庄三郎）の全盛を次のごとく描いている。

世わたる大船をつくりて、其名を神通丸とて、三千七百石つみても足かろく（略）

この船のモデルは実名「大通丸」といい、四千石づみ（『子孫大黒柱《しそんだいこくばしら》』『拾推雑話《しゅうすいざつわ》』）とも四千八百石づみ（『摂陽奇観《せつようきかん》』）ともいう。が前者が正しい。

	（石数）	（船名）
（事実）	四千石	大通丸
（虚構）	三千七百石	神通丸

一般的にいって、フィクションはえてして、誇張され、増幅されるものである。十三人斬りは百人斬りに、百万は千万に——この誇張の論理でみれば、四千石づみの大通丸は、五千石づみにも六千石づみにも書かれてよいはずである。それが表現一般の常というものではあるまいか。ところが、西鶴は実際を下廻って、ことさら三千七百という数字を持ち出した。これはなぜか。大通丸を神通丸に変

えた時、神の一語ゆえに三千七百という数字が連想されたのである。西鶴において神と三千七百余とは、俳諧における付け合いの関係、相互に連想語であった。とすれば、『一代男』における三千七百四十二人の女たちの数は、まさしく神の数であるということになるだろう。

売春婦たちを神に見たてることは、遊女評判記などにも見えて、西鶴に限っての発想ではない。

本庄横堀にれんとびの宮が、百をはしたの御神なり。（『吉原あくた川名寄《なよせ》』）

谷中に高祖日蓮三崎にふんばりの宮。（同書）

品川のれんとびと成て、大振袖に十七・八の顔をあらはし、あらたに女体を拝み奉れば、二人を二朱と定まつて大平目《ひらめ》の吸物、ぶりの刺身に昼夜をもてなし、生れつかぬたこも出で来ぬべし。（『好色影倣子《かげぼうし》』一の四）

とすれば、全国の神々（『庭訓往来註』）をくまなく遍歴する世之介とは何か。好色巡礼か、それとも世之介自身が、一個の神、性の神なのであろうか。業平の交わった女の数と世之介のそれとの一致も、性神業平という発想から当然といえよう。

数字という記号に託されたメッセージ、それを私は右のように解読したのだが、いかがであろうか。まこと、数字こそ当世風俗のただ中をゆく蕩児が担うべき、もっともふさわしい相貌といえよう。

年立ての錯誤の背景

一人の男性による生涯かけての好色探究、それはたしかに、意欲的な、斬新《ざんしん》なテーマであった。世之介という仮構の人格の視座《しざ》が、西鶴の作家としてのストレートな視座と、時に重なり、時にずれつつ、近世初中期の愛欲の種々相の限りを尽す。それは、世之介の編年体の個体史であることによって、その個体を支える時代そのものを語る、重層的構造を示している。世之介の担う典型性、世之介の形象化の成功の半ばは、時代そのものの面白さに負うといってよいだろう。正確にいえば、つまり近代小説的ヒーロー論をここに持ちこめば、一個の人間存在として、統一的人格としての世之介が形象化されているとは所詮いいがたい。さきに編年体といったが、実のところ、『一代男』においては、一年一年が断片として、あるいは自立的完結体としてあり、一年Aが次の一年Bを孕《はら》み、Aの結果としてのBがあり、そのBがまた次の一年Cを生むというわけでは、かならずしもない（例外的に巻三の七～巻四の一・二のごとく連続性を持つケースもあるが）。

一般にいわれることであるが、二つの世之介像がある。すなわち、早熟の少年期から一途《いちず》に性にのめり込んでいった青年期、ついには十九歳で勘当を受け流浪遍歴、三十四歳で勘当を許され、復権するに至るまでの前半生の世之介像。三十五歳にして巨富を相続、後顧の憂いなく好色に耽溺《たんでき》し、六十歳に至る後半生の世之介像の二つである。この両者は、かなりイメージが異なっている。前者はともかくにも、一個の人間の生長なり生活なりの軌跡として、連続体としての性格を持つが、後者は、一話一話を繋ぐ、極めてかぼそいきれぎれの糸でしかない。主人公《シテ》はむしろ世之介の対象の遊女あるいは遊女たち、さらにはその遊所そのものである。

一個の統一的人格としての像を持たないと今論じたが、むしろその不統一ゆえに、過剰な生のエネルギーの奔流は、三百年の時差を超えて私たちを捲《ま》き込むのである。己の肉身の内部に強烈な光源を持って、不毛を豊饒《ほうじょう》に変貌させるのである。

世之介生涯の燃焼の経緯《ゆくたて》を、濤《なみ》がしらのうねり高まり、その末のしぶきを、ここに見ることはできない。しかし読者は、時代（寛文・延宝・天和から元禄を臨《のぞ》む）の全音程の放肆《ほうし》な弾奏に、期せずして聞きほうけることになるだろう。

それはどのような先蹤作品も企て及ばぬ（またそれが当然なのであるが）偉業であり、十七世紀にはいって八十年余、幾十幾百とない表現者たちが、まさぐりつつ双の手に摑《つか》みえなかった内容と形式なのである。

跳躍というか、飛躍というか、その鮮烈な画期性は、至近距離の仮名草子、たとえば『浮世物語《うきよものがたり》』のそれなりの価値、それなりの有効性を一挙に褪色《たいしょく》せしめるほどの熱度を持っている。

しかし、にもかかわらず、本書は、ウェル・メイドの作品ではない。

凝りぬいた美文調で、時に絢爛《けんらん》華麗、時に佶屈聱牙《きっくつごうが》、しかも破調破格をむしろ意図せるもののごとくである。それはもちろん、西鶴の自覚しつつ容認するところであり、またそれが、時勢相でもあった。

奇怪は、修辞の上になく、構想にかかわる部分にみられる。いかにも粗笨《そほん》である。放漫である。推敲《すいこう》を重ねたものとは思い難い。


なぜに放置を……


さきに世之介の生涯の女の数の含意《がんい》・寓意の深さについて述べた。そこで触れねばならなかったのであるが、本文には、「五十四歳までたはぶれし女」の数が三千七百四十二人だとある。これは「六十歳まで」あるいは七歳から六十歳までの「五十四年間に」の誤りであり、ケアレスミスといえばそれまでながら、生涯数字好きであった西鶴のミスだけに気にかかるというものである。

また、これもすでに十二分に論議されているが、より決定的なミスとして、巻六の目録における年立ての錯記がある。本文に明らかなように、巻一の一は七歳、巻一の七は十三歳、以下一章ごとに一歳加わるのであるから、順当にゆけば巻二・十四〜二十歳、巻三・二十一〜二十七歳、巻四・二十八〜三十四歳、巻五・三十五〜四十一歳、巻六・四十二〜四十八歳、巻七・四十九〜五十五歳、巻八・五十六〜六十歳とあるべきところを、巻六のみ、三十六歳から四十二歳と誤っているのである。なぜ誤ったのか、この問題については野間光辰・暉峻康隆両氏において一致した理由づけがなされていて、それに従って理解すればよいと思う。

錯誤はうなずける。しかし、その錯誤をなぜ正さないのか。目録という、よりにもよって重要な場所で、いわば致命的なミスを犯しているのである。なぜ訂正しないのか。気づかなかったというケース、これはとくに巻一の一の六十歳を五十四歳に錯記した個所ではありうることである。しかし、巻六のこのミスは、巻七以下では正しくなっているだけに、気づかなかったでは通り難い。もっとも、気づいたから巻七以下では年立ての錯誤を訂正したという（野間・暉峻両氏）のもやや強引で、巻六の錯誤と、巻七の正常とは、別々の頭脳的営為であると考えられないことはない。巻六でふと錯記したことと、巻七で正しく記していることとの間に、必ずしも錯記の自覚—訂正というプロセスを想定する必要はないともいえる。

一つの考え方として、版木に彫り上ったものの訂正の困難ということ、これはたしかに理由として考えうることである。しかし、問題個所を削りとってその部分だけ入木することは、今日考えるほど大変なことではなかった。まして目録であるから、一丁（今日の二頁分）まるまる彫り直しても、本文の一丁ほどの面倒さはないのであるから、そうみればますます説明はつかない。なぜ錯記したかについては説明しても、なぜ錯記を放置したかについては説明がなされたことはない。

それぞれに何とか説明はつけているものの、この年齢以外にも数字上の矛盾は二、三あり、構成上の矛盾もまた、決して少ないとはいえない。これらはケアレスミスであり、気づいてか、気づかずしてか、ことごとく放置され、上方版の諸本で、入木訂正されているものを知らない。

巻六の年立てに関する項は、さすが江戸版では訂正されている。

なぜ訂正しないのか。この『一代男』錯記放置現象を、「大行《たいこう》は細瑾《さいきん》をかえりみず」というような、作家の個人的資質の問題に帰すことは、事態の半ばの説明ではありえても、それ以上のものでは決してない。私はこの問題を解く鍵《かぎ》は、作者西鶴をも含めた当代の人が、初めて接したこの衝撃の書『好色一代男』をどのように評価していたのかという観点にあると思っている。

西吟の評価・「あらまし」の意味

『好色一代男』の最初の読者は、西鶴を除けば、跋文の作者で版下《はんした》の筆者である同門の水田西吟である。西吟自身は本書をどのように評価していたのか。いやその前に、西鶴自身は己の分娩したこの奇書を、どのように受け止めていたのか。

跋文はいう、摂津の国桜塚に住んでいる西吟は、ある秋の日、鶴翁＝西鶴（四十一歳であるから翁といってよかった）のもとにゆき、庵に泊りこんだところ、枕代りに、昔書きちらした文章をひとからげに括《くく》ったものを出された。その中に性中心の話を集めた転合書（いたずら書）があるのをみつけた。読んでみるとなかなか面白い。そこでその部分だけ取り集めて、「荒猿《あらまし》にうつして（以下便宜「あらまし」とする）」一部の本としたというのである。西鶴自身は、西吟発掘になる原『好色一代男』については、より正確にはそれが含まれていた枕代りの文章全体を「月にはきかしても余所《よそ》には漏れぬむかしの文枕《ふまくら》」としていたのであるから、ことば通り素直に受け止めれば、発表意志なき雑文と思い捨てていたということになる。

それを西吟は面白いと思った。世に問うべきであるとも思った。しかし、それは、当然のことながら、高次の文学という認識とは遠い、低いレベルの享受であると思われる。その証拠は「あらましに」の一語に尽きる。いうまでもなく「あらまし」は、そこそこ、大体、いい加減の意であり、それ以上でも以下でもない。

「月にはきかしても余所には漏れぬむかしの文枕」と作家が自作について自卑謙退《けんたい》するのは、日本的・東洋的パターンであって、額面通りに必ずしも受け止められないが、西吟のばあいは、跋者である。通例でいえば、いかに本書がすばらしいか、力説賞讃するのが、本来の役割である。その跋者が原文を、そこそこ、大体、いい加減に写したと公にいっているのはどういうことか。「あらまし」のこの一語は、西吟の本書に対する率直な評価、Ⓐおもしろい、Ⓑしかし高次の文学でないという、ⒶⒷ二点を端的に語っているのである。

『一代男』とは「あらましに」写してよい本である。とすれば、版下書きも「あらまし」、版木も「あらまし」、すべて「あらまし」で扱えばよいということになるのではないか。「あらまし」の路線からは六十歳を五十四歳にあやまることなど、些々たるものであろう。「あらまし」である以上、目録も別段シビアに考える必要はなかったとみてよいだろう。

このさい、対蹠《たいせき》的なケースとして考えられるのは、『去来抄』の伝える、『猿蓑』選に際しての芭蕉の態度である。いささか長くなるが本質的な問題であるから引用しよう。

此木戸や錠のさゝれて冬の月　　其角

「猿みの」撰の時、此句を書きおくり、下を冬の月・霜の月、置き煩ひ侍るよし、きこゆ。然るに、初めは文字つまりて、柴戸と読めたり。(中略)冬の月と入集せり。其後、大津より先師の文に「柴戸にあらず、此木戸也。かかる秀逸は一句も大切なれば、たとへ出板に及ぶとも、いそぎ改むべし」と也。凡兆曰く、「柴戸・此木戸、させる勝劣なし」。去来曰く、「此月を柴の戸に寄せて見れば、尋常の気色也。是を城門にうつして見侍れば、其風情、あはれに物すごく、いふばかりなし。角(其角)が、冬・霜に煩ひけるもことはり也。(傍点松田)

凡兆ではないが、「柴戸」「此木戸」たった一、二字の問題であり、俗眼には大した差異は感じられない。しかし、一字一画に詩性を賭ける側からいえば、金銭(経費)の問題も出版技術の問題も、すべての困難は無化するだろう。「此木戸」のイメージと「柴戸」のイメージとはたしかに違う。その違いをみすごしにできない芭蕉であった。

じじつ、『猿蓑』版本には、埋木をして訂正したあとがそれと知れる。すでに彫り上っていた版木に手を加えさせたのである。それは、芭蕉とその弟子たちが、俳諧をしごく厳正に考えていたからである。芭蕉の句集を「あらまし」に写すことなど考えられないだろう。

それは、ジャンルの違い、俳諧と小説、詩と散文というジャンルの違いが、おのずからにもたらした差であろうか。たとえば、『幻住庵記』における芭蕉の彫心鏤骨の推敲を思えば、そういうことばでは済まし難い。文芸観の差、文芸に対する価値観の差ということで、半ばは処理がつくが、そのことばからはみ出た部分がなお残る。要するに、『好色一代男』は、「あらまし」に写してよい文学であり、『幻住庵記』は、「あらまし」を拒否する文学なのである。このことは、西鶴自画の插画についてもうかがわれることである。

本文と插画

本文読解を進める際に、私はこうるさいほどに、插画に描かれている内容と、それに対応する本文の該当部分との差異（ずれ）を指摘してきた。差異といっても、插画が本文に書かれざる部分を補うごときばあいは別である。たとえば巻二の二、「髪きりても捨てられぬ世」では、出産まもない赤児を棄てに出ようとする世之介と、それを見送る後家を描き、配するに、伴の下男を以てする、ここまでは本文に対応し、よし、下男は文章にそれと書かれずとも、文章の与えるイメージの枠内に包摂されている。奇とすべき一つ、插画にはさらにこの情景を、室外から紙障子ごしに覗く三人の召使女を描く。これは窃視者《ピーピングトム》としての作者の視点の形象化であろう（窃視の文学としての『一代男』という論点は、かつて説いたところである）。意識してかせずしてか、作家西鶴を覗く画家西鶴という構図がここに成立しており、本文を超えた插画、本文を補う插画、積極的に本文と差異（ずれ）を持つ插画がここにある。だが、このようなケースは当面の問題ではない。

本書には、そのような意味あいといささか異なって、本文の叙述と異なる插画がしばしば見られる。これは一体どういうことなのか。

たとえば巻一の三「人には見せぬ所」は、召使女の入浴を遠目鏡で覗く話であるが、本文では「四阿屋」また「亭《ちん》」とあり、当然、四方葺《ふ》きおろしの屋根であらねばならぬところ、絵は、あずまやの条件とまったく喰い違っている。細かいことをいえば、本文では、「あやめ葺《ふ》きかさぬる軒《のき》のつま、見越しの柳しげりて、木《こ》の下闇《したやみ》の夕間暮《ゆふまぐれ》、……菖蒲湯《しやうぶゆ》をかかるよしして、中居《なかゐ》ぐらゐの女房」（暉峻氏の通釈を借りると「菖蒲を葺いた軒先近く、いっぱいに茂った見越しの柳の木下闇で、仲居ぐらいの女が菖蒲湯の行水をつかおうとして)」とあって、見越しの柳は塀を隔てて女の側にあるものの如く、しかも絵では世之介の側に描かれ、女から見ての「見越しの柳」である。插画が、本文の形象化であるか、あるいは文章の欠を補うもの、というのは、今日的・固定的見方であろうか。作家と画家が別人であれば、喰い違いもずれもわかる。前者の絵注文《えちゅうもん》(あつらえ)が後者に滲透《しんとう》しないことも、考えられないではない(たとえば『好色五人女』巻二の一の本文「目鼻なしの裸人形」に対する插画の人形には目口はそれと明らかであるがごとき、これは、作家西鶴と画家吉田半兵衛のコミュニケーションのひずみであろう)。しかし、繰りかえしていうが、本書『好色一代男』のばあい作家と画家が同一人なのである。同一人にしてこの差異(ずれ)はなぜか。ずれてよいと西鶴が思っていたとすることは必ずしも暴断ではあるまい。本文の「あらまし」を形象化すればよい。本文の一に対する插画一の対応関係の厳密さを、絵と文章において西鶴は求めていなかった。

「あらまし」の插画——それは西鶴の插画観を物語るとともに、本文観をも物語るだろう。かたがた、『好色一代男』は「あらまし」の文学であり、そうみることによって、年立ての錯記とその放置のごとき、根本的な問題も解けるのである。

『一代男』の素材

「あらまし」の『一代男』ゆえに、西鶴が粗雑に、いい加減に述作したというわけではない。前述のごとく文章は、故事が鏤《ちりば》められ、美辞麗句、縁語、掛け詞《ことば》等々極めて装飾的であり、衒学《げんがく》的でさえある。また、辞句の末のみならず、構想そのものに古典が利用されていること、すでに周知のことである。

たとえば、本書が五十四章仕立てであることは『源氏物語』五十四帖を踏んだものであり、『源氏物語』は、各所で、あるいは顕《あら》わにあるいは微かに、その影響を全巻を通じて投げかけている。『伊勢物語』も『源氏物語』と並んで、いな、はるかに濃厚に本書に影響を与えている。多くの能や狂言も同様で、詞章の上に止まらず、一話の構想そのものに関わることも多い。たとえば巻三の四「一夜の枕物ぐるひ」は、狂言『枕物狂』の近世版である。同様、巻五の「欲の世の中にこれは又」は、『源氏物語』「玉かづら」の螢放ちの面影である。もちろん、夏の夜の恋に螢を添えることは、日本人の好みに合ってのことか、近世から近代にわたって数多くの例をあげることができる。ならば、ことさらに『源氏』を云々するのはなぜか。香の銘柴舟でもなく深山木《みやまぎ》でもない「諸かづら」を螢に結び合せたところは、やはり『源氏』の「玉かづら」が念頭にあったからではないのか。なお「諸かづら」とは賀茂の葵祭に葵と桂をくみ合せてかざしたところからの名で、俳諧季題は夏、この話が夏のものであることとうまく合っている。このような本書の典拠主義は、本書に賭けた作家の自負と熱意を示すもので、それは前述の「あらまし」性と、決して矛盾するものではない。

もっとも、典拠は作品の出発のためのヒントであるか、あるいは作品の装飾であって、多くの場合、二義的な意味しか持たない。

たとえば巻一の二「はづかしながら文言葉」は、たしかに、『太平記』における、高師直《こうのもろなお》のために兼好法師が艶書（恋文）を代筆した話を踏まえているが、それとともに、当時の実話、すくなくとも俳諧師という特殊な共同体内部ではかなり評判であった事件によったということも十分考えられ、それは『一代男』の文学的性格を、複合的かつ立体的に仕立て上げたと思う。事件というのは、貞門俳人北村季吟《きぎん》の慶安二年の句日記『師走の月夜』に載せられているスキャンダルである。

ある人、友だちの、人のめ（妻）につかはすべき艶書をかかせたりしに、何の用意（配慮）もなくてつかうまつりければ、其あんながらにてやり侍りしに、彼の女の主成《なり》し人、朝ゐのしとねの下をさぐり出つつ、いと浅ましきくぜち出来にけり。さりければ此の南子のきみ（衛の霊公夫人）、かの群陽侯をいたはりて、手のかくれなきをしるしにて、やとひどにおほせ侍り。もとよりたのまるるからに、わが口づからいかであらがひきこえざれど、をのづからさるねずりの衣は、しめる人かだにかくれあらずして、つゐに其ぬれ衣はかはき侍りしか。いかでかさまでと思ひける事の、心よりほかにあらはるるたぐひなど、世の中におほくみゆめれば、実々《げにげに》、敬の一字こそ、人のまもりにもかけまほしけれ。

季吟のいう「ある人」が、山崎妙喜庵（一夜庵）に住んだ能書家に当るかどうか、確実ではないが、あながち『太平記』に溯《さかのぼ》らずとも、某による不用意な艶書代筆事件は、当代俳人の情報網下においてなまなましく、「はづかしながら文言葉」は、このホットな事件を一つの支柱とすること、まず疑いあるまい。古典たると当代のスキャンダルたるとを問わず、それらはひとしなみに西鶴の貪婪《どんらん》な消化器官に消化された。いわば西鶴は、作家的触角をフルに回転していたのである。古典語を近世語に置き換えるだけの単純なパロディ作家とは、いささか異なるゆえんである。

同様のケースに、巻三の一「恋のすて銀《がね》」がある。二十一歳漂泊の世之介が、男山八幡のほとりで、富豪の隠棲所に門付芸人として呼び入れられる。座中の一人が、琴をかなでようとして爪《つめ》の用意がなく、本意《ほい》なく思っているとき、世之介がふところから嗜《たしな》みの爪を出して、面目をほどこすという設定であるが、これに似た話は少なくない。それも古典のどこに収載されているというのではなく。

たとえば応永二十一年（一四一四）、正親町実秀は、後小松院仙洞において箏《こと》を弾じたが、その一絃が突然切れ、琴柱《ことじ》もまた足りなかった。実秀はすこしも狼狽《ろうばい》せず、糸と柱《じ》を出し、無事演奏を了《お》えたという。このような芸能譚は掃いて捨てるほどあり、『一代男』との関連をどれと特定できない。もちろん、できなくともよいのである。『一代男』を培《つちか》ったものが、文字によって表現された古典に止まらず、このような口誦、それも土の匂いのする土俗的口誦を超えた特殊な宮廷的口誦の伝統でもある事実を示すものである。

一代記構想を裏切るもの

『好色一代男』は、たしかに世之介の一代記である。年立て（よし錯記を含もうと）によって構築された一代記の形をとっている。しかし、それは屢説《るせつ》されるごとく極めてゆるやかな枠組にすぎない。七歳から六十歳までの五十四年間は、必ずしも直線的な人生譚、一年が次の一年を生み、その一年がまた次の一年を生むがごとき、継起的関係ではない。中でも巻一から巻四まで、世之介前半生三十四歳の勘当赦免までは、とにもかくにも、一個の人間の生の軌跡として辿《たど》りうるが、巻五以後は、時間的経過と章の進展とが、必ずしも絡み合わず、一話一話の継起性が放棄されている。それは直線的というよりは放射状である。

三十五歳以後、世之介の時間は停滞して、年を取らない。六十歳になってにわかに、老年の描写がなされる。曰く「足弱車の音も耳にうとく、桑の木の杖なくてはたよりなく、次第に笑《をか》しうなる物かな」――それはあまりに唐突である。『好色一代男』はピカレスクノベルであり、性の騎士道小説ではあるが、成長小説《ビルドウングスロマン》ではない。なぜならば、成　長《ビルドウングス》ということばのかぎりにおいて、それは継起的時間の概念を伴わねばならないからである。巻五から巻八まで、親の譲りを受けて大富豪になって以後の世之介は、成長しない、変化しない、年を取らない。二十六年間の足踏み状態である。
このように世之介の生涯を見る時、藤本箕山著『色道大鏡』との関連において、本書を野暮から粋に到る色道修業史としてとらえることは、本書の実際に即さない。
一世の蕩児、三十数年をかけて全国の悪所調査を行い、色道の格式を撰定し、自ら色道の開山と称した箕山は、『色道大鏡』巻五において、色道を法華経にたぐえて二十八品とし、第一無性品《むしょうほん》から始まり第二十八の太極品《だいきょくほん》に到って開悟すると説く。野間・暉峻両氏は、世之介も七歳から三十四歳までの二十八年二十八章がこの二十八品に擬《なぞら》えられ、世之介は、この間、野暮から粋に成長したとされるが、好色紀元二十八年、太極品に当る三十四歳の世之介が、どこで何をしたか。およそ、「太極品」とはほど遠い。いな、その対極ともいうべき野暮さ加減を露呈している。
「日頃の願ひ今なり。おもふ者を請け出し、または名だかき女郎のこらずこの時買はいでは」と、弓矢八幡百二十末社どもを集めて、大大大じんとぞ申しける。
巻四まで、三十四歳までの世之介が粋（わけ知り）に到りえていないのは、よしとしよう。問題は巨富をえた三十五歳から六十歳までの二十六年間である。この間に世之介は粋になりえたか。
世之介が粋として登場する話は、次のごとくである。
巻五の一　巻五の四
世之介が野暮と思われるケースは、
巻五の三　巻五の六　巻六の五　巻六の六　巻七の三　巻七の四　巻八の二
そして色道生活五十四年間の総決算として、女護の島へ渡って女の「抓《つか》みどり」をしようというのであるから、これこそ、野暮の骨張《こっちょう》ではないか。

『好色一代男』の作品の実際に即すれば、野暮から粋への成長譚という発想の虚妄性は明らかであろう。それは断乎として、また醇乎《じゅんこ》として野暮の書である。そのように理解することは、本書を貶《おとし》めることには決してなるまい。晒《さら》して涸《か》らして磨いて研《と》いだ非人間的な粋人世之介を、五十四章かけて造型しえなかったのは、けっして作家の不名誉というべきでない。野暮こそ、金銭を媒介にした性愛の非人間的風土の中で、人間であり通したものの美学なのである。

最終章の再検討

最終章八の五は本書の中でもっとも意味深い章である。前述のごとく、この章になってにわかに世之介は老いる。無時間的超人が、ハガートの『洞窟の女王』のように、ワイルドのドリアン・グレイのように、急激に、一挙にものものしく年を取る。年を取るということは、人間の生理、人間の自然の回復なのである。その回復した生理と自然を、しかし世之介は放擲《ほうてき》する。「何になりともなるべし」という決意が、人間の生理・人間の自然を超えさせる。女護の島行――それは、今日までさまざまに解釈されてきた。私見によれば、それは南方洋上に観音補陀落《ふだらく》世界を求めて船出した古代＝中世の補陀落船の近世版《パロディ》である。紀伊半島の熊野と伊豆半島の下田という南方洋上に対する地相的類似、十月下旬という出発時期の一致、時代の閉塞《へいそく》状況からの無意識的・意識的脱出。それらについては拙著『日本逃亡幻譚』（昭和五十三年朝日新聞社刊）所収「西鶴――世之介の船出」を参照されたい。

世之介は、この性的補陀落船好色丸へ、強精剤を初めとしてありとあらゆる性関係物を積み込んだが、遣い残してしまった金だけは除外して、「東山の奥ふかく」埋めておく（この埋蔵場所はおそらく世之介出生の地と関係があるのだろう）。それは金銀を媒介とする愛からの自己解放であった。

好色丸に乗船したのは、「ひとつこころの友」七人（世之介を含めてか。この数の出入については、前掲『日本逃亡幻譚』ならびに拙著『刺青・性・死――逆光の日本美――』平凡社刊所収「戯画としてのユートピア」参照）であった（この七人の数が、偶然であるか、必然であるか。私なりにその必然性を説いてきたが、前掲書とは違った観点から、七人の数を考えることができる。世之介の流浪体験の中でも際立っている一つに、巻三の七「口舌《くぜつ》の事ふれ」における鹿島の事触になっての生活をあげうるだろう。ところで鹿島信仰は、熊野＝観音信仰と形態的また本質的に相似の部分があり、鹿島船は弥勒《みろく》船、すなわち裏返しの補陀落《ふだらく》船とみることができるだろう。そしてすべての鹿島船がそうだというわけではないが、その乗組者の数を七人とする伝承が祭事の中に今日も生きていることは注目に値するだろう。たとえば青森県西津軽郡岩崎村の神事では、鹿島船を沖に流すが、それに乗り組むものは木偶七体なのである）。

彼らは世之介に、「二度《ふたたび》都へ帰るべくもしれがたし」と「女護の島」行を宣告されて、「譬《たと》へば腎虚《じんきよ》してそこの土となるべき事、たまたま一代男に生れての、それこそ願ひの道なれ」と、驚かない。ここで世之介と世之介の随伴者との差が明らかになる。彼らは一見世之介そっくりである。一見、つまり外的状況だけでなく、心もまた、「ひとつこころ」である。しかし、本質的に一点の差異がある。彼らは「一代男」に生れついた、偶然一代男であったにすぎない。世之介は、実は、一代男ではなかった。子供もあった。生れた。それを捨てただけのことである。子種がなくての一代男と、子を捨てての一代男、後者が意志的な選びであること、必然としての己から発する一代男であること――。

驚くべきは船荷の中の「産衣も数をこしらへ」の一句である。日本において「たまたま」一代男であったもの、捨て子して一代男になったものが、ともに島での生殖を夢みているのだ。

金で買われ、金で身を売った母、その母を金で買った父、生れたところはおそらく「東山の片陰」

（巻一の一では、世之介の出生地を「東山の片陰」「嵯峨」「藤の森」の三処のうちの一つとし、「あらはに書きしるすまでもなし。しる人はしるぞかし」と、つっぱなしている。これは物語ざまの雰囲気でストーリーを展開させるものと解されており、私も同意見なのであるが、今一つの考えとして、この最終章と首尾を対応させてみる必要があると思う。冒頭ではわざとおぼめかし、その冒頭の謎を最終章で解いたのではあるまいか。人生の終着点が東山であるならば、出発点もまた東山であると、作家は、いささか巧みすぎた設定をしたのではあるまいか）、日本を捨てようという時に有り金をすべて「東山の奥ふかく」埋めた——とすれば、世之介にとっての金とは母に他ならない。大地母神である母からの解放、母の呪縛《じゅばく》からの脱出——そう読み解く文脈で、初めて、産衣の用意が生きてくるだろう。

もう一つの『一代男』

『一代男』は、ロマンである。リアリズムであることを徹底することによってロマンであった。鯲《どじょう》・牛房《ごぼう》・薯蕷《やまのいも》・卵等々のリアリズムの外にもう一つのリアリズムが、大坂町人の射程の中にはいっていたはずである。

元禄十六年の浮世草子『立身大福帳《りっしんだいふくちょう》』の巻七には航海の心得として次のごとく述べている。

船中の旅　船へは冬ならば紙子、夏ならばかきかたびら、下おびをすべからず、しらみをうつらす。さい（菜）にはひだら・するめ・わかめ、はら薬を持べし。味噌・ざぜんまめ・くわし其外のさいは、乗合の人々よりつづけて、殊外ちさうにあふ。大きなる徳なり。扨又船中にて舟心（船酔）出、きしよくあしくは食物控へ、ろづくをねぶるべし。

もしこの乗船心得を世之介たちが守ったとするならば、褌《ふんどし》（下帯）なしの男七人、何とも締らぬ一行であったろう。褌なしは船中だけのこととするならば、島へ渡ってからはどうなのか。「男のたしなみ衣裳」（巻八）に続いて「犢鼻《ふんどし》褌百筋《すぢ》」とある。百筋使用後はどうなることやら——。

リアリズムという観点から、私は語り残したことを、一つ想い出した。

巻二の七「うら屋も住み所」、巻五の一「後は様つけて呼ぶ」等結婚にまで到ったり、巻二の三「女はおもはくの外《ほか》」のように、靡《なび》かぬばかりか薪で眉間を割られたり、巻三の七「口舌の事ふれ」のように「命かぎり」と抵抗されたりしている世之介——。しかしこれらはむしろ例外的であって、『好色一代男』の基調は、男がおり、女（地女と遊女の別はあるが）がおり、金銭か愛情が媒介となって両者が交わる、あるいは交わらぬという、考えようによっては、単調極まる話の羅列にすぎない。とはいえ、それが当代の実情実相で、これが西鶴のリアリズムなのかも知れない。しかし、それにしても一律にすぎ、「昨日もたはけが死んだと申す」ではないが、「何と亭主変つた恋はござらぬか」と言いたくもなろうものである。

まてしばし、変った恋は描かれていた。ただしごく手短かに、挿話中の挿話として。

巻四の三「夢の太刀風」で三十歳の世之介は流離のはて、出羽国最上の寒河江《さがえ》へ若年の時の兄分を頼ってゆく。兄分が、夜外出している間、仮寝の夢に世之介は怪物におそわれる。魚怪は鯉屋の小まん、鳥怪は木挽《こびき》の吉介の娘おはつ、彼女たちはまあよい。問題は、楓怪である。「我はこれ、高雄の紅葉《もみぢ》見にそのかされて、一期《いちご》の男（一生連れ添うはずの夫）に毒を飼ひて、そなたに思ひ替へしに、はやくも見捨てたまひぬ次郎吉が口鼻《かか》、見しつたか」とおそいかかってくる。これは大変な発想である。「近世の女」の性づくしの中で、性のために（世之介のために）夫を毒害したのは彼女一人である。これをどうして怪異現象の十把《ぱ》一からげの中に投入してしまったのか。反夫権・反道徳・反慣習、おそらく巻四の一「因果の関守」・同二「形見の水櫛《みづぐし》」の男にくみ（亭主嫌悪・拒否）の女とともに、いな、はるかそれ以上に、衝動的盲目的な愛欲とその破綻《はたん》が赤裸々に語られている。一話に仕立てれば『一代男』の代表的一篇たりうるものが、ことさらに貶められ矮小化《わいしょう》されているのはなぜか。

真に毒のあるテーマを発見し、取り上げながら、西鶴は、正面を切らず、悪夢の一部分として語っただけであった。夢中の話であってみれば、毒害そのものが夢譚として免責されるのではないか。無鉄砲・無計算にみえて、実は、体制との問あいを着実に測っていたものか。外挿法《エキストラポーテーション》を文学研究の世界に持ち込むことはフェアでないかも知れないが「次郎吉が口鼻」をヒロインとする『一代男』の可能性を思う。

「書かれざる一代男」が、真に書かれた時、それは禁書になり焚書《ふんしょ》になったかも知れない。しかし、その分、「あらまし」扱いから脱却しえたのではないか。西吟からも読者からも、まして作家自身からも……。命を賭けるだけの危うい書を書いた以上、作家がどうして「あらまし」を容認しえよう。「書かれざる一代男」こそ、早い日本の近代を劈《ひら》いたと私は信じる。

末つかたと中旬

『好色一代男』の各所に見られる錯記誤記のたぐいを、私はすべて「あらまし」の一語によって解いた。しかし、明らかに自覚的な（ことさらな）矛盾もあり、「あらまし」のみでは、済まし難いケースもある。

たとえば、上方版の刊記は、すべて、天和二年の「陽月中旬」とある。陽月は十月、とすれば、好色丸出帆の「神無月」（十月）と合致する。

しかし、陽月と神無月とは合致しても、「中旬」と「末」とは合致しない。十月下旬に船出したと、過去形で止めながら、出版は、それに先立っているというのである。厳密にいえば十月中旬に刊行された本に、十月下旬の船出を書くことは、絵空事という仮構の枠内でも、許容され難い。なぜに、どのようなねらいで——と百の問いが設定され、百の答えが分泌されるだろう。しかし、答えが問いを充足させるものであるかどうか。たとえば、前にも述べたように本稿では、女護の島行イコール補陀落詣で説を旧稿にゆずって再説はしなかったが、補陀落詣でのパロディとしての意識が西鶴にあるならば、その船出の時機は、「神無月末つかた」がもっともふさわしい。そのときは現実のカレンダーが、まだ上旬であれ中旬であれ、船出の日付はオーバーして、「末つかた」になるだろう。

しかしこの考えも、では出版の日付をどうして本文に合わせなかったのかという問いの答えにはならない。

「陽月下旬」と一字を訂すれば「神無月末つかた」の船出と矛盾しない。だのになぜ、記事より早く本を出版させてしまったのか。

私見であるが、十月は陰の極まる所、転じて十一月は陽である。陰気の月十月において、中でも陰気は中旬を極とする。西鶴は陰の陰たる極みを当代の世相のありざまに感得して、さればこそ、その陰の深淵からの一挙の変化（陽への転換）を図ったのではないか。純乎たる陰気の極みとしての十月の中旬を出版の日付とすることは、陽としての明日を期待することに他ならない。野間光辰氏の説、すなわち、綱吉治下の恐怖政治を背後に置くことによって『一代男』の最終章に日本からの脱出願望をみる説と、この陰の極みに刊行時日を設定する発想とはあい関連するだろう（もっともこのような見方は、ややことごとしすぎるかも知れない。出版の日付を通りこして、船出が語られても、当代の読書人は、何らひっかかるものがなかったとも考えうる。執筆時期と本文自体が語る時間的内容と、刊行時とが、かなり自在で緩く繫がっていたことは、元禄五年刊行の『世間胸算用』の例などからも、ごく一般的であったと考えられる）。

出発即回帰の構造

私は、やや安易に日本脱出を語りすぎたように思う。巻三の五の「こなたは日本の地に居ぬ人ぢや」との対応において、最終章に日本脱出を構想する、いかにも平仄《ひょうそく》は合っているようである。しかし、肝腎のこの章では、世之介は直接的にも間接的にも、「日本脱出」とは一言も述べていないのである。

『一代男』本文によるかぎり、世之介はただ「二度《ふたたび》都へ帰るべくもしれがたし」といっただけである。「日本へ」ではない、「都へ」である。ということは、女護の島が、日本と対置されるような外国でなく、「都」に対置されるような「地方の一つ」であることを意味しているのではないか。女護の島は、どんなに異次元性を持とうとも、日本のうちなのであろう。とすれば、終章八の五から始まるものは、辺境探険譚であって、日本脱出・母国放棄・母国断絶譚ではないのではないか。

女護の島は、「日本の地」なのである。いかに遠く、いかに遥かでも、いかに帰りがたくとも「日本の地」なのである。

「都へ帰るべくもしれがたし」――この一句で、世之介の出生地、本貫《ほんがん》が、やはり「都」と意識されていたことを確認できる。世之介の原点は、終始都であり、今後もそうありつづけるだろう。

世之介の主観としての日本脱出行は、さんざ苦労したあげくのはて、やはり日本の一部、辺境ではあっても日本に辿りついたにすぎないのである。蛇が己の尾を呑む円環の形とでもいおうか。

脱出未遂譚、女性遍歴のあげくのはて、はじめて、自分の好みが母親のイメージを出ていないことを知るように、着いた所はやはり日本なのである。都へ帰らぬこと、それは「母」との訣別《けつべつ》ではあるが「母国」への訣別ではない。かくて『一代男』とは人間能力の有効性の限界において成立している。

　このように理解することで、また一つ二つと、あたらしい問題が生れるのではないか。以上は『好色一代男』の一つの読み方にすぎない。こんな読み方で私は読んだ、読んでみたという、そのしごくあらい、あらましのリポートであるに止まる。

付録

――『色道大鏡』による世之介悪所巡りの図

『好色一代男』は、種々の性格を併《あわ》せ持つ複合的なフィクションであるが、その重要な要素の一つに、全国の悪所の体験的調査とその報告というルポルタージュ的性格をあげることができる。当時の読者は、これによって机上での好色旅行を楽しんだものと思われる。ところが、このルポルタージュ風の部分こそ、最も風化しやすい部分であり、当時においてさえ、事情に通じると通じないでは、享受の面白味がまるで異なっていただろう。今日の私たちの西鶴ツアーに最適のベデカーとなってくれるのが、藤本箕山《きざん》の『色道大鏡』である。それは、世之介のようなヒーローを設定せず、ストレートに十七世紀日本の悪所を体験的に記録したものである。この書を座右に置けば、『一代男』がぐっと立体化し、肉化《インカーネイト》する。特に箕山の実地検証に成る悪所図は、世之介の足跡をより身近なものにする。ここでは、その一部を世之介の足跡に従って年次別に掲げた。ただし、島原、新町、吉原、丸山等の大遊郭は除いた。なお、原本朱書の部分は傍線またはアンダーラインで示した。

伏見撞木町

世之介十一歳、初めての遊郭体験である。図によれば、北の京都から行く場合「南の門口」しか入れないことも明らかである。撞木町を見物した後、揚屋で天神や囲を呼んだりせずつましやかに世之介は、「西の方の中程」の下級遊女、局（端）を買う。図を見ると、南北の大通りを西に入った横町は、まさに「此間両方ニ局あり」と注され、『一代男』の記述が事実に即したものであることがわかる。

奈良木辻町

十七歳。鳴川と併称される郭であるが、世之介の利用した揚屋は北側の並びの小八郎家の七左衛門方である。小八郎家は、寛永六年当郭創始時の功労者、三橋小八郎系を意味し、郭内での一勢力だった。

下関稲荷町

二十二歳。内海と日本海を結ぶ要港下関の稲荷町は、中国・西国では丸山に次ぐ大郭であった。世之介一行が揚げた遊女たちの長崎屋・茶屋・たばこ屋等はその抱え主置屋の名であるが、延宝二年作製の図には見当らない。寛文頃の置屋であるとしても、三軒ともに名が消えていることは、稲荷町史に照らして考えるべきだろう。

大津柴屋町（馬場町）

三十六歳。略装での旅で宿の者に安くふまれた世之介は、ともかく所期の目的の馬場町へ向う。「南門」と図にあるのが、世之介一行の入った門である。揚屋が少なく白人《はくじん》（私娼の異称）が多いことからも、がさつな当郭の性格がうかがえる。

室津小野町

三十七歳。鄙郭《ひかく》について手きびしい世之介であるが、室津の「小野《をの》町《ちやう》」だけは、特別に点が甘い。世之介は、置屋である丸屋・姫路屋・あかし屋で八十余人の遊女を見尽したという。丸屋は丸山屋次郎兵衛、姫路屋は九兵衛のことであろうか。あかし屋は見当らない。

博多柳町

四十歳。鄙郭の性格は、土地の支配権力の意向に左右される。柳町の窮屈さは、隣接の町福岡に君臨する黒田家の武辺的性格によるのだろう。入口で刀をチェックする、その入口も潜り程度、世之介の面白くない思いは箕山にしても同様であったろう。箕山描く柳町の図が外郭のみでその内部の詳細にわたらぬことはその証《あかし》であろうか。

宮嶋

四十歳。箕山の図によるかぎり、世之介の見たほどに薄っぺらではない。『一代男』と『色道大鏡』とは、宮嶋以外は言い合せたような符合をみせるが、このようなケースもあり得ることであろう。

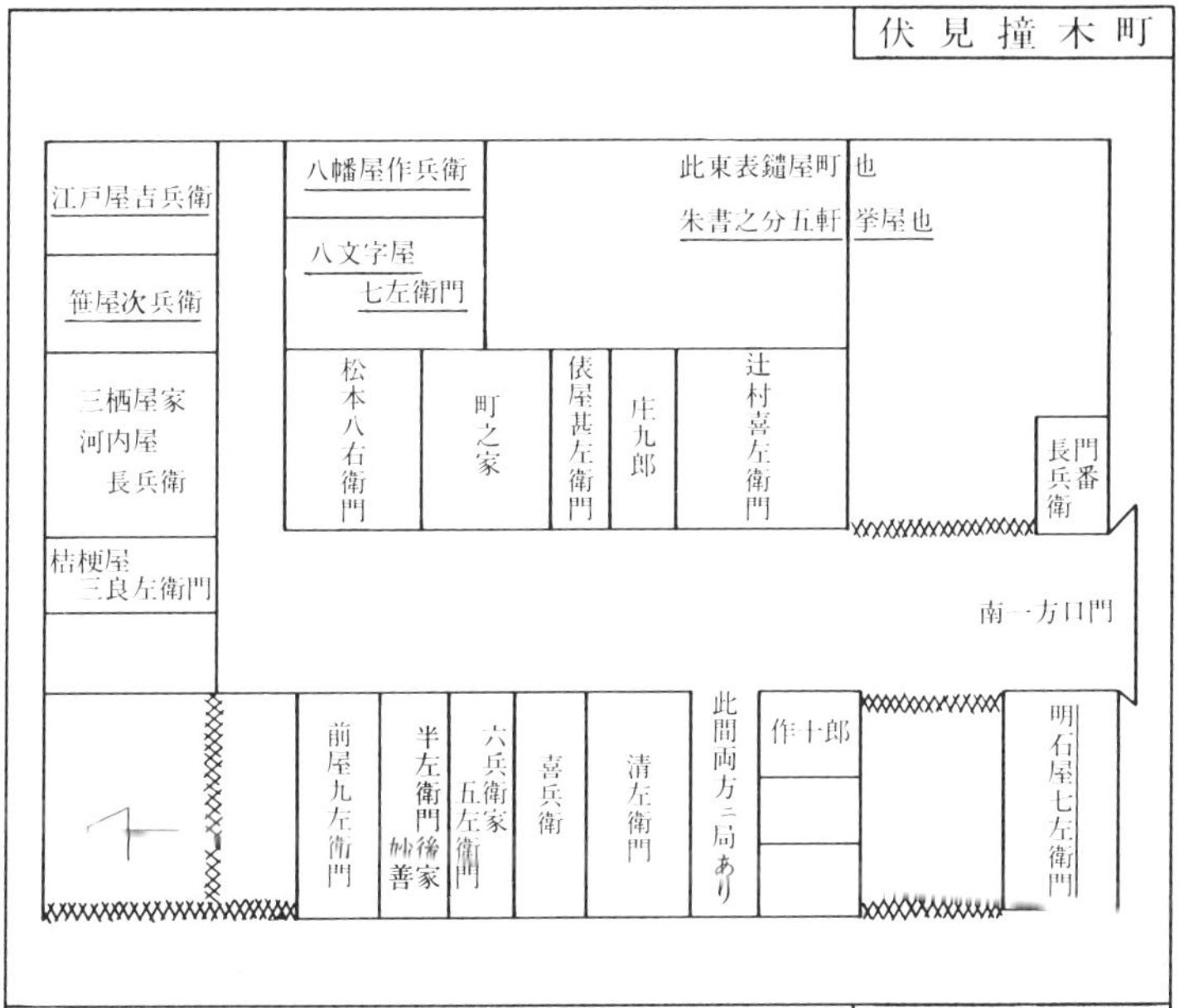
伏見撞木町
八幡屋作兵衛
此東表鐺屋町也
朱書之分五軒挙屋也
江戸屋吉兵衛
笹屋次兵衛
八文字屋
七左衛門
三栖屋家
河内屋
長兵衛
松本八右衛門
町之家
俵屋甚左衛門
庄九郎
辻村喜左衛門
長兵衛
門番
桔梗屋
三良左衛門
南一方口門
前屋九左衛門
半左衛門
姉後善家
六兵衛家
五左衛門
喜兵衛
清左衛門
此間両方ニ局あり
作十郎
明石屋七左衛門

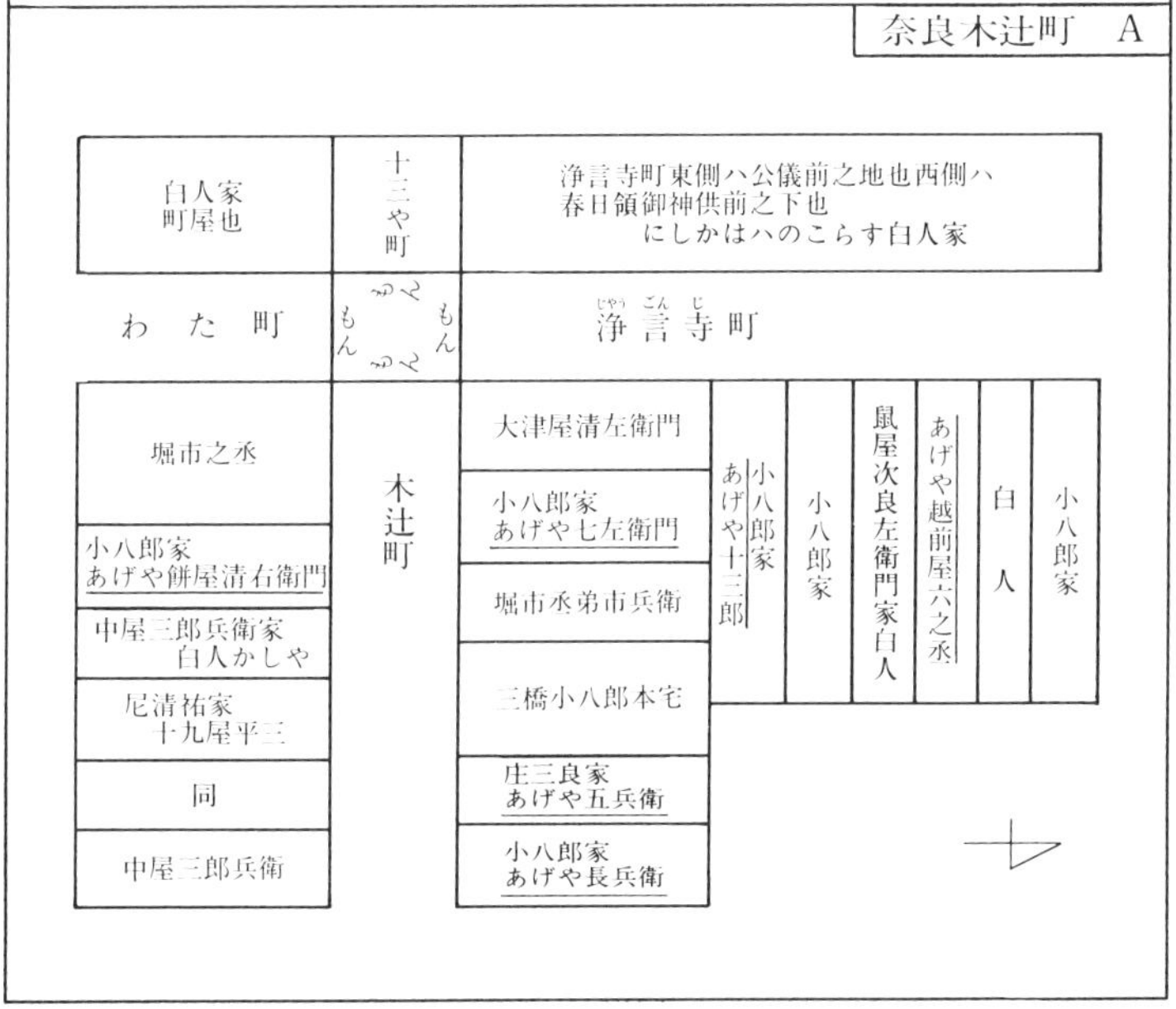
奈良木辻町　A
白人家
町屋也
十三や町
浄言寺町東側ハ公儀前之地也西側ハ
春日領御神供前之下也
にしかはハのこらす白人家
わた町
もん
もん
浄《じやう》言《ごん》寺《じ》町
堀市之丞
小八郎家
あげや餅屋清右衛門
中屋三郎兵衛家
白人かしや
尼清祐家
十九屋平三
同
中屋三郎兵衛
木辻町
大津屋清左衛門
小八郎家
あげや七左衛門
堀市丞弟市兵衛
三橋小八郎本宅
庄三良家
あげや五兵衛
小八郎家
あげや長兵衛
小八郎家
あげや十三郎
小八郎家
鼠屋次良左衛門家白人
あげや越前屋六之丞
白人
小八郎家

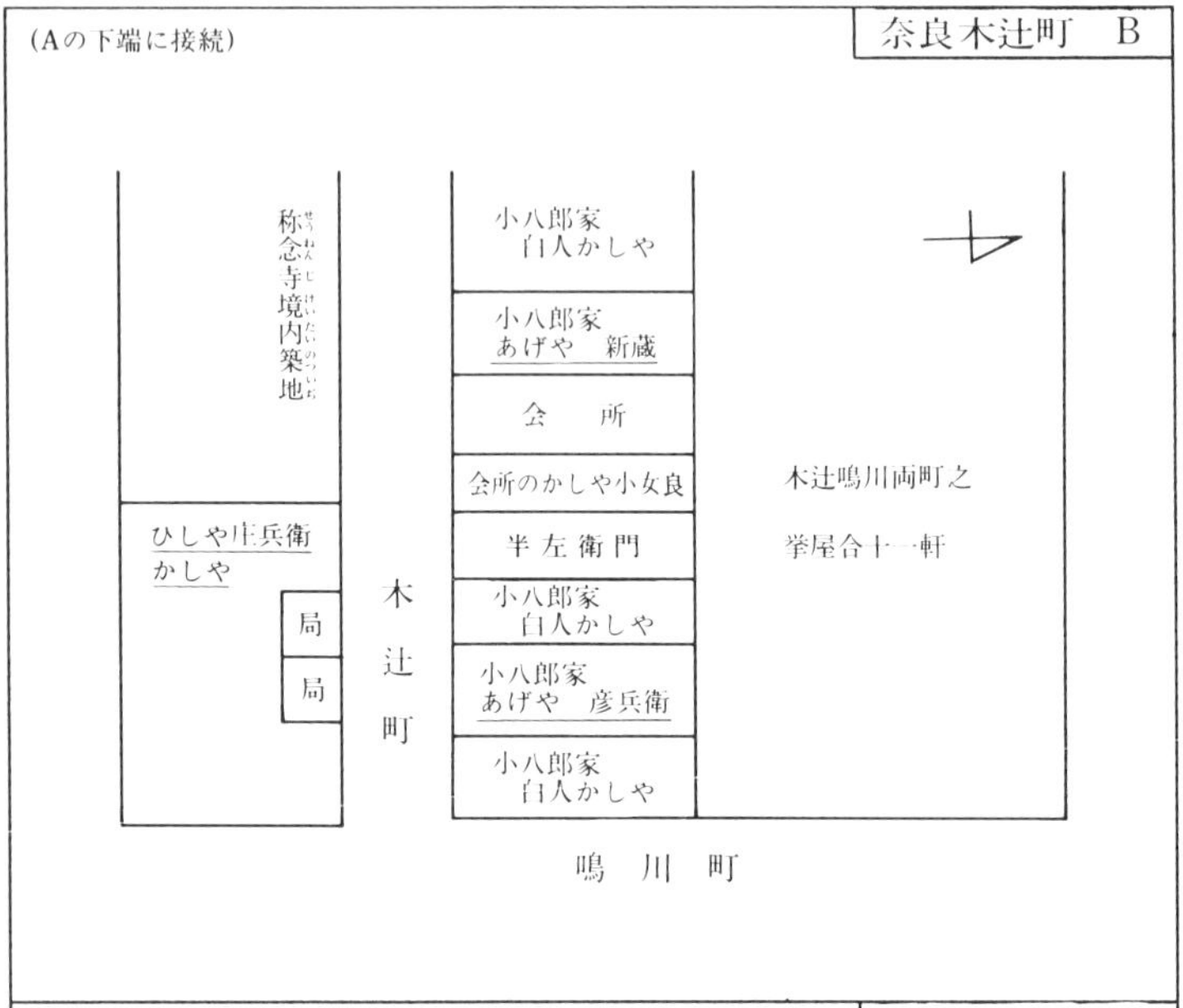
(Aの下端に接続)
奈良木辻町　B
称念寺境内築地《せうねんじけいだいのついぢ》
小八郎家
白人かしや
小八郎家
あげや　新蔵
会　所
会所のかしや小女良
半左衛門
小八郎家
白人かしや
小八郎家
あげや　彦兵衛
小八郎家
白人かしや
ひしや庄兵衛
かしや
局
局
木辻町
木辻鳴川両町之
挙屋合十一軒
鳴　川　町

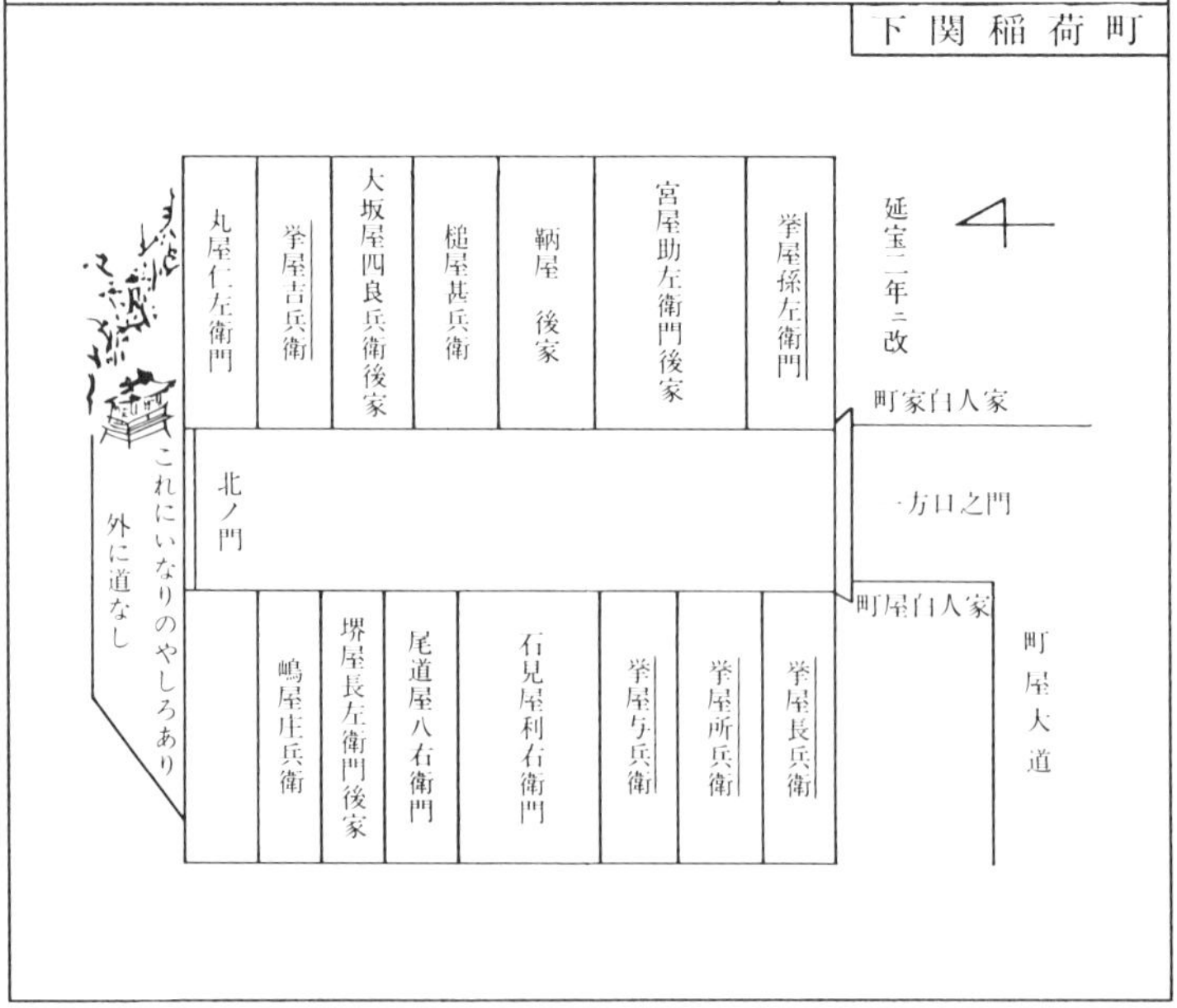
下関稲荷町
丸屋仁左衛門
挙屋吉兵衛
大坂屋四良兵衛後家
槌屋甚兵衛
鞆屋　後家
宮屋助左衛門後家
挙屋孫左衛門
延宝二年ニ改
町家白人家
一方口之門
北ノ門
これにいなりのやしろあり
外に道なし
町屋白人家
町屋大道
嶋屋庄兵衛
堺屋長左衛門後家
尾道屋八右衛門
石見屋利右衛門
挙屋与兵衛
挙屋所兵衛
挙屋長兵衛

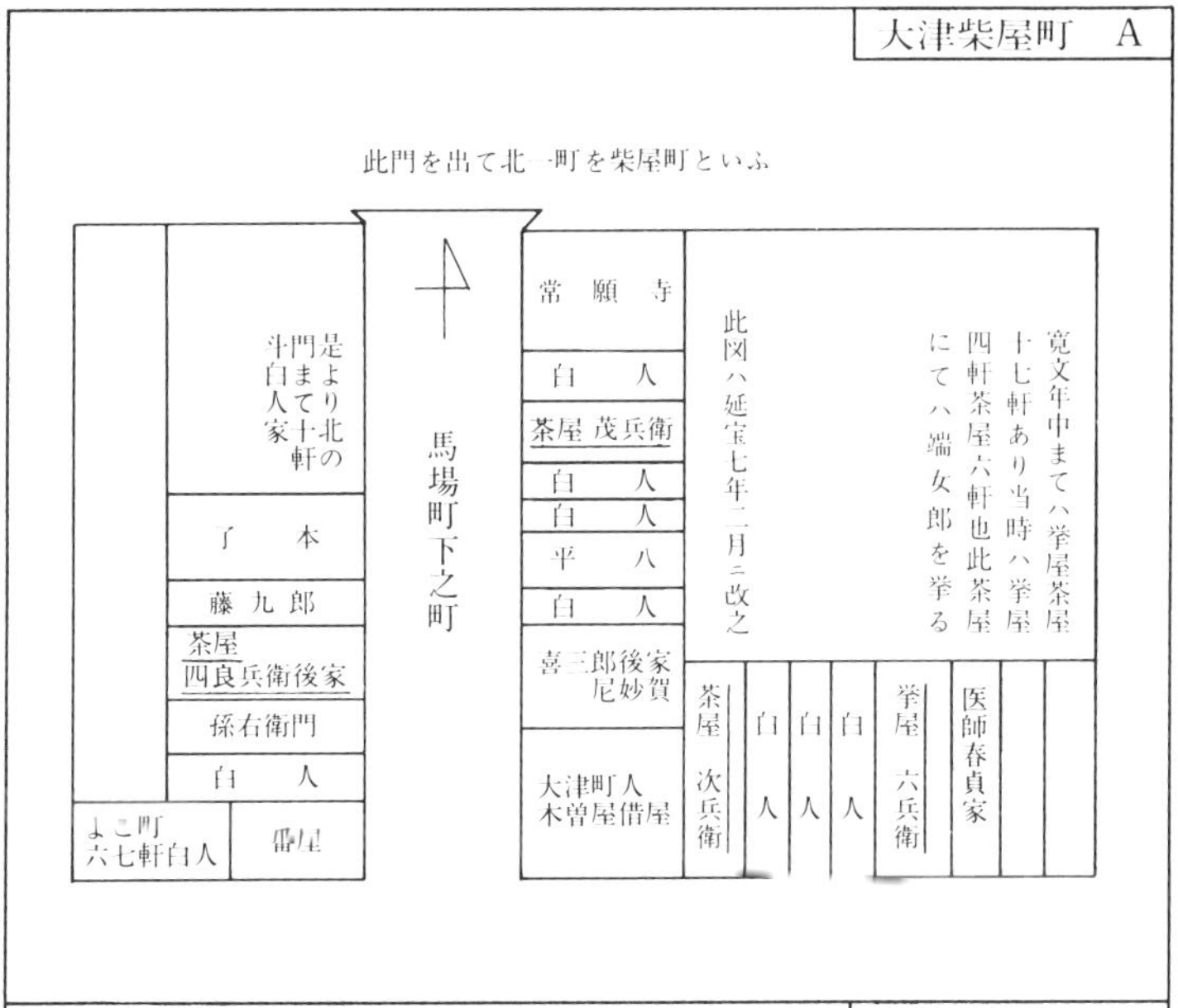
大津柴屋町　A
此門を出て北一町を柴屋町といふ
是より北の門まて十軒白人家
了本
藤九郎
茶屋 四良兵衛後家
孫右衛門
白人
よこ町六七軒白人
借屋
馬場町下之町
常願寺
白人
茶屋 茂兵衛
白人
白人
平八
白人
喜三郎後家 尼妙賀
大津町人木曽屋借屋
此図ハ延宝七年二月ニ改之
寛文年中まてハ挙屋茶屋十七軒あり当時ハ挙屋四軒茶屋六軒也此茶屋にてハ端女郎を挙る
茶屋 次兵衛
白人
白人
白人
挙屋 六兵衛
医師春貞家

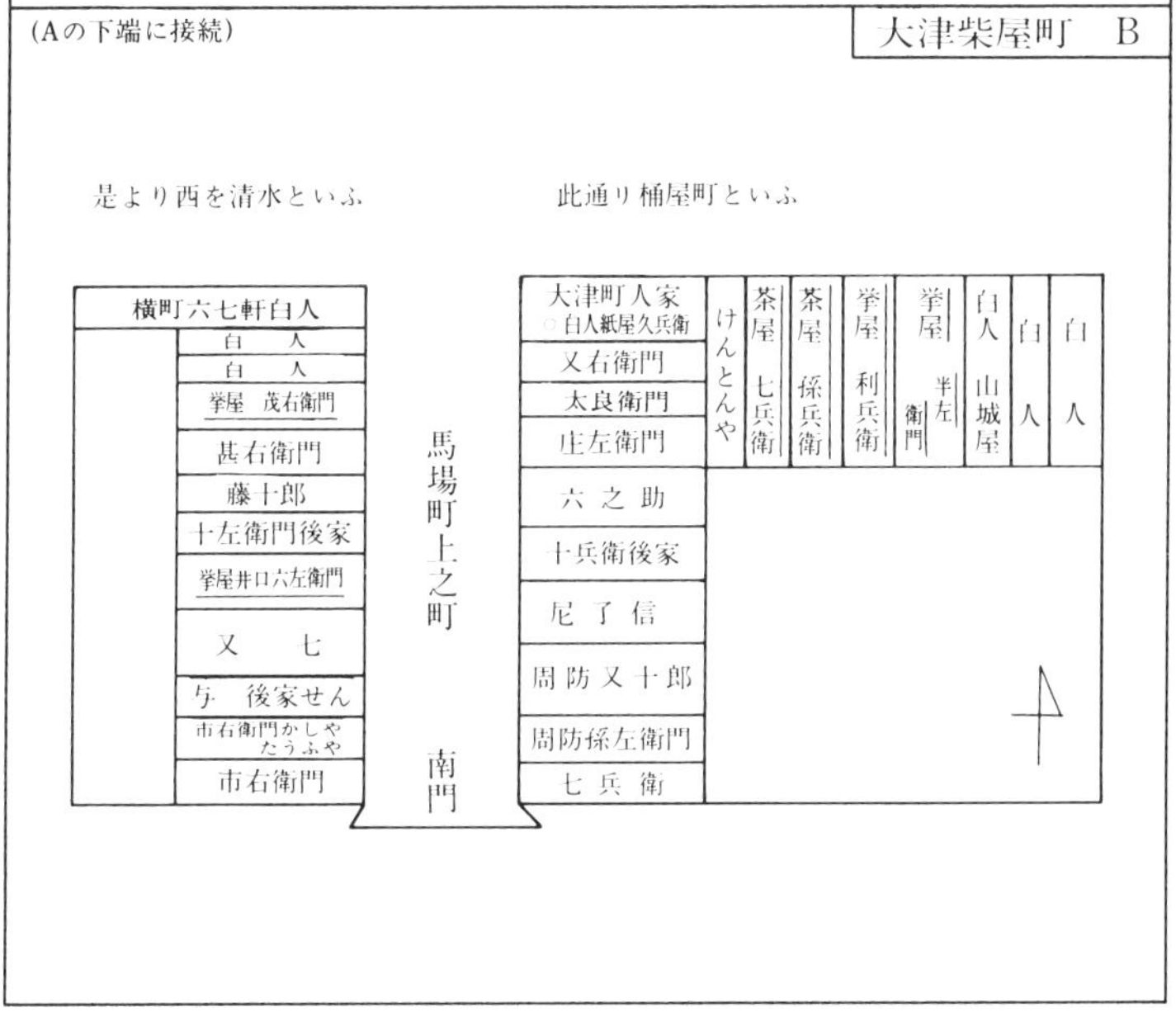
(Aの下端に接続)
大津柴屋町　B
是より西を清水といふ
此通り桶屋町といふ
横町六七軒白人
白人
白人
挙屋 茂右衛門
甚右衛門
藤十郎
十左衛門後家
挙屋井口六左衛門
又七
与 後家せん
市右衛門かしや たうふや
市右衛門
馬場町上之町
南門
大津町人家 ○白人紙屋久兵衛
又右衛門
太良衛門
庄左衛門
六之助
十兵衛後家
尼了信
周防又十郎
周防孫左衛門
七兵衛
けんとんや
茶屋 七兵衛
茶屋 孫兵衛
挙屋 利兵衛
挙屋 半左衛門
白人 山城屋
白人
白人

室津小野町

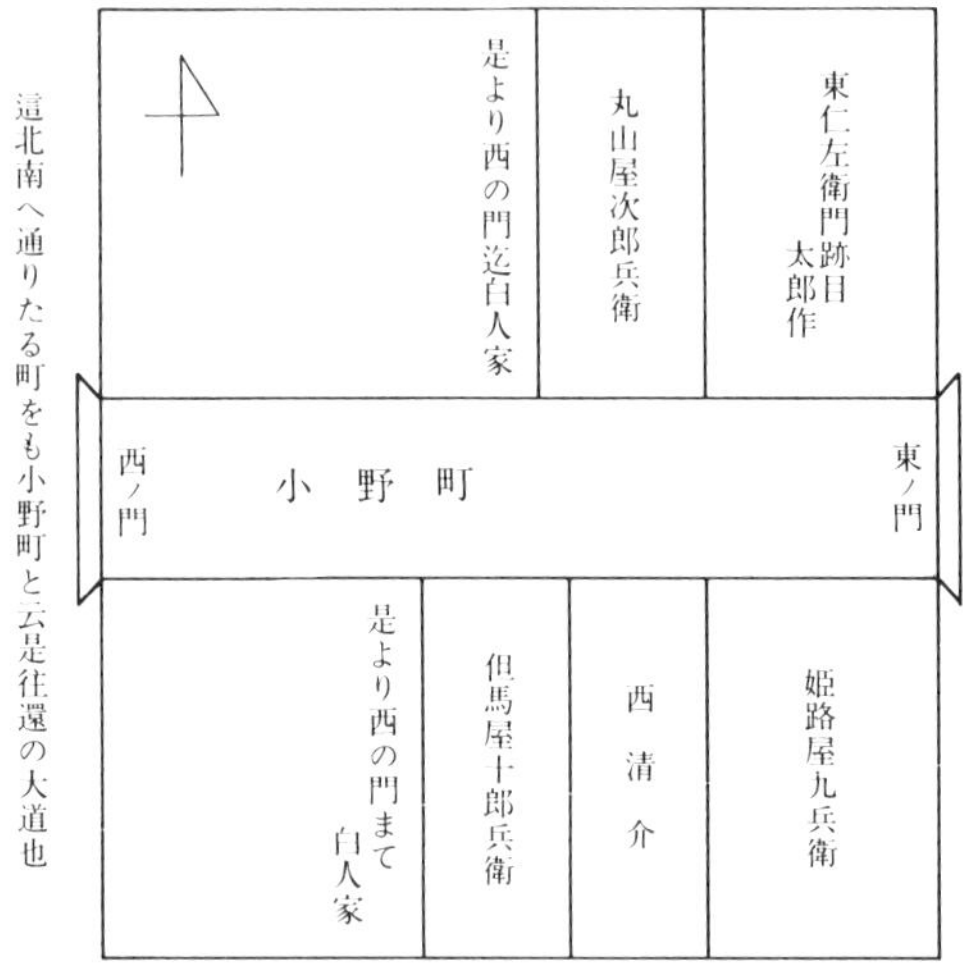
東仁左衛門跡目太郎作
丸山屋次郎兵衛
是より西の門迄白人家
東ノ門
小野町
西ノ門
姫路屋九兵衛
西清介
但馬屋十郎兵衛
是より西の門まで白人家
這北南へ通りたる町をも小野町と云是往還の大道也

博多柳町

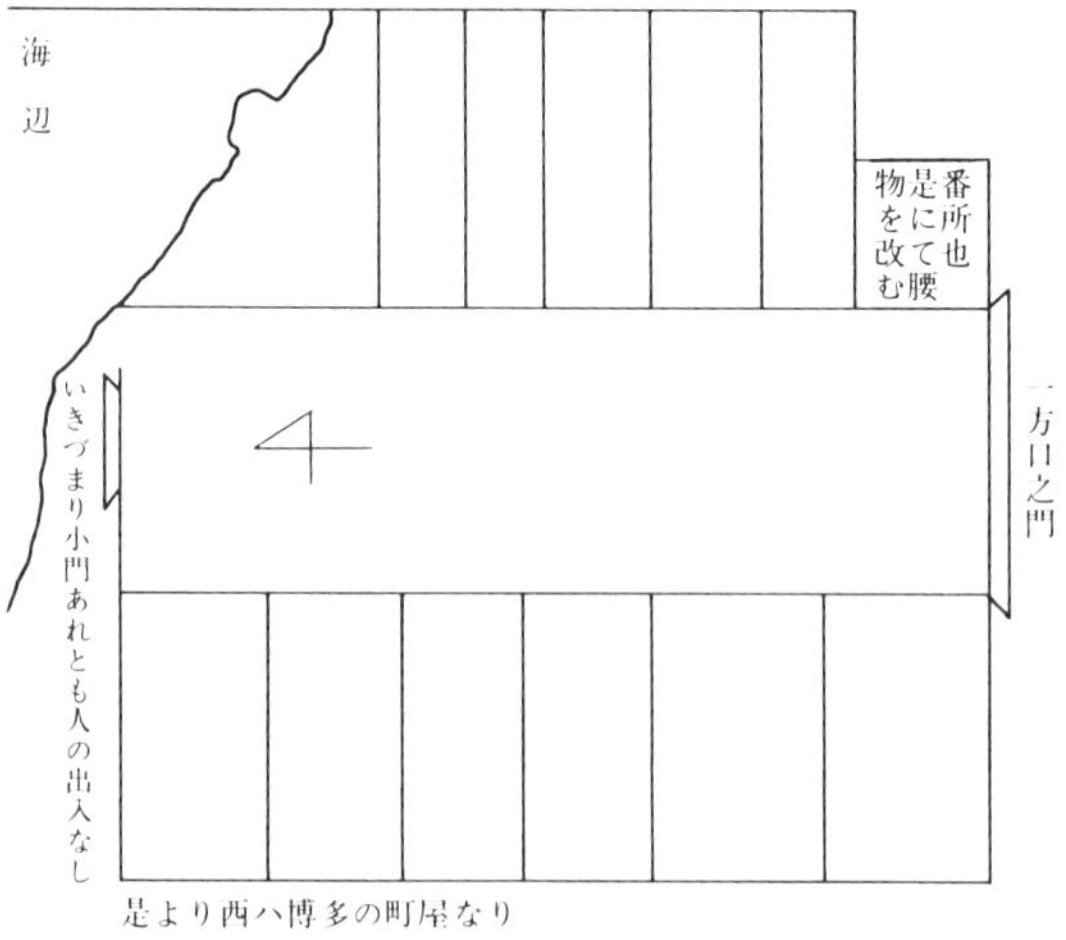
番所也是にて腰物を改む
一方口之門
海辺
いきづまり小門あれとも人の出入なし
是より西ハ博多の町屋なり

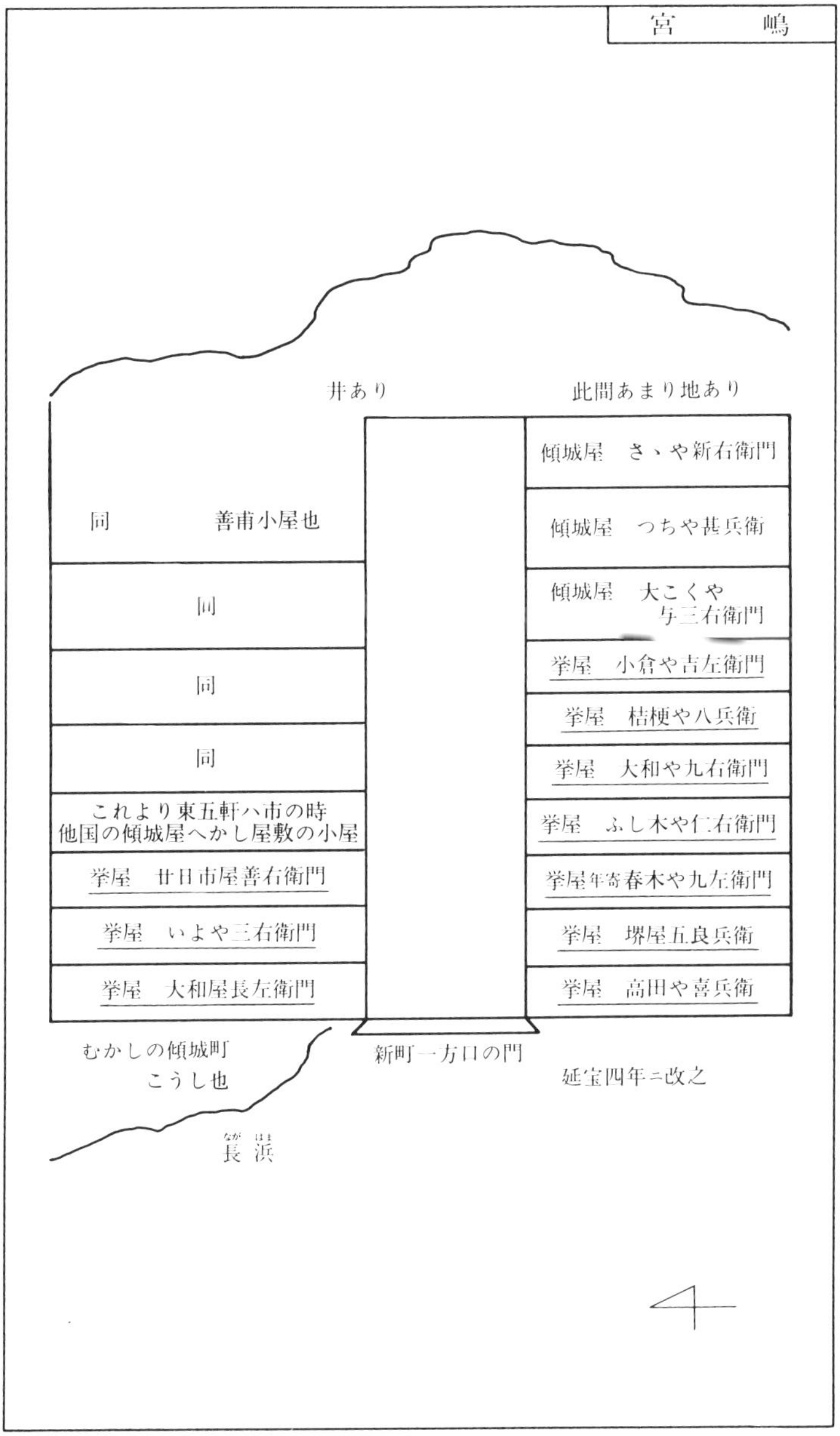
宮嶋
井あり
此間あまり地あり
同　善甫小屋也
同
同
同
これより東五軒八市の時
他国の傾城屋へかし屋敷の小屋
挙屋　廿日市屋善右衛門
挙屋　いよや三右衛門
挙屋　大和屋長左衛門
傾城屋　さゝや新右衛門
傾城屋　つちや甚兵衛
傾城屋　大こくや与三右衛門
挙屋　小倉や吉左衛門
挙屋　桔梗や八兵衛
挙屋　大和や九右衛門
挙屋　ふし木や仁右衛門
挙屋年寄春木や九左衛門
挙屋　堺屋五良兵衛
挙屋　高田や喜兵衛
むかしの傾城町
こうし也
新町一方口の門
延宝四年ニ改之
長《なが》浜《はま》

新潮日本古典集成〈新装版〉

好色《こうしょく》一代《いちだい》男《おとこ》

令和二年七月三十日発行

校注者　松《まつ》田《だ》修《おさむ》

発行者　佐藤隆信

発行所　株式会社新潮社

〒一六二-八七一一　東京都新宿区矢来町七一

電話　〇三-三二六六-五四一一（編集部）

〇三-三二六六-五一一一（読者係）

https://www.shinchosha.co.jp

印刷所　大日本印刷株式会社

製本所　加藤製本株式会社

装画　佐多芳郎／装幀　新潮社装幀室

組版　株式会社DNPメディア・アート

ISBN978-4-10-620867-6　C0393

好色一代女　村田穆 校注

天成の美貌と才覚をもちながら、生来の多情さゆえに流転の生涯を送った女の来し方を、嵯峨の奥深く侘び住む老女の告白。愛欲に耽溺する人間の哀歓を描く。

日本永代蔵　村田穆 校注

致富の道は始末と才覚、財を遣い果すもこれ人生。金銭をめぐって展開する人間悲喜劇のさまざまを、町人社会を舞台に描き、金儲けとは人間にとって何であるかを問う。

世間胸算用　金井寅之助 松原秀江 校注

大晦日に繰り広げられる奇想天外な借金取りの攻防。一銭を求めて必死にやりくりする元禄庶民の泣き笑いの姿を軽妙に描き、鋭い人間洞察を展開する西鶴晩年の傑作。

芭蕉文集　富山奏 校注

松尾芭蕉が描いた、ひたぶるな、凜冽な生の軌跡。全紀行文をはじめ、日記、書簡などを年代順に配列し、精緻明快な注釈を付して、孤絶の大詩人の肉声を聞く!

近松門左衛門集　信多純一 校注

義理人情の柵を、美しい詞章と巧妙な作劇で織り上げ、人間の愛憎をより深い処で捉えて感動を呼ぶ「曾根崎心中」「国性爺合戦」「心中天の網島」等、代表的傑作五編を収録。

與謝蕪村集　清水孝之 校注

美酒に宝玉をひたしたような、蕪村の詩の世界を味わい楽しむ――『蕪村句集』の全評釈、『春風馬堤ノ曲』『新花つみ』・洒脱な俳文等の、個性あふれる清新な解釈。

雨月物語 癇癖談 浅野三平 校注

帝の亡霊、愛欲の蛇……四次元小説の先駆『雨月物語』。当るをさいわい世相人情に癇癖をたたきつけた風俗時評『癇癖談』は初の詳細注釈。孤高の人上田秋成の二大傑作！

本居宣長集 日野龍夫 校注

源氏物語の正しい読み方を、初めて説いた『紫文要領』。和歌の豊かな味わい方を、懇切に手引きした『石上私淑言』。宣長の神髄が凝縮された二大評論を収録。

誹風柳多留 宮田正信 校注

柳の枝に江戸の風、誹風狂句の校注は、酸いも甘いもかみわけた碩学ならではの斬新無類・機智縦横。全句に句移りを実証してみせた読書界学界への衝撃。

浮世床四十八癖 本田康雄 校注

九尺二間の裏長屋、壁をへだてた隣の話もつつ抜けの江戸下町の世態風俗。太平楽で、ちょっぴりペーソスただようその暮しを活写した、式亭三馬の滑稽本。

東海道四谷怪談 郡司正勝 校注

江戸は四谷を舞台に起った、愛と憎しみの怨霊劇。人の心の怪をのぞく傑作戯曲に、正統迫真の演出注を加えて刊行、哀しいお岩が、夜ごと軒先に立ちつくす。

三人吉三廓初買 今尾哲也 校注

封建社会の間隙をぬって、颯爽と立ち廻る三人の盗賊。詩情あふれる名せりふ、緊密に絡み合う人と人の絆。江戸の世紀末を彩る河竹黙阿弥の代表作。

新潮日本古典集成

古事記　西宮一民
萬葉集　一～五　青木生子　井手至　伊藤博　清水克彦　橋本四郎
日本霊異記　小泉道
竹取物語　野口元大
伊勢物語　渡辺実
古今和歌集　奥村恆哉
土佐日記　貫之集　木村正中
蜻蛉日記　犬養廉
落窪物語　稲賀敬二
枕草子　上・下　萩谷朴
和泉式部日記　和泉式部集　野村精一
紫式部日記　紫式部集　山本利達
源氏物語　一～八　石田穣二　清水好子
和漢朗詠集　大曽根章介　堀内秀晃
更級日記　秋山虔
狭衣物語　上・下　鈴木一雄
堤中納言物語　塚原鉄雄
大鏡　石川徹
今昔物語集　本朝世俗部　一～四　阪倉篤義　本田義憲　川端善明
梁塵秘抄　榎克朗
山家集　後藤重郎
無名草子　桑原博史
宇治拾遺物語　大島建彦
新古今和歌集　上・下　久保田淳
方丈記　発心集　三木紀人
平家物語　上・中・下　水原一
金槐和歌集　樋口芳麻呂
建礼門院右京大夫集　糸賀きみ江
古今著聞集　上・下　西尾光一　小林保治
歎異抄　三帖和讃　伊藤博之
とはずがたり　福田秀一
徒然草　木藤才蔵
太平記　一～五　山下宏明
謡曲集　上・中・下　伊藤正義
世阿弥芸術論集　田中裕
連歌集　島津忠夫
竹馬狂吟集　新撰犬筑波集　木村三四吾　井口壽
閑吟集　宗安小歌集　北川忠彦
御伽草子集　松本隆信
説経集　室木弥太郎
好色一代男　松田修
好色一代女　村田穆
日本永代蔵　村田穆
世間胸算用　金井寅之助　松原秀江
芭蕉句集　今栄蔵
芭蕉文集　富山奏
近松門左衛門集　信多純一
浄瑠璃集　土田衞
雨月物語　癇癖談　浅野三平
春雨物語　書初機嫌海　美山靖
與謝蕪村集　清水孝之
本居宣長集　日野龍夫
誹風柳多留　宮田正信
浮世床　四十八癖　本田康雄
東海道四谷怪談　郡司正勝
三人吉三廓初買　今尾哲也